Rena Dumont

Die Mühle

Rena Dumont

Die Mühle

ROMAN

KLAK

TEIL 1

Marie
Januar 1939

Die Welt der Hoffnungen und Zukunftspläne hielt ihr mehr Türen offen, als sie sich hätte träumen können. Wenn sie nur nicht so verrückt gespielt hätte, diese Welt. Wenn sie nur nicht ihre Verderbnis und Zerstörung wie ein Furunkel an die Oberfläche gespien hätte.

Marie verdrängte die Namen der Ausgeburt des Bösen: Hitler, Stalin, Mussolini. Sie betrachtete jene als ein vorübergehendes Phänomen, denn sie war frisch verliebt. Die Luft im Herzen Europas war erfüllt von aufrichtiger Neugierde, während sie ihre zum ersten Mal ondulierten Haare im Spiegel betrachtete.

„Bin ich hübsch?“

Sie wagte es nicht zu behaupten, aber dem Lächeln der Bürger nach, die ihren täglichen Weg kreuzten, wenn sie mit gesenktem Blick durch die Straßen huschte, vermutete sie: ja. Manchmal, wirklich selten, erhaschte sie das eine oder andere Augenpaar. Sogar Herren in kostbaren Anzügen beäugten sie mehr als flüchtig, sodass sie vortäuschte, nichts bemerkt zu haben, um nicht als ruchlos zu gelten.

Maries Mutter sprach über ihr Äußeres eher abschätzig. Sie wurde das Gefühl nicht los, dass ihre Mutter sie nicht mochte. Marie war ihr wohl von Anfang an lästig gewesen. Ihre tatsächlichen Beweggründe waren schwer zu begreifen, und Marie fragte nie danach. Die Entfernung tat gut. Sie war in Prag und ihre Mutter in Matovice, was gefühlt so weit auseinander lag wie Paris und Honolulu. Es war anzunehmen, dass ihre Mutter bereits müde war, als Marie, das zwölfte Kind der Dynastie der Lebedas, die Welt erblickte. Schließlich war die Mutter fast vierzig und überdrüssig, wieder so ein Balg auf dem Arm zu tragen, es zu füttern und sich den Schlaf rauben zu lassen. Marie verzieh ihrer Mutter, denn sie dachte daran, wie hart ihr Leben auf dem Land war.

„So ist es nun mal“, flüsterte sie.

Ihr Vater hingegen hatte sie sehr gern und er fehlte ihr am meisten, mochte sie noch so seinem Spott ausgesetzt gewesen sein. Ihre für seinen Geschmack viel zu dünne Statur, ihre zu groß geratenen Zähne fand er geradezu ordinär, auch die Augen waren ihm zu groß, weil sie eben so schmal war, *Eule mit Eichhörnchengebiss* nannte er sie, seit sie denken konnte.

Aber im Großen und Ganzen war sie sich seiner Liebe sicher. Und ganz unrecht hatte er nicht, Marie war als Kind rachitisch dünn und blutleer gewesen, sodass sie heimlich die bittere Butter aus der Butterschleuder stahl, um sie auf einmal zu verschlingen, in der Hoffnung, etwas Fleisch auf die Rippen zu bekommen. Ihr neun Jahre älterer Bruder Otto behandelte sie, als wäre sie ein Junge, da Marie am liebsten mit kurzgeschoren Haaren in Hemd und Hose im Dreck buddelte. Otto hingegen war Mutters Liebling und die Mutter war sein Ein und Alles, insofern lag es auf der Hand, dass auch er Marie auf seine geschwisterliche Art schikanierte, oder sagen wir mal, wenn es gut lief, stillschweigend duldete. Sie war nun mal seine bekloppte Schwester und daran ließ sich nichts rütteln.

Jan, Václav, Tereza, Věra und Matiáš, Maries weitere Geschwister, hatten für Marie ebenfalls wenig Schmeichelhaftes übrig, sie sahen durch sie hindurch, als wäre sie ein Geist, morgendlicher Tau im Gras. Dass sie nicht sprach, nahmen sie ihr von Kindesbeinen an zusätzlich übel. *Sie würde sie mit ihrer*

Schweigsamkeit provozieren. Zugegebenermaßen wusste Marie bis heute nicht, warum sie zu Hause nicht gern sprach, ihr war oft einfach nicht danach, in den meisten Situationen fand sie Worte überflüssig. Davon abgesehen sprach sie in Prag überaus viel, sie war nahezu gesprächig, wenn nicht sogar lästig mit ihrem Dauergeplapper. Vielleicht hatte sie siebzehn Jahre lang gewartet, um die richtigen Worte zu finden, die sie aus den Enzyklopädie-Wälzern des gnädigen Herrn herauspickte, um sich möglichst prägnant auszudrücken. Von Tag zu Tag, so kam es ihr vor, redete sie mehr. War es ihrer Verliebtheit zuzuschreiben? Weil sie eine Leidenschaft verspürte, die sie in ihr Kissen schrie?

Ihr Liebster, ihr Auserwählter hatte noch kein Wort mit ihr gewechselt. Er hatte von ihrer Hingabe bisher keine Notiz genommen, war aber dennoch treu, was für ihr unübertreffliches Bauchgefühl sprach, das ihr vermittelte, dass *er* der Richtige war. Dieser hübsche Bursche, der der gnädigen Frau Bernadette, bei der sie seit einem Jahr zur Untermiete wohnte, tagtäglich Milch und Zeitung vor die Tür lieferte.

Er würde sie eines Tages fragen: „Wie heißt du?“

„Marie.“

Er würde entlang des Seitenscheitels über ihren ondulierten Kopf streichen, mit den Fingerkuppen über ihre seitlich kunstvoll drapierte Welle fahren, die Haarspitzen voller Edelmut berühren und in ihr Ohr hauchen: „Du bist schön, Marie.“

Vier von Maries Geschwistern starben. Zwei wurden tot geboren, ein dritter, ein Junge, verschied wenige Wochen nach der Geburt. Cyril fand man im Teich bei den Karpfen, er war kein guter Schwimmer. Das hatte die Mutter mürbe gemacht, klar, danach war sie eben nicht mehr so stark und interessiert, wie Marie es nötig hatte. Lieber hätte Sie Cyril behalten und auf Marie verzichtet. Schwamm drüber.

Es gab noch Anton.

Anton wusste genauso zu schweigen und Anton dachte jeden Tag an Marie. Auch jetzt, in Zeiten, in denen sie ihn nicht sah, wusste sie, dass er an sie dachte. So was spürt man. Bereits während ihrer Kindheit hatten sie ein intensives Geschwisterverhältnis. Er benahm sich sonderbar, eher wie ihr Begleiter und Beschützer, ein Kauz, der sie anstarrte und mit seinem Blick verschlang, wie ein Frosch mit einer klebrigen Zunge, die jederzeit herausfahren konnte. Anton war drei Jahre älter als Marie, also schon zwanzig, und immer noch nicht liiert. Jungen angelten sich in diesem Alter längst ein Mädchen aus dem Dorf oder aus der unmittelbaren Nachbarschaft, nicht nur weil es sich die Eltern wünschten, um ihr Hab und Gut wachsen zu sehen, oder der Liebe wegen, sondern wegen der Tradition. Mit zwanzig heiratete man.

Marie wollte die Schneiderkunst erlernen und die Welt erforschen. Und wenn sie ganz ehrlich war, wollte sie einfach nur weg von zu Hause. Weg von Matovice, von Anton, der sie auf Schritt und Tritt kontrollierte, von der keifenden Mutter und von der schweren Feldarbeit, die zum Landleben gehörte, von den Entbehrungen, die sich ein Städter gar nicht vorzustellen vermochte.

Marie lernte das Schneidern als Gegenleistung für die Haushaltsdienste bei der gnädigen Frau. Eine Freundin der gnädigen Frau besaß einige Bekleidungsgeschäfte, darunter sogar eine Hutmacherei. Marie mochte die gnädige Frau sehr. Ohne ihre Hilfe wäre sie nie nach Prag gekommen. Bernadette Madelong, so hieß sie, war jüdischer Abstammung, eine schöne hochgewachsene Frau von siebenunddreißig Jahren, deren Finger so schmal und weiß waren wie zwei exotische Spinnenbeine. Wenn sie Klavier spielte, kam es Marie vor, als ob sie nicht zehn, sondern zwanzig solcher Finger besäße. Ungeachtet dessen packte die gnädige Frau gern an. Neulich half sie Marie beim Schippen, als der Kohleberg im Keller die Schütte verstopfte und die Hälfte der Ladung auf den Bürgersteig ging. Sie griff eigenhändig zur Schaufel, trotz der kostbaren Kleidung, die sie trug.

Maries Tag war ausgefüllt, es blieb kaum Zeit, Vergnügungen nachzugehen, wie die anderen Mädchen aus der Schneiderei. Sie standen nicht in Diensten eines fremden Hauses, wie Marie, die von Arbeit zu Arbeit hetzte. Doch Marie wollte sich nicht beklagen, denn eines Tages würde auch sie vom lieben Gott beschenkt werden. Ihren Auserwählten heiraten. Er hieß Oskar. Wie einer der tschechischen Könige. Von der gnädigen Frau erfuhr sie, dass er eines Tages Steinbruchmeister werden wollte.

Der gnädige Herr war ein streng gläubiger intellektueller Jude mit Bart, ein kluger Geist und Dozent an der Karls-Universität. Er las immer. Dass er eines Tages von seinen Büchern verschluckt werden würde, schien Marie unausweichlich. Marie achtete und schätzte ihn, nicht nur weil er ihr, unter strengen Vorschriften, das eine oder andere Buch über die Weltordnung borgte, sondern weil er sie hin und wieder anlächelte. Dann verkroch sie sich bis in die Nacht glücklich in ihrem Kämmerlein, um die Welt aus diesen Büchern kennenzulernen, die tausendmal so groß und bunt war wie die Tschechoslowakei. Ihre Welt war eine kleine Welt.

Der gnädige Herr war in der letzten Zeit wenig zu Hause.

Er traf sich mit Gleichgesinnten, mit anderen klugen jüdischen Köpfen, mit denen er sich besprechen musste, da *die deutschen Befehlshaber vor der Tür standen*. Sagte er. *Sie bereiteten einen Einmarsch vor, dann könnte es für die Juden unangenehm werden,* behauptete die gnädige Frau.

Anton
Februar 1939

„Schnell, hol Wasser!“, schrie die Mutter, der Schreck stand ihr ins Gesicht geschrieben.

Anton rannte nach draußen. Die Erde fühlte sich hart an, sie war vereist. Er dachte nicht nach, rannte hinaus, stolperte, schlitterte. Der Teich war zum größten Teil gefroren, sodass er sich glücklich schätzen konnte, überhaupt etwas Flüssiges in den Krug zu bekommen. Seine Hände leuchteten rot und fühlten sich taub an. Er hatte vergessen, die Jacke anzuziehen, und bereute es nun. Eine Erkältung konnte er jetzt nicht gebrauchen, es langte schon, dass sein Vater seit Wochen bettlägerig war.

„Wo bist du, du Tölpel? Er glüht!“, krächzte es aus dem Inneren des Hauses.

Anton eilte, das Wasser schwappte über und ergoss sich auf die Holzdielen in der Küche. Mutter schenkte ihm einen anklagenden Blick.

„Entschuldige, Mutter.“

Sie tauchte ein Leinentuch in die Pfütze, die im Krug geblieben war, und wickelte es um Vaters Waden. „Bring mir trockene Tücher!“, befahl sie und Anton sprang auf.

Vaters Waden waren dünn und gelblich. Auf seine Stirn legte die Mutter ein Taschentuch, ein besonders schönes, handbesticktes. Sie stöhnte, Tränen kullerten ihr über die runzligen Wangen. Sie richtete ihr Kopftuch, band es auf, es war schmutzig. Ihre langen Haare hatte sie zu einem Knoten geflochten. Schnell und gekonnt richtete sie das Tuch aufs Neue und versteckte die losen Strähnen darunter.

„Das verflixte dumme Ding“, flüsterte sie und Anton wusste nicht, ob sie damit das Tuch oder das Leben meinte. Er fragte lieber nicht, sie war in einer schlechten Verfassung. „Geht's besser?“, fragte sie seinen Vater, nicht freundlich, nicht feindlich, nüchtern.

Er reagierte nicht. Sie berührte ihn nicht, den Vater, blieb auf Distanz, als müsste sie sich vor den Dämonen seiner Seele und den Bazillen seines Leibes schützen. Vater röchelte, murmelte etwas Unverständliches. Sie näherte sich seinem Gesicht, um zu lauschen, hielt sich dabei die Nase zu. Er roch nach Tod.

Anton stand wie angewurzelt da, die Kartoffelsuppe blubberte auf dem heißen Ofen. Mutter fuhr ihn an, warum er wie ein Stock im Zaun herumstehe und sich nicht um die Suppe kümmerte. Anton gehorchte und schob den Topf ein wenig zur Seite, damit die Suppe nicht anbrannte. Er war schon hungrig, es duftete nach Pilzen, die er vor gar nicht langer Zeit mit seinem Vater gesammelt hatte. Anton rührte um, salzte und kostete.

„Schmeckt sie gut?“

Anton nickte wie ein kleines Kind. Inzwischen war Otto mit der Kräuterfrau gekommen.

„Los, legt ihn auf einen Strohsack!“, so die Kräuterfrau. „Nicht ins Bett, nicht ins Bett! Sonst hat er es schwer mit dem Sterben. Ihr Unwissenden!“ Die Kräuterfrau hatte immer recht. „Nehmt die Kerzen und umkreist ihn, betet, der Sensenmann lässt sich schnell einschüchtern. Sein Weg führt in die Herrlichkeit des Himmels“, flüsterte sie für sich, unmerklich und düster.

Mutter und die beiden Söhne drehten in stillem Gebet einige Runden für seine Seele, berührten seine Hände und verabschiedeten sich von ihm. Sie hauchten ihm ihre Sünden ins Ohr und baten um Vergebung. Vaters Lider vibrierten im Delirium.

Trotz der späten Stunde kamen Nachbarn. Laufburschen, Mägde, ehemalige Lehrburschen, Knechte und Freunde des Vaters, alle versammelten sich im Haus. Der Priester spendete das Sakrament und fragte nach dem Testament. Mutter holte es, Anton und Otto wussten nicht, dass er ein Testament hinterlassen hatte.

In dieser Nacht starb er. Die Kräuterfrau behauptete, *er hatte es mit der Lunge. Der kommende Krieg und die Kälte hätten ihn umgebracht*. Die Mutter und die beiden Söhne sahen sie fassungslos an, denn die Kräuterfrau konnte die Zukunft weissagen. Sie drückte dem Vater sanft die Augen zu, einem Mann, der nie krank gewesen war. Der Mehlstaub hatte ihm allerdings zu schaffen gemacht. *In Zeiten der höchsten Not das Zeitliche zu segnen, ist eine Feigheit*, lamentierte die Mutter. Sie blickte flehend empor, als würde Jesus persönlich an der Decke kleben. Ihre Tränen glänzten im Kerzenschein.

Anton schwieg. Es gab nichts zu sagen. Trauer einer neuen Dimension überkam ihn, schlich in seine trüben Gedanken, Trauer und Angst vor der Zukunft, schließlich stürmte es bereits in der Welt, wovon hier noch nichts zu sehen, jedoch zu spüren war. Die Nachrichten. Die Nachrichten jagten ihnen Angst ein. Jetzt waren sie in der Mühle nur noch zu dritt. Die anderen Geschwister lebten verstreut in aller Welt. Anton hatte die Pflicht, ihnen mitzuteilen, dass der Vater von ihnen gegangen war.

Die Mühle stand seit Tagen still. Nur noch wenige Brotlaibe waren übrig. Er würde sich daran gewöhnen müssen, selbst zu mahlen. Jedoch fehlte es ihm an Erfahrung, der Vater hatte sich zu schnell aus dem Staub gemacht.

„Er wird auf dem Dachboden aufgebahrt“, befahl die Mutter.

Anton konnte seinen Vater einfach Huckepack nehmen, so leicht war er geworden.

Die Kräuterfrau mischte sich ein. „Nein, wartet! Er muss im Zimmer bleiben. Öffnet die Fenster, die Seele muss hinaus, seine Seele muss aus dem Zimmer hinaus“, dröhnte sie.

Anton verharrte und legte ihn wieder hin. Diesmal ins Bett. Auf ihren Wunsch wurden die Fenster geöffnet. Draußen war es eiskalt, im Nu klapperten alle mit den Zähnen. Die Kräuterfrau band dem Verstorbenen ein Tuch unter das Kinn, damit seine Mundhöhle geschlossen blieb. Sie drückte ihm einen Rosenkranz und ein Gebetbuch in die gefalteten Hände und hockte sich zum Beten neben ihn. Im Zimmer brannten nur Sterbekerzen. *Seine Seele ist noch hier,* so die Kräuterfrau. Der letzte Abschied. Gespenstische Stille. Der Tod und Vaters Seele trafen aufeinander und verstanden sich auf Anhieb. *Die Beerdigungskosten,* lamentierte die Mutter. So lange hatte sie für das eigene Begräbnis gespart und jetzt war alles futsch. *Er kam ihr zuvor, der Schuft. Sie hätte vor ihm sterben sollen. Was hatte er sich nur dabei gedacht?*

Die Kräuterfrau kochte etwas Grünes, irgendein Unkraut, es roch nach Erbrochenem. Danach siebte sie es durch und gab es der Mutter zu trinken. „Gegen den Zorn.“

Mutter trank es, ohne die Miene zu verziehen. „Und Sie sagen, ein Krieg soll kommen?“

Die Kräuterfrau starrte an die Wand, bekam glasige Augen. „Die Gleichen“, antwortete sie.

Keiner verstand, was damit gemeint war, aber das war ihnen egal.

Noch in der Nacht holte Anton den letzten Brotlaib aus dem Speicher. Er war hart und trocken. Er bedeckte ihn mit einem nassen Geschirrtuch, damit er morgen weich und frisch sein würde. Er bat die Mutter, das Brot weit weg von dem Leichnam aufzubewahren. Ihm war mulmig bei dem Gedanken, das Brot neben der Körperhülle aufquellen zu lassen und es anschließend zu essen. Er schlief kurz. Der Tod des Vaters raubte ihm die Nachtruhe. Mutter schlief mit der Leiche und dem Brot in der Küche, als wären Himmel und Hölle anwesend. Otto und Anton im Stockwerk darüber. Es war eiskalt.

Der Hahn krähte in aller Herrgottsfrühe, Anton bekam die Augen kaum auf, stülpte die Wollsocken über die kalten Füße und torkelte hinaus. Vater hatte sie gelehrt, vor dem Frühstück das Vieh zu füttern. *Das Vieh sei das Wichtigste auf dem Hof.* Anton schöpfte Wasser aus dem Teich. Mutter war schon in der Küche und der Ofen tat sein Bestes, trotzdem herrschten eisige Temperaturen. *Das Vieh braucht warmes Wasser, sonst bekommt es ihm nicht*, hatte der Vater gesagt. *Februar ist der kälteste Monat des Jahres.* Anton mischte Salz, Kleie, geschnittenes Stroh und Kornreste mit dem warmen Wasser und füllte es in die Tröge im Stall. Die Kühe, Ziegen und Schafe machten sich sofort ans Werk. Er schüttete warmes Wasser zu den gestampften Kartoffeln für die Schweine und streute Heu in die Kaninchenställe. Den Pferden gab er Hafer, Kleie, Heu und die Reste der Hülsenfrüchte, den Hühnern Korn. Das dickste schnappte er dann, heute war Sonntag. Heute würden sie Huhn essen.

Die Seele des Vaters war nicht mehr im Zimmer, so die Kräuterfrau. Seine Leiche hatte sich über Nacht verändert, sein Gesicht war wie Wachs, gelblich weiß, die Wangen eingefallen. Die Mutter bereitete Kaffee aus geröstetem Roggen und

Gerste und die Brüder bröselten das weich gewordene Brot hinein. Sie schmeckten es nicht, kauten still, ab und zu wanderten ihre Blicke zu Mutter und Vater. Die Mutter unterschied sich kaum von dem Toten. Sie hätte neben ihm ruhen können, man hätte geglaubt, dass sie gestorben war.

„Die Beerdigung muss warten", verkündete sie monoton. „Wir müssen warten, bis der Frost nachlässt."

Das könnte länger dauern, dachte Anton. Draußen schneite es.

„Bis dahin lassen wir ihn auf dem Dachboden einfrieren. Wir legen ihn auf ein Brett." Sie blickte zu den Holzbrettern, die als Verkleidung für das Wasserrad vorgesehen waren. Jetzt sollten sie den toten Vater tragen und dann das Wasserrad schützen. Der Vater hatte Vorrang. „Ich will ihn hier nicht mehr sehen. Er bringt nur Unheil in die Stube", fügte sie hinzu. Das Gebräu der Kräuterfrau hatte wohl nichts bewirkt. Mutter war immer noch böse.

Am Nachmittag bereitete Anton den Teig, der über Nacht aufgehen sollte. Sie hatten bereits mit dem letzten Laib Brot auskommen müssen.

Vater war auf den Dachboden verfrachtet, steif wie ein erlegtes Wild, steif und kalt. Das Gebetbuch war beim Transport aus den Händen gefallen. Die Finger waren starr ineinander verkrallt und die Brüder wollten sie nicht brechen. Sie ließen das Büchlein weg. Eine darüber geworfene Decke erleichterte den Anblick.

Den Briefentwurf an die Geschwister wollte Anton nicht mehr kontrollieren. Er mochte ihn nicht erneut lesen, weil es wehtat. Briefe zu schreiben war ihm schon immer zuwider, überhaupt fand er schreiben lästig. In seinem Kopf ging es rund, das Herz hämmerte vor lauter Trauer, unwissend, ob es nur wegen dem Vater war oder wegen *ihr*. Er vermisste sie. Das Jahr, seitdem sie die Mühle verlassen hatte, fühlte sich unendlich an. Er konnte sich ihres Antlitzes kaum entsinnen. Dafür tauchten in seiner Erinnerung Bilder von früher auf, als sie noch ein Kind war, ein kleines Mädchen mit geflochtenen Zöpfen, das über die Weiden hüpfte. Er entsann sich der gemeinsamen Abende. Sie lagen im Gras nebeneinander und saugten den Saft frischen Klees. Er lauschte ihrer hellen Stimme, wenn sie seinen Namen rief, die Namen ihrer Geschwister, seines Vaters, seiner Mutter. Lieblich und froh. Er stellte sich ihre Reaktion auf seinen Brief vor. Ihre Augen. Die Wimpern. Die feine gebogene Nase. Den zarten Hals. Er erinnerte sich an die federnden Härchen am Haaransatz. Sie war so weit weg und er vermisste sie mehr denn je. Er erhob seinen schweren Kopf, der platzen wollte, seine Lippen schmecken nach Blut, weil sie rissige Stellen hatten. Quere Gedanken plagten ihn, sowie die Ungewissheit, was kommen würde.

Mutter betrat die Küche. Sie schien um Jahre gealtert zu sein, nahm den Brief, täuschte vor, dass sie las, in Wirklichkeit war sie Analphabetin. Das hatte Anton mit der Zeit herausgefunden, weil sie sich mit der Administration der Bestellungen für das Dorf schwertat. Anton hatte für sie lesen müssen.

„Gut“, bestätigte sie und legte den Brief weg. „Lies vor. Ich sehe schlecht.“

Anton gehorchte, kaute die schwere Kost durch, machte Pausen, räusperte sich, um sich zu sammeln.

„Den Schluss streichst du“, befahl sie.

„Welchen Schluss, Mutter?“

„Dass ich zu spät Hilfe geholt habe. Und das Wort *Liebe*.“

„Liebe? Wo kommt Liebe vor, Mutter?“
„Ganz am Schluss.“
Anton schrieb den verdammten Brief noch mal, änderte aber nichts.

Marie
Februar 1939

In den Straßen von Prag herrschte Ausnahmezustand. Die gnädige Frau hatte schon so eine Vorahnung, sie hatte Marie vor den Faschisten gewarnt, doch Marie hatte ihrer Dringlichkeit kein Gehör geschenkt. Sie dachte, *die gnädige Frau neige zu Übertreibungen*. Ihre gelegentlich weinerliche Art mochte Marie ohnehin nicht, schließlich führte sie zu nichts und was besagte es schon, dass im Radio schlechte Nachrichten gesendet wurden? Das Radio war erfunden worden, um schlechte Nachrichten zu verbreiten. Jeden Tag hörte man so allerlei, sodass man gar nicht glauben mochte, was da draußen wirklich geschah. Marie verstand zugegebenermaßen wenig von Politik, aber musste die gnädige Frau bei jedem Bericht gleich einen Heulkrampf bekommen?

Die gnädige Frau genoss dank der Professur ihres Mannes eine gut situierte Position in der Gesellschaft. Allmählich verlor sie allerdings an Bedeutung, nachdem der gnädige Herr entlassen worden war. Für die Furcht vor dem gesellschaftlichen Abstieg hatte Marie wenig Verständnis. Dort, wo sie herkam, gab es bei schlechten Ernten auch nur saure Äpfel zu essen. Marie fühlte sich nicht befugt, nach den genauen Gründen seiner Entlassung zu fragen, schließlich war sie eine kleine Dienstmagd und nur stillschweigend geduldet. Ein Unbehagen war im Hause Madelong schon von Anfang an zu spüren gewesen, bereits als Marie nach Prag gekommen war. Damals war sie sechzehn und wusste nicht, dass die Madelongs vor wenigen Monaten von Wien nach Prag gesiedelt waren. Sie deutete ihren Missmut, den sie beharrlich zu verbergen suchten, als eine Charaktereigenschaft und Marie hatte nicht danach geforscht, was sie aus Wien vertrieben hatte. Jetzt sah sie klarer. Die stetig anwachsende antijüdische Stimmung war nun auch in Prag angekommen, auch hier wurde Juden kein Schutz mehr geboten. Die Freundin der gnädigen Frau hatte zusehen müssen, wie die Schaufenster ihrer Hutmacherei zerschlagen wurden. Alle die Hüte, die sie so mühevoll angefertigt hatte, sie legte viel Wert auf die Qualität ihrer Ware, lagen im Matsch auf der Straße verstreut. Kurze Zeit später war der Laden geplündert, obwohl auf den Hauswänden geschrieben stand: *Hüte dich vor dem jüdischen Gesindel und plündere nicht!*

„Sie besitzt doch noch andere Geschäfte in der Stadt, oder?“, tröstete Marie die gnädige Frau, doch die nahm keine Notiz davon. Sie erhob sich, um den Schnupftabak zu holen. „Was haben die Juden denn so Schlimmes verbrochen, dass man sie so behandelt? Ist das alles wegen dem gekreuzigten Jesus? Wenn dem so ist, dann will ich nicht mehr an ihn glauben.“ Die gnädige Frau sah sie mit glasigen Augen an. „Aber das tun Sie doch eh nicht, oder?“, fügte Marie hinzu, was auch stimmte.

Die gnädige Frau musste lächeln. „Du bist noch ein Kind.“

„Was hat das damit zu tun?“

„Das, das … ist nur der Anfang“, flüsterte die gnädige Frau. Sie trocknete sich die verweinten Augen. „Die Hutmacherin hat noch ein Geschäft in der Josefstadt.“

„Na sehen Sie!“

„Dort liegen die Schaufenster auch in Scherben. Zuerst haben sie die Wände mit Parolen beschmiert, dann haben sie die Scheiben zerschlagen.“

Stille.

„Was sind Parolen?“

„Sätze. ‚*Kauf nicht beim Juden*‘-Sätze.“

„Wer? Bernadette, wer tut so was?"
„Die Nationalsozialisten."
„Wer sind die?"
„Es sind unsere Nachbarn."
„Das kann nicht sein!"
„Doch, meine liebe Marie, doch. Warte nur, wenn die Deutschen kommen, dann werden wir unser Fett wegkriegen." Ein neuer Tränenschwall überkam sie. „Ich bin müde, lass mich allein."
Marie erhob sich, ihr Dienst war für den heutigen Tag verrichtet. „Warum sind die Deutschen so?", fragte sie noch.
„War schon immer so. Des Geldes wegen. Weil sie den letzten Krieg nicht verdaut haben. Das ist noch nicht lange her."
Marie verstand immer noch nicht. Sie konnte den Zusammenhang nicht nachvollziehen. Leise verschloss sie die Flügeltür, damit sich die gnädige Frau ausruhen konnte.
„Marie?"
„Ja?"
„Hier ist was für dich gekommen. Möge es eine gute Nachricht sein."
Sie übergab ihr einen Brief, die Schrift auf dem Umschlag erkannte Marie auf Anhieb. Marie schauderte. Es musste wohl einen triftigen Grund geben, dass Anton einen eigenhändig geschriebenen Brief schickte. Marie stieg die Treppe hinauf und sah sich noch um, ob alles aufgeräumt war. Kein Besen, kein Lappen, kein Essigwasser. Sie öffnete beklommen den Brief und las. Und dann erfasste es sie, das Gefühl der Ohnmacht.

Liebste Marie,

gleich am Anfang meines Schreibens, du weißt, wie mühevoll mir die Wörter aus der Feder fließen, bin ich verpflichtet, Dir eine unerfreuliche Nachricht zukommen zu lassen. Unser Vater ist nach einer kurzen und heftigen Krankheit von uns gegangen. Er war, wie Du weißt, nie krank, aber diesmal hat es ihn dahingerafft. Alles begann bereits im frühen Herbst, als der Husten kam. So störrisch, wie er war, sah er über unser Mahnen und die Ratschläge der Mutter hinweg, rauchte seine Zigaretten und schonte sich auch sonst nicht. Seine Verfassung wurde allmählich schlechter, doch wir waren noch immer nicht besorgt. An einem Abend dann ist er beim Reparieren der Verkleidung zum Schutz des Wasserrads ins Wasser gefallen. Obwohl er durchnässt war, wollte er die Reparaturarbeiten nicht unterbrechen. Am nächsten Tag kam das Fieber und anstatt sich hinzulegen und seinem Körper ein wenig Ruhe zu gönnen, nahm er die Arbeit wieder auf. Die Lungenentzündung war unumgänglich, sodass weder der Arzt noch die Kräuterfrau etwas für ihn tun konnten. Unsere Mutter hatte meines Erachtens viel zu spät Hilfe kommen lassen. Mir fehlen die Worte. Ich weine.

Marie, mach Dich auf den Weg und komm eilig nach Hause. Wir brauchen Dich und Deinen Zuspruch.

In Liebe, Dein Bruder Anton

Sie konnte es nicht fassen, was sie erfuhr, bloße Worte. Tückische Worte. Auf diese hinterhältige Art empfing sie die Tragödie, während sie sich gerade noch mit zerschlagenen Schaufenstern und Zwangsräumungen des Sudetenlandes befasst hatte? Das Urteil Gottes traf sie weit tiefer als die Botschaften aus dem Radio. Nein, milde ging Gott nicht mit ihnen um, weder mit ihrer Familie noch mit den Juden. Ihr Vater war zu jung, um zu sterben. Marie rang nach Luft. Zum Weinen war ihr nicht zumute, noch nicht, wahrscheinlich würde es später kommen, später, wenn der Verlust ihr ganzes Wesen erfasste. Jetzt war es bloß eine schreckliche Nachricht. Sie betrat ihr Kämmerchen und starrte hinaus aus dem Fenster. Prag war schön. Die unzähligen Dächer, Fenster und Türmchen zeichneten eine krakelige Linie entlang des Horizonts, im Mondlicht hob sie sich vom Himmel ab und beflügelte die Sinne. Doch heute beflügelte sie gar nichts. Draußen war es kalt, die Schneedecke, die alles Schmutzige bedeckte, strahlte in sanfter Stille. Hin und wieder unterbrach eine Krähe ihren Trübsinn, während sie sinnentleert hinaussah. Kohlenrauch stieg aus den Schornsteinen empor, überall wurde geheizt, selbst in ihrem Kämmerchen stand ein kleiner Ofen. Sie dachte nach, wie sie sich verhalten sollte. Wie sie es der gnädigen Frau servieren sollte, dass sie ausgerechnet jetzt für eine Zeit, wenn auch nur für eine kurze, nach Matovice fahren musste. Wie ging sie mit der Schule um? Sie stand vor einer Prüfung, die man wegen ihrer Wenigkeit nicht verschoben konnte. Wenn sie besonders tüchtig wäre, könnte sie diese vielleicht noch meistern, aber wie vertrat man seine eigenen Interessen?

Marie weinte die ganze Nacht. Und die darauffolgende Nacht auch. Die Schneidermeisterin Bernberg nahm Maries Anliegen trocken auf. Sie hatte schlechte Laune. Ihre Verwandtschaft lebte in einer kleinen Ortschaft namens Ivančice, deren Waldgebiete und die dazugehörigen Parkanlagen vom

Deutschen Reich annektiert worden waren, ungeachtet dessen, dass sich hochdekorierte tschechische Persönlichkeiten empört hatten. Viele Tschechen wanderten bereits Richtung Brno aus, dabei rissen sie in den Parkanlagen die kostbarsten Pflanzen und Bäumchen aus der Erde, um ihre Enttäuschung und Trauer zum Ausdruck zu bringen. Am nächsten Tag stand auf der Brücke zur Parkanlage eine Grenzkontrolle unter einem Hakenkreuzbanner.

„Tu, was du tun musst. Beerdige deinen Vater. Wer weiß, ob es ihm im Himmel nicht besser ergehen wird“, sagte Frau Bernberg, die Schneidermeisterin.

Marie erhielt von ihr einen Freischein für zehn Tage sowie das Entgegenkommen, die Prüfung nachzuholen. Sie fühlte sich erleichtert, ein wenig befreit von der schweren Last. An jenem Abend, die gnädige Frau schien in der richtigen Verfassung zu sein, wollte Marie ihre Reise nach Matovice offenbaren. Nur noch das Abendessen abwarten. Am besten in Anwesenheit des gnädigen Herrn, der so ruhig und vernünftig war. Bernadette nahm es erstaunlich verständnisvoll auf, tröstete sie sogar und blieb den Abend über in ihrer Nähe, wie eine gute Mutter.

Die Leute standen auf der Straße und debattierten. Viele wirkten verängstigt, aufgeregt, andere voller Elan, in der Hoffnung, dass die gute alte Ordnung einkehre. *Ob mit oder ohne Sudetenland*, sagten sie. Sie trösteten sich über den Verlust des Sudetenlandes und die daraus folgende Ungerechtigkeit gegenüber der Tschechoslowakei mit dem Gedanken hinweg, Frieden in Europa zu stiften. Hitler würde nun bekommen, was er verlangte, und sein Machtbedürfnis wäre befriedigt. Marie bemühte sich, das zu glauben, doch andere beteuerten, dass sich Hitler niemals zufriedenstellen lasse und erneut zuschlagen würde. Hier hörte Maries Fantasie auf. Sie eilte an den Menschen vorbei zum Bahnhof, ihr Herz hämmerte gegen ihre Brust. *Wird die Tschechei tatsächlich von den Deutschen verschlungen?* Sie fürchtete sich, nach außen hin jedoch gab sie sich erwachsen und selbstsicher, wie eine verheiratete Frau. Ihren Koffer, mit dem sie nach Prag gereist war, hatte sie unter ihrem Bett gelassen. Für die zehn Tage lohnte es sich nicht, ihn zu schleppen. Sie begnügte sich mit einem einfachen Bündel, was sie nun bereute. Ehrbare Frauen trugen damenhaftere Gepäckstücke, mit dem Bündel kam sie sich schäbig vor. Bedauerlich auch, dass es so kalt war. Das Kleid, das sie für die Reise angezogen hatte, war zwar selbst genäht und eines der schönsten, es sah sogar fraulich aus, doch es war für die Jahreszeit viel zu dünn und unter dem grauen Mantel unsichtbar. Aber Marie war stolz auf ihre Künste und wollte sie ihrer Mutter präsentieren. Der tiefblaue Farbton kontrastierte ihre kreidebleiche Haut und der Ausschnitt, der mit einem kleinen Kragen aus weißer handgestickter Spitze versehen war, unterstrich hübsch das Dekolleté.

„Bist du lebensmüde? Pass doch auf, wo du hintrittst, Mädel!“, schrie der Chauffeur der vorbeifahrenden Straßenbahn, als sie eine belebte Straße überquerte.

Marie sprang zur Seite und fiel einem Passanten in die Arme, der sie vor einer Schlammpfütze rettete. „Das wäre doch schade, wenn so ein hübsches Fräulein unter die Räder kommen würde“, sagte der Retter, dessen Uniform sie erst jetzt wahrnahm.

„Haben Sie vielen Dank.“

„Der gesamte Verkehr wird bald die Seiten wechseln. Wie wollen Sie denn *dann* die Fahrbahn überqueren?“

Marie starrte ihn entgeistert an und entzog sich seinen Klauen. „Die Seiten wechseln?"

„Sie wissen das nicht? Das NS-Regime wird veranlassen, dass die Fahrzeuge rechts fahren."

Nun verstand sie. Etwas Ähnliches hatte sie schon öfter gehört, aber nie für bare Münze genommen. Seit ihrem neunten Lebensjahr redete man davon. „Nein, ist mir nicht bekannt."

„Ach, Sie sind noch ein junges Ding, das entschuldigt einiges." Maries These, damenhaft auszusehen, war hiermit widerlegt. Sie war noch ein Kind, mehr nicht. Selbst für einen Faschisten wie diesen da war sie ein junges Ding von siebzehn Jahren. „Machen Sie sich darauf gefasst, dass sich einiges ändern wird, wenn der Führer kommt."

Das glaube ich dir gern, wollte sie zurückschreien, hielt aber lieber ihren Mund. Am Ende war er noch von der Gestapo, was sie bitter bereuen könnte.

„So? Der Führer?"

Der Schurke in Braun glättete seine Frisur und lächelte so ekelhaft, dass ihr speiübel wurde und sie sich rasch entfernen musste. Am Bahnhof war viel los. Als würde ganz Prag verreisen. Militärattachés an jeder Ecke, vollbeladene Wagons, die Personenabteile waren belegt. Sie hatte noch keine Fahrkarte und hoffte, sie vor Ort kaufen zu können. Der Zug platzte aus allen Nähten!

Nach zwei Stunden Gedränge fuhr er ohne Marie ab. Eine andere Verbindung als über Volyně kannte sie nicht und über Pilsen zu reisen war unsinnig. Sie versuchte es auf eine andere Art, auf die gute alte Matovicer Art, immerhin war es noch recht früh und die Chance, am selben Tag anzukommen, groß. Eine Gruppe von Krankenschwestern und Helfern des

Tschechoslowakischen Roten Kreuzes erklärte sich bereit, sie aus Prag hinauszufahren. Marie willigte dankbar ein und stieg mit ihnen auf einen mit nur einer Plane bedeckten Laster. Es war beispiellos kalt und sie hasste ihr dünnes Kleid bereits. Schnapsidee. Der grüne Wagen, auf dessen Karosserie *Flug-Abwehrschutz der Tschechoslowakei* geschrieben stand, kämpfte sich durch die Wüstenlandschaft und wirbelte während der Fahrt den frischen Schnee auf. Hinter ihm donnerte ein anderer vollbeladener Lkw. Eine der Krankenschwestern bot ihr eine Rosshaardecke an, um Marie den Tod durch Erfrieren zu ersparen. Sie nahm sie mit Demut an. Eine Kolonne aus Fahrzeugen jeglicher Art bildete sich, ein havariertes Pferdegespann stand am Straßenrand und versperrte die Weiterfahrt. Die versammelten Bürger mühten sich ab, das fehlende Rad am Wagen zu ersetzen, die Pferde zerrten nervös an ihren Zügeln. Der Laster fuhr langsam an ihnen vorbei, ohne zu helfen. Man hatte die Nächstenliebe auf später verschoben. Der Schneefall machte alles schwer und Marie bezweifelte, dass das Pferdegespann jemals würde weiterfahren können.

Kaum aus der Stadt, beruhigte sich die Lage. Leider fuhr Maries Wagen nach Pilsen. Hiermit trennten sich ihre Wege. Marie stieg aus und bedankte sich für die Decke. Flakkanonen schielten mit ihren Mündungen aus dem dahinter fahrenden Transporter und junge Soldaten winkten zum Abschied. Stille. Marie stand allein und mit klappernden Zähnen am Straßenrand. *Ob es eine gute Idee war, zu Fuß nach Matovice zu gehen?*

Nichts. Schneeflocken landeten auf ihren Schultern und sickerten durch den Stoff ihres Mantels. Sie blickte um sich, es sah hier aus wie auf einem anderen Planeten. Sie setzte ihren

Gang fort, während das Vaterunsergebet in winzigen Brocken über ihre Lippen entglitt. Sie verfluchte sich, wie idiotisch und leichtsinnig sie sich in eine derartige Bredouille gebracht hatte, doch schon fuhr ein Auto vorbei und hielt an. Das ältere Ehepaar darin war so reizend, sie mitzunehmen. Die beiden waren Tschechen aus einem kleinen Ort in der Nähe von Strakonice. Wahrscheinlich Großgrundbesitzer. Das erkannte sie an der Aufmachung und ihrem Gebaren. Diese Sorte Leute hatte sie in den Prager Modeboutiquen häufig beobachtet, wie sie sich den ganzen Vormittag mit der Auswahl eines Kleidungsstücks beschäftigten und am Ende doch das nahmen, das ihnen bereits zu Beginn gefallen hatte. In Matovice kannte kein Mensch derartige Ausschweifungen. Ihre Familie war nicht arm, sondern einfaches Müllervolk, das mit der Mistgabel ins Bett ging. Sie rochen nach Vieh, schließlich befand sich der Eingang zum Schweinestall neben dem Eingang zum Haus. Trotzdem lag über all dem Gestank – oder was der Städter als Gestank definieren würde – der Duft von Heu und frischem Wasser, von Holz, von Mehl und Rauch in der Luft.

Die Großgrundbesitzerin trug einen imposanten Hut mit Federn, dazu einen braunen Nerz. Beide strahlten Wohlstand und die Exotik der Fremde aus. Von der politischen Lage ließen sie sich nichts anmerken und unterhielten sich über Belanglosigkeiten. Gartenarbeit, Verwandtschaft, Automarken. Diese Gespräche überlagerten die tief lauernden Ängste ihrer Seelen, da konnten sie niemandem etwas vormachen. Sie fragten nicht nach Maries Herkunft und auch nicht nach dem Grund ihrer Reise.

„Bis nach Matovice können wir dich nicht bringen. Du hast die Wahl: Entweder fährst du mit uns bis nach Střelské Hoštice oder du steigst in Strakonice aus.“

Marie kannte Střelské Hoštice nicht, daher wählte sie die zweite Variante. Die Straße wurde zunehmend unpassierbar, je näher sie dem Böhmerwald kamen. Der raue Böhmerwald, dessen Fülle so mächtig, so dicht und so unberührt war, dass er an einen Urwald erinnerte. Es gab Waldgebiete, die von Baumruinen monströser Größe übersät waren, Kolosse aus der Urzeit, umgeben von prächtigen Fichten. Frische Luft füllte die Lungen, und ein Städter bekam schlagartig Kopfschmerzen, von zu viel Sauerstoff. Das Wasser der Flüsse und Bäche schmeckte wegen des hohen Eisengehalts wie geschliffene Schere, unbändig rauschend grub es sich ein Flussbett tiefer in die Erde. Es konnte klirrend kalt sein und trotz seiner braunen Farbe glasklar. Kilometerlang zogen sich unbarmherzige Moore durch die Landschaft. Viele Wanderer und Pilger waren darin auf Nimmerwiedersehen versunken. Der Sommer hingegen strotzte vor Lebensmut, er belebte die Herzen und alljährlichen Bräuche. Marie erinnerte sich an die schwieligen Hände ihres Vaters und ihre Schwärmerei erstarb.

Beim Aussteigen fragte der Herr, ob alles in Ordnung sei, da Marie wohl ein bedauernswertes Bild abgab, nicht verwunderlich angesichts ihrer Situation.

„Nein, alles ist in bester Ordnung, ich bin nur recht durchgefroren und müde. Vielen Dank für alles."

Marie war in Eile. Von Strakonice nach Matovice waren es gute siebzehn Kilometer und der Nachmittag ging zuende. In Volejnice klopfte sie halbtot beim erstbesten Bauernhof und bat um eine Übernachtung, die man ihr im Flur gewährte.

Noch bevor sie am nächsten Tag Volyně erreichte, bog sie von der Hauptstraße Richtung Čestice ab. Von hier aus dauerte es noch ein schönes Weilchen. Nach vier Stunden traf sie in

Čestice ein. Eine gute Leistung, ein kleiner Trost in der Einöde. Mit jedem Schritt wurde ihr Herz schwerer, Tränen rannen ihr über die Wangen. Sie erinnerte sich an das Ochsengespann, das die Holzstämme aus ihren Wäldern zog. Manchmal waren es an die dreißig Stück! Sie liebte diese Arbeit, ihr Vater und die Ochsen waren eine gute Gesellschaft. In der Stadt hatte ihr der Vater bunte Schleifen von Ottokar Hubáč gekauft, die er ihr selig lächelnd zusteckte. Vaters Zuckungen um seinen Mund als Ausdruck seiner Zufriedenheit, wenn er ein frisch gebackenes Brot aus dem Ofen zog und sich dessen Schönheit erfreute, war nur noch Erinnerung. Und obwohl sie schon fast eine Pragerin war, schlug ihr Herz hier. Zu Hause. Das waren die durstigen Wurzeln der Heimat.

Otto
Februar 1939

Schon wieder. Im Hof hörte er Schritte. Vermutlich Nachbarn, die erst jetzt von dem Trauerfall erfahren hatten. Die Ankunft klang gedämpft, keine Unterhaltung, nur knarzende Schritte im Schnee. Eigentlich wollte er verschwinden, die Fragen und Antworten seinem Bruder oder seiner Mutter überlassen, doch die Neugier packte ihn und er spähte um die Ecke, wie ein Dieb. Er hatte recht. Die Familie Koubkovic schleppte sich samt Säugling hierher zu ihnen, ans Ende der Welt. Die ganze Bande labte sich gierig an ihrem Unglück und rühmte sich ihrer Gesundheit.

„Darauf gepfiffen! Kein Tropfen unseres Branntweins für eure Kehlen!“, zischte Otto vor sich hin.

Die Equipage war fast am Ziel und steuerte die Haustür an. Für die Zukunft, da der Vater nicht mehr für Befehle und Verbote da war, hatte Otto geplant, einen Zaun zu bauen. Ein Hindernis. Keiner durfte mehr rein, selbst der Herr Pfarrer sollte Halt machen, und wenn es der Papst gewesen wäre. Der Hof war *sein* Territorium. Er machte gute Miene zum bösen Spiel und trat aus dem Versteck.

„Tag, die Herrschaften!“

„Ach, du armes, gutes Ottochen. Guten Tag und herzliches Beileid für all das, was euch der liebe Gott genommen hat.“

„Er hat uns nichts genommen. Unser Vater war störrisch und wir müssen es jetzt ausbaden.“

Die Koubkovic verzogen ihre Gesichter und schwiegen. Nun. Wie lud man sich selbst ein, da Otto keine Anstalten einer Einladung machte? Man stand einfach draußen herum. „Ottochen, Zorn ist ein Zeichen des Schmerzes“, säuselten sie.

Mutter erschien im Türrahmen. „Willkommen. Treten Sie ein, ich habe was auf dem Tisch, treten Sie ein." Sie schürzte ihre Lippen und schenkte Otto einen kurzen, drohenden Blick durch die Schlitze ihrer Augen.

Die Koubkovic waren drin. Vorsichtshalber blieb Otto draußen, so zornig war er.

„Anton, verflucht noch mal, wo steckst du? Soll ich denn hier alles allein machen? Dieser Kerl treibt mich noch zum Wahnsinn!", posaunte Otto auf dem Hof.

Sein Kopf platzte vor Wut, er stampfte durch den Schnee, um nachzusehen, wo der Nichtsnutz steckte, als er mit jemandem zusammenstieß, als wäre dieser jemand hinter ihm hergeschwebt. Wie eine Hexe. Das Frauenzimmer stürzte sich auf ihn, schlang die Arme um seinen Hals und hing an ihm wie eine Klette. Das ging so schnell, dass Otto gar nicht sah, mit wem er es zu tun hatte. Als er sich endlich gelöst hatte, genauer gesagt sie mit Nachdruck abgeworfen, brauchte er eine Weile, um zu erkennen, wer sie war.

„Du?!"

„Ich."

„So schnell?"

„Noch schneller ging es nicht. Freust du dich gar nicht?"

„Bist du geflogen?"

„Mach nur Witze, du!"

Sie versetzte ihm einen Klaps auf die Stirn, eine Geste aus der Kindheit. Die Kleine wusste, wie sie ihn herumkriegte. Otto musste lächeln, wenn auch nur wenig. Braune Kugelaugen. Von ihrer Mutter hatte sie nicht viel. Er hätte sich gern die Zeit genommen, um ihre Wesensveränderung zu studieren, hätte mit Vergnügen jede Pore ihres jungen Gesichtes unter die Lupe genommen, um abzuwägen, in welche Richtung ihre Entwicklung steuerte, wenn sie nicht ununterbrochen dazwischengequakt hätte. So murmelte er nur Dummheiten daher.

„Ich … ich hatte dich anders in Erinnerung.“ Sie lächelte ihn an und strahlte. „Herrgott, bist du groß geworden! Anton! Anton! Marie ist da! Marie ist nach Hause gekommen, Anton!“, rief er wie ein altes Marktweib. „Frierst du? Du bist so schmal, Marie, so dünn angezogen. Und die Schuhe, wo hast du denn den Klump her? Rein mit dir! Ach, wir sind nicht allein, die Blutsauger nisten bei uns in der Küche und liquidieren alles, was auf dem Tisch steht. Und unsere Mutter ist auch noch so dumm und unterstützt das Ganze, aber keine Angst, ich schmeiße sie hinaus! Bist du etwa zu Fuß aus Prag gekommen? So, wie du aussiehst? Mutter! Mutter, sieh an, wer gekommen ist! Schau, was für eine Überraschung!“

Er zerrte Marie in die Küche, dieses schmale Bündel von Schwester. Der warme Duft von Gebackenem schmeichelte ihren Nasen. Mutter war bereits seit dem Morgengrauen fleißig, sie hatte den Brotbackofen angeheizt und die Teige bereitet, die sie am Tag zuvor eingelegt und mit Wasser bestrichen hatte. Sie buk sieben Brotlaibe von beträchtlicher Größe. Drei bis fünf Kilo schwere Laibe. Ihr Brot schmeckte einfach fabelhaft. Für die nächsten Tage war ausgesorgt.

„Kind!“, platzte es aus ihrer Kehle.

Die Koubkovic erhoben sich zum Gruß, aber nicht zum Abschied. Sie starrten Marie an, die ihre durchnässten Schuhe abstreifte. Otto bot ihr seine vorgewärmten Treter an.

„Mama.“ Marie fiel in ihre Arme, Tränen kullerten über ihre Wangen, sie bohrte das niedliche Gesicht in Mutters Strickjacke.

Die Koubkovic schauten kauend zu, die Hälfte der Buchteln

war dahin. Die Mutter ging rau mit ihr um, zeigte sich trotz der allgemeinen Rührung unverändert, war immer noch dieselbe Zornige. Marie trug nichts zur Versöhnung bei, am liebsten hätte Otto nachgeholfen und seine Arme um die Kleine geschlungen, wie es der Vater getan hätte. Sachte klopfte sie auf Maries Schulter, wie einer beliebigen Nachbarin, der Blick unverändert, starr und kalt.

„Jetzt hat er es hinter sich“, flüsterte sie.

Die Kleine sah ihrer Mutter direkt ins Gesicht, las das Leid, das sich in die Falten der Alten hineingemeißelt hatte.

Die Lebedas hatten es nie leicht gehabt, an Hunger aber litten sie nie. Seit Generationen bescherte die Kraft des Wassers ihnen reichlich, versetzte das oberschlächtige Mühlrad durch das Aufschlagwasser in Bewegung. Selbst in Dürrezeiten, wie in den letzten zwei Jahren, kamen sie zurecht. Der Vater hatte lediglich Otto sein Wissen weitergegeben, seit Jahren bewirtschaftete er mit ihm den Hof und betrieb die Mühle. Otto wusste, was zu tun war. Sie war zwar schon recht marode, doch er konnte sie instandhalten, schließlich besaß er zwei gesunde Arme und war gewillt anzupacken. Selbst ohne Elektrizität – der Vater hatte sie abgelehnt – waren die Lebedas unabhängig und kamen gut zurecht. Der Vater hatte früher getrunken, doch das hatte sich nach seinem Schlaganfall vor zwanzig Jahren geändert. Seitdem hatte er keine Flasche mehr angesehen.

Von einer Liebesbeziehung zwischen Mutter und Vater konnte nicht die Rede sein. Dennoch war die Mutter nun verzweifelt. Der steif gefrorene Leichnam des Mannes, mit dem sie fast vierzig Jahre verbracht hatte, lag auf dem Speicher, das musste erst einmal verdaut werden. Sie brauchte Zeit. Zeit, um die Veränderung anzunehmen. Den Verlust zu akzeptieren, jene alt gewordene Last der Vergangenheit zu verstehen und daraus einen Nutzen für die Zukunft zu ziehen. Alles noch zu früh.

„Mama. Erzähl, wie ist es ihm ergangen, als er starb?"

Die Koubkovic waren satt. Mitten im Satz machten sie sich zum Aufbruch bereit. Eine Aufwandsentschädigung für den langen, mühsamen Weg durch den Schnee bis zur Mühle, wo sich die Füchse Gute Nacht sagten. Ein Braten wurde nicht mehr aufgetischt, also gingen sie. Den eigentlichen Grund ihres Kommens, den Toten zu segnen, hatten sie vergessen, so musste der Vater ohne Segnung der Koubkovic zurechtkommen.

„Wir wollen Sie nicht weiter stören."

„Auf Wiedersehen", plapperten ihnen alle hinterher. Otto hatte sie hinausbefördert. Es war auf einmal still in der Küche.

„Erzähl, Mutter", bat Marie erneut.

Die Mutter, die aus heiterem Himmel losschluchzte und ihr Gesicht vor Scham verdeckte, war handlungsunfähig.

„Ich werde es dir erzählen", echote es aus dem Flur.

Antons Stimme klang schön und sonor, wie die eines Schauspielers. Entweder war der Türrahmen geschrumpft oder Anton war gewachsen. Er musste sich bücken. Vielleicht war der Türrahmen des Hauses daran schuld, dass er sich eine seltsam gebückte Haltung zu eigen gemacht hatte.

Marie zuckte zusammen. Die Mutter sackte auf die Holzbank einem Bündel Unglück gleich, ihre Kräfte schwanden. Belanglose Worte, nichtige Fetzen, gegen die Stille, erfüllten die Küche. Marie weinte, die Brüder stierten auf den Boden wie Schuljungen.

„Er ist krank geworden. Die Lunge", kam es leise über Antons blutrote Lippen, als stünde er vor einem Tribunal. „Und dann …“

„… bekam er Fieber, ein sehr hohes Fieber. Er wollte sich nicht hinlegen, hustete sich die Seele aus dem Leib und fiel hin. Im Stall, unter Rosa. Er hat Glück gehabt, Bára hätte ihn totgetrampelt“, ergänzte Otto.

„Wäre er besser dran gewesen“, zischte die Mutter dazwischen.

Otto ergriff erneut das Wort. „Als wir ihn gefunden haben, lag er bereits eine Weile bewusstlos im Mist. Wir haben ihn schnell ins Bett gebracht. Mutter hat viel zu lange gewartet mit der Kräuterfrau, da befand er sich schon mehrere Tage im Delirium.“

„Halt die Goschen!“

„Ist doch wahr, Mutter!“ Allmählich packte Otto dieselbe Wut und derselbe Zorn wie damals. Er war sich nicht sicher, ob sie es nicht darauf angelegt hatte, ihn sterben zu lassen. Seine Fäuste klopften nervös an der unteren Tischkante. „Ich mache mich lieber an die Arbeit. Arbeit ist immer das beste Rezept für die Seele.“

Im Weggehen schenkte er Anton einen Blick, ohne sich darüber im Klaren zu sein, was er damit eigentlich sagen wollte. Draußen schneite es.

Anton
Februar 1939

Die Mutter hielt inne. Sie tat, als könnte sie lesen. Ein altes Spiel.

„Lies." Sie drückte Anton das Testament in die Hände.

Anton hörte kaum, was er las, andere Gedanken verloren sich in höheren Sphären. Von Scham und Beklommenheit geplagte Quergedanken ließen das Testament und die Politik verblassen. Übermorgen wollte *sie* aufbrechen. Er wollte sie begleiten, kannte aber Mutters Einwände. *So weit kommt's noch. Und wer soll hier bleiben? Nirgendwo gehst du hin!*, würde sie sagen.

Anton artikulierte in aller Langsamkeit alle Namen, die in dem Schreiben hintereinander aufgelistet waren. Das Testament war eine Kopie des Originals, um krumme Geschäfte auszuschließen. Vater war gewissenhaft gewesen und hatte Gerechtigkeit verlangt. Das Original lag beim Notar. Anton las noch mal. Es waren nur wenige Zeilen. Mutter spannte das Gesicht an, um kein Wort zu verpassen. Otto wollte fliehen, er war zu müde, um sich die Tragweite vorzustellen, zumal er schlecht geträumt hat. Exakt das, was im Brief stand, hatte er geträumt.

„Otto, hiergeblieben!"

„Ja, Mutter."

Auf Wunsch von Vaters Vetter Tomáš Lebeda sollte der älteste Sohn den Gutshof samt dazugehörenden Grundstücken übernehmen. Das klang beneidenswert, war es aber nicht. Der universelle Erbe stand in der Pflicht, jeweils dreihundert Kronen an alle Geschwister auszuzahlen. Hinzu kamen drei Daunendecken mit Kissen als Hochzeitsgaben für Tereza, Věra und Marie. Diese müssten gekauft werden. Von welchen Ersparnissen hatte Vater in seinem Testament nicht erwähnt. Erleichterung für Anton. Jeglicher Verantwortung entzogen, griff er unvermittelt nach dem Gebackenen auf dem Tisch und stopfte es in seinen Schlund. Für ihn änderte sich also nichts. Er konnte gehen, er durfte bleiben, wie es ihm beliebte, unter der Bedingung, sich an der Arbeit auf dem Hof zu beteiligen. Er war frei, obgleich moralisch verpflichtet, Otto zu helfen, und er durfte nicht vor ihm heiraten. So die Tradition. Dem Anschein nach waren alle zufrieden. Wer sonst als Otto hätte die Mühle übernehmen sollen?

Anton sah zu Marie. Sie wich seinem Blick aus. Mutter riss die Kopie an sich, faltete sie wortlos zusammen und erhob sich.

„Komm."

Ohne weitere Floskeln folgte Marie dem Befehl. Die Stiegen knarzten unter dem Gewicht der beiden Frauen. Anton beobachte die Säume ihrer Kleider, die Fesseln, die schmalen Fußgelenke. Mutter war in traditioneller Tracht, Marie in einem dunkelblauen Kleid aus dünnem Nichts. Die Waden. Schlanke, lange Waden. Die Luke zum Speicher klemmte. Mutter versuchte ihr Glück, war aber zu schwach.

„Worauf wartest du, du Knilch? Hilf mir doch mal!"

Anton gehorchte. Die Dachleiter war schmal, der Vater hatte sie vor Jahren gebaut. Eine für das Müllervolk übliche Raumspartreppe. Jetzt quetschten sie sich zu dritt auf den obersten Stufen. Mutters Atem roch sauer. Anton stemmte die Klappe hoch, sie ging quietschend auf. Er sicherte sie mit einem Eisenhaken und gewährte den Zugang zum Dachspeicher, der als Leichenaufbewahrung fungierte. Vaters Todesgeruch schlug ihnen entgegen. Oder war es nur Einbildung?

Die Mutter ging zuerst, Marie und Anton sahen sich an. Marie war seine Seelenverwandte.

„Kommt! Was steht ihr da wie Pik Sieben? Hier ist es saukalt."
Marie sprang leichtfüßig hinauf, Anton blieb zurück.

In der Nacht machte Anton kein Auge zu. In der Küche wurde gestritten. Marie und Mutter waren in aufgebrachter Stimmung.

„Otto? Otto! Schläfst du?"

„Jetzt nicht mehr."

„Tu nicht so."

„Was willst du?", erwiderte Otto matt.

„Dich was fragen."

„Muss das ausgerechnet jetzt sein?"

„Du kannst mir doch auf eine Frage eine Antwort geben."

„Dann frag, zum Kuckuck."

„Was denkst du?"

„Was?"

„Worüber sie streiten?"

„Sie will sie nicht nach Prag zurücklassen."

„Marie?"

„Nein, die heilige Maria, du Ofen!"

„Sie soll ihre Pragpläne ad acta legen?"

„Wo hast du denn das Wort her?"

„Aus dem Radio." Er hielt inne, setzte dann fort: „Ich kann mir beim besten Willen nicht vorstellen, dass Marie darauf eingeht. Sie würde lieber heiraten, nur um hier wegzukommen. Oder was meinst du, Otto?"

„Was? Ich schlafe schon."

Am nächsten Morgen fragte Anton Marie, ob sie eine Liebschaft in Prag hätte. Er schlug einen flapsigen Ton an, bewirkte aber nichts Flapsiges.

„Was bist du doch für ein Detektiv! Die Nase in meine Privatsphäre stecken, das kannst du. Ein Fuchs im Nest bist du. Ja, ich kenne einen Jungen, einen hübschen jungen Mann, der bald als Lehrling beim Steinbruchmeister Leopold von Koskula antreten wird. Nicht weit von Prag."

„Ich dachte, du willst in Prag leben."

„Ich sagte, nicht weit von Prag. Wir werden uns täglich besuchen. Und ans Heiraten habe ich auch schon gedacht. Ich mag diesen Jungen nämlich sehr."

„Kennst du überhaupt seinen Namen?"

„Oskar. Oskar heißt er."

Das Türschlagen im Viehstall ließ sie hochfahren. Sie begutachten die gelockerten Scharniere des Kuhstalls. Rosa stierte, als würde es donnern. Es war nur der Wind, doch Rosa fürchtete den Donner wie der Teufel das Weihwasser. Anton beruhigte die Kuh, beklopfte ihre Lockenpracht, die im Winter so stark nachgewachsen war, damit ihre klugen Gedanken nicht einfroren. In Wirklichkeit tröstete er sich selbst. Oskar hießen hier Dutzende Bauernlulatsche.

„Ist schon gut, Rosi, ich rauch nur eine. Das wird doch wohl erlaubt sein."

Marie sah ihm amüsiert zu, während er sich die Zigarette anzündete. Anton konnte mit Tieren ausgezeichnet.

Marie
März 1939

Außer Anton und Otto waren alle anderen Geschwister fortgegangen. Tereza folgte einem Zimmermann aus Vimperk, den sie heiratete, Václav und Jan fanden eine Stelle in Srní als Förster, Věra verschlug es nach Olmitz. Marie hätte sie gern gesehen, sie hätte gern nach ihrem Alltag in diesen Zeiten gefragt. Vor allem Matiáš, der so nah an der deutschen Grenze lebte. Mochte sein, dass sie über die Deutschen zu Unrecht so schlecht dachte, auch sie waren einfache Bauern, die mit Liebe im Herzen geboren wurden wie jeder Mensch auf Erden, doch die Ideologien ihres Führers machten ihr Angst, zumal sie ihn vergötterten und glaubten, was er ihnen versprach. Die Mutter hatte früher in Deutschland gearbeitet und das hatte sie gern getan. Sie war jung und voller Hoffnung gewesen. Lebhaft erzählte sie von der Zeit, wie sie einen ganzen Tag mit einem gebundenen Gepäck auf dem Rücken über Bayerisch Eisenstein bis nach Zwiesel wanderte, um dort als Magd eines Großherrn in Dienst zu treten. Kein schlechtes Wort hatte sie je über ihn fallen lassen. Sie beschrieb ihn als frommen, tüchtigen Mann mit ausgeprägtem Hang zur Genauigkeit. Außerdem hatte sie sich dort in den Neffen des Großherrn verliebt, einen schönen deutschen Burschen mit goldenem Haar wie Anton. Sogar geküsst haben sie sich, verriet sie.

Die Mutter war in Radešov aufgewachsen. Deutsch hatte sie im Laufe ihrer Dienerschaft so gut gelernt, dass die Kinder wie dumme Küken staunten, wenn sie auf Deutsch loslegte. Vor allem das Schimpfen ging ihr flott über die Zunge. *Die Tschechen verwenden viele deutsche Wörter, ohne es zu wissen,* sagte sie. Als der Vater in ihr Leben trat, war es aus mit der deutschen Liebschaft und mit der Arbeit in Zwiesel.

Mutter war dem Vater versprochen, dagegen konnte man sich nicht auflehnen. Dementsprechend verstand Marie die Abgeklärtheit ihrer Mutter, die jede Zelle ihres Körpers ausmachte. Nichts gegen den Vater – *Gott hab ihn selig*, Marie liebte ihn sehr –, doch ihr Vater war der Onkel ihrer Mutter, der Bruder von Maries Großmutter Ilse Lebedová, der ursprünglichen Eigentümerin der Mühle.

Vaters Frau aus der ersten Ehe war an Tuberkulose verstorben. Er war bereits Witwer, als er die Mutter zum Altar führte, und zwanzig Jahre älter als sie. Damit die Mühle durch die Vermählung in der Familie blieb, musste der Bruder der Besitzerin seine Nichte zur Frau nehmen. Die Liebe ließ auf sich warten, die Mutter wollte ihn nicht. Um sie zur Heirat zu zwingen, hängte er sich an den Wasserkrug in sechs Meter Tiefe, sonst wollte er ihretwillen sterben. Bei der Heirat machten alle gute Mine zum bösen Spiel. Als Mutters erstes Kind kurz nach der Geburt verstarb, kursierten im Dorf Gerüchte, das sei eine *von Gott gesandte Strafe*. Ein Zeichen, dass dieser Ehezwang falsch und zum Scheitern verurteilt war. Praktisch und mit gegenseitigem Respekt verhielten sich Maries Eltern zueinander, zärtlich nie. Einem Kind fiel so etwas vorerst nicht auf, für Marie war die Beziehung ihrer Eltern die erste und einzige Beziehung, die niemals infrage gestellt wurde. Später, als Marie heranwuchs, begann sie sich zu fragen, wie es um ihre Eltern wirklich stand. Wie konnte ihre Mutter ohne Liebe zwölf Kinder gezeugt haben, mit einem Mann, der ihr Onkel war?

Bevor Marie nach Prag aufbrach, stattete sie *ihm* einen letzten Besuch ab. Eine wächserne Hülle der Erinnerungen, mehr war von ihm nicht übriggeblieben. Die Wangen eingefallen, die Lippen schmal, leicht geöffnet, die Augen fest geschlossen, glatte gelbe Haut. Es war sehr still. Die Sonne brach im Osten durch und das Tauwetter setzte ein. Es war Zeit aufzubrechen.

Otto fuhr sie mit einem Pferdegespann bis nach Strakonice. Schweren Herzens trennte sie sich von ihm, er winkte zum Abschied wie ein trauriger Clown. Würde das Tauwetter anhalten und der Vater auftauen, so käme sie wohl nicht zu seiner Beerdigung, das ließ sich nicht ändern. Ihre Existenz in Prag war besiegelt.

Otto verkaufte auf dem Strakonicer Markt Eier und Mehl, dafür gab es gutes Geld. Weizen und Roggenmehl waren eine heißbegehrte Ware, insbesondere in den Städten war die Not eklatant. Marie fuhr von Strakonice nach Prag mit dem Zug.

Die kommenden Wochen waren aufwühlend. Prag geriet in Panik aus lauter Angst vor den Faschisten, die Menschen sprachen von einem bevorstehenden Krieg. Auch die gnädige Frau verkroch sich in ihrer Wohnung und traute sich nicht mehr aus dem Haus. Ihr Mann war in Wien, um sich mit anderen jüdischen Intellektuellen zu besprechen und Vorkehrungen zu treffen, die Juden hatten es schwer. Seit dem 6. Oktober des letzten Jahres war die Verdrängung der tschechischen Bevölkerung im Gange, begonnen wurde mit dem Sektor IV, bald würde Sektor V folgen, dessen Lage Marie nicht kannte.

„Was bezwecken die Deutschen damit? Haben sie nicht genug Platz zum Leben?“

„Hitler will Krieg führen, Marie! Die Verteidigungsanlagen in westlicher Richtung liegen durch die Neueinteilung auf dem deutschen Staatsgebiet, verstehst du?“

„Nein. Aber wieso wehren sich die Tschechen nicht?“

„Sie sind in der Unterzahl, sie sind eingeschüchtert, was

weiß ich. Der Tscheche ist ein gemütliches Tier, er kämpft nicht gern."

„Und der Rest der Welt schaut einfach zu?

„Der Rest der Welt schaut einfach zu. Großbritannien und Frankreich machen mit. Die Garantieerklärungen für den Bestand des tschechischen Reststaats klingen wie eine Farce."

„Garantieerklärungen?"

„Ein großer Irrtum, mein Liebe."

Marie verstand nicht, wovon die gnädige Frau sprach. Sie neigte ohnehin dazu, den Teufel an die Wand zu malen, daher legte Marie ihre Horrorszenarien nicht auf die Goldwaage. Keiner wusste, wie es wirklich an den neuen Grenzübergängen aussah, nachdem der tschechische Teil der Ersten Republik aufgeteilt, zugeteilt, getrennt und zugeschnitten worden war wie ein saftiges Stück Kuchen, von dem nur noch ein kleiner Resthappen ohne Kirsche, ohne Belag übrigblieb. Keiner wusste, wie es weitergehen würde. Marie hoffte stillschweigend, dass die Tschechen aufbegehren würden. *In der Not sind die Tschechen erfinderisch*, so sagte man zumindest.

Marie schlief schlecht. Sie dachte an Matiáš, sie dachte an ihren Vater, an den Brunnen, in den er sich geworfen hatte, sie dachte an ihre Mutter, die so schlecht aussah, an ihre Schwester Tereza mit dem Säugling, dachte an Anton, der immer merkwürdiger wurde, und an den einsamen Otto. Sie dachte an ihre Freundin Ida, die in Kašperské Hory lebte, wo die Bevölkerung vorwiegend deutschstämmig war. Tschechen und Deutsche lebten nicht immer im besten Einvernehmen, Zankereien und Rivalitäten hielten sich über Generationen, dennoch kamen sie mehr schlecht als recht miteinander aus und Mischehen waren keine Seltenheit. Und nun sollte wegen diesem hirnverbrannten Österreicher alles anders werden? Die Heimatwurzeln, die so lange gebraucht hatten, um zusammenzuwachsen, sollten nun auseinandergerissen werden? Ihr wurde übel von alledem.

Mit zitternden Gliedern wachte sie morgens auf und fürchtete den anbrechenden Tag. Oskar hatte sie, seitdem sie in Prag angekommen war, nicht mehr zu Gesicht bekommen und die gnädige Frau gab ihr keine Auskunft. Sie tat so, als wüsste sie nicht, wen Marie meinte, dabei wusste sie ganz genau Bescheid. Menschen verschwanden, als hätte sie die Erde verschluckt. Die Nachbarn munkelten, dass Oskar Jude war.

Die Lage verschlechterte sich. Jáchymka, die letzte jüdische Schule in Prag, platzte aus allen Nähten. Alle anderen waren geschlossen, die Anzahl der Kinder ohne Schule stieg von Tag zu Tag. Für die jüdischen Lehrer war die Jáchymka die einzig mögliche Arbeitsstätte. Es wurde in zwei Schichten unterrichtet. Selbst in den Abendstunden waren die Fenster erleuchtet wie in einer Fabrik. Die Slowaken wurden von den Tschechen getrennt. Fassungslos saß man im Wohnzimmer bei schwacher Beleuchtung, um die Glühbirnen zu schonen, und studierte über einer Landkarte das zusammengeschrumpfte Land. Die siebzehn Jahre, die Marie auf der Welt war, hatten Tschechen und Slowaken zusammengelebt. Sie stellten nach ihrer Auffassung ein Bündnis solider Selbstverständlichkeit dar. Zwar hatte sie nicht viel mit den Slowaken zu tun, Matovice war zu weit weg von der Slowakei, doch dieser Riss spaltete für sie das Herz Europas.

Die Gardine wurde leicht zur Seite geschoben. Die gnädige Frau beobachtete die Passanten auf der Straße. Von der Beletage aus konnte man sie gut sehen. Jeden Einzelnen nahm sie unter die Lupe, schätzte ihn ein, versuchte seinen Gesichtsausdruck zu entschlüsseln. *Wie steht er zu uns? Zu uns Juden.* Sie erkannte aber nichts, nur die wiederkehrende Gleichgültigkeit und Beklommenheit wie vor Monaten. Die gleichen Mienen der Masse. Die Zudecke, in die sie eingehüllt war, schleifte am Boden, sie nippte am erkalteten Tee, hüstelte. Draußen schneite es wieder.

„Pharisäer. Zuerst das Land, dann die Menschen", hauchte sie wie ein Schatten ihrer selbst.

Der Arzt hatte Bettruhe angeordnet, es seien die Nerven und die schlechte Ernährung, ließ er sie wissen. Die gnädige Frau aß so gut wie nichts. Marie hatte sie noch nie so schlecht beieinander gesehen.

„Was genau meinen Sie mit *Zuerst das Land, dann die Menschen?*", fragte Marie.

„Alle Menschen werden früher oder später vertrieben. Entweder vertrieben oder zu Tode gequält", antwortete sie monoton.

Beklommen stellte Marie ihre Teetasse in der Küche ab und schleppte sich in ihr Giebelzimmer. Auf dem Schreibtisch lag wieder ein Brief. Was war nur mit der Welt los, dass sie ununterbrochen Briefe produzierte? Sie las ihn und erschauderte. Wie hätte es auch anders sein können? Die Mutter befahl ihr, nach Matovice zurückzukommen. Für immer oder für eine gewisse Zeit, jedenfalls so lange, bis die Familie zurechtkäme, so lange, bis die Mutter sich daran gewöhnt hatte, keinen Mann an ihrer Seite zu haben. Widerrede könne sie sich sparen. Marie weinte die ganze Nacht.

Die gnädige Frau und die Schneidermeisterin erkannten Maries fleißige Abbitte an und sprachen sie von allen Dienst- und Schulpflichten frei, was letztendlich die Beendigung des

Arbeitsverhältnisses nach sich zog. Am 18. März musste Marie zu ihrer Familie zurück.

Mit trauerndem Herzen erledigte sie die letzten Einkäufe für die gnädige Frau und für die Hutmacherin. Soweit es ging. Beide Geschäfte der Hutmacherin waren inzwischen mit Bretten zugenagelt und mit widerlichen Parolen beschmiert, was sie einnahmelos machte. Es blieb ihr nur übrig, von ihren Ersparnissen zu leben. Ihre geplünderten Läden aufzusuchen, war riskant. Sie mied die Straßen, in denen sie früher täglich verkehrte. Marie besorgte Tabak, bestellte den Arzt. Natürlich einen jüdischen. Die gnädige Frau lag im Fieber. Sie hatte den jüdischen Schuhverkäufer eingeladen. Auch der Schuhverkäufer hatte sein Geschäft verloren. Diese privaten Zusammenkünfte, bei denen die Juden tauschten, was ihnen geblieben war, waren illegal, aber die einzige Möglichkeit, noch irgendwie Geschäfte zu machen. Es würde bald niemand mehr geben, der für die Frauen noch etwas tun könnte. Die mutlosen Tschechen kehrten der jüdischen Bevölkerung aus Furcht vor Strafe den Rücken zu, wechselten die Straßenseite und gehorchten der Obrigkeit. Egal wie sehr die Juden gepiesackt wurden, sie schwiegen mit gesenkten Köpfen. Auch Marie trug zu ihrer Befreiung nichts bei, aus Angst.

Nur noch drei Tage bis zur Abreise. Obwohl es erneut schneite und die Temperatur unter null sank, war der Winter in den letzten Wochen mild gewesen. Maries Vater lag bereits unter der Erde, da er aufgrund des Temperaturanstiegs zu tauen drohte. Sie musste sich damit abfinden, die Beerdigung verpasst zu haben. Vibrierend grübelte sie unter ihrer Bettdecke. Furcht plagte ihren Geist, eine seltsame Todesangst vor der nahenden Urgewalt schnürte ihr die Kehle zu, sie musste weinen. Ungutes haftete der Stadt an, überhaupt war Prag fürchterlich still, nicht akustisch, eher bildlich, wie die Ruhe vor dem Sturm, ein lähmendes Dahinsiechen. Blasse Marionetten tummelten sich mit unsicheren Blicken auf den Straßen und öffentlichen Plätzen, führten kurze Gespräche über Belanglosigkeiten. Eingehüllt in ihre Wintermäntel wirkten sie ernst und starr. Alle scheuten die Zukunft unter dem Regiment des großen Führers, der in ihren Augen keiner war. Besorgte Mütter mit Kindern an der Hand eilten in durchnässten Pumps auf den verschneiten Gehwegen, verliebte Paare auf den Straßen, wie sie Marie so häufig gesehen hatte, gab es keine. Den Stimmen aus dem Volksempfänger horchend, saßen sie eingemauert in ihren Küchen, empfingen neues Gift, neue Verkündungen einer düsteren Zukunft.

„Es wird noch schlimmer“, prophezeite Bernadette, die gnädige Frau.

Es war der Abend vor Maries Abreise, ihr Gemüt aufgeweicht wie Butter. Plötzlich waren Gäste erschienen und füllten ausgerechnet heute Bernadettes Wohnung mit Getöse, das wie Flammen bis zu ihrem Kämmerlein hinaufzüngelte. Aktuelles wurde besprochen, neue Ängste türmten sich endlos auf, verständlich, aber idiotisch. Wie sollte sich Marie bei so viel Tumult von der gnädigen Frau verabschieden, ihr ein gutes Leben wünschen? Es war ihr peinlich, den fremden Gesichtern nur im Nachthemd zu begegnen. Sie tat es trotzdem, es war an der Zeit, Eitelkeiten und Scham zu vergessen, vielleicht würde sie die gnädige Frau nie wiedersehen und es ihr ganzes Leben lang bereuen. Als sie die paar Stufen heruntertrat, um der gnädigen Frau einen Wink zum Abschied zu schenken, erstarrte sie.

„Oskar?“, platzte es aus ihr heraus.

Oskar blickte sie an und die lebhaft geführte Debatte wurde jäh unterbrochen. Die gnädige Frau schmunzelte ein wenig, was Marie gut erkennen konnte, weil sie nie schmunzelte und somit einen gänzlich neuen Gesichtsausdruck gewann. Die fragenden Blicke aller Anwesenden machten die ganze Situation grotesk, einer peinlichen Enthüllung gleich.

„Das ist unsere Marie. Und das ist Oskar. Ihr kennt euch? Wie schön! Oskar, wo Sie nun da sind, würden Sie mir einen großen Gefallen erweisen?“

„Einen Gefallen? Natürlich, Frau Madelong.“

„Die Ofenröhren in Maries Zimmer machen uns so zu schaffen. Seitdem mein Mann nicht da ist, ist keiner im Hause, der sich darum kümmert. Sind Sie so gut und klopfen das fest? Marie weiß, wo der Hammer ist, stimmt's, Marie? Die Arme muss seit Tagen in dem verrauchten Zimmer schlafen“, posaunte sie in die Runde und wandte sich wieder an Oskar, dem die Kinnlade hinuntergefallen war. „Bitte seien Sie so lieb, es ist nichts Großes.“

Oskar nickte irritiert und Marie wäre am liebsten im Erdboden versunken. Oskar erhob sich vom Stuhl und die Gespräche wurden fortgeführt. Er war seltsam herausgeputzt, Tweedanzug und polierte Schuhe, geradezu erhaben. Ein Revoluzzer. Auf dem Kopf trug er die alte speckige Mütze, unter der sein braunes Haar herausragte. Er legte ein Buch zurück ins Regal, richtete die Haare und sprang leichtfüßig die Treppe hoch.

„Hallo.“

„Hallo“, folgte sachlich.

„Wo ist er?“

„Wer?“

„Der Hammer.“

„Ach ja, hier“, fiepte sie.

Marie wurde zur Attraktion des Abends, als sie im Nachthemd durch die Menschen huschte, um den blöden Hammer aus der Küche zu holen, gefolgt von ihrem Schwarm. Die gnädige Frau hatte sich weit aus dem Fenster gelehnt, der Ofen war nämlich völlig in Ordnung, die Röhren steckten millimetergenau ineinander und von einem verrauchten Zimmer konnte keine Rede sein. Einen derartigen Fauxpas hätte sie sich sparen können.

In der Küche standen sie plötzlich allein, Oskar und sie, nur der Wirrwarr der Stimmen hallte aus dem Wohnzimmer her.

„Das tut mir leid, dass Sie aus dem Gespräch gerissen wurden“, plapperte das Mädchen.

„Ist schon in Ordnung. Wo ist er?“

Sie nahm den Hammer. Sauber und gepflegt waren seine Hände. Die Augen fast schwarz, mit dunklen Wimpern umrandet, sein Hals schmal und anziehend. Erneut standen sie sich gegenüber, ohne etwas zu sagen.

„Bitteschön“, sagte er tatkräftig und zeigte mit seinem Arm den Weg zu ihrem Zimmer.

Offensichtlich wollte er es hinter sich bringen, eine Ofenrohrreparatur klang nicht so einladend und an Marie schien er auch nicht besonders interessiert zu sein. Doch manche Männer trauten sich nicht, ihre Absichten zu zeigen, und strahlten aus Scheu lieber Desinteresse aus, was sich Marie insgeheim wünschte. Oskar ahnte nicht, dass Marie ihn heiraten wollte, wie denn auch, sie hatte noch kein Wort mit ihm gewechselt, zumal er sie nicht einmal als Dienstmädchen der Familie Madelong registriert hatte. Er ahnte auch nicht, wie sehnsüchtig sie sich seine Küsse, Berührungen und Liebkosungen vorstellte, wie gut sie seinen Körper zu kennen glaubte. Seine Haut roch nach Mandeln und fühlte sich wie frisch gepflückte Pfirsiche an. Alles fesselnde Impressionen ihrer Fantasie! Oskar verschwand zielstrebig in ihrem Zimmer, Marie hinterher. Er begutachtete den Ofen, klopfte und befühlte die Röhren ganz vorsichtig, schließlich glühten sie wie im Bilderbuch.

„Ich kann nichts finden. Einwandfrei …“

„Na dann bin ich ein Genie. Ich habe es nämlich bereits selbst … wie soll ich sagen, repariert. Das wusste die gnädige Frau natürlich nicht. Ich hätte es ihr sagen sollen, um Ihnen den Weg zu sparen.“

„Ach so. Soll ich den Hammer wieder zurücklegen?“ Wieder befühlte er das Blech und klopfte daran. „Gut gemacht. Es ist dicht. Ich hätte es nicht besser machen können.“

„Das wäre sehr nett, ich möchte nicht so gerne im Nachthemd unter die Leute gehen.“

Nun räusperte er sich, guckte weg.

„Ich hab nämlich nichts darunter.“

Einen Augenblick standen sie verloren da. Maries Herz donnerte wie bei einer Prüfung. Sie wollte ihm um den Hals fallen, traute sich aber nicht, stattdessen blickte sie sich hektisch um, was im Zimmer noch instandgesetzt werden könnte: eingerostete Fenstergriffe, ausgeleierte Scharniere oder wackelige Beine am Mobiliar. Es gab aber nichts zu beanstanden. Alles tadellos.

„Na dann … gute Nacht“, stotterte er.

„Ähm … gute Nacht“, antwortete sie kumpelhaft und griff nach der Türklinke. „Hier ist der Hammer.“

„Ach ja, stimmt.“

„Ich … ich fahre bald in meine Heimatstadt … also mein Heimatdorf. Und komme nicht so schnell wieder.“

„Ach wirklich? Das ist sicher besser so, hier in Prag wird es bald ungemütlich. Gute Reise!“, wünschte er.

Mit einem Ruck öffnete er die Tür und ging. Oskar winkte mit dem Zaunpfahl, das konnte man nicht anders benennen, da war gar nichts! Wie konnte sie so danebenliegen? Marie schloss die Tür, legte sich ins Bett und versuchte seinen Namen aus ihrem Gedächtnis zu streichen.

Bereits in den Morgenstunden füllten sich die mit Hakenkreuzbannern geschmückten Straßen. Ein langgezogenes tiefes Brummen der vorbeirollenden Panzerkolonne ließ die Altstadt erzittern. Mit strammem Schritt marschierten die Uniformierten voran. Dahinter die Zellenobmänner, einer größer und selbstgerechter als der nächste, typische SS-Männer. Und den Panzern folgten die vielen Anhänger der Partei. Judenfeinde. Dicke, speckige Amtswalter, zum Teil böhmischer Herkunft, deren braune Uniformen sich nur wenig von denen der SA unterschieden. Breite Ledergürtel hielten ihre Leibesfülle zusammen. In Achterreihen stampften die Parteigenossen, das Hakenkreuz am Rockaufschlag. Marie sah sich die Gesichter genau an, Ekel erfasste sie.

„Heil Hitler“, grölten alle.

Wo waren die Prager eigentlich? Obmänner, Zellenwarte oder Aufpasser, die das Durcheinander im Zaum hätten halten müssen, waren überflüssig, hier herrschte Ordnung der deutschen Art, die tschechische Masse fügte sich wie in einem Propagandafilm. Marie verfolgte den Marsch mit angehaltenem Atem. Der Führer erschien leibhaftig auf dem verschneiten Prager Hradschin, salutierte heroisch und befeuerte die Menge in seinem Stakkatoduktus.

Die Errichtung des Reichsprotektorats Böhmen und Mäh-

ren als Bestandteil des Großdeutschen Reichs war wie eine spöttische Ohrfeige in das Gesicht der Dummen. Hitlers Rede dauerte. Er hörte sich gern reden. Es schneite wie verrückt, die Kälte kroch in die Glieder. Auf den Plakaten standen auf Deutsch und Tschechisch Lobeshymnen für das Naziregime, von Nazis verfasst, die Ankündigungen waren klar.

Vor die Alternative gestellt, entweder von den Wehrmachtstruppen besetzt und in Prag bombardiert zu werden oder aber unser Schicksal vertrauensvoll in Hände des Führers der Deutschen Reiches zu legen, wurde ein sogenannter Protektoratsvertrag unterzeichnet. Eine Lösung des schwelenden Nationalkonfliktes, um der Benachteiligung der rund drei Millionen Sudetendeutschen seit der Staatsgründung am 28. Oktober 1918 Einhalt zu gebieten.

Alle öffentlichen Verwaltungen laufen wie folgt weiter, es sei denn, die deutsche Führung ordnet etwas Neues an. Dies gilt für die Polizei, Post, Eisenbahn, öffentliche Fabriken. Das Agrarleben ändert sich nicht. Jeder Arbeiter bleibt an seinem Arbeitsplatz und führt seine Aufgabe fort. Jegliche Arbeitsverweigerung wird als Sabotage verstanden. Ab sofort gilt für alle Gasthäuser um 20 Uhr die Sperrstunde. Zwischen der 21. und 6. Stunde darf kein Bürger das Haus verlassen, mit Ausnahme von Berufen wie Ärzte und Eisenbahnschaffner. Diese müssen eine vom Bürgermeister oder einer deutschen Obrigkeit beglaubigte Erlaubnis vorweisen. Jegliche Menschenansammlung sowie Menschenzüge sind ab sofort verboten, sowie der Besitz von Waffen und Sprengstoffen jeglicher Art. Private Radioempfänger sind freiwillig beim Bürgermeister oder einer deutschen militärischen Obrigkeitsstation abzuge-

ben. Der Bürgermeister ist für die Erfüllung dieser Vorschriften verantwortlich.

Und so weiter.

In der folgenden Nacht erhängte sich Herr Goldblut, Frau Madelongs Nachbar.

Otto
März 1939

Für die Festkleidung, die der Vater bei seiner Beerdigung wünschte, hatte er lange gespart. Er war, wie er scherzhaft erwähnte, *auf den Tod vorbereitet*. Otto entnahm das zusammengelegte Bündel aus der Truhe und hoffte, dass es die Mäuse verschont hatten. Auch sein Bruder Anton inspizierte es. Sie breiteten die einzelnen Kleidungsstücke auf dem Boden aus. Ein weißes Hemd, eine Fliege, ein schwarzer Anzug, schwarze Lederschuhe und der Hut, dessen winzige Mottenlöcher mit einem schwarzen Band kaschiert wurden. Bis auf den Mäusekot und die gelblichen Landkarten von Mäusepipi schien die Kleidung heil zu sein.

Mutter versuchte Vaters Arme zu heben, um ihn zu waschen, während sich Otto an seinen Füßen zu schaffen machte.

„Ich kann ihn keinen Deut bewegen“, fluchte die Mutter, „verdammt noch mal, er ist wie aus Stahl.“

Die Söhne sahen ihr verblüfft zu, wie emotionslos sie mit der Bredouille umging.

„Soll ich?“, bot ihr Otto an und packte Vaters Handgelenk. „Wie eisig.“ Ihn schauderte. Mutter hatte recht. Der Vater war schon immer unbeugsam gewesen.

„So wird das mit dem Anziehen nichts. Müssen wir ihn überhaupt umziehen?“, fragte Anton, woraufhin Mutter mit böser Miene zischte:

„Natürlich, du Tölpel! Wenn das der Herr Pfarrer sieht, lässt er ihn nicht beerdigen.“

„Und wie machen das die anderen?“

„Die anderen sterben im Sommer.“

Die Mutter hatte offensichtlich mit Vaters Tod ihre Maske fallen lassen, ihr schwarzer Humor brach sich Bahn. Sie atmete schwer, plötzlich tropften heiße Tränen auf den eiskalten Körper, sie wandte sich ab. Ihr sei schwindelig, sagte sie. Otto hatte sie falsch eingeschätzt. Er erledigte die Waschung mit Anton allein. Ihnen war speiübel.

„Otto, wir können auch nur so tun, als würden wir ihn umziehen. Wenn wir ihn in Leinentücher einwickeln, sieht es sowieso keiner."

„Kommt nicht infrage", antwortete Otto mit empörter Entschiedenheit. Aber wenn er ganz tief in seinem Innern grub, wünschte er dasselbe.

„Komm, er ist tot. Ihm ist es längst egal. Oder glaubst du an den ganzen Unsinn? Was Gott von mir denkt, ist mir ehrlich gesagt schnuppe."

„Anton! Genug!"

Otto versuchte das Hemd über den Arm zu streifen. Der leichte Stoff war porös und riss. Die grünliche Hautfarbe löste in ihm erneut Brechreiz aus, dem Leichengeruch war er nicht gewachsen. Er blickte zu Anton und nickte. Schweigend packten sie den ausgedörrten Körper in doppelt gelegte Leinen, damit ja nichts von ihm zu sehen war. Sie verschnürten ihn mit Spagatschnur und legten ihn wieder auf das Brett. Vater sah aus wie ein ägyptischer Pharao. Wegen ihrer ketzerischen Tat bekreuzigten sie sich und baten um Vergebung. Der Aberglaube. Die Gewohnheit. Vaters Festkleidung versteckten sie auf dem Speicher in einem aussortierten Graupensieb. Etwas Gerümpel obendrauf. Bei Gelegenheit würden sie ein kleines Feuer machen und das Zeug verbrennen. Vater hatte jeden Nagel gesammelt, der Speicher glich einem prähistorischen Museum.

„So soll es sein", tröstete sich Otto und öffnete die Luke des Speichers.

„Lasst das Brett, nehmt ihn huckepack“, befahl die Mutter, die mit Argusaugen von unten spähte.

Sie hatte recht, die Öffnung war schmal, die Leiter wackelig. Otto stieg vorsichtig die Stufen hinab, hielt den Verstorbenen an den Schultern, Anton hinter ihm, des Vaters Füße fest im Griff. In der Küche stand der Sarg bereit, mit Blumen und Tannenzweigen geschmückt, mit Satin ausgekleidet, eine Augenweide. Die Trauergäste in der Küche machten Otto nervös, er konnte den Trubel nicht ab. Als sie eintraten, herrschte Schweigen, gesenkte Blicke, die Mützen ergebungsvoll in den Händen. *Wo waren sie, als er gelebt hat?* Sie gewährten ihnen eine Gasse, damit Vaters Hülle in den Sarg gelegt werden konnte.

„Jesus Christus“, entfuhr es der Mutter. Sie bekreuzigte sich.

Otto begriff sofort. Auch Anton starrte entgeistert auf die Misere, er war kurz davor loszuprusten. Vaters Füße ragten aus dem Sarg, als wäre er glatte zehn Zentimeter gewachsen. Jetzt war guter Rat teuer, so konnten sie den Deckel niemals drauflegen. Mutter blickte Anton vernichtend an. Er würde ihr erklären müssen, wieso man ihm zu kurze Ware angedreht hatte. Leider wusste er es selbst nicht. Wie eine Furie scheuchte die Mutter alle Anwesenden aus der Küche – auch die Betagten, die sich kaum auf den Beinen halten konnten –, um sich dem ausgewachsenen Problem zu stellen. Nur die Söhne durften bleiben.

„Mit dir habe ich noch ein Hühnchen zu rupfen“, ermahnte sie Anton erbost. „Los, presst ihn hinein! Brecht ihm von mir aus die Haxen, er muss da rein.“

Sechs Arme hantierten nun an dem Toten. Sie keuchten wie die Waldarbeiter. Sie versuchten ihn zu biegen, zu neigen oder zu brechen, egal, er musste rein. *Krrracks!* Erleichtert, ihm das

Genick gebrochen zu haben, legten sie den Widerspenstigen endlich in die Kiste. Zwar mit abgeknicktem Hals, doch komplett, wie bei einem schlafenden Erwachsenen in einem Kinderbett. Deckel zu, alle drei atmeten tief durch.

„Ich habe schon gedacht, dass wir ihm die Füße absägen müssen", murmelte die Mutter trocken.

Otto ließ die halb erfrorenen Gäste wieder rein. Sie waren ungeduldig, wollten ihre Heiligenbilder und Präsente, die der Vater im Diesseits gut hätte gebrauchen können, in den Sarg legen, doch Mutter drängelte sich rabiat dazwischen, um den Sargdeckel nur einen Spaltbreit anzuheben. Sie riss die Totengaben aus ihren Händen und pfefferte sie achtlos durch den schmalen Schlitz in den Sarg. In Erwartung eines Nachzüglers verharrte sie noch einigen Augenblick, murmelte bedeutungsloses Zeug und nickte zustimmend mit dem Kopf.

„So … endlich … so."

Irritierte Blicke interessierten sie nicht mehr. Alle waren froh, wenn es voranging. Zu viert hievte man den Sarg aus der Küche, Schwester Tereza mit ihrem Mann und auch Matiáš waren inzwischen angekommen und halfen mit. An der Türschwelle wurde dreimal auf Holz geklopft, zum Zeichen des endgültigen Abschieds. Die Weiber heulten im Chor, bis Mutters Stimme wie eine Machete durch den Raum schnitt.

„Nein! Dreht den Sarg um! Er muss mit den Füßen zuerst aus dem Haus getragen werden, damit er nicht zurückkommt!" Dabei stampfte sie mit der Hacke in den Boden.

Man gehorchte. Das wollten sie alle nicht.

Draußen im Hof wartete bereits die Pferdekutsche mit dem Kutscher, der einen schwarzen Anzug und Zylinder trug. Weiße Blumen aus Papier zierten den Sarg, nicht gerade ein opulentes Sargbouquet, aber im März frische Blumen aufzutreiben, war unmöglich. Das musste genügen. So verwelkte nichts und mit dem Efeu zusammen hatte man ein feierliches Gefühl. Ein mittelgroßer Kranz obenauf erzeugte düstere Ernsthaftigkeit. Anton hatte ihn günstig in Čestice von einem Bekannten erworben, nachdem der seinen Bruder beerdigt hatte, er hatte nicht einmal die Schleife getauscht. Niemand, auch nicht Mutter wusste davon. Auf den Chor wurde verzichtet und das war gut so. *Vater mochte keine Musik,* bestimmte die Mutter.

Die Gäste waren allmählich draußen, sie tummelten sich im Hof, während man den Sarg samt Bahre auf die Pritsche legte. Der Kutscher schwang die Peitsche, schlug die wiehernden Stuten, deren Hufen bei dem Schnee keinen Halt fanden. Die Zuschauer scharrten mit den Füßen, Otto hätte sie am liebsten vor Wut angeschrien. Ohne Mutters Einwilligung holten die Brüder den Schlitten aus dem Schuppen. Die Zeit war knapp, der Herr Pfarrer hatte darum gebeten, noch vor dem Mittagessen zu erscheinen. So trennten sie das Gespann von den Stuten und koppelten den Schlitten an den Haken.

„Heiooo!“

Endlich kamen sie den mittelgroßen Hügel hinauf, Richtung Dorf. Auf der Hälfte der Anhöhe wurde der schmale Weg so steil, dass der Sarg plötzlich vom Schlitten rutschte. Die Menge schrie auf vor Entsetzen, sprang auseinander, während der tote Vater im Sarg pfeilschnell, wie ein Bob durch ihre Mitte zurück in Richtung Mühle schoss.

„Rettet den Toten, rettet den Toten!“, krächzte Mutter, was paradox klang im Angesicht dessen, was da zu retten war.

Der Efeu riss ab, die Papierblumen flogen davon und Otto sah mit abgeklärter Stumpfheit zu, wie der hölzerne Kasten tat, was er nie hätte tun sollen. Er ging auf und Vater glitt aus dem Sarg. Der eingepackte Pharao flitzte davon, samt allen Devotionalien.

„Himmel!“, riefen die Trauernden.

Wie von Gottes Hand geführt, rutschte der eingewickelte Leichnam mit den Füßen voran vor der Mühle in ein Gestrüpp. Das war Gottes Strafe für die zurückgelassene Kleidung auf dem Speicher, dachte Otto. Anton sah ihn betroffen an. Für die Mutter schlug es zwölf, aufgelöst sank sie zu Boden, bekreuzigte sich, und hielt flehend die Arme zum Himmel, während die Zuschauer sie anstarrten.

„O Gott, er will nicht gehen“, zeterte sie, bis ihre Stimme versagte.

Dann wurde es still, niemand wagte auch nur zu atmen. Anton und Otto hasteten zum heil gebliebenen Sarg und packten den Ausreißer zurück, wo er hingehörte. Wieder zerrte und quetschte man den Toten, bis er passte. Alle Geheimtuerei war umsonst, hatten doch alle gesehen, dass der Sarg für den Vater viel zu klein war. Die Brüder warfen hastig alles, was in den Sarg zu gehören schien hinein und hievten ihn zum dritten Mal hoch. Aller guten Dinge sind drei, dachte Otto. Diesmal banden sie die Fracht fest.

Die Kirche war bitterkalt und ihre Glocken schwiegen, als der Leichenzug endlich verspätet eintraf. Der Herr Pfarrer nahm gerade das Mittagessen ein. Die Hälfte der Trauernden war nach dem verstörenden Ereignis ohnehin geflohen.

Gegen ein Uhr, nach Kaffee mit Keks ging bei dem Herrn Pfarrer alles Schlag auf Schlag. Nach einer kurzen Trauerrede trat die Mutter beiseite, ließ sich von den verbliebenen Gästen kondolieren und schritt voran. Sie wartete nicht einmal, bis der Sarg geschultert war. Nach all dem, sah Mutter nichts und niemand, sie weinte nicht, sie war stumpf. Sie wollte heim.

Anton
März 1939

„Anton! Wo steckst du? Kundschaft!“, krächzte die Mutter.

Anton fuhr, aus seinen Träumereien gerissen, auf. Wenn Janouts jüngste Tochter kam, um Mehl für Korn zu tauschen, wusste er, dass er kein gutes Geschäft machen würde. Von Janouts Feldern war nichts zu holen. Sein Korn war wegen schlechter Böden und parasitären Befalls minderwertig, daran ließ sich nichts ändern. Das Mädchen tat Anton leid, wie sie da im dünnen Jäckchen und Holzpantoffeln vor ihm stand. Er mochte die Kleine, schließlich konnte sie nichts dafür, dass ihr Vater sie schickte, um Mitleid zu erwecken. Mit breitem Grinsen ihrer in alle Richtungen ragenden Zähne, die etwas von einem ramponierten Zaun hatten, hielt sie ihm den Sack entgegen. Sie lächelte, nicht weil sie fröhlich war, sondern weil sie das Geschäft abschließen wollte und die Sonne sie blendete. Ihr struppiges Haar leuchtete rot wie das Fell eines Fuchses. Falls sie überhaupt eine Schule besuchte, wurde sie dort sicherlich gehänselt.

Anton ließ sie im Hof stehen und trottete zum Speicher. Die Treppe war so morsch und brauchte dringend eine Erneuerung. Seit Vaters Tod wussten sie, was es hieß, einen Mühlenbetrieb zu erhalten, mochte er noch so klein sein. Der Urgroßvater Jaromir Lebeda aus dem Nachbardorf Střídka hatte die Mühle 1829 erworben, sie zählte bereits an die fünfhundert Jahre. Die Tragbalken des Getreidespeichers stammten den eingekerbten Zahlen zufolge von 1352. Anton betastete die Zahl, als müsste er sich vergewissern, dass es so war. Das kleine Fenster ließ kaum Licht hinein. Jeder im Dorf besaß bereits Elektrizität, nur bei den Lebedas leuchteten immer noch Petroleumlampen. Tradition hin oder her, Anton plädierte für Modernisierungen, doch da er nicht der rechtmäßige Erbe war, konnte er nichts bestimmen. Die Mehlvorräte waren gut gefüllt. Anton entleerte den mitgebrachten Kornsack in einen extra Behälter, um nicht die eigene Ware zu verunreinigen. Gedankenverloren füllte er ihn mit feinstem Mehl. Läppische zehn Kronen bot das Mädchen an, doch er zog nur keck an ihrem Zopf zum Zeichen, dass sie das Geld behalten könne. Sie lächelte wie ein Engel.

„Das behältst du für dich, versprochen? Sonst war es das letzte Mal", flüsterte Anton ihr zu.

Sie nickte und ließ das Geld in ihrer schmutzigen Schürze verschwinden. „Heiratest du mich, wenn ich groß bin?", piepste das Mädchen.

„Natürlich."

„Das sagst du nur so."

„Nein."

„Das hast du zu Anča Urbanová auch gesagt."

„Hab ich?"

„Hat sie mir erzählt."

„Komisch ... Aber was, wenn ich bis zu unserer Hochzeit ein zahnloser Greis geworden bin?"

„Hm ... das ist doof. Dann heirate ich einen Jüngeren. Aber er muss auch so hübsch sein wie du."

Anton kniff ihr in die Wange. „Einverstanden. Und was sagt die Politik?"

„Hm ... der Führer ist nach Prag gekommen", meinte das Mädchen.

„Was für ein Führer?"

„Na, Hitler! *Der* Hitler. Es gibt nur den einen Hitler."

„Ach, der. Und was will er in Prag?"

„Na, okupatieren."

„Okupatieren?"

„Was weiß ich, wie das heißt. Er lässt alle abmurksen, die was gegen das Deutsche Reich sagen." Um ihrer Ansage Nachdruck zu verleihen, fuhr sie mit ihrem Daumen über die Kehle.

„Und das sagen sie im Radio?"

„Ja, nicht so wie ich jetzt, aber ungefähr so."

„Aha ..."

„Sie nennen das ... warte mal ... Aktion Gitter."

„Das weiß du auch aus dem Radio?"

„Jaaa."

„Ein kluges Mädchen bist du, dich heirate ich wirklich."

„Ein Stück Butter könnte ich auch gebrauchen."

„Wir sind eine Mühle, keine Molkerei. Marsch, nach Hause."

Die Mutter hatte verboten, Milchprodukte zu verkaufen, geschweige denn zu verschenken, und Anton wollte keinen Streit. Er schloss die klapprige Zauntür zum Hof. Noch bevor sich die Kleine mit ihrer Karre in Bewegung setzte, drehte sie sich um und winkte Anton zu, was er mit innerer Zufriedenheit erwiderte.

In weiter Ferne erschien am Hügel des schmalen Schotterweges, der immer noch hartnäckig mit Eis bedeckt war, eine Gestalt. Wackelig schritt sie auf die Mühle zu. Wie klein sie aussah, wie ein Kind. Die kleine Rotfüchsin lief auf die Gestalt zu, so schnell es ihre Holzpantoffeln erlaubten. Sie blieb stehen und plauderte mit der Person. Wie angewurzelt sah Anton ihnen zu und ließ gierig die aufkommende Vorfreude wachsen. Die Person verabschiedete sich von dem Mädchen und setzte ihren Weg fort. Anton wäre ihr längst entgegengekommen, gerannt, er hätte ihr mit dem Gepäck geholfen, er konnte sich aber nicht vom Fleck rühren, seine Beine waren wie gelähmt. Er sah ihr zu wie ein Theaterzuschauer einer begehrten Schauspielerin.

„Anton!“

Kopflos rannte er ihr nun entgegen. Sie fielen sich in die Arme, Anton hob sie hoch. Sie wog nichts. Er wollte sie stundenlang so halten. So fest er nur konnte, drückte er den schmächtigen Körper an seine Brust, schlang seine Arme um ihren Rücken und auch sie klammerte ihre Arme um seinen Hals. Er wollte sie küssen, liebkosen, sie widersetze sich jedoch seiner stürmischen Umarmung. Tränen glänzten in seinen Augen und er war zu nichts mehr fähig. Eine wohlige Wärme durchströmte seine Adern. Er war glücklich.

„Hier bin ich also. Jetzt habt ihr mich wieder.“ Sie löste sich von ihm, die Vernunft ordnete gleichfalls sein Verhalten. „Aber ich sage dir, nur solange es nötig ist, denn ich muss unbedingt zurück. Ich werde woanders dringend gebraucht, Anton. Die Juden, die armen Juden, sie werden wie die Schmeißfliegen zertreten!“

Anton hätte da einiges beizutragen gehabt, schwieg jedoch. Im Dorf gab es von ihnen ein paar unliebsame Exemplare.

„Vom Zertreten der Juden hab ich nichts gehört, das halte ich für weit hergeholt. Du … du …“

„Was starrst du mich so an? Sagst du nicht einmal *Willkommen, Marie*?“

„Doch … doch, willkommen“, stotterte er.

„Stell dir vor, in Prag ist was los!“

Sie überließ ihm das Gepäck und tänzelte vor ihm, drehte sich immerfort um die eigene Achse, um seine Reaktion auf all die Neuigkeiten, die aus ihrem Mund strömten, zu kontrollieren. Er nahm ihr Gepäck und folgte ihr wie ein treuer Hund.

„Das Tor fällt bald auseinander“, kritisierte sie gleich.

Überall stand Gerümpel und Werkzeug herum und aus den Ställen stank der Mist. Sie warf einen prüfenden Blick auf das

Wasserrad. Zwei Bretter hatten sich aus der Schutzwand gelockert und hingen schief.

„Sag ich doch, wir brauchen dich hier wie Salz“, bestätigte Anton.

Mutter erschien im Türrahmen, hinter ihr Otto. „Diesmal bist du früh. Hat dich jemand mit dem Auto mitgenommen?“

„Diesmal bin ich zeitig mit dem Zug gekommen, Mama.“

„Teuer?“

„Nein.“

„Du kannst deine Sachen nach oben in die Stube bringen, ich habe dir deine alte Truhe freigemacht.“

„Danke, Mama.“ Marie war dabei, die Mutter zu umarmen, doch die drehte ihr den Rücken zu.

„Komm rein.“

Unbeeindruckt tänzelte Marie ins Haus, stolperte dabei über einen löchrigen Emailletopf mit Hühnerfutter. „Hier sieht's aus! Wir haben viel zu tun.“

„Na, na, na. Als du noch hier gelebt hast, war es auch nicht anders. Das wollen wir erst mal sehen, was du ausrichtest.“

„Lass, Mutter“, maßregelte sie Anton.

„Du hast recht, Mama. Verzeih. Ach, ich freue mich, wieder hier zu sein, Mama! Wie ruhig es hier ist.“

Mutter nickte, ein kleines Grinsen machte sich in ihrem Gesicht bemerkbar. „Hol Holz, oder sollen wir ohne Abendessen ins Bett gehen?“

Otto trat ein. „Marie! Schön, dass du da bist. Komm, lass dich drücken.“

Otto strich ihr über das Haar und ging seiner Arbeit nach. Draußen dämmerte es bereits, während Anton Marie in die Stube begleitete. Sie zog ihren Mantel aus und hängte ihn in den Schrank, der ihrem Großvater gehörte. Unzählige Holzwurmgenerationen hatten ihn bewohnt und bewohnten ihn noch immer, was die kleinen Häufchen aus Holzstaub unter ihm verrieten. Marie nahm die auf dem Bett ausgebreitete Schürze. Mutter hatte eine Nähmaschine in die Ecke gestellt, da sie der Überzeugung war, Marie würde für alle anstehenden Näharbeiten zuständig sein. Auf dem Boden daneben lag ein Flechtkorb mit Stoffresten und einem zusammengefalteten Rüttelarm, einem wichtigen Bestandteil des Mahlwerks. Er war seit Jahrzehnten im Einsatz und ermöglichte es, feinstes Weizenmehl zu sieben. Leider gab es ihn nur in zweifacher Ausfertigung. Etwas töricht, wenn man bedachte, dass er die Verbindung zwischen der Bütte, aus der das frisch gemahlene Getreide fiel, und den beiden Holzkanälen, in denen der grobe Rest landete, war. Niemand in der Gegend besaß so einen Rüttelarm aus Leinen. Durch die regelmäßige Schüttelbewegung fiel das feine Mehl durch die Leinenfaser auf die Absackbank. Der körnige Rest, der nicht durch die Fasern passte, wurde noch einmal gemahlen. Das strapazierte den Stoff. Er war bereits so morsch, dass man hindurchsehen konnte. Ob Maries Nähkünste ausreichen würden, den Schüttelarm zu flicken, bezweifelten die Brüder, doch die Mutter ließ sich partout nicht von ihrer Entscheidung abbringen. Marie inspizierte das Ausmaß der Reparatur und legte ihn behutsam zusammen. Sie streifte die feinen Stadtstiefelchen ab und zog die alten löchrigen Socken vom Vater an, um in die ausgetreten Hauslatschen zu stampfen. Über ihre schmalen Schultern warf sie Vaters braune Wollstrickjacke und schon war die Metamorphose vom Stadtfräulein zum Landei vollzogen.

„Na schön, dann mal los“, verkündete sie und begab sich in die Küche.

Marie
April 1939

Libuše, Maries erste Kundin, war jung und selbstbewusst. Wenn Marie das, was sie sich vorgenommen hatte, gelingen würde, durfte sie mindestens 120 Kronen verlangen. Die Hälfte wollte sie heimlich Frau Madelong schicken, die andere Hälfte ihrer Mutter geben. Libuše plauderte über die Hochzeitsbräuche. Zwischen ihrem Haus und dem ihres Bräutigams lagen verstreute Federn auf dem Weg. Ihre Eltern hießen die Heirat willkommen, immerhin war der Bräutigam keiner, der Almosen nötig hatte und obwohl seine Eltern eine bessere Partie erwartet hatten, willigten sie ebenfalls zur Heirat ein. Ein Kind war noch nicht unterwegs, was von Vorteil war, meinte Libuše, schwangere Mädchen haben es schwer vor dem Altar.

„Solche werden vom Dorf verschmäht und mit verbundenem Kopf zum Altar geführt."

„Wie entsetzlich! Die armen Frauen. Warum mit verbundenem Kopf?", fragte Marie.

„Das weißt du nicht?"

Marie hob ratlos die Schultern.

„Du weißt ja gar nichts. Damit man erkennt, dass sie keine … du weiß schon …"

„Was?"

„Dass sie keine Jungfrauen mehr sind." Herablassend und mit plumpem Gekicher klopfte sie auf Maries Stirn. „Was eine Jungfrau ist, das weißt du aber schon, oder? Die Heilige Jungfrau Maria im Himmel oder eine Statue in der Kirche meine ich damit nicht, du Dödel. Ich meine eine normale Frau, wie du und ich."

„Natürlich weiß ich, was das ist", gab Marie ärgerlich zurück, sodass Libuše guckte, als hätte sich Marie im Ton vergriffen.

„Wenigstens das. Es ist nicht klug aufzufallen, sag ich dir." Marie half ihr, den Überrock anzuziehen, er war voller Stecknadeln. „Und der Pöbel braucht für eine Heirat sogar eine Genehmigung."

„Warum das denn?"

„Willst du etwa, dass Bettlerkinder geboren werden?" Dabei verdrehte sie die Augen. „Ach ja!" Sie hopste zu ihrer Handtasche und drückte Marie eine Hochzeitseinladung in die Hand. Das Brautpaar war darauf in festlicher Kleidung abgebildet.

„So viel Mühe für einen einzigen Tag."

„Dummerchen."

Der Bräutigam steckte in einer dunklen Lederhose und einem ebenso dunklen Jäckchen. Sehr hübsch. Um den Hals trug er ein Tuch. Das Foto war schwarzweiß. Auf seinem Kopf thronte ein dunkler Hut mit einer breiten Schleife. Ein schicker Mann war er schon, aber nicht Maries Typ. Die Augen wirkten zu sehr zusammengekniffen und seine Lippen zu einem schmalen Schlitz gepresst, als würde ihm das Posieren vor der Kamera nicht liegen. Libuše stellte sich hingegen stolz und heroisch zur Schau, so wie sie eben war. Ihr dunkles Jäckchen war zugeknöpft, um den Hals schlängelte sich ein Kranz aus verstärkter Spitze, das Dekolleté mit einem bemusterten Tuch verdeckt. Ein anderes Tuch war so kunstvoll auf ihrem Kopf drapiert.

„Schau mal, es ist burgunderrot", prahlte Libuše.

„Schön. Ein schönes Brautpaar." Marie gab ihr die Einladung zurück.

„Nein, du bist eingeladen, Marie, sei mein Gast."

„Oh, Libuško! Das kann ich nicht annehmen."

„Ach komm, zier dich nicht."

„Das Müllervolk lädt man nicht ein, das weißt du doch, und zur Hochzeit schon gar nicht."

„Papperlapapp. Ich weiß, ich weiß. Ihr seid halt komische Leute, aber gräm dich nicht, ich finde dich goldig."

Marie kniete sich hin, um die Länge des Hochzeitsrockes abzustecken, während Libuše aus dem Nähkästchen plauderte. Ihr Zukünftiger würde als ältester Sohn der Familie Lešák von seinem Vater großzügig beschenkt. Die Summe gehe in die Tausende. Seine beiden jüngeren Schwestern hingegen würden, wenn sie heirateten, mit einer bescheidenen Mitgift abserviert. Vieh, Geschirrtücher und Bettwäsche.

„Und du? Wohin verschlägt es dich? Hoffentlich hast du nicht vor, in der Mühle zu bleiben."

„Nein. Aber das steht in den Sternen geschrieben."

Marie war augenblicklich wenig optimistisch. Wo hätte sie in dieser gottvergessenen Gegend einen Verehrer finden sollen? Außerdem würden alle jungen Männer bald in den Krieg ziehen, behaupteten zumindest die Menschen in Prag, die etwas von der Politik verstanden.

„Ich bin noch jung, ich gucke mich nach dem Krieg um."

„Ach du mit deinem Krieg, wen interessiert der Krieg, es lebe das Leben!", kreischte Libuše und ließ ihre Oberweite hüpfen. „Kommst du?"

„Ohne Begleitung?"

„Such dir eine."

„Ich kenne die Jungs hier gar nicht. Und meine ehemaligen Schulkameraden sind unausstehlich. Und überhaupt, ich bin schüchtern."

Libuše schmunzelte. „Gab es in Prag hübsche Jungs?"

„In Prag hatte ich keine Zeit für solche Sachen, in Prag ist es ganz anders. Da herrscht die Politik und …"

„Ich will nichts mehr von zerschlagenen Fenstern hö… Au!" Eine Stecknadel hatte sich in ihre Wade verirrt.

Marie liebte den Trubel bei Hochzeiten. Bei ihren älteren Geschwistern durfte sie die Brautjungfer sein und alle Vorbereitungen miterleben. Sie buk Hundert Kolatschen mit Quark, Mohn, mit Zwetschgenmus gefüllt und mit viel Puderzucker bestreut. Die wichtigste Süßspeise, die auf den Hochzeitstisch gehört. Mutter war ausgezeichnet darin, sie sparte nicht an Butter und Zucker wie sonst bei anderen Mahlzeiten. Libušes Hochzeitstermin lag spät. Normalerweise wurde am Donnerstag oder Samstag vor Fasching vermählt, oder im Herbst, wenn alle Feldarbeiten erledigt waren. Die Nachbarn, Freunde der Familie und Verwandte halfen mit beim Kochen und Backen.

„Warst du überhaupt schon mal auf einer Hochzeit?"

„Ja, vor vier Jahren, als meine Schwester Tereza geheiratet hat. Nur habe ich es mir nicht so vorgestellt, wie es dann war."

„Wieso?"

„Der Bräutigam, so ein hässlicher Kauz von Mann, damals kannte ich ihn gar nicht, hämmerte am Tag der Hochzeit am Tor, wollte rein. Es war in den Morgenstunden, ich lag noch im Bett. Da kam mein Vater und zerrte mich auf den Speicher."

„O nein, du Ärmste! Ich ahne …", kicherte Libuše. „Die falsche Braut …"

„Genau. Einer der dümmsten Bräuche überhaupt, dessen Sinn und Zweck ich bis heute nicht begreife. Mein Vater zwang mich, ein Brautkleid von Fasching anzuziehen, und schickte mich hinaus vors Tor. Er hielt das Tor fest, sodass ich nicht flüchten konnte. Der Bräutigam war in Gefolgschaft von mindestens zwanzig Burschen und ich war keine dreizehn. Erst nach einer Stunde Gezerre und Peinlichkeit kam Tereza. Die haben mich eine Stunde lang ausgelacht, kannst du dir das vorstellen?"

„O nein …"

„Ja! Tereza war natürlich herausgeputzt wie eine Königin. Der Hund bekam also die echte Braut und ich heulte den ganzen Tag auf dem Speicher."

„Du bist ein zartes Pflänzchen."

„Mag sein, trotzdem. In der Küche ging das Brautpaar auf die Knie, um von unseren Eltern gesegnet zu werden. Ich habe nichts mitbekommen, obwohl ich mich so darauf gefreut habe. Sogar bei der Zeremonie in der Kirche habe ich gefehlt vor lauter Zorn, und die Feier habe ich ausfallen lassen."

„Wie furchtbar!"

„Das maßlose Fressen und Saufen war ohnehin nicht meine Sache."

„Tja, je reichlicher die Hochzeit, umso reicher das Eheleben."

„Sagt man, ja."

„Und weiter?"

„Die Feier hatte man einem Tlampač anvertraut, damit keine Langeweile aufkam, muss wohl sehr lustig gewesen sein. Als alle Männer betrunken waren, torkelten sie in die Dorfkneipe, wo sie sich den Rest gaben. Wir Frauen nahmen das Hochzeitskränzchen von Terezas Kopf und banden ihr ein Tuch um den Hals. Das kennst du."

„Ja, machen wir aber nicht."

„Gut so. Glaub mir, die Weiber standen den Männern in nichts nach, so betrunken waren sie. Die Einzige, die klar denken konnte …"

„Warst du."

„Und meine Mutter. Das ist aber nichts Außerordentliches, Mama und ich trinken nicht. Sie hat trotzdem immer schlechte Laune.“ Die beiden Frauen lachten.

„Und dann?“

„In den Nachtstunden wollte der vollgelaufene Bräutigam in Begleitung einer Blaskapelle Tereza zu sich nach Hause tragen. Ging aber nicht. Man brauchte einen Leiterwagen für die Schnapsleichen.“

„Wie geht es Tereza?“

„Jetzt? Seitdem sie mit ihrem Mann nach Vimperk gezogen ist, habe ich sie nicht gesprochen, sie war bei der Beerdigung meines Vaters hier. Übrigens soll sie in wenigen Wochen niederkommen.“

„Na, wenigstens hat *sie* jemanden gefunden.“

„Wie meinst du das?“

„Im Gegensatz zu Otto und Anton.“

„Wer weiß schon, was richtig und wichtig ist?“

Libuše schüttelte den Kopf. „Das verstehe ich nicht. Die Mädchen laufen Anton hinterher und er verhöhnt sie. Er sollte ein wenig leben …“

„… bevor er eingezogen wird.“

„Quatsch! Und wenn schon, der Krieg ist die Suppe, die sich die Männer gekocht haben.“

„Bis Donnertag ist das Kleid fertig, Libuško. Ich werde mit Anton kommen.“

„Aber Anton ist dein Bruder, das ist komisch.“

„Anton muss unter die Leute, er muss Mädchen sehen, hast du doch selbst gesagt!“

„Das Müllervolk ist ein seltsames Volk.“

Otto
April 1939

Draußen duftete es, der Frühling lag in der Luft. In der Vase standen Weidenkätzchen und Palmzweige. Marie kümmerte sich um die Dekoration. Nach dem fünften Sonntag nach Fasching stand bei der Winterverbrennung der Sensenmann aus Stroh in Flammen. Nach dem sechsten Sonntag begann die heilige Woche, die Zeit der Blüten. Junge Zweige und saftiges Geäst schmückten die Holzbalken und Heiligenbilder an der Wand. Die Mutter wollte die alten Bräuche und Sitten bewahren, um Gott um Gnade zu bitten. *Das Haus überm Kopf ist das höchste Hab und Gut.*

Marie steckte Mutter einen kleinen Palmzweig in den Mund. Sie kaute daran. Es ging ihr schlecht. Sie klagte über Bauchschmerzen, Halsschmerzen und Kälte. Unentwegt klagte sie über das harte Leben, über ihr Schicksal und die schlimmen Zeiten. Seit der Vater gegangen war, klagte sie.

Am Morgen des Gründonnerstags ging es Mutter etwas besser, obwohl sie behauptete, es sei nur vorübergehend. Der Schnitter wetze seine Sense, sie hätte ihn in ihren fiebrigen Träumen getroffen, behauptete sie.

„Wenn du den Sensenmann gesehen hast und glaubst, unserem Vater zu folgen, dann können wir uns auf was gefasst machen. Wie soll es dann mit uns weitergehen?“, fragte Otto.

„Schick sie fort.“

„Wen?“

„Die Dämonen.“

„Welche Dämonen?“

„Die im Kopf.“

„Ach wo, Mutter. Ich meine die Arbeit in der Mühle“, lachte er.

Am Vorabend zum Karfreitag musste doch der Arzt kommen. Mutter fiel in ein fiebriges Delirium und wurde ins Krankenhaus nach Strakonice gebracht. Der Arzt diagnostizierte einen seltenen Fall einer Darmkrankheit, deren lateinischer Name so kompliziert war, dass Otto gar nicht erst versuchte, ihn sich zu merken.

Am nächsten Tag gingen die drei Geschwister allein zur Messe. Um Christi Leiden zu ehren, verstummten die Orgel und die Glocke bis zur Auferstehung. Man sagte, die Glocken seien nach Rom geflogen. Otto stand neben Marie und betete, zu seiner Rechten Anton. Sie weinte mit geschlossenen Augen, auch Anton richtete seinen Blick starr zu Boden, jeder in seinem Kummer versunken. Mit Anton wurde es zusehends schwieriger zu kommunizieren. Ob wegen Mutters Zustand oder der allgemeinen politischen Situation, die die dörfliche Harmonie bedrohte, blieb ungewiss. Man vermutete, Hitler wolle mehr als das Sudetenland. Vielleicht lag es auch an einer kürzlichen Auseinandersetzung, als Otto Marie heimlich zum Bach begleitete, um ihre persönliche Unversehrtheit zu wahren.

Sie war früh aufgestanden, um im Bach zu baden, wie es der Brauch am Karfreitag vorschrieb. Sie hatte Jäckchen und Bluse ausgezogen und den Rock fallen gelassen, und stand nur im Unterhemd da. Die Umrisse ihrer Figur schimmerten engelsgleich durch den Stoff. Sie wagte sich bis zu den halben Schenkeln hinein und goss sich das eiskalte Wasser über den Kopf. Es war unüblich, dort keine anderen Mädchen anzutreffen, ebenso wie Jungs, die den Mädchen sonst heimlich beim Baden zusahen. Diesmal lief der Brauch nach eigenen Regeln, Marie war allein. Otto hatte eine Vermutung und dass er Anton dabei erwischte, wie er Marie beim Baden zusah, machte ihn rasend. Anton war nicht befugt, dort zu sein. Bei allen anderen hätte Otto ein Auge zugedrückt, aber nicht bei seinem Bruder. Und dann dieser Blick – Antons Blick! Otto packte Anton am Kragen und drosch wahllos auf ihn ein. Anton ergab sich seinen Schlägen, obwohl er der größere und stärkere von beiden war.

Es nieselte auf dem Weg von der Kirche nach Hause. Marie und Anton nahmen getrennte Wege, was Otto nicht entging. Sein Weg führte direkt in die Dorfkneipe, wo er den Rest des Tages verbringen wollte. Die Nachrichten kamen pünktlich um sieben Uhr abends. Politik interessierte ihn eigentlich nicht, doch all das, was ihm in den letzten Tagen zu Ohren gekommen war, mischte ihn so auf, dass er begierig auf die Nachrichten wartete.

Er bestellte bei Josef ein Bier. Josef Wolf wurde genauso wie Otto am 2. Juni 1913 geboren, was dann und wann zur Sprache kam, als wäre es für ihre Bekanntschaft relevant. Josef und seine Frau Marie besaßen außer dieser Gastwirtschaft auch noch einen Lebensmittelladen. In jedem der Räume stand ein Radio von beträchtlicher Größe, das Gäste und Kunden noch mehr anzog. Das Wirtsehepaar gehörte zu der feineren Sorte der Matovicer Bevölkerung, schon weil Josef in Písek ein Gymnasium absolviert hatte. Er behauptete zwar, die Schule hätte ihm keine Privilegien eingebracht, zwei Radios zu besitzen, war aber schon etwas Besonderes.

„Wenn ich Pech habe, bin ich genauso dran wie jeder andere Tölpel.“

Otto fühlte sich angesprochen. Unter normalen Umständen hätte er protestierend die Kneipe verlassen, seine Neugier überwog jedoch.

„Es wurden zwei neue Operationseinheiten gebildet“, erzählte Josef. „Eine Einheit für Böhmen in Dresden, eine andere für Mähren in Wien. Diesen Einheiten ordnen sich einzelne Abteilungen unter, aus denen weitere Einsatzkommandos entstehen.“ Otto wusste nicht, wovon die Rede war, doch nachzufragen hätte bedeutet, dass er doch ein Tölpel war. „Sie sollen die wichtigsten Ämter und Institutionen sichern.“

„Ja, ich verstehe“, konstatierte Otto mit bedeutungsvoller Miene. „Aber wozu?“

„Um Hitlers Plan zu realisieren. Die absolute Okkupation.“

„Das betrifft uns nicht. Hier ist das Ende der Welt und daran wird sich nichts ändern“, erwiderte Otto und sog den Schaum des frisch gezapften Bieres ein.

Ein Tischnachbar mit einem Zahn und einem Kinn von ungeheurer Länge wusste noch besser Bescheid. „Selbst die Sudetendeutschen – ich kenne ein paar –, selbst die wissen nichts von Einsatzkommandos. Eine eigene Partei haben sie gegründet. Das schon. Aber was ist schon dabei? Menschen haben schon immer Gruppen gebildet, sie lieben es nun mal, sie sind nichts anderes als unsere Herdentiere da draußen. Sieh sie dir an! Neugierige Klatschtanten mit einem Bierhumpen in der Hand. Hätte sie dieser Henlein nicht aufgeheizt und ihnen das Blaue vom Himmel versprochen, würden sie immer noch Kartoffeln ausgraben und ihr Maul halten. Einsatzkommandos. Alles Mumpitz. Nichts wird sich verändern, Henlein hin oder her.“

„Dein Wort in Gottes Ohr“, flüsterte Josef.

„Und wo genau sollen die Einsatzkommandos sein?“, fragte Otto etwas zurückhaltend.

„Das Einsatzkommando des SS-Sturmbannführer Heinrich Winklhofer ist in Klattau.“ Josef kaute die Wörter auseinander, ein Rest Schnupftabak hing ihm aus der Nase.

„Im Keller bei den Katakomben? Ha, ha …“, lachte der Tischnachbar. Außer ihm lachte keiner.

„Nein, in einer netten Villa im Grünen.“

„Und ist dieser … wie hieß er gleich, der Chef Winkel…, ist das ein echter Deutscher oder ein Sudetendeutscher?“

„Spielt das eine Rolle?“

„Schlägt nicht in einer sudetendeutschen Brust doch ein bisschen slawisches Herz?“

„Du meinst, dass sie Mitleid für uns empfinden? Du kommst auf Ideen.“

„Nein, nein, er hat recht“, bestätigte Josef.

„Die gemeinsten Nazis kommen aus München“, mischte sich Josefs Frau ein. Sie hatte rote Backen vor lauter Rumgehetze am Tresen und ihre Oberarme konnten es mit denen eines Muskelpakets aufnehmen.

„Ach wo, aus Hamburg“, warf der Tischnachbar in die Runde, sodass sein Zahn wackelte. Er hob sein Glas. „Lass uns auf Hamburg trinken! Noch ein Bier?“

„Und einen Kurzen?“, bot Josef an in der Hoffnung, eine Schnapsrunde zu servieren.

„Nein, so was trinke ich nicht.“

Josef legte seine Stirn in Falten. Ein Gast, der nicht trank, war ein unerwünschter Gast. Otto erhob sich.

„Bleib sitzen, das Beste kommt noch! Am 13. März haben sich die Herren im bayerischen Kötzting getroffen. Sie konnten aber nicht weiter, weil der Allmächtige ihnen einen Strich durch die Rechnung gemacht hat.“

„Wer?“

„Das Unwetter, du Tö…“

Otto schlug mit der Hand auf den Tisch. „Lass das! Na gut, ein Bier trinke ich noch.“

Josef hängte sich kumpelhaft an Ottos Schulter und kicherte. „Du bist ein Tölpel und ich bin ein Itzig, ein Schlauberger. Für beide dumm gelaufen."

Josef hievte sich schwerfällig hoch und zapfte das Bier, stellte es auf einen Bierdeckel mit unzähligen Strichen und zündete sich eine Zora an.

„Und dann sind sie zurück nach Linz. Das Unwetter hat nicht geholfen. Manchmal hab ich das Gefühl, dass es gar keinen Gott gibt. Sie kamen wieder. Einsatzkommando Budweis. Zum SS-Sturmbannführer Stoßberg, ein ganz feines Kerlchen."

Marie wischte mit einem biergetränkten Lappen die rauen Holztische. „Und der hat die Bagage nach Písek geschickt", fügte sie erbost hinzu.

„Wird es bei uns auch ein Einsatzkommando geben?"

„In Matovice?" Josef lachte im breiten Stakkato auf. „Du bist noch blöder, als ich dachte!"

Otto stand wortlos auf und machte sich davon.

„Otto, Kumpel, ich habe es nicht so gemeint! Komm zurück! Nicht so empfindlich, wir sind doch Nachbarn. Du hast dein Bier gar nicht ausgetrunken. Ich mag dich."

„Ich trinke nicht. Und wir bleiben beim Sie, verstanden?", zischte Otto.

Josef bereute bereits seine Gepflogenheiten, da ihm bewusst wurde, dass er Lebedas Mehl gerne einkaufte, aber so war das nun mal mit seinem frechen Maul, das schon manchen Gast in die Flucht getrieben hatte.

Otto musste auf dem halben Weg pausieren, das Gespräch rekapitulieren. Er war niedergeschlagen und zornig zugleich, weil er Josefs Dreistigkeit nicht hatte parieren können. Ein

Mann der Wörter würde er wohl nie sein. Bevor er die Mühle erreichte, erblickte er die alte Nachbarin Ohlídalová, die durch ihre Gardinen spähte. Sie grüßte mit einem Ausdruck, in dem Mitleid und Argwohn einander die Waage hielten, und Otto grüßte sie pflichtbewusst zurück. Ihr Mann spaltete im Garten Holz. Als auch er Ottos Anwesenheit bemerkte, setzte er die Axt ab und sah Otto bedeutungsschwanger an. Vor dem Hof parkte ein Automobil. Das war ungewöhnlich. Otto konnte sich nicht erinnern, jemals ein Auto vor der Mühle gesehen zu haben. Es war schwarz mit weinroter Motorhaube, die verchromten Scheinwerfer glänzten in der untergehenden Sonne. In seinem Leib zog es sich zusammen. Ein schwarz gekleideter Mann mit schmächtiger Figur und ohne Haare stand mit Marie und Anton im Hof, in seinen Händen ruhte sein schwarzer Hut. Otto kannte ihn nicht.

„Das ist Herr …" Marie suchte peinlich berührt nach seinem Nachnamen.

„Bečvář. Bečvář ist mein Name", ergänzte der Mann und wandte sich Otto zu.

Er reichte ihm die Hand. Das Gefühl der Ohnmacht stieg in Otto hoch, er ahnte Ungutes. Eigentlich *wusste* er es bereits. Der Mann hätte ebenso wortlos nach Hause gehen können. Otto blickte in die verweinten Augen seiner Geschwister.

„Unsere Mutter ist …"

„Ich weiß", ergänzte Otto tonlos.

„Ich habe hier eine Sterbeurkunde für Sie."

Als hätte man Otto einen Kinnhaken versetzt, sackte er zusammen. Marie umarmte ihn.

„In der gestrigen Nacht hatte sie sehr hohes Fieber und dann kamen heftige Erstickungsanfälle. Sie hat … Blut gespuckt", ergänzte der Mann mit dem Hut. „Nur wenige Stunden später, etwa gegen drei Uhr nachts, war es so weit."

So weit. So weit, hatte er gesagt, einfach so. *So weit*, als wäre eine trächtige Kuh *so weit*, als wäre die Ernte *so weit*, als wäre ein Brot *so weit*. Und nun sollte es mit seiner Mutter *so weit* sein?

„Ihre letzten Worte waren: Meine armen verrückten Kinder, geht auseinander. Verlasst die Mühle."

Marie, deren Tränen wie glänzende Perlen an ihren Wangen kullerten, hielt abrupt inne. „Was … was hat sie damit gemeint, Herr Bečvář?"

„Beim besten Willen, Fräulein Lebedová, ich weiß es nicht. Ich war nicht dabei, ich richte es nur aus. Aber die Sterbenden äußern vor dem Tod oft wirre Gedanken. Ich würde dem an Ihrer Stelle nicht so viel Bedeutung beimessen."

Sie schwiegen. Der Mann wartete auf eine Einladung ins Haus, einen Kaffee oder einen Schnaps, die aber nicht kam.

„Wenn Sie möchten, bringe ich Sie mit dem Automobil nach Strakonice, es kostet allerdings eine Wenigkeit."

„Haben Sie herzlichen Dank, Herr Bečvář. Wir kommen selbst nach Strakonice."

Anton
Mai 1939

Alles Ersparte hatte die Beerdigung verschlungen. Ostern ging an ihm vorbei, als wäre es dieses Jahr ausgefallen, der Tod der Mutter begleitete ihn auf Schritt und Tritt. Etwas war in ihm zerbrochen, ausgewichen, so etwas wie sein Wille, die Aufrichtigkeit, die Lebensfreude. Aber nicht nur der plötzliche Tod der Eltern, auch die Gemüter der Menschen, ihre Angespanntheit betrübte seine Seele. Was blieb? Die Natur. Sie war voller Zauber und er fühlte sich zur Erde hingezogen. Er behandelte sie gut und das gab sie ihm zurück. Das war keine Wissenschaft. Er pflegte den Acker mit größter Sorgfalt und das tat gut. Die Natur heilte. Der Blick über die jungen Ähren hauchte ihm Lebensantrieb und Hoffnung ein.

Erde. Gras. Erde. Steine. Manchmal bat er Marie, ihn zu begleiten und bei der Feldarbeit zuzusehen, aber sie schlug es immer aus, mied ihn. Auch sie hatte sich verändert seit dem Tod der Mutter. Anton wurde leicht entflammbar. Allein die Tatsache, dass sie zurück nach Prag wollte, trotz seiner Mahnungen vor der Gefahr, dass sie mit dem Judenvolk sympathisierte, obwohl es sie Kopf und Kragen kosten konnte, und dass sie sogar eine Reise nach Kašperské Hory alias Bergreichenstein plante, um irgendeiner verfluchten Freundin Hilfe zu leisten, weil es dort von Sudetendeutschen nur so wimmelte, reizte ihn.

„Sie ist sowieso nicht mehr da, deine Freundin. Alle Familien tschechisch-jüdischer Abstammung sind längst abgeschoben. Auf Nimmerwiedersehen verschwunden. Und glaub ja nicht, dass sie dich über die Grenze lassen. Die deutschen Grenzposten stehen da wie die Stenzen, sie werden dich wegschicken oder erschießen!“

Er war wütend, wollte sie packen, riss sich aber gerade noch zusammen. Am liebsten hätte er sich selbst geohrfeigt, da er spürte, dass der Nährboden seines Zorns Begehren war oder ein anderer unsittlicher Gedanke, ein Geschwür seines verworrenen Geistes. Es gab aber Hoffnung, es konnte sich nur um wenige Monate handeln, bis die Deutschen abzogen. Die ganze Welt sah schließlich zu, sie würde es nicht zu weit kommen lassen.

Das fleißige Gesumm der Insekten lenkte ihn ab. Er flüchtete in den Stall, widmete sich seinen geliebten Pferden. Alte Erzählungen seines Großvaters vom Pferdehandel im Ersten Weltkrieg kamen ihm in den Sinn, wie die Armee leichte Warmblüter bevorzugte, um sich gut auf dem Schlachtfeld zu bewegen. Als der Krieg vorbei war, benötigten die Bauern jedoch schwere Kaltblüter, um Holzstämme aus den Wäldern zu ziehen und die Äcker zu pflügen. Weil es daran mangelte, wurde der Großvater Mitglied des durch die Bauern gegründeten Verbandes zur Aufzucht der Kaltblüter und nahm Anton jedes Jahr im Juni zu den alljährlichen Fohlenausstellungen berühmter Hengste mit, damit auch er etwas von Pferdeaufzucht lernte. Anton liebte es. Mit Begeisterung erzählte er von Stuten und deren Eintrag im Buch der Rassen, von unbändigen Hengsten, deren Stockmaß an die zwei Meter reichte, und von ihrer Brandmarke mit dem Namen des Vaters am linken Schenkel. Seine Stute Rosine war im zehnten Monat trächtig und er verschonte sie vor jeglicher Arbeit. Nur leichte Ausritte an Orte, an denen sie sich keine Verletzung zufügen konnte, waren erlaubt. Dem Fohlen durfte nichts passieren. Rosine brauchte vor der Geburt Ruhe und ausreichend Platz. In den Wintermonaten bekam sie dem Heu Hafer beigemengt, jetzt war es schon mild, so graste sie Frisches. Bis zu zwei Wochen vor dem Abfohlen zeigten sich an den Zitzen des geschwollenen Euters Harztröpfchen, danach die Biestmilch, sodass Anton mit einem Hengstfohlen rechnete, da ein Stutenfohlen gute drei bis fünf Tage früher gekommen wäre. Als Marie erschien, hatte es sofort Backpfeifen gehagelt.

„Sieh nach der Stute! Bring sie in den Einzelstall und striegle sie. Was guckst du? Mach schon! Brauchst du es schriftlich?"

Marie presste sich die Hand vor den Mund, um nicht loszuheulen, ihr Kinn bebte. Seine Hände ballten sich zu Fäusten, so sehr hasste er sich für seine Rohheit. Es brauchte Zeit, bis er sich beruhigte. Er war nicht weggegangen. Mit den Händen in den Taschen und einem Grashalm zwischen den Lippen zog er die Mütze etwas nach hinten und spähte nach ihr, er musste ihr zusehen. Marie bemerkte ihn nicht. Sie schmiegte sich an Rosine, ihr Gesicht in den mächtigen Hals des Pferdes vergraben. Ob sie heulte, wusste Anton nicht, er musste in Deckung gehen, die Stute witterte ihn und drehte den Hals nach ihm.

Otto saß am Tisch, als Anton die Küche betrat, vor sich ein ausgebreitetes Tuch mit Kleinkram, den er repariert hatte.

„Warum sitzt du hier drinnen, draußen ist es schön."

„Ich sitze, wo ich will", schnauzte Otto zurück.

„Ich habe Marie befohlen, die Stute zu versetzen."

„So? Hast du Marie befohlen?"

„Jetzt hab dich nicht so, Otto. Wir müssen zusammenhalten, wir sind eine Familie."

„Jetzt auf einmal."

„Du kannst es einem aber auch madig machen, Otto."

„Nicht ich, du machst es uns madig."

„Hör zu, wir vergessen, was war, einverstanden? Es war nämlich nichts!"

Otto schwieg, wollte nicht nachgeben.

„Es war nichts, hast du verstanden? Sie ist mir schnuppe! Egal! Ich mag sie nicht! Ich kann sie nicht ausstehen! Ich brauche eine Frau, eine richtige Frau, eine, die es einem besorgt, verstehst du? Nein, das verstehst du nicht. Ich jedenfalls such mir ein richtiges Mädchen, mit dem ich durchbrenne. Nicht jetzt, mach dir doch nicht gleich ins Höschen! Erst wenn die Deutschen abhauen, dann hol ich mir eine schöne Brünette, fest wie eine Gazelle, oder eine vollbusige Blondine, die auch backen kann, und gehe mit ihr weg und du siehst mich nie wieder, versprochen. Ich will nichts von ihr, ich hasse sie, sie ist mir mit ihrem Mitleid und Mitgefühl zuwider, geht mir nur noch auf die Nerven. Sie heult und jammert, immer Tränen und Gefühle, Emotionen. Ich pfeif auf sie und die Emotionen!"

„Ist ja gut …"

„Kaum siehst du sie an, schon heult sie, die Frau! Ich will sie loswerden!"

„Ich hab's schon verstanden."

„Immer das Gleiche mit den Weibern. Blöde Weiber …"

„Anton, stopp! Ich hab's kapiert!" Ottos Faust donnerte auf die Tischplatte, sodass die kleinen Teile einen Sprung machten.

Anton setzte sich neben Otto und bot ihm einen schwarzen Zigarettenstumpen, den Otto dankend annahm. Endlich kehrte etwas Frieden ein.

„Hast du es ihr schon gesagt?"

„Was?"

„Das, was wir besprochen haben."

„Nein, noch nicht."

„Warum nicht?"

„Weil sie mir leidtut", erwiderte Otto sanft.

„Wir müssen es ihr aber sagen."

„Es fällt mir schwer."

„Was ist schon dabei?"

„Versteh sie doch! Sie hatte andere Pläne."

„Wir alle hatten andere Pläne."

„Ich nicht. Ich bin glücklich hier, ich wollte immer hier bleiben."

„Gut, dann werde ich es ihr sagen", bot ihm Anton an.

Drei weitere Tage vergingen. Otto sagte nichts, auch Anton blieb stumm. Abgesehen davon hatten sie viel zu tun. Die darauffolgenden Nächte verbrachten sie abwechselnd bei der Stute, denn die Geburt begann in der Regel nachts. Die Geburtsutensilien lagen im Stall bereit, eine dünne desinfizierte Strippe, ein Messer, eine Schere, Desinfektionsmittel und eine feste Schnur. Im normalen Fall lief das Abfohlen problemlos; sollte es zu Komplikationen kommen, etwa wenn das Fohlen verkehrt herum lag, eingerollt oder tot war, halfen die Nachbarn. So war es zumindest, als die Eltern noch lebten. Doch Anton und Otto wollten niemanden um Hilfe bitten.

Am sechsten Tag gegen vier Uhr nachts war es so weit. Das Fohlen kam mit den vorderen Gliedmaßen zuerst, das Köpfchen lag obenauf. Alles ging schnell und ohne besondere Vorkommnisse. Mit Tränen in den Augen empfingen sie das Tierchen, als wäre ein Menschenkind geboren. Diese Geburt hatte etwas Symbolisches an sich, es war die erste wichtige vollbrachte Tat ohne Eltern. Anton durchtrennte die Nabelschnur. Exakt sieben Zentimeter vor dem Bauch des Fohlens. Er ließ das Blut noch ein wenig tröpfeln, bevor er das Ende mit einem jodtinkturdurchtränkten Faden zuband. Die ermüdete Rosine durfte nach der Geburt kein kaltes Wasser trinken. Aus diesem Grund hatte man ihr nach der letzten Fütterung das Wasser aus der Rinne entfernt. Marie reichte ihr nach alter Tradition ein warmes Getränk aus Weizenkleie sowie eine dicke Brotscheibe mit Zuckerwürfeln und einigen Walnusskernen. Zum Dank für das geborene Fohlen. Sie hatte sich sogar umgezogen und verlieh der Zeremonie eine feierliche Note. In ihren Augen schimmerten Glückstränen. Ein Augenblick der Dankbarkeit und Güte.

„Gut gemacht, du Große, gut gemacht. Du gute Rosine."

Anton hob behutsam das Neugeborene auf, das vor Nässe triefte, und legte es zum Kopf der Stute, damit sie es abschlecken konnte. Rosine vertraute ihm vollkommen. Noch eine Weile standen sie da und ergötzen sich an dem Bild.

„Gib ihr die nächsten drei Tage keinen Hafer. Nur warme Weizenkleie und süßes Heu", richtete Anton an Marie und ging langsamen Schrittes in sein Zimmer, um sich auszuruhen. Er war müde, als hätte er selbst ein Kind geboren.

Maries glasige Augen sahen ihm nach. Sie lächelte ihm zu, was er nicht bemerkte. Sie freute sich über seinen liebevollen Umgang mit Tieren, den Anton pflegte, so wie sie es von früher kannte. Mochte es so bleiben, dachte sie.

Marie
August 1939

Maries Reise nach Kašperské Hory hatte sich erübrigt. Wie Anton vorausgesagt hatte, durfte sie die Grenze nicht passieren. Die Bauern erzählten, dass die Tschechen, die auf dem Gebiet des Sudetenlandes gelebt hatten, bereits im Mai vorigen Jahres verschwunden waren und dass neue sudetendeutsche Familien ihre verlassenen Häuser übernommen hatten. Deutschland über alles.

Marie umklammerte ihre Holzschachtel mit der Goldgravur, das Erbstück ihrer Mutter mit einigen Fotos darin. Auf einem der Bilder sah man ihre Großmutter, ihren Vater, ihre Mutter und drei ihrer Geschwister. Sie selbst saß auf Antons Schoß, noch ganz klein. Es musste wohl der Heilige Abend gewesen sein, da sie alle festlich gekleidet waren, bis auf Vaters braunen Pullover, den er nie auszog. Im Hintergrund leuchtete der Weihnachtsbaum und auf dem Festtisch waren bereits Teller mit Karpfensuppe verteilt. Otto fehlte auf dem Bild, stand er hinter der Kamera. Dieses Bild war das letzte, das Otto mit der Kamera seines Onkels geschossen hatte. Die Großmutter guckte mit einem sonderbaren Gesichtsausdruck drein, ihren Mund zu einem O geformt, über ihrem Kopf leuchtete ein grelles Licht. Marie erinnerte sich nicht mehr, warum dem so war und was mit Otto´s anderen Bildern geschah, sie wusste nur, dass es danach Streit gab. Auf der Innenseite des Deckels ihrer Schatulle klebte eine getrocknete Springwurz, Medizin für Herzensangelegenheiten, ein stark giftiges Gewächs, das nur nach strenger Rezeptur anzuwenden war, so die Kräuterfrau. Eigentlich unbedeutendes Zeug, aber für Marie von unschätzbarem Wert.

Da es nichts mehr gab, was ihre Anwesenheit in Matovice

unersetzlich machte, wollte sie zurück in die Hauptstadt. Die Aufbruchstimmung machte sie kribbelig. Nur noch einige Formalitäten waren zu erledigen, bis sie sich auf den Weg machte, ohne ihre Brüder einzuweihen. Schließlich hatte sie der gnädigen Frau versprochen, zurückzukommen und ihre Lehre zu beenden. Und Marie hielt ihr Wort. Zwar hatte sie seit ihrer Abreise nichts mehr von der gnädigen Frau gehört, obwohl sie sich die Finger wundgeschrieben hatte, doch dass sie Wichtigeres zu tun hatte, als Briefe einer kleinen Angestellten aus der Provinz zu beantworten, war mehr als verständlich. Aus ihrer ehemaligen Schule wollte sie für ihre Brüder noch Lebensmittelmarken holen, eine Pflichteinrichtung nach Anordnung des Deutschen Reiches. Anton und Otto hätten das nie getan, ihre Sturheit oder Scheu – sie wusste nicht, was überwog – war stärker als der Wunsch, sich das zu holen, was ihnen zustand.

Vor dem Eingang drängelten sich Bauern, Greise, Frauen mit Säuglingen auf dem Arm, barfüßige Kinder und Trunkenbolde. Lebhafte Diskussionen bellten aus dem Inneren des Gebäudes. Es herrschte eine gespannte Atmosphäre, die schnell in Gerangel ausarten konnte. Niemand wollte es wahrhaben, aber er war schon zu riechen: der bevorstehende Krieg. Viele Männer unter vierzig waren bereits ins tschechische Regiment eingezogen worden; Bauern, Müller, Lehrer, Eisenbahnschaffner und Postboten waren bisher verschont geblieben. Am härtesten traf es die sudetendeutschen Männer, die als Kanonenfutter rekrutiert wurden, da Hitler ihnen nicht vertraute. Zu viel tschechisches Blut in den Adern. Die Bauern waren ab sofort verpflichtet, alles, was sie erwirtschafteten, im Tausch für Lebensmittelmarken abzugeben. Mehl, Eier, Milchprodukte, Honig, sogar Heu. Die Liste war lang. Auf Zuwiderhandlungen folgte Haft im Arbeitslager in Theresienstadt. Man munkelte, es habe sogar Erschießungen gegeben. In Matovice wurde noch niemand erschossen, dafür verschwanden die wenigen Juden. Josef und Marie Wolf, deren Radios schnell Abnehmer fanden, und Herr Klein, dessen Lehrerstelle gekündigt worden war. Niemand wusste, wohin es sie verschlagen hatte, vielleicht nach Holland, vielleicht nach Amerika.

Einkaufen war ausschließlich mit Lebensmittelmarken möglich, man bekam jedoch so wenig dafür, dass der Schwarzmarkt in Strakonice blühte. Marie fürchtete sich schon immer vor Illegalität und mied den Schwarzmarkt. Als sie aber die Letzte war, die sich nicht traute, sprach sie doch einen Schwarzhändler an. Es war alles leergekauft. Brot, Mehl, Zucker, Süßigkeiten, Fleisch und Schweineschmalz, pflanzliche Fette, Milch und Butter, Quark, Eier waren die Kassenschlager des illegalen Treibens. Die Geschwister Lebeda litten keinen Hunger, schließlich gehörten ihnen sechzehn Hektar Wald und Ackerland, trotzdem spürten auch sie die schlechte wirtschaftliche Lage, allein der Lebensmittelpreise wegen, die wöchentlich explodierten. So kostete ein Kilo Mehl auf dem Schwarzmarkt über hundert Kronen statt regulär nur vier. Ein Ei verschlang anstatt 95 Haller glatte 25 Kronen. Das war ungeheuerlich und stürzte die meisten Familien in kürzester Zeit in Armut.

Vor dem Flur im Schulgebäude war ein heftiger Streit zu hören. Eine Mutter von sechs Kindern klagte über die *Schweinerei* bei der Lebensmittelmarkenausgabe. Für jede Familie gab es ein bestimmtes Kontingent. Konnte eine Familie dieses Kontingent mangels Geld nicht ausschöpfen, wurden die übrigen Marken mit einem „kleinen Aufschlag“ an wohlsituierte Interessenten weiterverkauft. Marie wollte es wissen und verlangte, nachdem sie an der Reihe war, Zusatzmarken für Kleidungsstücke. Sie schwitzte vor Angst und Aufregung. Der

Beamte, ein verquollener Mann mit Schlitzaugen, den sie noch nie zuvor gesehen hatte, obwohl Matovice eine übersichtliche Dorfgemeinschaft war, zögerte erst, neigte dann in dreister Gelassenheit seinen Körper zu seinem uniformierten Nachbarn und flüsterte ihm etwas ins Ohr. Der Nachbar nickte und Marie erhielt alles, was sie wünschte. Schon legte sich ihre Angst und sie fragte nach Marken für Schweineschmalz und für Zigaretten, auch das bekam sie. Die Herrschaften erkundigten sich nicht einmal nach ihrem Alter, obwohl es streng verboten war, Minderjährigen Tabakwaren zu verkaufen. Tabak brauchte sie zwar nicht, in ihrem Garten wuchsen bereits zehn Tabakpflanzen ihrer Brüder, doch man war sich nie sicher, wann es auch an Zigaretten mangelte, schließlich waren nur fünf Pflanzen pro Kopf erlaubt. Im Verborgenen, damit böse Zungen keinen Anlass zum Denunzieren hatten, reichte Marie der aufgebrachten Mutter ihre Marken. Alle außer die für Zigaretten.

„Na, nehmen Sie schon. Hängen Sie es aber nicht an die große Glocke, nehmen Sie es."

Die Mutter sah sie mit aufgerissenen Augen an und nahm sprachlos die Marken entgegen. Das tat Marie ungemein gut, dafür hatte es sich gelohnt zu schwitzen.

Auf dem Rückweg verharrte sie vor einem Gebotsschild, auf dem in Deutsch „Rechts fahren" stand. „Also doch …", flüsterte sie leise. Der uniformierte Mann in Prag, der sie vor der Straßenbahn gerettet hatte, wusste es schon damals und sie hatte es ihm nicht geglaubt. Aber damals war alles anders, sie glaubte auch nicht an Hitlers Macht und an seinen Krieg, sie glaubte nicht an den Verrat am eigenen Volk und an Schulzeugnisse in Tschechisch und Deutsch mit sechs Qualifikationsnoten.

Am Himmel zogen sich Gewitterwolken zusammen. Es gab zwei Menschen im Dorf, die die Gabe hatten, das Wetter vorauszusagen: Anton und die Kräuterfrau. Anton hatte für heute Morgen einen kräftigen Regenschauer vorausgesagt und jetzt platschten die ersten Tropfen auf den verdorrten Weg. Es roch nach Staub und Sommer. Schneller als ein Wimpernschlag überfiel sie ein Sturzregen. Die nassen Kleider klebten an ihrem Körper wie Honig. Vor dem Hof hielt sie inne aus Furcht vor der Konfrontation, was ihre Abreise betraf. Sie fürchtete sich einfach und gleichzeitig war sie gewillt, Unmögliches auf sich zu nehmen. Ob Ausreißen oder Flucht, egal wohin, egal wie, irgendetwas musste geschehen.

Der Schauer hatte ein wenig nachgelassen, als sie ankam, dennoch regnete es noch stark. Sie hatte den ledernen Beutel mit den Lebensmittelmarken und dem Geld fest an ihren Bauch gedrückt, damit er halbwegs trocken blieb. In der Mühle war die Hölle los. *Wenn es regnet, lacht der Müller, wenn es regnet, mahlt es sich wie von selbst,* sagte der Volksmund. Das Wasser aus dem Teich rauschte in die Holzrinne, prasselte auf das Mühlrad und trieb es in atemberaubendem Tempo an, als wollte das Wasser das alte Holzgestell zerschmettern.

„Was stehst du da, du Gans? Mach dich an die Arbeit!“, keifte Anton von irgendwoher.

Vor diesem Moment hatte sie sich gefürchtet. Wie konnte in diesem schönen Jungen, ihrem Bruder mit dem goldenen Haar und den strahlend blauen Augen, der einst so gütig und aufrichtig gewesen war, derartige Boshaftigkeit schlummern? Früher war er nie gemein zu ihr gewesen. Gab ihm der Tod der Eltern das Recht dazu? Dieser Anton war ihr fremd. Früher pfiff er Melodien und mit ihm lachte die Welt. Er war clownesk, pflückte Blumen und aß Äpfel, er streichelte jedes Huhn, jede Katze und gab ihnen Namen, er trauerte, wenn eine Taube geschlachtet wurde, und er liebkoste sie, wenn sie aufwachte. Er erriet jeden ihrer Wünsche und gab ihr die besten Stücke, wenn Mutter Süßes buk. Wie vergänglich die Jugend doch war, so vergänglich, dass Marie gar nicht erwachsen werden wollte. Erwartete sie das gleiche Schicksal, wenn sie so alt sein würde wie er jetzt? Rasch wechselte sie ihre nasse Kleidung. Die Mühle ratterte mit halsbrecherischer Geschwindigkeit. Das große Rad im Inneren der Mahlstube war mit dem Wasserrad über eine Welle verbunden und drehte sich unaufhaltsam. Seine knatternden Zahnräder erzeugten einen Höllenlärm und trieben den Rüttelschuh an, der dafür verantwortlich war, immer die gleiche Menge an Getreide in die Holzzarge zu befördern. Marie stieg die Stufen hinauf, um Otto beim Schippen des Fülltrichters abzulösen. Die Brüder mussten fünfzig Kilo Kornsäcke aus dem Speicher tragen.

„Wo steckst du? Wer essen will, muss auch arbeiten!“, ging Anton sie an, als ihre Blicke einander trafen.

„Ach, halt doch den Mund!“, entgegnete sie harsch.

Anton hielt inne und atmete tief durch. Seine Augen starrten in eine unbekannte Ferne, während er sich an sie wandte. „Was hast du gesagt?“

Sie wusste nicht, was folgen würde, doch sie war bereit, sich mit ihm zu schlagen, wenn es sein musste. Sie hatte genug von seinen Kränkungen. „Dass du den Mund halten sollst!“

Wie ein wütender Stier baute er sich vor ihr auf. „Du hast sie wohl nicht alle! Was ist mit dir los? Willst du mich schlagen? Du sollst die Goschen halten, hab ich zu dir gesagt und das meine ich auch!“ Anton holte zum Schlag aus, Marie riss reflexartig ihre Arme vor das Gesicht.

„Anton! Anton, hör auf!“ Otto sprang die Leiter hinab, verlor dabei das Gleichgewicht und die irdische Schwerkraft erledigte den Rest. Seine Holzpantoffeln lagen irgendwo, er jaulte auf vor Schmerz. Marie eilte ihm zur Hilfe, doch er war außer sich. „Die Säcke! Kümmert euch um die Säcke, ihr Idioten! Hört auf mit der Zankerei!“, krächzte er.

„Das ist alles deine Schuld, blöde Kuh! Schau, was du angerichtet hast“, herrschte Anton sie an.

Diesmal sank Marie zu Boden und weinte. Anton schleppte den schweren Sack in die Mahlkammer und schüttelte den Inhalt vorsichtig in den Fülltrichter. Endlich konnte die Mühle wieder mahlen. Der Vater hatte behauptet: *Die Mühle schafft in vierundzwanzig Stunden zwanzig Zentner Getreide, sie ist so stark wie fünfzehn Pferde zusammen.* Die Mahlsteine liefen gut, sie waren noch nicht glatt gerieben, doch das war nur eine Frage der Zeit. Keiner von ihnen hatte gelernt, die Steine zu schärfen. Marie sah nach Otto, der noch immer auf dem Steinboden kauerte und sein Fußgelenk abtastete.

„Was ist mit deinem Fuß?“

„Kümmere dich nicht um mich.“

Das Prinzip des Malvorgangs war komplex. Ihre Mutter sagte immer: *Diese Arbeit ist nichts für Frauen, das Mahlen soll den Männern überlassen bleiben.* Marie war aufgestanden und starrte auf die Mahleinrichtung. Der Mahlstein unten drehte sich nicht, nur der Läuferstein oben, er wurde durch die Steinspindel über das Mühleisen angetrieben. Eine Holzbütte umfasste die Mühlsteine. Durch die Rotationsbewegung des Läufersteins wurde das Mahlgut zerrieben und fiel dann aus dem Mühlsteinspalt heraus, um in der Bütte eingesammelt zu werden. Durch die Rüttelbewegung des Stoffarmes rieselte das feine Mehl durch die engen Fasern des Leinenstoffes hindurch.

Marie nahm das Mehl auf und trug es hoch, um es erneut in die Schütte zu streuen und so den Mahlvorgang zu wiederholen, wobei die Mahlsteine enger eingestellt wurden. Nach drei Mahlvorgängen war sie weiß wie ein Schneemann. Das feine und das grobe Mehl wurde in zwei Holzkanälen getrennt. Ein kleiner Behälter war für die Kleie, der größere für die Graupen gedacht. Um die Staubentwicklung zu dämpfen, war ein Tuch um die Kübel gespannt.

„Wo kommt der Kübel hin?“, fragte sie. Laienhaft löste sie das Tuch und eine Extrawolke Mehl schlug ihr so auf die Lunge, dass sie sich vor Husten krümmte. Nach Luft japsend griff sie nach der nächstbesten Schürze am Wandhaken, um sie vor das Gesicht zu halten. Otto verwendete diese Schürze zum Ausnehmen der Fische. „Ich kotze gleich“, schrie sie. „Wir schaffen das nicht allein, Otto. Ich hole die Nachbarn.“

„Nein!“, zischte er und setzte sich vorsichtig. Er konnte kaum stehen, der Fuß war hin.

„Bitte!“

„Nein, das muss auch so gehen.“

Marie stellte den Kübel ab. Der Lärm, der Staub, Anton, Ottos Fuß, das alles machte Marie taub und kraftlos, sie musste sich setzen und einen Moment sammeln. Ein Satz ihres Vaters kam ihr in den Sinn. *Ein junger Jagdhund kann nicht davonstieben, wenn ein Schuss fällt.*

„Anton, kümmere du dich um das Mehl! Ich hole Hilfe, ich hol den Nachbarn.“

„Du tust gar nichts! Du hast nichts zu entscheiden.“

„Ihr seid jetzt still, alle beide!“

Ein junger Bursche erschien im Türrahmen. Er war barfuß, auf seinen Schultern trug er einen Getreidesack. Das Gesicht kam Marie bekannt vor, doch sie forschte nicht nach, woher sie ihn kannte. Der Regenguss hatte wohl aufgehört, der Junge war ganz trocken.

„Du kommst wie gerufen. Komm, hilf mir!“, befahl sie dem Jungen.

Er legte etwas verdutzt den Kornsack ab und packte mit an, dabei taxierte er die beiden Lebeda-Brüder, die ihn grimmig anstarrten.

„Bist du nicht der junge Šmahal?“, entsann sie sich, als im selben Moment sein Vater eintrat.

„Tag, die Herrschaften!“

Der Alte wusste sofort, was zu tun war.

Marie dankte Gott. Freudentränen kullerten ihr die Wangen runter. Die Gravur, die vor Jahrzehnten in den Holzbalken eingeritzt worden war, der die Welle für die Mühlsteine trug, hatte sich bestätigt. *Alles wird gut, der Gott ist mit dir.* Das Kraftsymbol hatte recht behalten.

Otto
August 1939

Erschöpft saßen sie am Küchentisch. Es war Spätnachmittag.

„Was für ein Tag! Der kommt uns verdammt noch mal teuer zu stehen. Du hast ihn für seine Dienste ganz schön königlich entlohnt. Mehl in doppelter Menge, Graupen und Hafer dazu. Und dann auch noch dreißig Eier, als hätten wir Nahrung für 'ne ganze Armee. Wenn das so weitergeht, werde ich die Speisekammer mit einem Schloss verriegeln, damit Ordnung im Haus einkehrt."

„Soll mir recht sein, aber nur dank Šmahal haben wir das Gröbste hinter uns."

Die Fenster standen weit offen und die letzten Sonnenstrahlen tauchten die Küche in goldenes Licht. Über die Felder strich ein sanfter Wind. Die barschen Worte von Anton verhallten allmählich und so etwas wie stilles Einvernehmen kehrte in die Stube ein. Sie hatten noch einiges zu tun, doch erst einmal ruhten sie sich aus. Das Leeren und Säubern der Auffangbehälter – eine wichtige Maßnahme, um Ungeziefer vom Mehl fernzuhalten – sowie das Wiegen und Zählen der Säcke stand noch bevor. In einer Woche wüsste sonst keiner mehr, welches Korn in welchem Sack war und welchem Dorftrottel er gehörte. Brot wollten alle.

Obwohl Otto vor der schweren Arbeit verschont geblieben war, konnte er vor lauter Mattheit nicht einen Gedanken fassen. Marie verband seinen Knöchel, der inzwischen auf die Größe eines Kürbisses angeschwollen war. Jede Bewegung tat höllisch weh, ans Laufen brauchte er gar nicht erst zu denken. Und nun? Gewiss, er hatte Schuldgefühle, da er sich dabei ertappte, dass er seinen Patientenzustand willkommen hieß, dabei hatte er sich nie als arbeitsscheu betrachtet. Vielleicht war jetzt eine gute Gelegenheit gekommen, um das *brennende Thema* anzusprechen.

„Nimm den bescheuerten Fetzen runter.“ Er riss Marie die Schürze ab, die sie immer um die Nase gebunden hatte, einer Piratin gleich. Der verdeckte Teil ihres Gesichts war mit Schweißperlen übersät und rosig, der Rest mit Mehlstaub besprenkelt. Otto musste grinsen. „So hab ich ausgesehen, als ich mit unserem Vater zum ersten Mal die Zimmer geweißt hab. Ich muss vielleicht sieben gewesen sein.“ Sie wischte sich mit dem Ärmel ab und wirkte auf einmal kindlich, einfach wie ein Mädel vom Dorf, das keiner Fliege etwas zuleide tun konnte. Sie tat ihm leid. „Marie …“ Anton schielte zu Otto, der wiederum seinen Bruder verzagt ansah. „Marie … ich …“ Otto konnte seine Unsicherheit nicht verbergen, so ergriff Anton das Wort.

„Marie, du kannst nicht nach Prag zurück. Vorerst nicht. Du kannst uns nicht allein lassen, solange die Deutschen hier sind. Das steht dir nicht zu.“ Er machte eine Pause, als müsse er die richtigen Worte suchen, und setzte dann mit belegter Stimme neu an, wie es Väter der feinen Art tun. Er redete ihr ins Gewissen. „Ich gehe davon aus, dass wir dich gar nicht überreden müssen. Wenn du nicht völlig auf den Kopf gefallen bist, musst du einsehen, dass du in Prag nichts verloren hast. Es ist zu gefährlich. Dein Platz ist hier in der Mühle. Otto kann sich nicht bewegen, wer weiß, wann er wieder auf den Beinen sein kann. Und vergiss nicht, dass wir das dir zu verdanken haben.“

„Mir?“

„Hättest du dein M…“

„Anton!“, schnitt ihm Otto das Wort ab.

„Hättest du deinen Mund gehalten und getan, was notwendig war, wäre es gar nicht so weit gekommen.“ Zur Veranschaulichung zeigte Anton auf Ottos Fuß. „Und ich schaffe die Arbeit nicht allein. Zumal wir nicht wissen, wer den Haushalt führen soll. Wir brauchen hier eine Frau, eine …“

„Ich bin also zum Dienstmädchen degradiert“, flüsterte sie.

„Das bist du bei der Madelong doch auch.“

„Ja, schon, aber ich kann meine Lehre … und außerdem brauchen sie mich.“

„Kusch, wir brauchen dich hier genauso, sage ich. Wer soll sonst die Kleidung reparieren, kochen und so Sachen machen? Du bist doch gerne hier.“

„Nein.“

„Anton, lass“, maßregelte ihn sein Bruder.

„Klappe!“, bellte ihn Anton sogleich an. „Wir haben etwas ausgemacht und daran halten wir uns. Otto? Was schweigst du immer noch? Du warst einverstanden. Du willst das doch auch.“

„Ja, schon …“

„Das ist ein einziger Albtraum“, ergänzte Marie tonlos.

„Dein Prager Starrsinn geht mir langsam auf die Nerven. Dann geh nach Prag, bitte schön, lass dich dort abknallen, mit den ganzen Juden zusammen. Du mit deinen dunklen Haaren, sie werden dich für eine Jüdin halten, wenn sie dich bei der Madelong erwischen. Aber glaub mir, ich gebe dir dafür keinen Haller. Nicht einmal für die Reise dorthin gebe ich dir einen Haller. Sieh selber zu, wie du dorthin kommst, du dumme Gans.“

Marie senkte ihren Blick. In ihr brodelte es.

„Beruhig dich, Anton“, versuchte ihn Otto zu besänftigen.

Anton erhob sich vom Tisch und schnaufte. „Dann soll sie halt gehen!"

„Halt, halt. Anton, beruhig dich. Nun sage ich mal was. Marie, es tut uns sehr leid, aber sieh es doch ein. Anton hat recht. Das wäre jetzt die dümmste Idee, in die Stadt zu fahren. Prag ist sehr gefährlich."

„Ihr widert mich an, alle beide!" Sie zog die Lebensmittelmarken aus dem Lederbeutel und schmetterte sie ihnen vors Gesicht. „Fresst es, ja, sperrt euch ein und fresst es! Hier: Zigaretten, Kleidung, Essen. Hier habt ihr eure Eier, ein Dutzend Eier. Ihr verdammten Fettwänste!"

Wie zu einer tosenden Feuersbrunst entfacht flüchtete sie aus der Küche. In der Stube über ihren Köpfen hörte man sie schluchzen. Die Brüder blieben in der Stille sitzen, starrten die Tischkante an. Gewissensbisse plagten sie, jeden auf seine Weise, doch die verflogen bald. Anton nahm einen Topf mit Schweineschmalz mit Grieben und schnitt sich eine dicke Scheibe Brot ab. Es war der Rest der Brote der letzten Woche, bevor sie neue Brote backen würden. Er oder Marie, wenn sie bis dahin nicht verrückt geworden war. Anton ließ es sich trotzdem schmecken.

„Köstlich. Gut salzig", sagte er.

Die zarten Krusten knirschten zwischen seinen Zähnen. Er schmatzte dreist und selbstgefällig, die letzten Schlucke des Malzkaffees glitten in seine Gurgel wie Öl, bevor er sich nachschenkte. Otto beobachtete ihn, er ärgerte sich über die bornierte Unerbittlichkeit seines Bruders.

„Anton …"

„Ja?"

„Warum beharrst du eigentlich so darauf? Warum bist du so hart?"

„Was meinst du?“

„Du weißt schon.“

„Weiß ich nicht.“

„Spiel nicht den Dummen.“

„Willst du mich aufziehen?“

„Nein. Dazu habe ich keine Lust, aber ich würde zu gern wissen, warum es so schlimm sein sollte, wenn sie geht.“

„Ich möchte mich nicht wiederholen. Es ist saugefährlich in Prag.“

„So wahr ich hier sitze, Himmel und Herrgott, es ist doch ihre Entscheidung.“

„Du verstehst aber auch gar nichts.“ Anton ließ seine Brotscheibe sinken. Aus der Hosentasche fischte er einzelne Papierfetzen heraus. „Hab ich dir das schon zum Lesen gegeben?“

„Was ist das?“

„Von der Madelong. Hab ich ihr vorenthalten.“

Otto las.

Der Zug der Demonstration verschwand um die Ecke der Pařížská Straße. Ich setzte mein Hütchen auf und schlüpfte in die Sandaletten. Gleich auf der Straße hielt mich ein Uniformierter, ein engagierter Nationalsozialist, mit der Frage auf, wohin ich wolle. Wie ich dazu käme, das Haus zu verlassen. Ich versicherte ihm, nur Medikamente für eine Freundin besorgen zu wollen, eine Nichtjüdin. Sie hätte mich beauftragt, weil sie im fiebrigen Zustand sei und nicht laufen könne. Er musterte mich, winkte mit seiner Rechten, ich flitzte davon. Glück gehabt. In Wirklichkeit rannte ich auf die andere Straßenseite, zur Brücke, weil ich dort mit der Hutmacherin verabredet war. Sie ist zu meiner innigsten Freundin geworden, denn eins muss ich Dir beichten, mein Mann ist auf und davon. Nach Wien war er gefahren, zurückgekehrt ist er nicht mehr. Ich vermute, dass sie ihn nicht über die Grenze durchgelassen haben, vielleicht haben sie ihn verschleppt, keine Ahnung. Meinen armen Mann. Konnte er auch nicht zu Hause bleiben, der Narr? Ohne die Hutmacherin hätte ich sonst keine Menschenseele. Ich lief also zu ihr. Sie saß am heiligsten Tag in einer Autotaxe vor dem Hotel International, mittendrin im Prager Geschehen. Sie winkte mir zu, ich stieg ein. Ihr Gesicht war kreidebleich. Gott sei Dank war der Taxifahrer, obgleich kein Jude, ein netter Mann. Sind denn die Menschen ganz von Sinnen? Sie demonstrieren für den Krieg, sagte sie. Ach, meine liebe Marie, sei froh, dass Du nicht hier bist. Bleib bloß auf dem Land. In Berlin wehen die Fahnen und es werden Kampflieder gesungen. Aus allen Ecken der Stadt klingen die Echos der Grässlichkeit. Mich schaudert es. Du weißt, wir haben das Radio behalten, obwohl wir Kopf und Kragen riskieren, aber ist es nicht längst egal? Wir hören die deutschen Propagandanachrichten, damit wir wissen, was vor sich geht. Ganz Berlin ist aufgeboten, um die kochende Volksseele zu mimen. Goebbels nennt es „eine spontane Willensäußerung“. Dank seiner straffen Regie schäumt die deutsche Bevölkerung. Überall, aus allen Stadtteilen von Berlin, marschieren Menschen in langen Zügen, Unter den Linden, Du weißt, das ist das politische Zentrum, überall erschallen ihre Parolen. „Wir wollen den totalen Krieg!“

Wir fuhren hinaus aus der Stadt und schon bald darauf strich die Kühle des Waldes über uns. In einer Konditorei mit Garten nahmen wir unter den bunten Sonnenschirmen Platz und tranken Schnaps. Es war hier still und friedlich. Michaela hatte Tränen in den Augen. Ich fragte sie nach dem Grund, und versuchte sie zu trösten. Michaela nickte, zitterte aber am ganzen Leib. Wir zahlten und sie bat mich um einen kleinen Spaziergang durch den Wald. Ich willigte ein. Sie schwieg und ich sprach von meinem Vetter, der uns auf dem Land aufnehmen wollte. Ein mutiger Mann und ein guter Freund zugleich. Und als ich mich zu ihr umgedreht hatte, gefror mir das Blut in den Adern. Sie fischte einen Revolver aus der Tasche, einen echten Revolver. Tränenüberströmt verkündigte sie, sie wolle dem Ganzen ein Ende setzen. Erst jetzt verstand ich, was unser Treffen an sich hatte. Ich schrie sie an, die Waffe wegzuwerfen, sie würde mit ihrem oder meinem Tod nichts erreichen! Michaela war ihrer Verzweiflung aber nicht Herr. Krampfhaft versuchte sie mich zu umarmen, ich weigerte mich aber, fürchtete, sie risse uns beide in den Tod. Ich schloss meine Augen und hielt mir die Ohren zu, natürlich nicht ganz, nur halb. Ich vernahm Schritte. Passanten näherten sich von irgendwoher. Michaela war nicht mehr zu sehen. Ich tigerte hin und her und dann kam der Schuss. Ganz nah. Ohrenbetäubend.

Otto blickte hoch, ließ den Brief sinken. Obwohl er vorhatte, den kompletten Inhalt zu lesen, konnte er nicht mehr. Anton vertilgte inzwischen sein drittes Brot.

„Du hast recht. Gib ihr das nicht zu lesen, sie muss hierbleiben“, flüsterte er. „Natürlich nicht.“

Anton
April 1940

Kaum war ein Krieg zu Ende, begann ein neuer. Und das Ende war nicht abzusehen. Wer hätte gedacht, dass es mit Europa so weitergehen würde?

Sie kamen gegen 8.45 Uhr. Ihr Geländewagen, ein offenes dunkelgrünes Fahrzeug, parkte rasant vor den Toren der Mühle. Er blieb eine Weile stehen, die Männer diskutierten untereinander. Anton lugte aus der Scheune und sah mitunter den alten Šmahal auf dem Hintersitz ducken. Anton packte sofort einen Spaten, man konnte nie wissen. Seitdem der Krieg ausgebrochen war – die Lebedas haben ihn bisher Gott sei Dank nicht am eigenen Leib erlebt, in Matovice fiel noch kein einziger Schuss –, lebte man vorsichtig und erschauderte vor dunklen Fahrzeugen mit fremden Männern in schwarzen Ledermänteln. Wenn die deutsche Sprache fiel, war der Ofen aus, dann hatte man mit dem Schlimmsten zu rechnen.

Drei Offiziere stiegen aus dem Wagen und betraten ohne zu fragen das Grundstück der Lebedas. Normalerweise hätte sich Anton eine derartige Dreistigkeit nicht bieten lassen, doch diesmal wusste er, dass Schweigen Gold war. Er sprang mit einem deutschen *Grüß Gott* aus seinem Versteck, um höflich, aber bestimmt, den Eingang zu versperren. Die Herren machten mit scharfen Blicken deutlich, wer hier das Sagen hatte. Sie wiesen sich weder aus noch gaben sie eine Erklärung für die plötzliche Visite. Ihre aufreizend langsame Art dezimierte Anton auf die Größe einer Schachfigur. Šmahal sprach erwartungsgemäß Tschechisch, aber auch überraschend gut Deutsch, der Rest der Männer nur Deutsch. Da die Herren nicht die schwarzen Ledermäntel der Gestapo trugen, sondern nur einfache Offiziersuniformen, hielt Anton sie für Angehörige der Reichspolizei. Es erleichterte ihn erstmal, denn die Gestapo, das war bekannt, führte ab und deportierte. Ihre Gesichtszüge wirkten spitz und scharf, im Gegensatz zu den rundlichen tschechischen Backen und Knollnasen, scheinbar tranken sie weniger Alkohol. Šmahal verkündete, *man müsse eine Inspektion der Mühle vornehmen, so sei das Gesetz. Die Einrichtungen dürften nach Abwägung geschlossen werden*. Das klang in Antons Ohren schlimm, jedoch nicht so schlimm, als wenn sie gleich die Waffen gezogen hätten um sie an die Wand zu stellen.

„Natürlich, natürlich", erwiderte Anton. Er war wütend auf Šmahal, den er für einen aus seinem Volk hielt, aber vielleicht hatte Šmahal es sich nicht aussuchen können. „Der Müller ist das wichtigste Gewerk im Dorf, das wissen Sie schon …"

Šmahal übersetzte und die Herren antworteten etwas. „Das wissen die Herren", meinte er.

Seine Kornsäcke lagerten auf dem Speicher der Lebedas, ob er das vergessen hätte, würde Anton ihn fragen, aber zuerst musste er erfahren, auf wessen Seite er stand. „Wenn wir nicht mahlen können, wie sollen wir dann Abgaben leisten?", fragte Anton.

Doch Šmahal schüttelte nur unmerklich mit dem Kopf und flüsterte: „Nichts sagen, einfach nur schweigen."

Antons hinter dem Rücken zu Fäusten geballte Hände entspannten sich. Er folgte dem Rat. *Auf diese Weise kontrollieren die Deutschen das Land, das sie in Protektorat Böhmen und Mähren umbenannt haben. Sie richten es wirtschaftlich zugrunde, lassen die Menschen in Armut stürzen, sodass sie auf Gottes Gnade angewiesen sind. Sie missbrauchen die Republik zum militärischen Ausbau, schließlich liegt die Tschechei strategisch günstig, sie funktionieren die Fabriken um, um darin ihre Waffen herzustellen.* Das hatte Josef Wolf, der Wirtsherr, vorausgesagt, bevor er verschwand. Das klang übel, aber umso glaubwürdiger.

Marie erschien im Hof, kurz danach Otto. Es regnete leicht. Marie band ihr graues Wolltuch fester über die Schultern. Bevor es zu unnötigen Auseinandersetzungen kam – Anton kannte seinen etwas ungelenken Bruder –, riss er das Ruder im devoten Ton an sich.

„Natürlich, Entschuldigung“, flüsterte er und nahm Marie in seine Obhut. Sie ließ es geschehen. Nach Monaten ließ sie es zu, dass er sie anfasste. Ihre schmalen Schultern fügten sich in seine Handflächen, als würden sie schon immer dort hingehören.

Auch Otto kapierte schnell, dass man bewaffneten Uniformierten nicht widersprechen sollte. Er nahm seine weiße Mütze ab und gewährte den Herrschaften Zutritt ins Haus. Anton hasste sie. Er hasste sie so sehr, dass er sie am liebsten in den Mahltrichter hineingeworfen und so lange auf sie eingedroschen hätte, bis sie zwischen den Mahlsteinen zum blutigen Klumpen geworden wären und ihr arischer Saft zwischen den Ritzen ausgetreten wäre. Sie begutachteten den Ofen, warfen einen Blick in den Küchenschrank, fragten nach der Funktion des darüber hängenden Kammbretts. Otto klärte sie auf, Šmahal übersetzte. Sie debattierten halb ernst, halb flapsig, ihr Hauptaugenmerk gehörte der Mühleneinrichtung. Wahrscheinlich hatten sie noch nie eine so alte und doch funktionierende Einrichtung gesehen. An der Mühle war nichts aus Metall.

„Das ist der Hazart. Das rotierende Schwunggewicht führt eine horizontal kreisende Bewegung aus. Sehen Sie? Hier trennen verschiedene Siebe das Mahlgut in verschiedene Produkte. Schrot, Grieß, Graupen und Mehl. Über diesen Stoffschlauch, der die Verbindung zwischen den Mahlsteinen und dem Auslaufkasten bildet, eben Hazart genannt, gelangen einzelne Fraktionen auf den Weg zu weiterer Verarbeitung", gab Otto fachmännisch an, sodass Šmahal ordentlich ins Schwitzen kam.

„Können Sie die Mühle laufen lassen?", unterbrachen sie ihn.

„Momentan ist es schwer. Zu wenig Wasser. Ohne Wasser dreht sich das Rad natürlich nicht, wir sind nicht so modern."

Šmahal sprach den Offizier mit dem Namen Sträuble an.

„Es regnet doch", gab dieser Sträuble mit seiner Fistelstimme zu Bedenken.

Otto stieg die Treppe hinauf zum Sichterboden, dessen Freifläche als Lagerraum für das gesackte Getreide diente. Er öffnete die Tür nach draußen und ließ das grelle Licht in die verstaubten Ecken eindringen. Es hatte inzwischen aufgehört zu nieseln. Die Männer zuckten zusammen, mehr aus Reflex als aus rationalem Grund. Ihre akkuraten Uniformen spannten sich und die polierten Stiefel knarzten bei der kleinsten Bewegung. Möglicherweise glaubten sie, dass Otto die Flucht zu ergreifen versuchte, bei der sie ihre Revolver zücken mussten.

„Der Weg führt zum Teichdamm", beruhigte sie Anton.

Šmahals Deutsch war nicht so hart wie das der Deutschen, auch das typisch deutsche Stakkato schnitt weniger resolut. Anton mochte sich nie an der tschechischen Sprache laben, Tschechisch klang seines Erachtens wie tausend Explosionen im Hals, selbst manchen Tschechen ging es nicht flott über die Lippen, doch Deutsch war eckig und machte auf ihn einen brutalen Eindruck. Vielleicht auch nur Vorurteile. Otto hantierte am Fluder, ließ das Wehr frei. Der Teich war von der Trockenheit der letzten Wochen ausgedörrt und der Wasserspiegel lag ohnehin unter dem Fluder. Man wartete, doch das Rad drehte sich keinen Deut. Schmunzelnd setzte Anton eine verzweifelte Miene auf.

„Ich bedaure, die Mühle ist von der Wasserkraft abhängig."

„Gibt es hier gar keine Elektrik? Keine Turbine?", fragten die Herren verblüfft.

„Nein, keine."

Sie sahen sich ungläubig an und nahmen erst jetzt die feudale Einrichtung unter die Lupe, dabei berieten sie sich unentwegt und schüttelten ihre Köpfe.

„Hinterwäldler", übersetzte Šmahal.

Die Herrschaften zogen weiter, waren an Werkzeugen und Geräten zur Verarbeitung von tierischen Erzeugnissen interessiert. Allmählich weichten ihre Gesichter auf und auch ihre Stimmen klangen etwas freundlicher. Anton präsentierte das klappernde Zubehör, das sie noch nie zu Gesicht bekommen hatten, Museumsexemplare. Bei der Butterschleuder, die sie aus anderen Haushalten bereits kannten, machten sie einen Halt und begutachteten sie. Wenigstens diese konnten sie mit einem festen Draht verplomben, sodass der Hebel feststeckte, schließlich sollten sie ja nicht umsonst gekommen sein. Ein kleines Übel, dennoch unangenehm, dachte Anton. Er liebte Butter.

Die Mühle galt offiziell ab sofort als geschlossen und durfte nicht für die Öffentlichkeit zu Diensten stehen. Der Eigenbedarf war bis zu einer gewissen Menge erlaubt. Das Verplomben der Mühle sahen die Herren als unnötig an. Dass die Mühle funktionsfähig war, glaubten sie eh nicht, genauso wie die Aussicht auf Geschäftemacherei.

Gegen Ende der Inspektion, nachdem alles registriert war und die Herren fast mit zufriedener Selbstgefälligkeit *Auf Wiedersehen* auf ihren Lippen formten, fuhr draußen ein Viehtransporter vor. Sofort war Anton klar, was gespielt wurde: sie wollten das Vieh für weiß der Kuckuck welche Zwecke beschlagnahmen, vor allem aber die Pferde für die Front. Anton gefror das Blut in den Adern. Ihr Vieh trug Namen und gehörte unlösbar zur Familie.

„O nein …“, flüsterte Marie. Anton legte ihr den Finger auf den Mund.

Die Lebedas besaßen drei Pferde. Das verhätschelte Fohlenmädchen Mára war zu einem gesunden weißen Jungtier mit sanften Augen gewachsen. Selbst den Verkauf auf dem Benešover Pferdemarkt – und man hätte ein ordentliches Sümmchen für sie erhalten – schlug Anton aus. Sie war weder für die Feldarbeit noch für die Front geeignet, ein viel zu junges Pferd! *Die Wirbelsäule ist noch viel zu weich, die Strapazen auf dem Schlachtfeld würde sie niemals überleben.* Er versuchte es fachmännisch zu erklären, doch ihm war klar, dass man ihm nicht zuhören würde. Rosine hingegen spannte er häufig ein und jagte sie hinaus auf die Felder. Sie zog das Holz aus dem Wald und pflügte im Frühjahr die steinharten Erdkrusten auseinander. Immerhin war sie eine stattliche Stute mit prächtigem Leibesumfang im besten Alter. Ihr Verlust würde einen monumentalen Ausfall bedeuten. Julča, die zweite Stute, stand ihr in Sachen Schönheit in nichts nach. Sie war nicht mehr die Jüngste und Stabilste, sie hinkte je nach Wetterlage wegen ihrer schmerzenden Fesselgelenke, deshalb schonte man sie, schmierte ihre Hufe mit Vaseline ein und gab ihr nur leichte Aufgaben sowie gelegentliches Reiten mit Kleinkindern an Festtagen. Sie verdiente Respekt und Ruhe für die Arbeit, die sie ihr Leben lang geleistet hatte. Wie sollte er das den Deutschen klarmachen? Ein Abtransport zur Front wäre eine Quälerei, bevor sie das Schlachtfeld erreichten.

Anton spähte nach dem Transporter, ganz im Gegensatz zu den Deutschen, die das Prozedere ohnehin kannten. Diese wünschten stattdessen den Teich zu inspizieren. Otto führte sie über eine mit hohem Gras bewachsene Anhöhe. In den Viehställen nahmen sie jedes Schaf, jedes Huhn, ja, sogar die Gänse und die Kaninchenställe unter die Lupe. Anton zwinkerte Otto unauffällig zu, als sie sich ansahen, und noch bevor er den Offizieren hinterhertölpelte, flüsterte er ihm etwas ins Ohr. Otto versuchte die Zusammenhänge zu verstehen und guckte dümmlich.

„Was?"

„Ich verschwinde hier."

„Wieso?"

„Ich muss etwas unternehmen, damit sie uns die Pferde nicht nehmen."

Šmahal spähte neugierig. „Ist was?", flüsterte er.

„Ich brauch etwas Zeit, beschäftigt sie!"

„Weiter, meine Herren, weiter, dort erwarten uns die Bienen", reagierte Šmahal umgehend auf die Aufforderung.

Otto starrte sie an, er hatte natürlich eine lange Leitung. Bisher vertrat er die Ansicht, *Schuster bleib bei deinen Leisten*, doch jetzt war er sich nicht sicher, ob Šmahal als Schauspieler nicht besser dran gewesen wäre. Er setzte eine nette Miene auf.

„Schenk den Herren ein Stamperl ein, Marie, lass sie nicht verdursten!"

Die Gesichter der Deutschen belebten sich wie verdorrte Erde dem Regen.

Anton war längst im Viehstall. Mára stampfte aufgeregt mit den Hufen, um herausgelassen zu werden.

„Ich weiß zwar nicht, wie, aber ich verbinde dir jetzt die Beine, Kleines.“ Es brauchte eine Weile, bis er das alte blutverschmierte Laken und die dreckigen Fetzen, die bei Máras Geburt im Einsatz gewesen waren, aus der Gerümpelkammer herausfischte. Mit zitternden Fingern versuchte er das Ding auseinanderzureißen, seine Sicherungen drohten durchzubrennen. „Mára, verflixt noch mal, gib die Haxe her!“ Er umarmte sie beruhigend, massierte ihren Hals. „Liebes Tier, ganz ruhig, Kleines, ganz ruhig.“

Seiner Sache sicher, riss er den Stoff entzwei, kniete sich zu Máras Vorderläufen und verband sie. Nicht gerade professionell, aber es hielt. Er dachte an den dubiosen Ratschlag, den ihm sein Vater auf den Weg gegeben hatte: *Scheiß drauf, wenn du es behalten möchtest.* Ihm war nicht nach scheißen. Ratlos stand er eine Weile da, kniete sich hin, starrte verzweifelt auf die verbundenen Hufe und steckte sich den Finger in den Hals.

Die Stimmen der Männer aus dem Transporter hallten bereits über den Hof. Šmahal erschien mit rührseligem Überschwang und mit ausgebreiteten Armen, als wäre er erfreut, plötzlich die Herren aus dem Viehtransporter anzutreffen.

„Gute Tag!“

„Otto Lebeda?“, fragten sie in schlechtem Tschechisch.

„Nein, Ferdinand Šmahal ist meine Name, ich bin nur eine Dolmetsche. Das ist Brieder von Otto, Anton, und das ist Otto Lebeda. Die Miller.“ Er machte einen leichten Buckel und schenkte ihnen eine Prise preußischen Respekts.

Deutsche Sätze prasselten auf seinen Kopf nieder.

„Nix verstehen. Aaah, Tiere, ach, verstunde. Eine Momente. Ibersetzen.“ Šmahal blickte zu Anton, der kreidebleich neben ihm stand. „Sie wollen das Vieh holen, wir lenken sie aber ab. Was ist mit dir los? Du siehst schlimm aus."

„Hab gerade gekotzt", flüsterte Anton. Er verstand einiges auf Deutsch. Seit der Besatzung wurde er mit deutschen Begriffen konfrontiert. An den Kreuzungen standen deutsche Schilder, die Dorfämter hießen *Außendienststellen* und über den Wirtshäusern baumelten Blechtafeln mit der Aufforderung: *Bitte sprechen Sie hier Deutsch*.

„Bitte hier kommen. Hier Kamerade."

Šmahal zeigte den adrett uniformierten SS-Unteroffizieren – oder was auch immer sie sein mochten – die Richtung zum Hauseingang, sie hingegen drückten ihm einen Wisch in die Hand. In Deutsch. Amtsdeutsch.

Šmahal reichte ihn weiter, Anton versuchte ihn erst gar nicht zu entziffern. Eine düstere Furcht rann ihm durch die Kehle. Die Offiziere schienen mit der Stippvisite fertig zu sein, mit Stamperl in der Hand wirkten sie überraschend amüsiert, während die Fahrer die Kollegen höheren Ranges mit peinlicher Unterwürfigkeit anstierten. Eine Unterhaltung fand statt, die Lebedas ignorierend.

„Und was machen wir jetzt?", flüsterte Otto Anton zu.

„Wir machen ein Affentheater."

„Ein was?"

Bei der landwirtschaftlichen Requisition, die von den deutschen Wachmännern regelmäßig im Wirtshaus von Matovice in Anwesenheit heimischer Landwirte durchgeführt wurde, natürlich zu den Bedingungen des Bürgermeisters, wurde die Höhe der Abgaben festgelegt, zudem die Beschlagnahme der Nutztiere.

Doch keiner hatte daran geglaubt, dass diese tatsächlich konfisziert werden würden. Aber als es so weit war, gab es keinen Weg zurück. Mehl und Korn konnte man überall deponieren, ein Pferd oder eine Kuh hingegen ließ sich nicht hinter dem Schrank verstecken.

Die Herren lachten. Ein moderner Fotoapparat wurde gezückt. Alle hatten sich in Reih und Glied aufgestellt, die Offiziere höheren Ranges selbstverständlich vorn. Sie grinsten in die Linse, während die Lippen der Lebedas einfroren. *Noch mal hinstellen, in anderer Anordnung. Neue Pose und noch ein Grinsen, breiter, heller, fröhlicher. Die Pferde und Kühe holen*, hieß es plötzlich.

„Ein Foto mit Tieren? Na schön. Wie die Herrschaften wünschen“, schmeichelte Šmahal, als Anton in den Stall schlürfte, in der Hoffnung, das Vieh nur zum Zwecke eines Propagandafilms hergeben zu müssen.

Man zog alles hinaus, was vier Beine hatte, um die Verheißung der staatlichen Indoktrination glaubhaft zu gestalten. Das deutsche Volk sollte bestmöglich von der Zufriedenheit der Tschechen unterrichtet werden. Sie meinten es gut. In manchen Ortschaften des Protektorats kamen sogar Züge mit Lebensmitteln angefahren, als Zeichen der Solidarität, schließlich wurden die Tschechen von den Deutschen *protegiert*. An den Hauptplätzen stellte man Kessel mit Gemüseeintopf und anderen deutschen Spezialitäten auf. Trotz des kulinarischen Desinteresses seitens der Bevölkerung ließen sich die Deutschen mit vergnügter Miene vor der Kamera ablichten. Als in der Folge eine Kinoleinwand aufgespannt und ein Propagandastreifen mit ähnlichen *guten Taten* abgespielt wurde, begriff man den Sinn des ganzen Zirkus.

„Was hat das Pferd? Das stinkt ja widerlich!“, erschrak Sträuble, dabei starrte er Máras verbundene Beine an.

Otto blickte zu Anton.

„Ach, nichts Schlimmes. Das ist die Rotzkrankheit", verkündete Anton.

Sträuble machte nach Šmahals Übersetzung reflexartig einen Ruck. Mit Ekel atmete er die übel riechende Schmiere ein, mit der ihre Flanken bestrichen waren. Unwissend, dass eine Rotzkrankheit nur im Kopfbereich zu erkennen, und hohes Fieber ein Symptom für so eine Infektion war, rieb er sich die Hände an seiner Kleidung und hüstelte. Šmahal hatte sehr wohl verstanden, was es mit der Krankheit auf sich hatte, nämlich nichts, und deckte die Lebedas als Zeichen tschechischer Kumpanei.

„Ja, das ist leider ein Jammer. Eine gemeine Erkrankung, die sich generationsübergreifend verbreitet", konstatierte Šmahal weinerlich. Auch das stimmte natürlich nicht, aber da diese Gecken noch nie in ihrem Leben Mist aus dem Stall geschippt hatten, so schön und zart wie ihre Hände aussahen, konnte man so etwas Tollkühnes schon behaupten.

„Und das sagen Sie erst jetzt? Führen Sie das Pferd sofort weg! Ist es für Menschen gefährlich?"

„Ich habe mich schon gewundert, dass Sie das Tier so leichtfertig anfassen."

„Willst du dich etwa über mich lustig machen, du Narr?", schrie Sträuble.

Die Offiziere zückten ihre Waffen und zielten auf Máras Kopf. Anton schloss die Augen.

Aus der Küche kreischte Maries schrille Stimme. „Nicht schießen! Sie machen Bazille in ganze Platz! Infektione! Besser wasche, schnell wasche, meine Herren, Ihre Hande! Ich habe Desinfektione in Haus!"

Die erschrockenen Deutschen flüchteten in die Stube und schrubbten sich die Hände blutig, wiederholten den Vorgang aufs Neue und schmierten sich dann mit ranzig riechendem Schweinefett die Hände ein. Anton schickte inzwischen die Pferde auf die Wiese und fiel auf die Knie. Er spürte den Regen, der bald einsetzen würde. Vielleicht sogar ein Gewitter, es brauste, graue Quellwolken bauschten sich zu einer einzigen düsteren Wand auf, die heranwallte.

„Noch ein Weilchen, noch ein Weilchen, bis die Herrschaft sich auf den Weg machen", flüsterte er und war beruhigt, als er eine Antwort erhielt. Anton hatte gewisse Fähigkeiten.

Herr Sträuble und seine Gefolgschaft blieben noch bei einem weiteren Gläschen Schnaps in Maries Obhut. Sie konnte schöne Augen machen, wenn sie wollte. Gegen achtzehn Uhr starteten sie ihre Motoren. Die Lebedas hatten sich von ein paar Gerätschaften verabschiedet, als Entschädigung für die *kranken* Pferde. Das nahmen sie gern in Kauf. Die Kühe hatten die Deutschen vergessen.

Marie
April 1940

Draußen prasselte der Regen, doch die Lebedas mahlten nicht. Dieser Abend war ein besonderer.

„Habt ihr die gestickten silbernen Blitze auf den schwarzen Rauten bemerkt?“

„Auf den Kragenspitzen?“

„Das waren SS-Unteroffiziere.“

„Nein, die waren von der Reichspolizei.“

„Mag sein, aber die Ersten waren eindeutig hohe SS-Offiziere. Oder Unteroffiziere?“

„Oberoffiziere.“ Anton grinste. „Ausgesprochen hochdekoriert.“

„Was macht das für einen Unterschied? Auch sie kacken aus demselben Loch.“

Gelächter.

„Lumpenvolk“, räumte Anton ein.

„Es sind Menschen wie du und ich. Sie sind nur vom Weg abgekommen“, meinte Marie.

„Na und? Was hab ich davon? Sie haben das Töten im Blut.“

„So ein Quatsch, sie waren doch auch Säuglinge.“

„Warum verteidigst du sie? Hast du etwa Gefallen an ihnen gefunden?“, schäumte Anton.

„Ich sage lediglich, dass sie nicht von Anfang an so waren!“

„Ihre Mütter haben sie so erzogen“, warf Otto in die Runde.

Marie dachte emsig nach, ob da etwas dran war. „Also sind die Frauen daran schuld, oder was?“

„Sowieso“, antworteten die beiden Brüder simultan und lachten dabei.

„Nein, ihre Vorfahren haben ihnen ihre Überheblichkeit in die Wiege gelegt. Die Väter und Großväter“, ließ Marie das nicht auf sich sitzen. „Und überhaupt. Männer hören einfach nicht auf sich. Auf ihr Herz. Auf die Eingebungen ihrer Seele."

„Ich schon", verteidigte sich Anton.

„Ich nicht", gab Otto zu.

„Unsere Mutter hat erzählt, dass die Deutschen etwas Kaltes im Herzen tragen, das schon, aber das Zerstörerische haben sie von ihren Vätern."

„Hausfrauenlogik", platzte es erneut aus Otto.

„Aber Schurken sind sie."

„Schwachköpfe!"

„Genau wie dieser Josef aus der Wirtskneipe."

„Der ist aber ein Jude gewesen. Da hast du den Salat mit deinen Schurken, hehe", lachte Otto.

„Hm ... stimmt auch wieder."

Die Geschwister schwiegen, jeder in seine Gedanken versunken. Sie ließen das eben Erlebte Revue passieren.

„Sind wir feige?", fragte Marie.

„Nee. Wieso?"

„Jedenfalls sind wir nicht in der Lage, uns mit einem Spaten in der Hand zu verteidigen."

„Besser so."

„Stimmt", räumte sie ein. „Gewalt ist keine Lösung. Und sie wurde dem tschechischen Volk nicht in die Wiege gelegt."

„Dafür List und Täuschung. Ha, ha, ha ...", lachten die beiden.

„Und sie können Bier brauen."

Gelächter.

„Dieser Šmahal ... wenn ich den erwische, der verdient eine Medaille!"

„Eine goldene", fügte Anton hinzu.

„Er ist ein Held", bestätigte Marie.

„Mehl kriegt der ab jetzt von uns immer umsonst."
„Wenn du welches hast."

Zu späterer Stunde schwiegen sie in Ermangelung neuer Gesprächsthemen. Marie sah hinaus. Die Baumwipfel zeichneten ihre Kammlinien in den dunstig zerfließenden Himmel. Es regnete nur noch leicht.

„Glaub ihr, dass der Krieg bald zu Ende ist?", murmelte sie vor sich hin.

„Ob bald, weiß ich nicht, aber jeder Krieg geht früher oder später zu Ende. So wie alles irgendwann mal zu Ende geht."

„Kommt, lasst uns noch einen trinken. Jetzt, wo wir sie losgeworden sind, können wir uns noch einen Kurzen gönnen."

Und sie gossen sich die brennende Flüssigkeit in die Kehlen, sodass sie befremdliche Geräusche von sich geben mussten. Ihre Augen leuchteten glasig, die Glieder klebten schwer auf der Bank und ihre Füße hingen wie bleierne Klötze hinab. Marie verspürte die Verbundenheit mit ihren Brüdern. Ein Anflug familiärer Wärme und Glückseligkeit wie früher packte sie. Sie lächelte Anton und Otto dankbar an und schenkte ihnen noch ein Gläschen ein, um die gute Laune aufrechtzuerhalten. Um ihre Zufriedenheit ein Quäntchen hinauszuzögern.

„Wir mahlen aber weiter, oder?", schlug sie vor und umarmte ihre Brüder zum verschwörerischen Pakt. Sie drückten einander so fest, wie sie nur konnten, sodass Marie unter den eingequetschten Rippen klägliche Töne von sich gab.

„Du sagst es, natürlich mahlen wir! Sobald sich das verdammte Rad dreht, mahlen wir, Marie. Aber nicht heute."

„Die Menschen im Dorf brauchen uns."

„Ja, sie brauchen uns und wir brauchen sie. Wir müssen uns

gut mit ihnen verstehen, die Not wird Unsereinen dazu treiben, einander zu verraten."

„Und wie wollen wir das anstellen?"

„Nachts."

Ihre Brüder übernachteten neuerdings in der Küche. Sie war warm und gemütlich, sie roch nach dem Essen des Abends und nach ausgehendem Feuer im Ofen, wenn die Nächte weniger mild waren. Aus allen Ecken duftete es nach getrocknetem Oregano und Majoran, nach frisch gepflückten Zwiebeln, die Marie bündelweise über den Ofen gehängt hatte, und nach der Kernseife, mit der sie die Bettwäsche schrubbte. Ihr Zimmer war oben und voll eingerichtet. Sie mochte es. Eine Nähmaschine, ein Holzschrank mit Kleidern für bessere Anlässe, vielerlei Körbe mit Stoffresten und Leinen vom Markt, ein Webstuhl mit Hocker aus dem vorigen Jahrhundert und auf einem Abstelltisch lagen persönliche Utensilien in genauester Anordnung. Auf der Marmorplatte ihrer Toilettenkredenz aus dunklem Kirschholz lehnte ein loser Spiegel ohne Rahmen. Früher war er in einem Aufsatz eingefasst, doch nachdem dieser abhandengekommen war – wo, hatte nicht einmal Maries Mutter gewusst –, musste eine schlichte Lösung her. Wahrscheinlich hatte ihn schon ihre Großmutter vermisst. Man musste besonders vorsichtig sein, weil er leicht abrutschen konnte, der Spiegel. Die Spitzentischdecke auf der Marmorplatte gab ihm nur mäßigen Halt. Der Dielenboden des hellhörigen Zimmers schwang bei jedem Schritt. Die sparsame Stroh- und Erdfüllung dämmte nicht ausreichend. Doch das störte Marie weniger. Fuchsteufelswild wurde sie, wenn die Brüder ihr Zimmer betraten und herumschnüffelten, was sie von der Küche aus sofort hören konnte. Dann flitzte sie fluchend hinauf, ihre

Lammgeduld war am Ende. Sie scheuchte sie hinaus wie einen Schwarm frecher Spatzen. Was ihre persönlichen Angelegenheiten betraf, waren ihre Brüder ausgesprochen neugierig.

Es war spät geworden. Marie dachte häufig an Frau Madelong. Die Hoffnung, sie jemals wieder treffen zu können, schwand mit jedem Tag. Womöglich lebte sie nicht mehr. Die kursierenden Berichte über Deportationen in Viehwaggons konnte sie nicht überhören und Frau Madelong war kein Mensch, der es leicht haben wollte. Sie litt mit Leidenschaft und Hingabe, zog das Unheil an sich, um zu demonstrieren, wie recht sie hatte. Und so ging Marie davon aus, dass die gnädige Frau nicht zu jenen Juden gehörte, die ein Schlupfloch in einem Kerker oder einem Dachspeicher oder gar in Amerika gesucht und gefunden hatten. Sicherlich wartete sie in ihrer Wohnung, bis sie von der Gestapo geholt wurde.

Maries Gedanken kreisten wild, sie hatte zu viel vom Schnaps genippt. Sie sah ihre Hand vor Augen nicht, so düster war die Nacht. Sie suchte Halt, in dem sie das Bein aus dem Bett hängen ließ und den Fuß auf die Holzdielen stellte, um dem Schnapskarussell zu entfliehen. Der Mond leuchtete nur vage hinter einer Wolkenschicht hervor. Durch das leicht geöffnete Fenster drang frische Luft in die Stube, ein angenehmer Duft nach feuchter Erde, erstaunlich mild für die Jahreszeit. Der Regen tröpfelte das Lied von der Harmonie der Natur, während sie ihren schrecklich schönen Gedanken freien Lauf ließ und in den Schlaf schaukelte.

Geräusche rissen sie aus ihrer Träumerei. Schritte. Schlagartig war ihre mit Müdigkeit gepaarte Trunkenheit aus den Adern gewichen. Sie hielt den Atem still, horchte. Bis auf das Getrampel von Igeln, Mardern und Füchsen oder eine fauchende Nachbarkatze war es im Hof still. Je intensiver sie lauschte, umso sicherer war sie, Menschenschritte zu erkennen. Eine Schwade Zigarettenrauch stieg ihr in die Nase, was ihre Vermutung bestätigte. Sie beruhigte sich. Ihre Brüder. Dem Anschein nach fanden sie keinen Schlaf. Sie schloss erneut die Augen und wurde gleich von Zuckungen heimgesucht, wie sie oft vor dem Einschlafen kommen. Doch nach wenigen Minuten vernahm sie wieder ein Knarzen. Diesmal im Inneren des Hauses. In der Küche sogar, oder auf dem Speicher? Nein, auf dem Dachboden, oder gar auf der Treppe zu ihrem Zimmer! Sie fuhr hoch, setzte sich aufrecht und zog ihre Bettdecke bis zum Kinn. Sie bereute es, nicht abgesperrt zu haben.

Jemand klopfte an die Tür. Leise, zaghaft, doch beständig. Blitzschnell kam ihr die Idee, die Deutschen könnten ihr einen Besuch abstatten, schließlich hatten sie tatsächlich Gefallen an ihr gefunden und sie sich lasziv gezeigt. Schnell suchte sie im Kopf die wenigen deutschen Wörter zusammen, um ein klares *„Wer ist da?“* zu äußern oder ein *„Halt!“*, was auch treffend war, um den Eindringling abzufangen, aber die Wörter wollten ihr partout nicht einfallen. Nicht einmal das tschechische *„Hallo“* kam ihr über die Lippen, als der Fremde nach der Klinke griff und eintrat.

„Ähm …?“

Eine Silhouette zeichnete sich im Türrahmen ab. „Ich.“

Seine Stimme erkannte sie sofort. Wohlfeile Erklärungen ließ sie beiseite und zischte: „Was willst du hier?“ Um seinem penetranten Alkoholdunst zu strotzen, atmete sie tief ein und aus, aber auch ihre Wut steuerte einiges bei. Ein Luftzug zwischen Fenster und dem Treppenflur bauschte die kurzen Gardinen auf, bis er die Tür schloss. Seine Schritte waren dumpf und unkontrolliert. „Du hast dich wohl in der Adresse verirrt!“

„Ähm, nein …“

„Geh schlafen! Ich schlafe schon längst. Dein Bett ist ein Stockwerk tiefer.“ Er reagierte nicht, seine Dreistigkeit machte sie verdrossen. „Geh schlafen, hab ich gesagt, und schließ bitte die Tür! Bist du taub?“

„Ich will mit dir reden.“

„Nicht jetzt, es ist Nacht. Ich will nicht mit dir reden. Du bist nicht willkommen. Ich bin müde. Wir reden morgen früh, ja?“ Nichts. Minuten vergingen. „Anton, ich habe dich gebeten, mein Zimmer zu verlassen“, sagte sie eindringlicher. Als auch dann nichts geschah, befahl sie zornig: „Verschwinde! Wenn du auch nur einen Schritt wagst, gehe ich dir an die Gurgel, glaub mir! Ich schreie so laut, dass es Otto weckt.“

„Einen Augenblick.“

„Bitte geh!“

„Ich kann nicht gehen.“

„Und wie du das kannst!“

„Ich kann nicht anders.“

„Wenn du nicht gehst … ich schreie wirklich! Du weißt, was dann passiert, Anton!“

Anton entzündete den Docht einer auf dem Nachttisch stehenden Petroleumlampe. Im dämmrigen Licht sah Marie seine blutunterlaufenen Augen mit diesem gewissen Gesichtsausdruck. Einem unberechenbaren Gesichtsausdruck. Er machte einen Schritt vorwärts, hielt seinen Kopf zur Seite geneigt, wie der Vater. Er hatte dieselbe Körperhaltung gehabt und unentwegt über Nackenschmerzen geklagt. Er hatte behauptet, sie käme von seiner Halsverletzung im Ersten Weltkrieg, wo er als Legionär gedient hatte, doch die Frage, ob seine Körperhaltung vor dem Krieg besser gewesen und erst danach schlimmer geworden war, blieb einmal dahingestellt. Überhaupt war Anton seinem Vater sehr ähnlich. Der einzige Unterschied bestand in der Augen- und der Haarfarbe. Eine Anomalie oder ein Scherz der Natur in einer sonst dunkel betonten Familie Lebeda. Anton war blond und blauäugig wie ein Engel. In Zeiten des Nationalsozialismus passte er mit seinem Aussehen in das arische Raster, wie es auf den Propagandaplakaten zu sehen war. Ein schöner Mann. Das fiel Marie immer wieder auf, soweit sie es als seine Schwester beurteilen konnte, wenn sie ihn nach längerer Zeit wiedersah. Aber auch das schönste Antlitz mochte dämonische Wesenszüge verstecken, wenn er sie in Augenblicken wie diesen anstarrte. Dann wünschte sie, einen hässlichen, schlichten Taugenichts als Bruder zu haben.

Anton murmelte etwas, blieb immer noch so seltsam stehen. Sie wollte aus dem Bett springen, irgendetwas unternehmen, doch dazu kam es nicht, er war flinker. Federnd schnellte er vorwärts und drückte ihr mit voller Kraft den Mund zu. Sie war auf eine derartige Reaktion nicht vorbereitet, umso leichter gelang es ihm, sie in seinen Gewahrsam zu bekommen. Alles Weitere kam Schlag auf Schlag. Antons durch den Schnaps unkontrollierte Motorik fand Halt, indem er Marie am Kopf packte und ihre Arme zusammendrückte. Kraftvoll und gewalttätig. Er musste sich die Vorgehensweise lange vorher überlegt haben. Um ihren sich wölbenden Körper zu bändigen, setzte er sich rücklings darauf und fixierte ihren Oberkörper mit den Knien. Ihr Schreien und Flehen dämmte seine Handfläche zu einem leisen Wimmern. Fassungslos konnte Marie weder strategisch handeln noch darüber nachdenken, womit sie ihn aufhalten könnte. Pfanne, Topf, Schere, Wärmflasche. Seine aggressive Wollust kannte nur ein Ziel und nahm ihr jede Bewegungsfreiheit. Unter dem Doppelgewicht drohte das Holzbett knarzend zusammenzubrechen, doch nicht laut genug, um Otto zu wecken. Ohnehin hätte Otto in seinem alkoholisierten Zustand selbst eine Bombe nicht geweckt.

Anton riss ihr mit einem Ruck das Nachthemd herunter und betrachtete ihre Nacktheit. Sie schämte sich, ihm so ausgeliefert zu sein, und kniff die Augen zusammen. Die einzige Hoffnung, die ihr blieb, war der Gedanke an *danach*. Es würde sicherlich ein Danach geben. Sie hätte es wissen müssen.

Otto
Juli 1942

Gesagt, getan. Im Nachhinein war sich Otto nicht sicher, ob das Münchner Abkommen nicht ein planmäßiger Schachzug des Staatschefs Eduard Beneš gewesen war, um das Protektorat Böhmen und Mähren als das für den Frieden geopferte Land darzustellen und gleichzeitig Hitlers Schützling zu werden. Nur hatten sich die Herren an die Vorschriften und Anordnungen auf den Formularen nicht gehalten. Immerhin wurden die Tschechen vom benachbarten Aggressor geduldet und nicht vernichtet.

Otto war stolz auf seine eigenständigen Schlussfolgerungen und das, obwohl er weder ein Radio besaß noch sich für die Kriegspolitik begeisterte. Nicht aus politischem Desinteresse, nein, aus Selbsterhaltungswillen. Schlechte Nachrichten machten ihm zu schaffen und er konnte sowieso nichts ändern. Kurz und gut, er erfuhr nur so viel, wie er ertragen konnte, von hier und da, von den Menschen vor Ort und in der Kneipe, die über nichts anderes redeten. Den Hypothesen steuerten die Trinker inmitten ihres Müßiggangs ohnehin viel Fantasie bei, vom Weltuntergang bis hin zur Ausrottung der Menschheit. Mit einem Bierhumpen und dumpfem Bewusstsein flutschte das Ende der Welt wie von selbst. Als stünden sie persönlich an der Front. So erfuhr Otto auch von einem tödlichen Attentat auf den Stellvertretenden Reichsprotektor Reinhard Heydrich. Otto fiel bei der Arbeit häufig der Spaten aus der Hand, sodass er Gerste nicht vom Roggen unterscheiden konnte, so verwirrt war er. Keine Frage, der Krieg war tückisch, keiner wusste, wann es den Nächsten treffen würde. Einstweilen freute man sich über das Attentat, das eine genaue Vorbereitung erfordert hatte – obwohl Tatendrang und Mut eher untypische tschechische Charakterzüge waren –, andererseits bibberte man vor einem umgehenden Rachefeldzug seitens der Deutschen. Wüste Drohungen wurden ausgesprochen, von Flächenbombardements bis hin zu Massendeportationen. Was nicht geschah, denn das Protektorat Böhmen und Mähren war mit seiner breiten industriellen Basis für die deutsche Kriegsführung wichtig und vor Zerstörung geschützt. Und letztendlich brauchten die Deutschen billige Arbeitskräfte. In den anderen besetzten östlichen Ländern sah es schon anders aus.

Das Unheil geschah am 10. Juni, als das Dorf Lidice und der Weiler Ležáky dem Erdboden gleichgemacht wurden. Männer wurden erschossen, Frauen, Kinder und Alte deportiert, 350 Tote. Das war es den Deutschen wert. Ottos persönliche Sabotage äußerte sich weniger in Attentaten, verminten Zügen und Brücken, sondern in Schwarzarbeit. Er mahlte in der Nacht, so viel er konnte, und besserte so die miserable Lage seines Dorfes auf. Bei günstigem Wetter war das Mühlrad im Dauerbetrieb und alle kamen angekrochen. Die Wirte, Lehrer, Förster und Bauern, die Bibliothekare, die Köchinnen, die Postboten, die kriegsverletzten Legionäre, die Zimmermänner, die verdreckten Knechte, die einst im Widerstand kämpfenden, die Bäcker, die Schuhmacher, die Schneider und die Schmiede, die Doktoren und die vielen Fabrikangestellten, die tagtäglich nach Strakonice zu den Rüstungswerken radelten. Sie alle nahmen sein Mehl. Sie zahlten mit dem, was sie hatten, und wenn sie nichts hatten, zahlten sie später oder gar nicht. Wissend, wie es um ihn stand, wenn ein Denunziant auch nur einen einzigen Anruf bei der Klattauer Gestapo tätigen sollte, mahlte Otto. Noch vor der Morgendämmerung waren alle Säcke abtransportiert und damit die Pferde nicht klapperten, wurden ihnen Leder und Leinenstoffe um die Hufe gebunden.

Otto ersann obendrein einen Trick, wie man die verplombte Butterschleuder so präparierte, dass sie aussah, als wäre sie nie berührt worden. Die dankbaren Nachbarn taten es ihm gleich. Noch mehr Tricks und ausgeklügelte Techniken kursierten von Haus zu Haus und von Dorf zu Dorf, sodass man glauben mochte, der Krieg schweiße die Menschen mehr als im Frieden zusammen.

Hin und wieder wurde jemand zur Zwangsarbeit nach Deutschland geschickt. Weshalb aber dieser oder jener, wussten weder die nächsten Verwandten noch die in den Amtsstuben. Ihre Nachkommenschaft nagte am Hungertuch, was Marie am meisten quälte. Zwar schien sie an Güte zu zerbrechen, sie brachte täglich Lebensmittel und Lebensmittelmarken, wenn welche übriggeblieben waren, sie erledigte den Haushalt und half den berufstätigen Müttern, die Kinder zu versorgen, das jüngste war gerade mal neun Monate alt, doch Otto ließ sie in Ruhe. Vermutlich befriedigte sie ihren unerfüllten Mutterinstinkt.

Es war Sonntagabend. Marie verstaute Lebensmittel im *Loch,* wie der tschechische Volksmund den Keller mit dem deutschen Wort nannte, und hängte die Reste des Abendbrots in einen Metallkäfig, der in der Speisekammer an einem Eisenhaken baumelte. Käse, Wurst, Brot, gepökeltes Fleisch, *Lívance* und *Vdolky* vom Blech, Kartoffelpuffer und *Bramborka* aus rohen Kartoffeln. Der Speisekäfig diente in der Regel als Schutz vor Mäusen, aber auch vor gierigen Mäulern. Eine Tradition, die Marie unbewusst übernommen hatte, selbst wenn es keine Kinderhände gab, die heimlich Lebensmittel stibitzten. Die Mutter hatte ihre Kinder streng erzogen. Sie erteilte beim kleinsten Anlass mit einer dünnen Rute Schläge über die

Handrücken, die wie Peitschenhiebe mit einem Brennnesselbouquet brannten. Vermutlich hatte sie in der schulischen Strafmethode eine Genugtuung gefunden und kühlte so ihre Wut ab. Der Dorflehrer war zu Ottos Schulzeit bereits ein zittriger Tattergreis, der nur noch an raren Tagen lehrte, wenn überhaupt, aber auf das Peitschen verzichtete er nie. Dieselbe Rute hing neben jenem Metallkäfig und Marie rieb sich jedes Mal die Hände, wenn sie sie mit ihrem Blick streifte.

„Ich gehe Streichhölzer und Kerzen besorgen. Und Petroleum und Salz. Brauchen wir sonst noch was?“, richtete sie eher an sich selbst, als dass sie eine ernsthafte Antwort von Otto erwartete, und strich sich dabei das Kleid glatt.

Es folgten keine Einwände, sie machte sich Notizen, vergaß jedoch den Zettel auf dem Küchentisch sowie das Einkaufen, zumal es dafür ohnehin längst zu spät geworden war. Sie stand unentschlossen im Hauseingang, bis es sie durchzuckte. Aus dem Flur holte sie einen Korb mit Pilzen, die sie morgens gesammelt hatte, und schlug ihre Hände über dem Kopf zusammen.

„Ich bin so ein Tolpatsch! Vor lauter Sorge vergesse ich die Pilze. Wie gut es uns noch geht, dass ich frische Pilze im Korb vergesse.“ Sie stöhnte und setzte sich auf die Küchenbank, ihre zarten Hände im Schoß ruhend.

„Das kommt daher, weil du müde bist. Du sollst dich nicht für andere so aufopfern. Retten kannst du sie eh nicht, außerdem ist es weder deine noch sonst jemandes Aufgabe. Sie müssen selber klarkommen.“

„Nee, nee. Bei der Arbeit komme ich auf andere Gedanken und überhaupt, was bist du für ein Mensch, dass du so selbstverliebt schwatzt?“ Dicke Tropfen platschten auf ihre Hände, wie unliebsame Zeugen ihres verborgenen Gemüts.

„Andere Gedanken?"

„So Gedanken. Traurigkeit. Weltschmerz."

„Der Krieg?"

Sie nickte. „Der Krieg."

Otto sah nicht in ihre Seele hinein, er sah nicht einmal in seine Seele hinein. Marie knallte ein Holzbrett auf den Küchentisch und strich das Messer an ihrer Kochschürze ab. Otto betrachtete sie. Sie war schmaler und herber geworden. Sie wuchs mit ihren neunzehn Jahren zur Frau heran und verlor mit einem Mal etwas essenziell Typisches, was sie früher ausgemacht hatte. Ihre kindliche Unbeschwertheit.

Die Frau hatte es auf dem Lande nicht leicht. Sie erntete die Spuren der harten Arbeit schneller als eine Städterin. Sie war vom Abrackern mit dem Vieh und im Haushalt müde, von den feuchten Gemäuern der Ställe und den verstaubten Scheunen gezeichnet, sie welkte schneller, als man es merkte. Und dann auch noch der mangelnde Schlaf, unter dem die Bäuerinnen litten. Um halb fünf aufzustehen – im Sommer noch früher –, grub jedem Gesicht Augenränder und tiefe Falten in die von der Sonne ausgedörrte Haut und fräste Landkarten in die Handrücken. Otto wusste nur zu gut, wovon die Rede war, ihm ging es nicht anders, doch ob ihm seine jugendliche Blüte im Gesicht abhandengekommen war oder nicht, war ihm schuppe. Mit ein paar Narben und Falten im Gesicht war er als Mann sowieso besser dran. Das verschaffte Respekt und Achtung. Manchen Frauen imponierten Narbengesichter geradezu.

Gedankenverloren pulte Marie im Korb an den Pilzen und begutachtete sie. Das weiche, wohlduftende Fleisch der Pfifferlinge schnitt sie klein. Die Steinpilze zerteilte sie einen nach dem anderen in feine Scheibchen und legte sie in beinahe militärischer Perfektion auf eine tragbare Holzfläche. Die Maronen schmiss sie weg, sie waren durchgefressen. Draußen war es feucht geworden. Sie ließ die Pilze drinnen trocknen, dabei nieste sie mindestens zehnmal hintereinander. Das tat sie häufig, genauso wie die Mutter. Otto musste grinsen, weil sich ihr Gesicht auf eine groteske Art und Weise zusammenkniff und befremdlich aussah. Die Pilze flogen ihr aus der Hand, sie fluchte. Früher hatte sie das Haar offen getragen, hübsch gekämmt und frisiert. Hatte wohl ein Coiffeur in Prag gemacht, weil es so modern aussah. Es hatte ihr gut gestanden. Jetzt hätte Otto darauf geschworen, dass sie seit Monaten nicht ohne Kopftuch aus ihrer Stube erschienen war. Wie lang ihr Haar mittlerweile geworden war, wusste nur sie selbst.

„Gefällt dir keiner im Dorf?"

Als hätte sie ein Dolch ins Herz getroffen, fuhr sie zusammen, stierte ihn mit unruhigen Rehaugen und bebenden Lippen an. „Wie meinst du das?"

Otto musste sich zugestehen, dass er nicht wusste, warum er gefragt hatte, und noch weniger, wie er es gemeint hatte. Vielleicht nur eine dumpfe Intuition. „So wie ich es sage. Ich frage dich doch nicht aus, von welchem Burschen du nachts träumst, sondern lediglich, ob dir jemand in dieser gottverdammten Ödnis gefällt. Ob es …"

„Nein, keiner. Du sagst es, Ödnis."

„Ja. Hm. Bin ich zudringlich?"

„Nein", antwortete sie nüchtern.

Plötzlich sprach sie über andere Themen, Themen praktischer Art. Doch Otto hörte nur mit einem Ohr zu. Es wurmte ihn aus unerklärlichen Gründen, einerseits der Peinlichkeit wegen, andererseits machte es ihn stutzig, dass ihm eine Frage über die Liebe unangenehm war. Als wäre die Liebe etwas Anstößiges und Lästiges.

„Du bist fix und fertig, nicht wahr?“, bohrte er weiter.

„Ich?“

Otto sah sich theatralisch um. „Ist noch jemand im Raum? Natürlich du.“

„Nein, wieso fragst du?“ Sie schnalzte genervt mit der Zunge.

„Na ja, wenn ich ehrlich sein soll, du siehst so aus.“

„Jeder sieht fix und fertig aus.“ Sie schnitt die Pilze langsamer.

„Mag uns der Krieg schlauchen, mag er uns den letzten Hoffnungsschimmer an das Gute, die letzte Kraft rauben, mag er uns verhärten und verzweifeln lassen, mag er uns zur Unkenntlichkeit verstümmeln, uns geistig und körperlich zugrunde richten, mag er uns alles nehmen, was wir je besaßen, aber solange das Herz in unserer Brust schlägt – und das tut es bei dir, bei uns allen, liebe Marie –, wenn noch dieses Lebensfünkchen da oben nistet …“, er klopfte ihr sachte an die Stirn, „… dann gibt es auch hin und wieder Freude und eine Hoffnung. Auch im Alltag. Vielleicht vor allem im Alltag, weil der Alltag so banal ist. Eine winzig kleine Freude da drinnen, Marie. Ein kurzes Lächeln, ein Blick. Tu nicht so, als wüsstest du nicht, wovon ich spreche.“

„Man kann auch mit einem schlagenden Herzen mausetot sein.“ Sie kramte grob im Korb nach dem letzten Pilz. „Der Rest ist völlig matsche.“

„Wie meinst du das?“

Anton erschien im Türrahmen. Marie stampfte hinaus, sie warf den Rest der Pilze auf den Kompost und verschwand in der Dunkelheit der Nacht.

TEIL 2

Anton
April 1945

Er küsste ihren Hals, barsch und ungezügelt, ihre Schultern, ihre Ohren, er liebkoste sie, biss ihr ins Ohrläppchen. Fuhr mit offenen Lippen über ihren wohlgeformten Körper und ihre großen Brüste. Stützte mit einer Hand das Gewicht seines Oberkörpers, die andere vergrub er in ihren Haaren, die noch immer zu einem Zopf geflochten waren. Dann ließ er ihren Kopf ins Gras fallen und brachte ihr Stöhnen und Schreien zum Schweigen. Anton wollte nicht entdeckt werden. Sie ließ es zu. Sie verstand. In ihrem und in seinem Sinne. Was sie fühlte, wusste er nicht. *Frauen sind tückisch*, hatte er sich sagen lassen. *Frauen können alles vortäuschen, dafür hat sie die Mutter Natur gut ausgestattet. Frauen müssen vortäuschen, um ihre zähe List zu verdecken, sie müssen ihre emotionale Konfusion im Zaum halten, sonst könnten sie keine Mütter und Ehefrauen sein.* Ehrlich gesagt war es ihm egal, was dieses Mädchen für eine war und was sie dachte, es war ihm egal, was sie wirklich empfand, solange er sich an der Illusion der Liebe und Ergebenheit ergötzen konnte. Sie bäumte und bog sich, sie schüttelte sich und er war wütend auf sie, auf dieses Weibsstück unter ihm, weil er sich seiner Machtlosigkeit, mit der er rang, umso stärker bewusst geworden war. Der Zorn rüttelte ihn wegen ihr ebenso wie wegen der Gesellschaft, die darüber urteilte. Mit zunehmender Verzweiflung stellte er fest, dass er seines Bedürfnisses niemals Herr werden konnte, seiner Neigungen, die nicht seine waren, sondern die eines Dämons. Er konnte seiner Begierde nicht widerstehen, am wenigsten er. So tat er in diesem Augenblick nur das Eine, das Einzige, worauf er hinauswollte. Sie fiepte. Er drückte ihr den Mund noch stärker zu und legte sein Körpergewicht völlig auf ihr ab. Sie hatte sich nur den Schlüpfer ausziehen lassen und auch Anton geizte mit seiner Nacktheit. Ein wohliges, unbeschreibliches Gefühl bahnte sich an, das elektrisierende Durchblitzen, während ihr heißer Atem durch ihren Körper strömte. Tränen wie unbewusste Deutungen, vermutlich verkannte Tränen einer unerfüllten Liebe liefen an ihr herab. Sie umklammerte seine Lenden mit ihren Beinen und ließ seine hilflosen Ergüsse der Lust zu. Unschuldig war sie und er bedauerte dennoch nichts. Er presste seine Zähne aufeinander und schnellte mit einem Schwung hoch, um seine Hose hochzuziehen, danach legte er seinen Körper erneut auf dem ihren ab, aus Anstand. Nur kurz. Sie duldete es. Sie ertrug ihn. Sie nahm es in Kauf.

„Anton, Anton, mein lieber, mein schöner Anton! Ich liebe dich, weißt du das?"

Er hatte weggehört, rutschte zur Seite. Seine Lippen waren gleich geöffnet, die Stimme versagte dabei, etwas Dummes zu sagen. Ihm war plötzlich der Sinn ausgegangen. In solchen Augenblicken, berauscht und den unmittelbaren Durst gestillt, war es besser, nichts zu sagen. Er nahm sie aus Not, diese Frau von irgendwoher, eine Bäuerin mit geflochtenem Zopf und dicken Brüsten. Hübsche Augen hatte sie. Er hatte ihr mal kurz in die Augen geschaut, bevor es dunkel geworden war und bevor sie sich in das gestampfte Gras des vergangenen Sommers gelegt hatte, das vom Winter plattgedrückt und trotzdem einladend weich war, um den Beischlaf zu vollziehen. Schwerfällig rollte er von ihren Rundungen, blieb neben ihr liegen. Sofort sickerte Nässe durch seine Kleidung und sein Hintern war binnen Sekunden eiskalt. *Sie muss ja völlig durchnässt sein,* dachte *er. Egal, nicht mein Bier.*

Sie griff nach seiner Hand. „Das war schön, Anton", verkündete sie mit kühner Streichelei, wie es Anton nicht mochte.

„Es ist spät, das Gras ist feucht. Wir sollten aufstehen, sonst holen wir uns noch eine Erkältung."

Was für eine Antwort auf ihre Liebesoffenbarung! Er wusste, dass er ihr wehtat, er war nicht auf den Kopf gefallen. Den ganzen Abend hatte sie mit ihm liebäugelt, wie bereits bei früheren Festlichkeiten im Dorf, an denen Anton nur sporadisch teilgenommen hatte, hatte sie ihn mit ihren Blicken gesucht. Sie hatte zu Hause darum gerungen, um Mehl von den Lebedas zu holen, und sich mit schweren Kornsäcken abgemüht. Und als sie dann außer Atem ankam, löste sie ihr Tuch vom Dekolleté. Anton hatte es sehr wohl bemerkt. Bis heute Abend hatte er ihren Blick gemieden, bis das dritte Bier serviert wurde. Da fiel ihm die Farbe ihrer Pupillen auf. Er entschloss sich, ihr nachzugeben, und schleppte sie ins Dickicht der Büsche.

„Ich würde mit dir bis ans Ende der Welt gehen, Anton", flüsterte sie heiser.

Er erwiderte lieber nichts. So lagen sie noch eine Weile da, so lange sie es sich wünschte. Sie wurden nass und kühlten aus, von ihrer Leidenschaft erschöpft und bewegt. Anton war nicht der typische Mann, der besonderen Wert darauflegte, ein Mädchen zu entjungfern. Seines Erachtens glich das Gefühl der ersten weiblichen Hingabe, wenn es nicht ehrlich war, samt dem berauschenden Davor und Danach einem Diebstahl. So weigerte er sich, sich der Innigkeit und dem frivolen Sog ihrer Jungfräulichkeit zu ergeben. Er war eben nicht ehrlich. Sie hätte fünfzehn oder fünfzig sein können, schön oder hässlich, klug oder dämlich. In seinem Kopf spielte sich etwas anderes ab.

„Komm, steh auf, lass uns tanzen, ich mag hier nicht mehr liegen, hab ich gesagt."

Enttäuscht erhob sie sich, schnürte alles, was zu schnüren

war, rückte den Rock zurecht und richtete den Zopf zu einem biederen Dutt. Sie kontrollierte die Erdspuren auf der Kleidung und bat Anton, weniger der Verschmutzung, sondern mehr der Aufmerksamkeit wegen, nachzusehen, ob alles in Ordnung war. Anton nickte beiläufig, packte sie an der Hand und marschierte ins Wirtshaus zurück. Ihm war heute nach saufen.

Der Laden platzte aus allen Nähten, es gab keine freien Stühle. Sie mussten nicht lange warten, bis einer der Gäste heimging. Anton schnappte sich den Stuhl und ließ Andula – so nannte er seine Begleitung, ohne ihren wirklichen Namen zu kennen – auf seinen Schoß. Als Entschädigung für ihre verlorene Jungfernschaft. Das sollte reichen. Auf den mit Bier und Schnaps bekleckerten Holztischen sammelte sich schmutziges Geschirr, die betagte Bedienung kam nicht hinterher. Das Kriegsende nahte und man hatte das Gefühl, als müsste man unaufhörlich feiern. Und obwohl die Armut von Tag zu Tag wuchs – es gab schlichtweg nichts mehr zum Fressen –, wurde das Bier gezapft und getrunken wie eh und je. Neben ihnen schlief eine Bierleiche in ihrem Rausch. Aus Alkohol machte sich Anton nicht viel, heute machte er trotzdem eine Ausnahme. Er zerrte an dem Mädchen herum und zog eine 50-Kronen-Banknote aus seiner Jacke. Eine Protektorat-Staatsnote mit einem ihm unbekannten Frauenporträt auf der einen und einem Wappenlöwen auf der anderen Seite. Er bestellte zwei Doppelte. Doppelte Ladung Sliwowitz. Das konnten sie nach der körperlichen Anstrengung gut vertragen.

Das Gasthaus war seit Februar mit Gerümpel aus der benachbarten Schule vollgestellt. Wie das Kreisamt verordnet hatte, sollten beide Schulräume ausgeräumt und das gesamte Gebäude umfunktioniert werden, um deutsche Flüchtlinge darin unterzubringen. Die Schulutensilien – Schultafeln, ausgestopfte Nager mit Glasaugen und furchterregenden Fratzen – lagerten unter den Biertischen und in den Ecken. Auf dem Tresen zwischen Spüle und Schänke standen Mikroskope aus dem letzten Jahrhundert. Die Möbel der Schulbibliothek stapelten sich auf dem Speicher des Wirtshauses. Das fiel am wenigsten auf, die Bibliothek war auch sonst verwaist. Die Schüler trafen sich einmal in der Woche zwischen Bierkrügen und Alkoholdunst vom Vorabend zum Unterricht. Wenigstens an diesem einzigen Tag. Ob es sich tatsächlich um Unterricht handelte, war bei vierzig Schülern unterschiedlichen Alters zu bezweifeln.

Andula war in Plauderlaune. Ihre fünf jüngeren Geschwister, die auf höherem schulischem Niveau waren als der Pöbel, wie sie zufrieden beteuerte, meisterten die Schule angeblich mit Bravour. *Für ein Bonbon oder einen abgenagten Stift geben sie ihre Hausaufgaben zum Abschreiben her,* sagte sie und lachte plump. *Haha, wir haben schon gaaanz viele Stifte zu Hause und die Bonbons habe ich zum Teil selbst vernascht, hihi.* Anton langweilte ihr Erguss, seine Stimmung schlug in Abneigung um.

„Alle werden ihren Weg einschlagen“, meinte er beiläufig.

Seine Schulzeit war unerfreulich in der Erinnerung, er war froh, all das hinter sich zu haben. Mit zunehmendem Interesse beobachtete er einen Alten aus dem Augenwinkel. Er kannte ihn nicht gut, obwohl er keine vier Höfe von der Mühle entfernt wohnte. Ein kleines, schmächtiges Männlein, das man leicht übersah, so wie man Kinder in Anwesenheit von Erwachsenen nicht beachtet. Mit seinen gutmütigen Augen und der Knollnase erinnerte er an einen trübseligen Clown mit Rotbäckchen. Seine Hände ruhten ordentlich auf der Tischkante, seine Standardhaltung. Ein Mitstreiter und Jasager in jeder Hinsicht. Man erfuhr nicht viel von ihm, er zählte nicht zu jenen Kneipengängern mit glühendem Gesicht und glasigen Augen, vielmehr zu den wortkargen Einzelgängern. Schließlich behauptete er, ein Förster zu sein, und kam selbst in die Kneipe mit seiner Schrotflinte über der Schulter und einem Dackel an der Leine. Sauferei und Müßiggang interessierten ihn nicht, hin und wieder klagte er über unruhige Nächte, seit ihm der Tastsinn in den Händen abhandengekommen war. Anton kam nicht umhin zu glauben, dass es kein Zufall war, dass er hier saß. Er horchte aus. Seine Stechaugen fokussierten die Gesichter der grölenden Tischgesellschaft. Ohne auch nur einen Satz, eine Geste oder eine Bewegung zu verraten, saugte er alle kursierenden Informationen auf, ob Falsch oder Wahrheit, spielte keine Rolle. Das Volk quatschte nach wenigen Stamperln in der Kehle viel Blödsinn.

Im Wirtshaus kam die Rede auf die deutschen Flüchtlinge. Darunter fiel der Name Václav Polívka und der alte Förster roch Lunte. Obwohl jener Polívka in Matovice geboren war, lebte er seit seiner Jugend in Deutschland, irgendwo in der Kasseler Gegend, wo auch seine beiden Söhne in einer Rüstungsfabrik angestellt waren. Polívka war stolz auf seine Söhne, von einer Frau wusste man nichts. Was er selbst von Beruf war, wusste auch keiner, es stand nirgendwo geschrieben, wahrscheinlich lebte er schon damals von Almosen. Gerne erzählte er dafür so manches, die Berufe wechselten nach Lust und Laune, als hätte er drei Leben hinter sich, keiner nahm ihn ernst. Während in Deutschland die Arbeitslosigkeit in der Wirtschaftskrise stieg, wurde Polívka nach Matovice zurückgeschickt, ein Jahr später kam sogar einer der Söhne nach. Beide zogen in das Gemeindehaus Nr. 40, wo bereits ein Dorftrottel hauste. Vater und

Sohn, Polívka junior, waren selbstgefällig und intolerant von Natur, als wären sie zum falschen Zeitpunkt zum falschen Ort bestellt worden, und verstanden sich dementsprechend mit dem Mitbewohner nicht. Sie bekriegten sich vierundzwanzig Stunden am Tag. Der Gerechtigkeit halber sei erwähnt, dass der Mitbewohner nicht nur tief in die Flasche guckte, sondern auch kein einfacher Geselle war. Die Polívkas hassten das Dorf und die Leute, sie zankten sich mit allen und jedem, selbst ihre Hunde waren schnell aus ihrem Umfeld geflüchtet. Nach dem Beschluss des Protektorats, also zu Anbeginn des Krieges, stand das Glück auf ihrer Seite, da waren die Polívkas Wer. Sie fühlten sich besser als die anderen, stoisch präsentierten sie ihre deutsche Verbundenheit und pochten darauf, beim Amt als Deutsche registriert zu werden. Die Kluft zwischen ihnen und den tschechischen Dorfbewohnern klaffte immer weiter auseinander, wobei der alte Polívka die treibende Kraft war, schließlich fürchtete man seine Drohungen, Bespitzelungen und sein Denunziantentum bei der Gestapo. Am besten man ging ihm ganz aus dem Weg, oder kam ihm heuchlerisch entgegen. Die Dorfgemeinschaft brachte sogar Tausend Kronen jährliche Vergütung auf, um von ihm verschont zu werden.

Jetzt dümpelte der Alte in geistiger und physischer Einsamkeit dahin, die verdorrten Pfefferkörner waren aufgegangen. Als auch Polívka von der Verwaltung in die Schule zu den deutschen Flüchtlingen verbannt wurde, fürchtete man im Wirtshaus neue Auseinandersetzungen. Man wird doch wohl noch in Ruhe sein Bier trinken können, hieß es.

Anton hegte nach alldem, was geschehen war, keine Sympathien für die Deutschen – wie auch für die Juden sowie den tschechischen Dorfpöbel –, doch Polívka junior hatte er gemocht. Werner, so hieß er, hatte gebrochen Tschechisch gesprochen und war ehrlich. Von den nächtlichen Tiraden seines Vaters ließ er sich nicht anstecken und obwohl er kein Erleuchteter war, hatte Anton überlegt, ihn einzustellen. In den Stoßzeiten und je nach Wetterlage hätte er einen Knecht im Haus gut gebrauchen können. Leider war es nicht dazu gekommen, da die Mühle offiziell als geschlossen eingestuft war und jede Einstellung zur Denunziation führen konnte. Bedauerlich, dass Werner 1943 rekrutiert wurde und gefallen war.

Doch zurück zu dem alten Förster mit dem Dackel. Seine Tochter Anna war als Zwangsarbeiterin, so wie viele Jugendliche aus Matovice, in die gleiche Rüstungsfabrik verschleppt worden, in der auch Polívkas älterer Sohn arbeitete. Nach einer Detonation, als allerlei Körperteile durch die Luft flogen, hatte sie angeblich die Flucht ergriffen. Das erzählte man hinter vorgehaltener Hand. Was Anna bewegt hatte, den Weg von Kassel in den Böhmerwald auf sich zu nehmen, musste mehr als eine Sehnsucht nach Familie und Heimat gewesen sein, schließlich überquerte sie ohne Geld und ohne Passierschein die Schlachtfelder zwischen artilleriegeschützten Panzerfahrzeugen und verminten Brücken, sie lief über Berge, versteckte sich in Zügen, schlief in den Wäldern und in verlassenen Scheunen. Als sie ankam, war sie im fünften Monat schwanger. Sie kannte den Namen des Vaters ganz genau und das war eben eine Erklärung dafür, warum der alte Förster in der Kneipe hockte, ohne Spaß zu haben. Nach dem Prinzip Willst du was erfahren, geh zum Barbier oder ins Wirtshaus, musste ihn Anna geschickt haben.

Wie gerufen kam heute die Sprache auf die verschleppten Jugendlichen in Kassel, als Polívkas ehemaliger Mitbewohner aus dem Gemeindehaus Nr. 40 von der Toilette torkelte und schrie: „Polívkas Bastarde sind tot! Alle beide. Liegen zerfetzt im Graben. Haha. Und wären sie nicht tot, hätte ich sie jetzt persönlich totgeschlagen", posaunte er böse, kratzte sich am Sack und im Schritt sickerte ein nasser Fleck.

„Die Söhne sind tot?", fiepte der Förster kaum hörbar.

„Mausetot!"

„Beide? Ich dachte, nur der eine war gestorben", flüsterte der Alte zaghaft.

„Der Teufel soll sie holen. Peng, weg. Alles weg. Verräter, in Uniform haben sie eine gute deutsche Figur gemacht."

Der Mitbewohner brabbelte noch viel mehr, doch keiner hörte ihm mehr zu. So trank der Förster noch einen Schluck von seinem Bier, das warm geworden war, und stand auf. In seinen Augen glänzten Tränen. Vielleicht Freudentränen. Die erloschene Liebe hatte sich im Dorf noch nicht rumgesprochen, was Anna zugutekommen durfte.

„Polívkas älterer Sohn muss der Vater des Ungeborenen sein."

„Was?", krähte Andula.

„Nichts." Der Förster zahlte und ging ohne Abschied.

Bis der letzte Kampf des Krieges ausgefochten war, hatte man den Dorfbewohnern nahegelegt, den aus dem Landesinneren zurückkehrenden deutschen Flüchtlingen, die als *Nationalgäste* bezeichnet werden sollten, ein bisschen Komfort zu gewährleisten. Die Schulräume wurden dementsprechend gesäubert, geschrubbt und ausgemistet, dunkle Vorhänge boten ein wenig Intimsphäre, und auf dem Boden lag frisches Heu. Man stellte Tassen, Teller, Besteck hin, jeder spendierte ein, zwei Gegenstände, die zu entbehren waren. Eine warme Mahlzeit wurde täglich vom Wirtshaus Žahour sowie vom Wirtshaus Býček am anderen Ende des Dorfes in wöchentlicher Abwechslung bereitgestellt. Für jede Mahlzeit – egal ob Säugling oder Erwachsener – kamen Zuwendungen von der Dorfgemeinde in Höhe von 20 Kronen. Die Sanitäranlagen waren funktionsfähig, der Kraftstoff zum Heizen und Kochen vorhanden. Die Bauern mit Wald wurden verpflichtet, für jeden Hektar einen Kubikmeter feingehackter Holzklötze von zehn Zentimetern Länge zu liefern, was 75 Kronen pro Kubikmeter und schwärende Wunden an den Händen brachte. Das Holz diente auch zur Herstellung von Holzgas, um den mangelnden Treibstoff des Bus- und Lastkraftwagenverkehrs zu ersetzen.

Am 2. März, nachdem die Kraselover Gendarmerie infolge einer scharfen Aufforderung des Gemeinderats eine Transportmöglichkeit organisiert hatte, wurden die *Nationalgäste* am Katovicer Bahnhof empfangen. Die *Nationalgäste* waren enttäuscht, als sie von dort aus nach Matovice verfrachtet wurden. Von ihren Oberbefehlshabern in Berlin angestachelt, erwarteten sie unbesiedelte Dörfer und leeren Wohnraum. Doch derartiger Komfort blieb ihnen in Matovice versagt. *Na schön,* sagten sie, *es wäre schön, wenigstens nicht als Nationalgäste bezeichnet zu werden.* Diese Bezeichnung entspräche nicht der Wahrheit, *sie seien keine Gäste, sie seien hier eigentlich zu Hause.* Aber auch das gönnte man ihnen nicht. Der Hass war groß. Zum Glück waren es nicht so viele wie in anderen Ortschaften, in denen es zu Konflikten führte. Inklusive Polívka zählten sie gerade einmal 27 Erwachsene und 33 Kinder. Wie gut sie Tschechisch sprachen oder verstanden, gaben sie nicht preis, die meisten bevorzugten es, nach wie vor Deutsch zu sprechen, und ließen sich vom Schulverwalter jedes Wort übersetzen. Das kam dem aufgeplusterten Gockel von Schulverwalter, der sich gern mit seinen Sprachkenntnissen brüstete, nur gelegen. Im Großen und Ganzen spürte man bei den Deutschen nach ihrer langjährigen Angewohnheit, andere

Menschen mit außerordentlicher Hingabe zu kommandieren, nun Anzeichen von Demut. Ihre Zeit war um.

Junge Leute traten in die Spelunke ein und wirkten, als hätte sie ein Recht auf einen freien Tisch, als würde ihnen der Laden gehören. Andulas ältester Bruder war mit von der Partie und in vorderster Front. Sie hatten schon einiges intus, was man anhand der Lautstärke erkennen konnte. Obwohl Andula längst nicht mehr auf Antons Schoß saß, zuckte es in seinen Eingeweiden, als hätte er eine miese Vorahnung verspürt. Ein feindseliger Zwist schlich sich nebelartig unter die Tischgesellschaft, bis in Antons Knochenmark, spitzte sich zu, ob durch die Uneinigkeit aktueller Diskussionen, durch Zerwürfnisse oder allgemeine Trunkenheit, war schwer zu sagen. Andulas Bruder nickte Anton zu, als er ihn erblickte, lächelte schelmisch, was Anton erwiderte.

„Das muss zwischen uns bleiben, verstanden?“, fädelte Anton sofort ein.

„Was?“, wendete sich Andula ihm zu und guckte dümmlich.

„Andulka, du weißt genau, was …“

„Andulka? Ich heiße nicht Andulka“, platzte es aus dem Mädchen heraus und ihre fröhliche Miene fror ein.

„Ha, denk bloß nicht, dass ich deinen Namen vergessen habe. Niemals! Ich habe … ich habe deinen Namen nicht vergessen, nur bist du in meiner Vorstellung göttlich wie eine Andula.“

„Na, das will ich hoffen. Ich heiße Štěpánka“, hauchte sie lallend, was Anton den Kragen rettete, denn er wusste ihren Namen nie und nimmer. Er guckte sie süßlich an, kniff dabei ein Auge zu, mehr war nicht drin.

„Das, was zwischen uns passiert ist, darfst du niemandem sagen, vor allem nicht deinem Bruder, das ist zu früh, mein

Schatz, verstehst du? Das würde ihn vielleicht wütend machen. Liebes. Štěpánka. Ein schöner Name." Er stellte sich vor, wie fürchterlich er sie zu Hause nennen müsste, wenn sie seine Frau wäre. Štěpka? Ein Wort, das ihn an einen Pinsel oder einen pinselähnlichen Gegenstand erinnerte. Ein unwürdiges Hassobjekt.

Andulas verschwitztes Antlitz hellte sich auf mit Freude. Sie vergaß und labte sich an der Herrlichkeit seiner Komplimente. „Du musst dich vor meinem Bruder nicht fürchten, er ist ein lieber Kerl. Er wird sich freuen, dass wir zwei zusammen sind. Was ist schon dabei? An der Liebe zwischen zwei Menschen? Außerdem bin ich schon siebzehn." Mit schriller Stimme rief sie ihren Bruder herbei.

„Nein!"

Er konnte sich nicht an viel erinnern, aber der Rausschmiss war hart. Das linke Auge schmerzte, die Nase fühlte sich taub an. Er konnte von Glück reden, dass sie ihm nicht das Nasenbein gebrochen hatten, denn sie teilten treffsicher aus.

„Das nächste Mal ziehe ich euch das Fell über beide Ohren, ihr Hunde! Geh weg, du dumme Idiotin, ich will dich nicht mehr sehen", krächzte er kaum hörbar, während er wie ein hinausgeworfener Cowboy auf dem staubigen Boden lag.

Andula war zu einer neuen Kreischattacke animiert. *Lieber auf dem Boden liegen als mit dir im Bett*, wollte ihr Anton ins Gesicht spucken, ließ es aber sein, er wollte seine Nase behalten. Wenigstens war er diese Andula los, wenigstens musste er sich nicht rechtfertigen, warum er sie nicht liebte, warum er sie nicht einmal mehr mit einer Beißzange anfassen würde. Er blieb liegen und atmete die staubige Straße ein, die nach Mist und billigem Öl roch, platt von den unzähligen Schuhsohlen und Pferdehufen. Er lag da und tat so, als könnte er nicht aufstehen. Mitleid zu erzeugen war keine schlechte Strategie, denn so hörten die Kumpane auf, ihn mit Fußtritten zu malträtieren. Die Gäste stürmten aus der Kneipe hinaus, gafften, wollten erfahren, wer was verbrochen hatte, wer im Recht war und wer nicht, und gaben dann unnötige Kommentare ab. Letztendlich freuten sie sich über einen neuen Gesprächsstoff, die Kriegsgeschichten ermüdeten allmählich und bei Žahours war es eh langweilig geworden.

Andula riss sich noch aus den Klauen ihres Bruders, wollte Anton nach Hause begleiten und ähnlichen Schwachsinn, *sie*, ausgerechnet *sie*, doch Anton brauchte niemanden, am wenigstens *sie!* So schwankten der Bruder und seine Equipage in die Kneipe oder gleich nach Hause, Anton war das egal. Er vergaß sie bereits. Und auch die besoffenen Gaffer torkelten zurück, sodass sich der Wirt nicht mehr sorgen musste, auf der Rechnung sitzen zu bleiben, was bei solchen Gelegenheiten gern vorkam. Dieser Abend brachte garantiert einen guten Umsatz.

Stille setzte ein. Nur das Pfeifen in seinem Ohr manifestierte sich umso deutlicher. Möglicherweise hatten ihn die Hurensöhne am Ohr erwischt. Er tastete es ab. Blut klebte an seinen Händen. *Auch das werde ich überleben, all das werde ich überleben, wenn ich ausreichend gut esse und den Rausch ausschlafe.*

In der Schule brannte Licht. Ein paar Gestalten schlichen hinaus. Anton sah schlecht, sein Gesicht küsste immer noch die Straße, nur das Stakkatodeutsch drang in seine drangsalierten Ohren. Sie wirkten schüchtern, die Gestalten, untypisch leise. Sie waren geradezu gütig, murmelten nur etwas, wie ein Gebet. *Das Leben ist unbeständig und genau so, wie man es nicht erwartet.* Anton drehte seinen Kopf zur anderen Seite und ließ den Blick über die Schuhsohlen schweifen. *Ob sie ihm behilflich sein könnten*, sagten sie vielleicht, er wusste es nicht genau. Nur das Wort *Hilfe* kam ihm bekannt vor, den Grund konnte er sich bei seinem mitleiderregenden Anblick zusammenschustern.

„Dankeschen, Wasser", wisperte Anton hüstelnd, hoffentlich verständlich genug. Für mehr Konversation hatte er nicht genug Vokabular. Der Staub, der sich in seinem Mund, seinen Augen und die blutverschmierte Nase verteilte wie eine Ladung Mehl, hinderte ihn anscheinend an korrekter Artikulation. Sie verstanden ihn nicht, unternahmen nichts, überließen ihn seinem Schicksal. Egal. Er schlich nach Hause.

Marie klatschte klagend die Hände über ihrem Kopf zusammen. Im Ofen glomm ein kleiner Feuerschein, Anton verspürte Lust, sich auf dem noch warmen Ofen auszuruhen.

„Himmel, was hast du angestellt?"

Die Höhe des Ofens stellte augenblicklich ein unüberwindliches Hindernis dar, deshalb legte er seine Knochen auf der Sitzbank ab, während Marie ihm Platz verschaffte. Wortlos holte sie eine Emailleschüssel mit Wasser und warf einen Holzscheitel in den Ofen, um die Flamme zu entfachen. Behutsam tunkte sie ein Stück Gaze in die Schüssel und widmete sich dem lädierten Gesicht. Anton zuckte zusammen.

„Das Wasser ist eiskalt!"

„Verzeih, dass das Wasser aus der Quelle nicht vorgewärmt ist", gab sie spitz zurück.

„Das tut weh!"

„Ich möchte dich gebären sehen, du Jammerlappen."

„Ich würde wahrscheinlich sterben."

Sie reinigte die Wunden mit Jod, dass sie wie Feuer brannten und aufs Neue bluteten.

Sein volles Vertrauen ließ sie gründlich arbeiten, ihre tiefen Atemzüge hingegen betörten ihn. Das Kerzenlicht beleuchtete schwach Maries Gesichtszüge. Ihre körperliche Nähe, ihre Wimpern und die Wölbung der Lippen raubten ihm den Verstand, als er den Duft ihrer Haut einsaugte. In stillem Einvernehmen und ihr ausgeliefert, beobachte er sie einem Auge, das andere musste die Gaze tragen, wie es die Oberschwester wünschte. Mit zitternder Hand versuchte er ihr Bein zu berühren.

„Wer hat dir die Tracht Prügel verpasst? Mach den Mund auf, in der Ecke ist auch ein Riss. Und lass das mit der Hand.“ Seine Hand sank.

„Ach, nur ein paar Halbstarke.“

„Weswegen?

„Wegen Andula.“

„Wegen Andula? Welche Andula?“

„Ach, eine dumme, unwichtige Andula.“

„Ich kenne keine Andula. Eine aus Matovice?“

„Das ist egal.“

„Na schön.“

„Ich mag dich.“

„Aha. Schon wieder.“

Es dauerte eine Weile, bis er erneut ansetzte. „Ich habe mich deinetwegen geprügelt.“

„Warum solltest du dich meinetwegen geprügelt haben? Ich war hier und habe gestrickt. Warst du aufsässig?“

Von seiner Begierde bekam er glasige Augen, Marie glaubte jedoch, dass er Schmerzen hatte.

„Gleich vorbei.“

„Ich habe mich geprügelt, weil du hier warst und gestrickt hast."

„Das ergibt keinen Sinn. Und genug davon, sonst lasse ich dich so, wie du bist, und gehe weg."

„Entschuldige. Mach weiter. Ich schweige."

Er schwieg wirklich.

Marie
April 1945

„Tiere. Mörder. Nein, Tiere tun so etwas nicht. Wie ein schmieriger, stinkiger Ölfleck an der Wasseroberfläche taucht der wahre Charakter auf und verrät ihre Verlogenheit. Himmel und Herrgott noch mal! Bis auf die Ziegelsteine bröckelt ihre Fassade ab, vom Prunk ist nichts mehr übrig. Monster! Ist denn nun alles erlaubt? Hat das Menschenleben keinen Wert mehr, keine Daseinsberechtigung? Mörder. Keine Moral in den Köpfen. Die Weisheit ist ihnen abhandengekommen, falls sie jemals welche besaßen. Was sind das für Kreaturen?"

Marie weinte und schlug sich auf den Kopf. Die Augen gerötet, sie hatte schlecht geschlafen. „Sind diese Tage, diese Zeiten, diese Epochen anders als die davor und danach? Nein! Sieht Gott nicht mehr zu? Noch vor Kurzem hockten sie im selben Boot, und jetzt? Was ist mit ihnen passiert? Sind sie blind geworden?" Müde legte sie den Kopf auf die Tischkante. Ihre Arme baumelten willenlos hinunter, nur die geballten Fäuste, ein Indiz ihrer Wut, hielt sie fest. „Oh, ja. Es gibt keine Zweifel. Sie freuen sich sogar darüber. Sie freuen sich, endlich auch morden zu dürfen. Sie sind erquickt, endlich dem ersten Passanten, den sie treffen, einen Schlag auf den Hinterkopf zu versetzen. Endlich auch mal drankommen, zu hauen. Neandertaler. Mit einem Spaten. Und der Arme fällt mit einer klaffenden Wunde, aus der Blut heraustritt, und bleibt liegen. Er ist nicht sofort tot. Er ist fast tot. Seine Mütze, die er trägt, die er schon vor dem ganzen Wahnsinn getragen hat, noch bevor er überhaupt das Wort *Krieg* in sein Vokabular aufgenommen hat, dieses schreckliche Wort, ja, die Mütze fliegt durch die Wucht des Aufschlags davon und gibt dem Mörder Anlass, auf sie zu treten, sie im Dreck zu besudeln. Sie war vielleicht ein

Erbstück seines Vaters, der nicht das Geringste mit dem Mist zu tun hatte. Als würde diese bescheuerte Mütze eine Vergeltungsmoral, ein Pseudogewissen rechtfertigen, als bestünde die Notwendigkeit, diese Mütze zu zerstören."

„Es geht nicht um eine Mütze."

„Selbst wenn ihre Mütter und Väter durch die faschistische Hand umgekommen sind, ist es dumm, sich zu rächen. Idiotisch geradezu! Soll ich dir was sagen? Sie morden nicht aus persönlichen Gründen, sondern aus purer Mordlust. Sie dürsten nach Rache, nach irgendeiner Vergeltung, die sinnlos ist, wie ein Krieg sinnlos ist. Nein. Niemandem gebührt das Recht, zu handeln wie die Deutschen. Eine Rechtfertigung zu geben, es sei für sein Volk, seine Nation oder Gott. Nein!"

„Doch!"

„So dumm definierst du auf einmal die Gerechtigkeit? So einfach entscheidest du über Leben und Tod, selektierst ... Wieder so ein widerliches Wort."

„Halt. Ich habe niemanden mit einem Spaten umgebracht."

„Ach, Anton! Du hättest es getan, wenn du einer von ihnen wärst."

„Du auch. Stell dir nur vor, dein eigenes Kind ..."

„Sag lieber nichts! Mag sein. Wäre ich in der Lage, mich in des Mörders hasserfülltes Herz zu versetzen, dann verstünde ich vielleicht sein Bedürfnis nach Blutrache. Da ich dazu aber nicht in der Lage bin – worüber ich mich glücklich schätze –, weigere ich mich, einen Mord zu verstehen. Es ist falsch. Es ist falsch!"

„Du hast keine Ahnung."

„Es morden Bürger ohne Verluste in den eigenen Familienkreisen. Nimm sie bloß nicht in Schutz! Sie hängen Passanten an den Straßenlaternen auf, verbrennen ihnen die Bärte und schneiden die Geschlechter ab, grinsen dabei wie Idioten, und das nur, weil der Arme Deutsch sprach? Ist das ein Beweis für seine Schuld? Und wenn schon, ist das die richtige Antwort?"

„Ja."

„Stumpf seid ihr. Weder du noch Otto wurden an die Front geschickt. Unserer Familie hat dieser Krieg nichts genommen. Nicht geschadet."

„Mir nicht, aber den anderen. Die Deutschen *muss* man hassen."

„Das ist kein Hass, das ist eine zum Eigenleben erweckte Geschwulst, Anton. Dem Feind zu vergeben, das ist die Antwort."

„Der Deutsche ist anders."

„Wirklich? Was die Brutalität der Gewalt betrifft, stehen die Tschechen den Deutschen keineswegs nach."

„Die Ukrainer, Slowaken, Ungarn, Litauer sind noch schlimmer, unser Volk steht nicht allein da."

„Das Ermorden von Sudetendeutschen ist also eine Pflicht?" Ihre Hände zitterten, die Pupillen ihrer Augen bewegten sich hin und her. Sie stellte sich leibhaftig die erhängten Menschen mit heruntergerissenen Uniformen vor. Auf ihrer Brust das Hakenkreuz. Junge Menschen.

„Die Mörder sind Aussätzige."

„Päh. Das sind Menschen wie du und ich. In Postbotenuniformen, mit Fleischerschürzen und in Anzügen. Das Böse ist nicht nur Hitler und seine Anhänger, das Böse sind auch wir. Wir alle! Wenn es *uns* nicht gäbe, hätte Mussolini weiter in seine sozialistischen Blätter gekritzelt, Stalin hätte immer noch Banken in Georgien überfallen und Hitler säße mit seinen Kumpanen in irgendeiner Münchner Bierkneipe und würde vom Tausendjährigen Reich labern, nachdem er eine Maß ausgesoffen hat."

Otto schmunzelte. Die Vorstellung von Hitler auf der Latrine oder nackt, wie Gott ihn schuf, in der Badewanne, weiß, schwabbelig, hässlich, oder mit einer Frau im Bett kam ihm grotesk vor. Falls er überhaupt eine Frau hatte. Falls das mit Frau Braun nicht platonisch war und nur einen Beweis seiner Männlichkeit für die Öffentlichkeit darstellte.

Wochenlang flogen Marie Berichte aus allen Ecken zu und verschlossen ihr die Kehle. Der deutsche Ehemann der Hutmacherin in Prag, der drei Sprachen konnte, darunter auch die hebräische, wurde angeblich im Sommer 1944 in Hagibor interniert. Ein Ort, der Marie bereits während ihres Prager Aufenthalts zu Ohren gekommen war. Von Anbeginn der faschistischen Ära an ein für jüdische Kinder errichteter Zufluchtsort am Rande der Stadt. Zu einem späteren Zeitpunkt verschwanden sie, diese Kinder, und Menschen aus Mischehen kamen dort an. Wolfgang, der Ehemann der Hutmacherin jüdischer Abstammung, die sich wenige Jahre zuvor eine Kugel durch den Kopf gejagt hatte, war in dieser neu errichteten *Erziehungsanstalt* Hagibor. Seiner Tortur unausweichlich ausgeliefert und zur Zwangsarbeit verurteilt, blieb er über Monate dort. Als die bisherigen Gesetze keine mehr waren, als weder die Polizei noch eine andere Konstante für Recht und Ordnung sorgte, wurden in Hagibor alle mit deutschen Wurzeln eingesperrt. Und so büßte Wolfgang für seine tschechischen und seine deutschen Verbindungen in Hagibor. Er konnte es niemandem recht machen.

Maries Brüdern war es egal. Oder sie taten nur so, als wäre es ihnen egal. Sie kauten beharrlich an ihren Brotresten, schwiegen, bedauerten, kein Radio zu besitzen, hatten Lust auf Musik. Mit den leeren Tellern bestraften sie dann die Spüle, als sie sie hineinpfefferten, und wichen sogleich Maries mahnenden Blicken aus. Dann merkte sie sehr wohl, dass es ihnen etwas ausmachte.

Marie deckte die Auflaufform auf. Die Küche duftete nach Zimt und Gebäck und verbreitete ein wohliges Gefühl von Geborgenheit. Der Puderzucker, den Marie über die Buchteln streute, verwandelte sie in eine frisch verschneite Berglandschaft.

„Wir müssen nun nach vorne sehen. Was in Prag los ist, geht uns nichts an. Wir werden Wolfgang auch nicht mehr helfen, wenn wir um sein Martyrium weinen. Und übrigens, wird mir denn mein Verdienst während des Krieges nimmer zugutegehalten?“, säuselte Otto.

„Doch schon, aber …“

Sie betrachtete ihn. Otto hatte im Gegensatz zu Anton dichtes dunkles Haar. Die Wangen stets gerötet, um seine Mundwinkel leichte Fältchen, wie auch um seine mandelförmigen braunen Augen. Seine Statur hatte etwas Untersetztes, Festes, dafür punktete er mit den langen Fingern eines Virtuosen. Man munkelte, dass er etwas Künstlerisches in seinem Herzen verbarg, etwas, das seinen Geist beseelen würde, er ließ es aber nie zu. Warum, wusste Marie nicht. Otto war bei Weitem nicht so hübsch wie Anton, strahle jedoch eine warmherzige Aufrichtigkeit aus. Wenn er nur sein Frühstück nicht so gern in mächtigen Böen ausgerülpst hätte.

„Wann warst du überhaupt unter den Menschen?“

„Die interessieren mich nicht.“

„Und was interessiert dich denn?“ Otto verharrte, schnaufte. „Siehst du? Das solltest du dich durchaus fragen. Es ist gar nicht mal so schlecht herauszufinden, was einen interessiert.“

Er verteilte die letzten drei sauberen Teller. Das Geschirr war abgezählt. Noch bevor sein Teller auf dem Tisch landete, schnappte er sich ein gutes Stück einer Buchtel und vertilgte es. Die heiße Marmelade floss zäh heraus und bekleckerte sein Hemd. Als Kinder waren sie gern auf der Bank eingeschlafen. Der Vater hatte einen nach dem anderen auf den Speicher ins Heu gebracht, während er selbst das Bett in der Küche belegte.

Die Nacht brach in ihrer schönsten Pracht heran und der Hof wirkte aufgeräumt und friedlich. Marie horchte der aufkommenden Stille. Es war erstaunlich kalt für die Jahreszeit geworden. Sie dachte über den Krieg nach und erinnerte sich an den Frieden, an den sommerlichen Frieden ihrer Kindheit. Der Krieg war an den Tschechen glimpflich vorbeigegangen, das Dorf verschont geblieben, keine Bombardements hatten ihre Häuser zertrümmert, die Opferzahl hielt sich im Angesicht des gesamten Ausmaßes in Grenzen. Nur einmal gab es einen Vorfall, vor ungefähr einem Monat, als es gerade Mittag geläutet hatte und die deutschen Flüchtlinge zum Mittagessen eilten. Da schlug im Garten des Hauses der Familie Babín eine Bombe ein. Sie zerstörte ein Bienengehäuse. Kurz danach tauchten an der Kreuzung aus Zvotoky vier abgemagerte menschliche Schatten auf. Skelette in zerlumpten Fetzen, ohne Schuhe, blutend an mehreren Körperstellen. Sie pfiffen aus dem letzten Loch. Ihr Alter war nicht zu erkennen. Ihre Haare waren kahlgeschoren, die Häftlingskleidung trug ein rotes Dreieck. Kommunisten. Sie erschraken, als sie die Dorfbewohner erblickten, doch da ihr Schicksal im Hinblick auf Leben und Tod beinahe besiegelt war und die besagten Dorfbewohner eigentlich ganz harmlos ausgesehen hatten, sackten sie einfach vor ihnen zusammen. Kaum hörbar stotterten sie einige Brocken in Deutsch und obwohl keiner der Anwesenden Deutsch verstand, konnte es jeder erraten. Es handelte sich um vier deutsche Häftlinge, die um Essen und Zivilkleidung flehten. Zum Glück eilte aus dem Schulgarten eine deutsche Frau herbei, nachdem sie sich beim Mittagstisch verspätet hatte. Žahour, der Wirt, duldete Versäumnisse bei den disziplinliebenden Deutschen nicht. Sie wechselte ein paar Sätze mit den Häftlingen, was die Vermutung bestätigte. Man gab ihnen Brot, Suppe und vier Herrenanzüge. Sie klagten über die Tortur, die sie hinter sich hatten, und wie hartnäckig nach ihnen gesucht wurde. Als käme es auf vier Halbtote an, wer den Krieg gewann. Ihre Lage schien ausgesprochen vertrackt zu sein, denn ohne sich auszuruhen, sah man sie über den Dorfplatz davonrennen.

„Das war vier politizki Häftlinges, sie in die Nahe internierowat“, erzählte die deutsche Frau in dürftigem Tschechisch.

Keiner der Einheimischen ahnte, dass es in ihrer Nähe eine Haftanstalt für politische Flüchtlinge gab. Bisher hieß es, dass Kommunisten und Roma in der Regel nach Buchenwald deportiert worden seien.

„Die Gefängnis war in Hand von Russi kommen, die Häftlinge waren in ... wie heiß ... mit Plombe Waggony?“

„Verplombter Waggon?“

„Ja, ja, verplom...verplombte Waggony in andere Platz gefahren. Und dann, in Katovice in Bahnhof, kommen Bombe. Ameritzky ... wie sagt?“ Sie zeigte mit der Hand eine typische Flugbewegung.

„Amerikanische Tieflieger?“

„Ja, ja! Die Zug halt und Feuer. Explosion. Nur eine Waggon aufmachen Tür und Haftlings weg ... alle andere Tod. Feuer. Acht Männer laufen in Busch und in die Kanale für Schutz und so. Nur vier kommen hier. Arme Haftlings sechzehn Kylometry in Stunde laufen.“

Der Vorfall war noch Tage in aller Munde, man wollte erfahren, ob es die armen Schlucker bis hinter die Grenze geschafft haben, man gönnte es ihnen sogar, obwohl sie Deutsche waren, wahrscheinlich weil sie eben kommunistische Deutsche waren und keine Faschisten. Später erfuhr man, dass die vier im nahen Dražov vor der Kapelle zusammengebrochen waren. Doch da der Teufel auf den größten Haufen scheißt, spazierte zufällig ein tschechischer Wachtmeister vorbei, ein schadenfroher Trinker ohne Moral, der nichts Besseres zu tun hatte, als die vier an die deutschen Faschisten in Vacov auszuliefern. Das deutsche Militärgericht verurteilte sie, noch bevor es seiner Funktion entbunden wurde, und die vier wurden exekutiert. Marie bedauerte es, dass sie sie nicht in der Mühle aufgenommen hatte. Sie hätte diese Kommunisten ausgefragt, was sie vor dem Krieg gewesen waren und was sie verbrochen hatten, dass man sie internierte, und sie hätte sie noch mehr ausgefragt, wie es ihnen dort in so einem KZ ergangen war. Schließlich waren sie in die Knechtschaft des eigenen Volkes geraten, diese Kommunisten, aber mussten sie denn auch Kommunisten werden? Warum konnten sie nicht einfach nur Menschen sein? Als wäre das zu wenig. Auf dem Nährboden der Politik war alles entstanden. Marie verabscheute die Hegemonie!

Die vier kommunistischen Idioten, Frau Madelong, die Hutmacherin und ihre verschollene Freundin aus Bergreichenstein machten Marie rasend vor Verzweiflung, sie fand immer weniger Schlaf. Sie verzerrte ihr Gesicht, öffnete den Mund weit, als müsste sie nach Luft schnappen oder lautlos schreien, sie schluchzte in die Dunkelheit über das Leid auf diesem Planeten, das von Gott zugelassene Leid. Der verfluchte Krieg!

Möge es der letzte sein! Sie fröstelte. Da fuhr sie zusammen. Anton stand hinter ihr.

„Was ist mit dir?“

„Schleichst du mir nach?“, fuhr sie ihn an.

„Nein, ich konnte nur nicht schlafen.“

„Du hast es gar nicht versucht, gibt's zu! Du schleichst mir nach. Anton, ich begreife nicht, warum der Lokführer zum Beispiel, der die vielen Menschenzüge ins KZ gefahren hat, nicht gekündigt hat? Er hat vier Menschenzüge pro Tag dorthin gebracht, was hat er sich dabei gedacht? Warum hat er sich nicht eine andere Arbeit gesucht?“

„Du fragst wie ein Kind.“

„Würdest du wirklich so handeln, ich meine, töten, wenn du an ihrer Stelle wärst?“

„An wessen Stelle?“

„Der Deutschen oder der Tschechen, zum Kuckuck! Mörder, Jasager, Mitmacher, Schafe, was weiß ich!“

„Du bringst alles durcheinander.“

„Die Deutschen haben Millionen auf dem Gewissen, die Tschechen haben die Deutschen der Reihe nach im Fluss ertränkt, erhängt, totgeschlagen.“

„Wir tun es im Glauben, dass wir … im Recht sind. Aus Liebe.“

„Liebe? Aus Liebe zu was?“

„Zu unserem Land, unseren Vätern, unseren Müttern, unseren Söhnen, unseren Töchtern, unserem Stolz, unseren Wurzeln, unserem Blut.“

„Nein, das ist keine Liebe, das ist … Selbsthass. Wir sind dumm. Wir reichen uns nicht aus, wir suchen unsere Sehnsüchte irgendwo da draußen und nicht in uns selbst.“

„Den Spruch hast du von der Kräuterfrau.“

Sie dachte über ihre Sehnsüchte nach. Der Duft von süßen Majoran im Sommer. Ein kleines bescheidenes Leben in Prag. Eine kleine Boutique. Als Schneiderin arbeiten. Eine Verkäuferin werden. Eine Freundin haben. Über die Karlsbrücke mit ihr flanieren. Süßigkeiten naschen. Einen Jungen kennenlernen. Einen sehr netten Jungen. So einen wie diesen Oskar, der Steinbruchmeister werden wollte. Vier Kinder haben. Nicht zu viel und nicht zu wenig. Drei wären auch in Ordnung. Weniger als drei auf keinen Fall. Ihren dreiundzwanzigsten Geburtstag mit einer dreistöckigen Torte feiern.

„Und du? Wo suchst du das Glück?“, fragte sie ihren Bruder.

„Ich kann über solche Sachen nicht nachdenken, da wird mir schwindelig. Es ist unerreichbar“, sagte Anton.

Sie verharrten. Marie fasste Mut.

„Warum hast du es getan?“

„Was?“

„Das. Du weißt genau, was ich meine.“

„Aus demselben Grund.“

„Sehnsucht? Mir kommen gleich die Tränen!“

„Vielleicht schon, ja.“

„Such das Glück in dir oder sonstwo, aber nicht bei mir, denn ich werde dir keins geben. Lass mich in Frieden. Du tust mir Unrecht, ich werde es nie vergessen, verstehst du? Nie, nie, nie. Ich werde davon mein Leben lang eine Einkerbung in meinem Herz tragen, ist dir das bewusst?“

„Was ist schon dabei, Marie.“

„Spiel es ja nicht runter. Eine klaffende Wunde. Versprich mir, dass du es nie wieder tun wirst.“

Anton brummte ein befremdliches Geräusch.

„Versprich mir, dass du das nie wieder tun wirst. Egal wie sehnsüchtig du bist.“

„Ist ja gut.“

„Nein, ist nicht gut! Sag es!“

„Ich verspreche es.“

Mit schnalzender Zunge drehte sie sich auf dem Absatz um und ging ins Haus. Ihre Hände an der Schürze reibend, als müsste sie den Schmutz des Gespräches abstreifen.

Otto
Mai 1945

Unruhe in allen Gliedern. Unruhe seit den morgendlichen Stunden dieses merkwürdigen Samstags. Etwas auf das er lange gewartet hatte, etwas so Absurdes, so Unwirkliches nahte, dass es ihn in Daueraufruhr versetzte. Am Schulgebäude, vor dem man sich wie auf Befehl versammelte, hing die tschechische Nationalflagge. Ein Bild, das fast in Vergessenheit geraten war. Wie gut sie aussah, diese Flagge, mir ihrem knallenden Rot, Blau, Weiß. Eine schöne Flagge. Sie war sechs Jahre auf dem Speicher der Schule versteckt gewesen. Das Schild mit der deutschen Aufschrift *Schule* wurde gegen Mittag abgehängt und mit einer Axt zerhackt. Eine voreilige Aktion vielleicht, denn man hatte sie ohne Amtserlaubnis vorgenommen. Aber man freute sich zu sehr auf das nahende Ende. Die deutschen Flüchtlinge sahen dem Geschehen zu und schüttelten die Köpfe. Sie klatschten die Handflächen über ihren Köpfen zusammen, weil sie es nicht glauben wollten, dass es dazu gekommen war. *Wie konnte das große unerschütterliche Reich so enden*, fragten sie sich. Ihr Atem ging flach und schnell, nachdem sie einer ungewissen Zukunft entgegenblickten, sie wollten nur noch weg. Alles war vorbei. Der Staat, die Wehrmacht, die Partei. Alles vorbei. Die Dorfbewohner fuchtelten mit den Armen, damit die Deutschen es ja verstanden, wie tief sie gefallen waren. Als die Nachrichten von der vorrückenden Roten Armee berichteten, hätten diese sich am liebsten in Luft aufgelöst.

Die Stimme des Großadmirals Karl Dönitz schallte aus dem Radio: „Am 8. Mai um 23 Uhr schweigen die Waffen zur bedingungslosen Kapitulation der Deutschen Wehrmacht vor den Alliierten.“

Die Dorfbewohner standen vor den offenen Fenstern der Kneipe und horchten. Aus dem Inneren sendete das Radio, das bis zum Anschlag aufgedreht war.

„Der Prager Nationalrat rät zur Geduld und zur Verstärkung der Barrikaden, es wird trotz des Kapitulationsbefehls gekämpft."

Gegen 16 Uhr eilte Otto, der bei den Verkündungen nicht gefehlt hatte, nach Hause. Er stopfte in sich hinein, was die Küche bot, und um 17 Uhr erfasste ihn erneut die Unruhe, also rannte er zur Schule. Er war wieder einer von vielen, wieder stampften unzählige Gleichgesinnte ein Loch in den Boden, weil die Kneipe überfüllt war. Jedes Wort, jede Silbe saugten sie aus dem Apparat, wohl wissend, welch historischer Tag heute war: eben der Tag, an den sie sich ihr Leben lang erinnern würden. Die Fenster standen sperrangelweit offen, ein zarter Lufthauch des angehenden Sommers schmeichelte angenehm.

Otto fiel eine Person auf. Sie hielt ein etwa zweijähriges Kind an der Hand, das eine ausgeprägte Hasenscharte hatte. Er sah diese Frau zum ersten Mal, doch es war anzunehmen, dass sie nicht von weit her kam, niemand hier konnte von weit her sein. Hohe Wangenknochen, das traditionell am Hinterkopf geknotete Kopftuch, die Körperhaltung, die die Frauen hatten, die anpackten. Marie bot Otto einen Platz direkt am Fenster an, doch er schüttelte den Kopf, suchte lieber die Nähe dieser geheimnisvollen Frau. Sie registrierte seine Anwesenheit, reagierte aber kein bisschen darauf. Kein Lächeln, kein Zucken um die Mundwinkel, kein längeres Verharren im Blick. Otto war enttäuscht, hielt es für ein Zeichen des Missfallens. Dennoch hielt es ihn nicht davon ab, sich Millimeter für Millimeter an sie heranzupirschen, sodass ihre Haare beinahe sein Gesicht berührten. Er sog ihren verführerischen Duft ein.

Lange war es her, dass eine Frau Otto so betört hatte. Seit der Schule behauptete er beharrlich, an den Mädels im Dorf kein Interesse zu haben. Nur wenige kurze platonische Liebschaften waren bekannt. In die Lehrerin, die eine Zeit lang den kränkelnden Klassenlehrer Patuška vertrat, hatte er sich verguckt, in ein Dorfmädel, das längst verheiratet war und deren Kinn in die Länge wuchs wie bei einer Hexe, und in eine ältere Dame, die er mit einem Hündchen auf dem Arm am Strakonicer Markt beobachtet hatte. Doch das war's dann auch schon.

Zeitverlust, dachte er. *Am Anfang ist jede Liebschaft schön, aber nach ein paar Jahren schleichen sich schlechte Gewohnheiten ein und verhärten sich, sodass man einander hasst und verabscheut. Dann hat man den Salat, dann hat man das Weibsstück zu Hause und wird es nicht mehr los. Besser man lässt es gleich sein. Und auf Kinder kann ich gut verzichten. Es wird sich schon ein Nachkomme finden, meine Geschwister sind schließlich auch noch da, um Arbeiter und Steuerzahler in die Welt zu setzen, die die Liegenschaft nach meinem Tod übernehmen können. Kreischende Säuglinge sind nicht mein Fall und Weiber sind trügerisch, verschwenderisch und ruchlos, das wissen alle. Und die da mit dem Kind, ich weiß, was sie mit ihrem flatterhaften, leichten Charakter beabsichtigt: Betrug und Verrat!*

Schön war sie trotzdem. Und gut roch sie ebenfalls. Doch Otto konzentrierte sich wieder auf die unvergesslichen historischen Nachrichten, die aus dem Apparat gellten, und weniger auf diese fremde Brünette. Nebenbei plauderte er mit einem seiner Kunden. Der faselte etwas über die Machenschaften der Politik und verballhornte Zitate berühmter Persönlichkeiten. Otto nickte geistesabwesend. Er konnte sich nicht verkneifen, hin und wieder einen Blick auf *sie* zu werfen. Eine der negativen Komponenten, die bei Verliebtheit auftauchten: Man tat Dinge, die man sonst nie tun würde.

Sie trug ein untypisches Kleid, auf dem Kopf hingegen ein Tuch mit traditionellem Blumenmuster, es konnte aber auch bulgarische oder russische Mode sein. So weit kam es noch mit ihm, dass er sich auf eine Bulgarin einließ und sie ihm den Kopf verdrehte. *Bulgarinnen sind wie Zigeunerinnen. Nichts gegen die Zigeuner, aber im eigenen Haus möchte ich sie nicht haben. Die laufen barfuß herum und stehlen.* Eine Information von äußerster Bedeutung erreichte seine Ohren und stellte alles auf den Kopf. Sie sprach Tschechisch. Eine Tschechin. Eine Tschechin mit langem offenem Haar unter dem Kopftuch. *Ein leichtes Mädchen!*

„Gegen 18 Uhr müssen alle schweren Waffen am Rande der Hauptstadt abgegeben werden. Die leichten Waffen wurden den letzten herumirrenden SS-Leuten bereits auf den Straßen abgenommen", kam es aus der Holzkiste.

Man jubelte. *Sie* jubelte mit. Dieses leichte Mädchen war mutig und machte sich was aus Politik.

„Sollten bis Mitternacht die Waffen nicht gänzlich niedergelegt werden, werden die Deutschen dementsprechend als Banditen behandelt."

Das glaubte Otto sehr wohl, dazu brauchte es keine Frist. Die deutschen Köpfe rollten seit Wochen. Einige Tschechen hätten gern bei den *Säuberungsaktionen*, wie sie Beneš bezeichnete, mitgeholfen. Die deutschen Flüchtlinge in Matovice hatten nichts zu befürchten, man hatte nicht vor, sie an den Laternen aufzuhängen. Es gab im Dorf keine dafür geeigneten Laternen, aber auch wenn es welche gegeben hätte, scheuten sich die Dorfbewohner zu lynchen, weniger aus moralischer Pseudogerechtigkeit, vielmehr aus Mangel an Mumm. Außerdem waren sie waren zu träge, um jemanden zu jagen und zur Rechenschaft zu ziehen, lieber saßen sie bei einem Bier und Blutwurst in der Kneipe und ergötzten sich an Gesprächen über Kuhmist und die Wetterwillkür. Otto erfasste ein neues Hungergefühl, ob physischer oder geistiger Art, war ungewiss. Als die Brünette sich umdrehte, kam seine Festung ins Wanken. Sie sah ihn hintersinnig an, sodass Otto sein ertapptes Gesicht senkte, einen sinnierenden Mann vortäuschte, einen freien Denker. *Zum Kuckuck, zur Hölle mit ihr!* Gott, war er feige!

Die deutschen Flüchtlinge durften sich nicht von der Schule entfernen, sie warteten auf Anweisungen der aktuellen Befehlshaber. Auseinandersetzungen aller Art wurden vermieden, denn die Matovicer stritten aus besagten Gründen nicht gern. Das hatte seine Vor- und Nachteile. Es gab unzählige Themen, über die man sich wundredete, was war und was kommen mochte, über richtige und falsche Strategien, die man hätte vermeiden können, und vieles mehr. Eines stand fest: Der Krieg war vorbei. Wozu noch Streit mit Flüchtlingen anzetteln, die bald ins Reich zurückkatapultiert würden. Euphorische Zustände meldeten sich und gleichzeitig fühlte sich Otto seltsam, er konnte das alles kaum glauben. Die Dämmerung setzte ein, die Matovicer schlenderten heim. Otto hatte die Dunkelhaarige aus den Augen verloren, sie ging ihrer Wege, leider in die entgegensetzte Richtung. Sicherlich wartete zu Hause ein Mann auf sie; falls sie ein leichtes Mädchen war, ein Zuhälter. Schade. Ein verliebter Tag wie der Schlag eines Schmetterlingsflügels.

Zu Hause lag eine Bekanntmachung auf dem Tisch. „Der Handel mittels Lebensmittelmarken soll weiterhin bestehen“, stand darauf. Das wunderte Otto, weil er felsenfest davon überzeugt war, dass gerade jene deutsche Einrichtung als Erstes abgeschafft werden würde. Ihn betraf es nicht. Es war ihm schnuppe, ob die Milchzuschüsse von 1,16 Liter auf 1,18 Liter pro Erwachsenen stiegen und so weiter, die Lebedas versorgten sich selbst. Unabhängigkeit von der Politik da draußen und von allen Geschehnissen außerhalb der Mühle gehörte zu seinen unabdingbaren Bedürfnissen. Die Butterschleuder hatte er längt von der Plombe befreit und mahlte mindestens so oft wie früher.

Marie zitierte weiter aus dem Brief. „Alle Bürger, die es seit 1944 versäumt haben, ihr Kontingent ordnungsgemäß abzugeben, dürfen ab 1945 kein Geflügel halten."

„So weit kommt's noch, dass sie entscheiden, wo welches Huhn herumpickt. Das geht niemanden was an!", empörte sich Otto. „Lies weiter."

„Aus Mangel an Treibstoff bleibt die seit Mitte Januar eingestellte Butterproduktion in den Großbetrieben weiterhin geschlossen. Auch der wöchentliche Elektrizitätsverbrauch muss um dreißig Prozent gesenkt werden, das heißt um drei Kilowattstunden pro Kopf. Die Angaben können je nach wirtschaftlicher Lage des Landes schwanken. Jeder Verstoß wird strafrechtlich verfolgt."

„Drauf geschissen!", fluchte Otto.

Auch Antons Stirn legte sich in Falten. „Wir legen Revision ein."

„Nichts werden wir tun! Wie gut, dass wir keine Elektrik haben. Teuflisch, das Zeug, das kann sich ja keiner leisten."

„Modernisierung ist eine gute Sache", gab Anton enttäuscht zurück.

„Eine kleine Nachttischlampe zum Lesen hätte ich auch gern", konnte sich Marie nicht verkneifen.

„Und was ist mit den elektrisch betriebenen Turbinen? Wir sind die Letzten, die sich so abrackern“, klagte Anton.

Otto fühlte einen alten Ingrimm in sich aufsteigen. Sein Großvater hatte ihm schon früh ins Ohr geflüstert: *Junge, bleib von allem, was um dich herum geschieht, unabhängig. Glaub mir, du wirst es nicht bereuen*. Seit Generationen hielten sich die Lebedas an das Gebot der Unabhängigkeit, egal wie weit der Fortschritt sein mochte. „Ich werde keine Turbinen einbauen lassen. Das altbewährte System funktioniert fabelhaft und so bleibt es auch“, sagte Otto verdrossen. Erst nach einer Weile, als sich seine aufgebrauste Stimmung wieder ein wenig legte, wurde er etwas milder. „Es reicht, dass ich seit heute Nachmittag nicht mehr klar denken kann, also kommt mir nicht mit einer Modernisierung.“

„Du kannst nicht klar denken?“

„Das Kriegsende und so … und diese verfluchten Weiber. Sie machen einen ganz verrückt.“

„Weiber?“, antworteten Anton und Marie simultan. „Bin ich gemeint?“, hakte Marie nach.

„Ach was, eine … so eine andere.“

Marie lachte schallend. „Die eine?“

„Was lachst du da so blöd?“

„Die Brünette mit dem Kind, an der du geklebt hast?“ Wieder erschallte eine Lachsalve.

„Was? Ha, ha …“, gackerte Anton.

„Eine Brünette mit Kind!“

„Eine Mutter? Was ist in dich gefahren, Otto? Mit Kind?“

„Das arme Kind hatte auch noch eine Hasenscharte.“

„Was ist das?“, fragte Anton.

„Kann man heutzutage operieren“, funkte Otto dazwischen.

„Hast du dich sogar schon erkundigt?“, lachte Marie erneut.

„Ihr geht mir auf die Nerven! Alle beide!"

„Eine Hübsche. Sie stand neben der jungen Lešáková, vielleicht ihre Cousine oder so was. Und unser Otto hat vor lauter rosaroter Watte verpasst, die Nachrichten des Jahrhunderts zu hören."

„Gar nicht wahr! Ich hab alles gehört! Ich dachte nur, dass ... dass sie eine ... eine Prostituierte ist, so wie sie aussah."

„In Matovice?", lachte Marie. „Das wäre ein Ding!"

„Warum sollte sie eine Prostituierte sein?", fragte Anton.

„Na, so wie sie aussah?"

„Wie sah sie denn aus?"

„Offene Haare. Und die Kleidung."

„Eine Frau mit offenen Haaren ist deiner Meinung nach eine Prostituierte? Oje", konstatierte Marie. „Wär ich in deinen Augen fromm, wenn du mich nicht kennen würdest?"

„Keine Ahnung, ja, schon", antwortete Otto.

„Ich bin überhaupt nicht fromm. Ich möchte auch nicht fromm sein." Sie riss ihr Tuch vom Kopf, entfernte ein paar Haarklammern und ihr dicker geflochtener Dutt löste sich wie von selbst. Sie schüttelte das Haar, sodass es frei herabhing wie bei Dvořáks *Rusalka*. Marie überfiel häufig ein Anflug unkonventionellen Handelns, der Otto immer aufs Neue verblüffte. „Und?", provozierte sie. „Sehe ich jetzt wie eine Nutte aus?"

Otto schwieg. Natürlich nicht, obgleich sie etwas Teuflisches, Verrücktes ausstrahlte. „Ich finde, du siehst aus wie Marie.", brachte er schließlich hervor.

Am 8. Mai erreichte die 4. Division der amerikanischen Armee das nahe liegende Städtchen Volyně. Das versetzte die Matovicer in Aufruhr. Wenn man bedachte, dass sie bisher noch nie einen Amerikaner zu Gesicht bekommen hatten, geschweige denn einen Farbigen, war das durchaus verständlich. So machten sie sich mit den einfachsten Transportmitteln, die ihnen zur Verfügung standen, auf den Weg nach Volyně, um sich diese Exemplare ganz genau anzusehen. Marie packte reichlich Proviant ein, die Tiere wurden gut versorgt und das Haus abgeriegelt. Wie zu einem wichtigen Amtstermin zog Otto ein frisches Hemd an und staubte den Hut ab, auf dem sich eine Schicht Mehlstaub angesammelt hatte. Er riss an den Zügeln der Pferde, schließlich wollte er so schnell wie möglich in Volyně sein, damit er viele Amerikaner unter die Lupe nehmen konnte. Der Ort lag gut fünfzehn Kilometer von Matovice entfernt und man wusste nicht, was unterwegs passierte. Unterwegs gabelte er weitere Schaulustige auf: die Janouts, den alten Havlán und die Familie Lešákovic. Das kam nicht von ungefähr. Wenn ihm sein Schicksal etwas zuschanzen sollte, konnte es sein, dass die verführerische Brünette Libuška Lešákovic' Cousine war und Interesse an der Fleischbeschau hatte. *So weit bin ich gekommen*, ärgerte er sich und schwang mit der Peitsche.

Kaum erschallten die Pferdehufe vor Lešákovic' Haus, stürmte die vollzählige Familie samt der fremden Schönheit heraus wie der Korken eines warmen Schaumweins. Ottos Seele jauchzte vor Verzückung, sodass er sich am Riemen reißen musste, ihr nicht gleich um den Hals zu fallen. Die Menschentraube war jedoch für so einen Leiterwagen, der bereits zur Hälfte belegt war, zu groß geraten. Einige müssten zu Hause bleiben oder eine zweite Pferdekutsche schirren. Otto zerrte aus Angst, es könnte noch schiefgehen, die alten Lešákovic' zurück, damit sie ja nicht auf den Wagen stiegen. Ein heilloses Durcheinander, doch bald entspannte sich die Lage und alle bis auf die alten Lešákovic' saßen auf dem Leiterwagen. Die

Brünette, die diesmal zu Ottos Beruhigung gar nicht wie eine Prostituierte aussah, nahm einen von ihm reservierten Platz ein. Das Kind war nicht dabei. Otto schlenderte am Wagen entlang und kontrollierte als Täuschungsmanöver die Räder, um *ihr* flüchtig in die Augen zu sehen. Plötzlich nahm er unbewusst ihre Hand, wie ein Ertrinkender im See. Sie entwand ihre mit Nachdruck, während er sinnloses Zeug murmelte. Ein Jammer das Ganze. Verärgert über seine himmelhohe Blödheit, die sich kaum von der eines pubertierenden Knaben unterschied, hievte er seinen Hintern auf den Kutschbock, schnalzte mit der Zunge und der Wagen ruckelte über die holprige Landstraße.

Die alten Lešákovic standen enttäuscht am Wegrand wie zwei abgestellte Vasen. „Dass ihr euch die Neger auch ganz genau anschaut", krächzten sie. „Wir wollen alles über sie wissen!"

Das Wetter gönnte ihnen einen wolkenlos guten Tag, der Horizont über der sanften Hügellandschaft schien, als gäbe es nichts Abgründiges auf der Welt. Dunstig fahles Gelb ergoss sich über den schlummernden Morgen, kurz vor dem Viehtreiben auf die Weide. Otto bedauerte, die Zügel in der Hand zu halten, zu gern hätte er neben *ihr* gesessen. Er tröstete sich damit, dass er auf verlorenem Posten gestanden hätte. So eine schöne Dame erwartete sicherlich Esprit, nicht so einen plumpen, dumpfen Müller. Doch die Gegenwart spielte die Musik und das war gut so. Ihr Ziel hieß Zechovice u Volyně, ein kleines Kaff, das einen Steinwurf von Volyně entfernt war.

Nachdem sie ein Eisenbahnviadukt durchfahren hatten, erblickte Otto an der Hauptstraße grünockerfarbene Zelte der US-Armee von beträchtlicher Größe, die wie Pilze entlang des Weges ragten. Er begrüßte die Befreier mit einem freundlichen

Nicken und drosselte das Tempo, um genug Zeit zu haben, die Szenerie zu beobachten. Die Mannschaft auf dem Leiterwagen war etwas eingeschüchtert, zumal sie die großen Mengen an *Schwarzen* vermisste. Otto kutschierte weiter zum Dorfplatz. Auch hier standen Zelte, aber immer noch mit *weißem* Inhalt. Um sie herum herrschte reges Durcheinander, Tschechen eilten zu Fuß oder mit dem Fahrrad von irgendwoher nach irgendwohin. Dürre Gestalten in deutschen Uniformen hielten Schilder mit der Aufschrift *Antifaschisten* in Händen, nahmen den übrig gebliebenen deutschen Wehrmachtssoldaten und Offizieren die Waffen ab und deponierten sie auf Karren, die von Eseln oder ihnen selbst gezogen wurden. Motorräder mit aufgeladenem Gepäck, überfüllte Lastwagen und andere Transportmittel, die aussahen, als wären sie direkt von der Front eingetroffen, beladen mit Fahrrädern und Schäferhunden, fuhren kreuz und quer über den Platz. Die Alliierten in ihren lockeren Uniformen trugen mit Grünzeug bedeckte Helme. Echte Amerikaner! Russen gab es hier noch keine. Einige der US-Soldaten waren schwer bewaffnet, andere zeigten in gerippten weißen Unterhemden ihren Bizeps. Von den Bäumen rieselte die Blütenpracht, als fielen Schneeflocken vom Himmel. Die Sonne spendete mit ihren ersten wärmenden Strahlen eine unbeschreibliche Atmosphäre. So einen Tag hatte Otto seit Langem nicht erlebt. Eines war ihm ganz besonders aufgefallen: Alle kauten Kaugummi. Von diesem Phänomen hatte er bereits gehört und er war nicht abgeneigt, auch so ein Ding in den Mund zu stecken. Die Soldaten machten einen gelassenen, glücklichen, aber müden Eindruck. Ihre verdreckten und auch mit Blut durchtränkten Uniformen, ihre mageren Gesichter ließen vermuten, dass sie einiges hinter sich hatten.

„Wo sind die Neger?“, hauchte Otto einen der Schaulustigen an.

Der zahnlose Bauer deutete mit dem Arm in eine Richtung. „Auf den Weiden“, röhrte es aus seiner Kehle.

Und in der Tat, wenige Meter ortsauswärts standen mitten im matschigen Acker unverkennbar die Zelte der schwarzen Soldaten. Die hohen Marschalls hatten ihnen offensichtlich einen weniger attraktiven Ort zugewiesen, die Rassentrennung schien vor nichts zurückzuschrecken. Hier ging es ebenso lebhaft zu, ob mit Schwarzen oder Weißen, die Anwesenheit der Matovicer fiel kaum auf. Man konnte meinen, die Bauern des Böhmerwaldes hätten sich hier eingefunden, um die Andersfarbigen zu sehen, was in Ottos Seele eine nagende Scham auslöste. Er gestand sich ein, seine Toleranz genauso vorzutäuschen, denn auch er war in Wahrheit nur darauf aus, zu erkennen inwiefern sie sich *von den Affen* unterschieden. Und er würde Marie den Kopf abreißen, wenn sie sich mit so einem *Exoten* einließe. Es war ihm unmöglich, sich die Vorurteile aus dem Kopf zu schlagen, sie saßen zu tief.

Kaum hatte er das gedacht, sprang Marie vom Wagen und lief fröhlich auf die Soldaten zu. Otto fielen fast die Augen aus den Höhlen, doch je länger er die Empathie und Menschlichkeit der Soldaten beobachtete, desto mehr revidierte er seine rassistische Auffassung. Schließlich sprang im Gegensatz zum missmutigen Anton auch er vom Wagen und blickte in die Augen der Soldaten. Als wüssten sie über Ottos Einfältigkeit Bescheid, erwiderten sie seinen Blick und boten ihm Kaugummi an. Er nahm ihn zum sofortigen Gebrauch dankbar an. Das Kleinod erwies sich als wohlriechendes und schmackhaftes Wunder, das er nie mehr aus dem Mund nehmen wollte. Geistreiches Wortgefecht war unmöglich, keiner der Matovicer sprach auch nur annähernd Englisch, doch das spielte keine Rolle. Mit Neugier und Freude betrachteten sie die fremden Gesichtszüge, tänzelten um die Soldaten herum wie die Possenreißer, rivalisierten um ihre Gunst. Das Interesse der einheimischen Bevölkerung an den schwarzen Soldaten gefiel wiederum den weißen Befehlshabern nicht. Schnell ließ man sie spüren, dass die Schwarzen von untergeordnetem Rang waren und keineswegs Anerkennung verdienten. Abrupt steckte man ein Schild mit tschechischer Aufschrift in die Erde: *Schwarzes Areal. Zutritt verboten.*

Die weißen Amerikaner waren nicht besser als die zigeunerhassenden Tschechen und als die judenhassenden Deutschen. Überall auf der Welt gab es Unterdrücker und Unterdrückte und jeder Unterdrücker fand Gründe, sein Recht auf Unterdrückung bis aufs Blut zu verteidigen. In solchen Augenblicken tauchten in Otto die Sätze seines Großvaters auf: *Sei unabhängig von der Außenwelt, sei zufrieden und lass die Menschen so leben, wie sie wollen. Es ist ihr Recht und ihre Entscheidung. Glaub mir, sie sind genauso gut wie du. Schweig und versuch dich in sie hineinzuversetzen.* Zum ersten Mal hielt Otto diese Sätze für falsch. Er sah ihnen zu, wie sie sich rasierten, wie sie tschechische Kinder auf dem Arm trugen. Eine lobenswerte Geste der Verbindung zueinander und ein Symbol des wiederhergestellten Friedens. Die tschechischen Bäuerinnen beschenkten sie mit Sliwowitz und schlechten Kolatschen, für gute fehlten die Zutaten in den Speisekammern. Selbst Anton hatte mittlerweile ein Lächeln übrig und versuchte ebenfalls eine Annäherung. Und Otto erkannte: Die schwarzen Soldaten unterschieden sich von den Affen sehr.

Auf dem Rückweg am späten Nachmittag bat Otto Anton, die Zügel zu übernehmen, was der gern tat. In bewegter Stimmung setzte sich Otto neben die schöne Brünette. Marie sah ihm schalkhaft zu und schmunzelte. Inzwischen war Otto zu Ohren gekommen, dass die Dame Josefa hieß und 23 Jahre alt war.

„Ich habe Sie in Matovice noch nie gesehen. Kommen Sie von weit her?"

„Nicht wirklich. Ich wurde in Bergreichenstein geboren."

„So? Und ich hielt Sie für eine Auswärtige."

Sie lachte herzhaft und entblößte ihre Zähne. Die ersten zwei Schneidezähne richteten sich ein kleines bisschen nach innen, ihre Eckzähne hingegen nach außen. Eine hergestellte Balance, wie sie nur die mächtige Mutter Natur erschaffen konnte. Einfach fabelhaft.

„Warum, denn?"

„Na ja, weil Sie … weil Sie so … ach, keine Ahnung, was mir durch den Kopf geschossen ist. Ich bin ein Dummkopf, ich kann es nicht erklären, ich weiß es nicht."

„Das dürfen Sie über sich nicht sagen, Worte haben Kraft. Ich sehe Sie jedenfalls nicht so."

„Als Dummkopf?"

„Nein!"

Das Aufblitzen ihrer tiefbraunen Iris lähmte ihn, er wünschte in ihr zu versinken. „Verzeihen Sie bitte, verstehen Sie mich nicht falsch, ich beobachte Sie schon eine Weile, Sie und Ihr Kind."

„Was für ein Kind? Ich habe kein Kind. Noch nicht."

„Ach … Sie haben noch kein …"

„Nein … ich bin …" Sie zögerte beschämt.

„Sie sind nicht …"

„Nein, bin ich nicht."

Eine tonnenschwere Last bröckelte von seinen Schultern. Er wurde leicht, seine Flügel flatterten wild und ungestüm und seine Kehle brachte ein befremdliches Sirren hervor.

„Ist Ihnen nicht wohl?"

„Nein, nein, schon lange war ich nicht in einer so guten Stimmung wie jetzt."

„Das freut mich sehr."

„Darf … darf ich Sie etwas Indiskretes fragen?"

Die Mitreisenden waren plötzlich auffallend leise, sie witterten interessante Gespräche privater Natur. Das neugierige Pack hatte genug von Armee, Soldaten und Krieg. Herzensangelegenheiten fanden sie spannender, sie waren im Laufe der sechs Kriegsjahre zu kurz gekommen.

„Nur zu."

„Was tun Sie in Matovice? Es ist nicht gerade so, dass Matovice der Nabel der Welt ist, da ist doch so ein Bergreichenstein interessanter, oder?"

Sie rückte ihren Mantel zurecht, in den sie trotz der milden Temperatur gehüllt war. Im selben Augenblick wurde Otto bewusst, dass Bergreichenstein zum Sudetenland gehörte und die tschechischen Familien kollektiv vertrieben worden waren, noch bevor der Krieg ausbrach.

„Und wenn ich nicht antworten möchte?"

„Dann ist es in Ordnung und wir reden über etwas anderes. Zum Beispiel, was Sie beruflich machen?"

Erneut zögerte sie, als hätte sie etwas zu verbergen.

Otto suchte nach einem neuen Gesprächsstoff. „Und seit wann sind Sie in Matovice?"

„Nicht so lange, erst seit ein paar Wochen. Aber warum reden wir nicht über Sie?"

„Ich bin bereit."

„Meine Herrschaften, unsere Kutsche erreicht in Kürze die südböhmische Metropole Němčice", verkündete Anton.

Gelächter erheiterte die Runde.

„Bald sind wir zu Hause!"

Die Reisenden begannen wieder zu plaudern und zu diskutieren, so konnte sich Otto unbemerkt in das Gespräch mit Josefa vertiefen.

„Wo waren wir stehen geblieben?"

„Was Sie denn so machen?"

Otto atmete kurz durch. Er musste seine Gedanken ordnen und etwas Struktur schaffen, schließlich wäre die Antwort *Müller* etwas mager gewesen.

Doch schon sprach Josefa weiter. „Verzeihen Sie. Ich weiß einiges. Ich habe von Libuška Lešáková bereits einiges erfahren. Hm ... eigentlich ziemlich viel, sie konnte sich beim Erzählen gar nicht einkriegen."

„Na so was. Was gibt es denn über mich zu erzählen? Oh, diese Libuška ... ja, ich kenne sie. Diese Dame taucht öfter bei uns auf, Sie wissen ja, Mehl braucht jeder."

„Oh ja. Außerdem hat Ihre Schwester Marie ..."

„... ich weiß, das Hochzeitskleid ..."

„... genäht", sprachen sie simultan aus und lächelten einander an.

„Und weiter? Sie sind ja ausgezeichnet informiert."

„Ähm ... Sie sind der Müller aus dieser gruseligen Mühle."

„Gruselig sagen Sie? Das verstehe ich nicht."

„Tief im Wald, am Rande des Dorfes ... Keiner traut sich hin. Wenn das nicht gruselig ist, dann weiß ich nicht, was gruselig ist. Und sagt man nicht, die Müller sind ein seltsames Völkchen?"

„Ja, das sagt man. Zu unrecht." Otto breitete in seiner befremdlichen Ausgelassenheit die Arme aus. „Sehe ich etwa seltsam aus? Ich bin doch ganz normal." Aus den raren Schornsteinen der Behausungen stiegen Rauchfähnchen auf, es dämmerte. „Na schön, bei uns spukt es natürlich furchterregend. Nachts erscheinen vor unseren Fenstern dämonische Wesen, die uns fressen wollen, ganz zu schweigen von den blutrünstigen Waldhexen mit sooo langen Pranken!" Er ging spaßhalber an ihre Gurgel.

Sie prostete los. „Genug! Ich glaube es Ihnen, ich glaube es Ihnen! Ihre Eltern sind kurz vor dem Kriegsausbruch verstorben?" Sie fröstelte, hielt inne. „Entschuldigen Sie meine Dreistigkeit, das geht mich gar nichts an."

„Aber nein, nein, alles, was Sie sagen, ist kein Staatsgeheimnis. Ich höre Ihnen gerne zu und ich mag es, Ihre Fragen zu beantworten. Ich habe schon lange mit niemand mehr so intensiv geplaudert. Sie bringen mich zum Nachdenken. Ja, sie sind verstorben."

„Und Sie sind die Wohlhabendsten im Dorf mit Ihren sechzehn Hektar Wald?"

„Das ist interessant, was man so über uns weiß … Exakt. Wollen Sie mich heiraten? Ich wäre eine gute Partie!" Sie lachte verhalten und Otto erkannte sich selbst kaum, wie freizügig und offen er mit ihr kommunizierte. „Bitte nehmen Sie mich nicht ernst."

Eine Pause entstand, ehe ihr zum Glück eine neue Frage einfiel. „Sind Sie aus diesem Grund eine Zielscheibe für die Ämter?"

„Wie meinen Sie das?"

„Ich habe gehört, dass Sie sich geweigert haben, Lebensmittelmarken zu empfangen …"

„Zu einem späteren Zeitpunkt, um genauer zu sein … ja. Und was noch?“

„Und dass Sie keine Kriegsabgaben gemacht haben.“

„Jawohl. Und darauf bin ich stolz!“

„Und Sie weigern sich, in ihrem Hause Elektrizität einzuführen, stimmt das?“, setzte sie mit fröhlicher Anhänglichkeit hinzu.

„Ähm … das habe ich tatsächlich nicht vor.“

„Das ist für die anderen etwas schwierig. Sie kritisieren, dass Sie den Fortschritt im Dorf verhindern.“

„Tu ich das? Wer sagt das?“

„Entschuldigen Sie, jetzt muss ich für Sie wie eine Tratschtante wirken.“

„Eine hübsche Tratschtante.“ Ottos Herz hämmerte. „Aber vielleicht lässt sich da ja was ändern“, entfuhr es ihm plötzlich in verblüffender Abkehr von seinen Regeln.

Sie waren angekommen. Die letzten Meter zu Libuškas Hof stieg in seinen Adern erdrückende Nervosität auf, als fürchte er, die neue Bekanntschaft zu verlieren. Er biss sich auf die Zunge, formulierte im Kopf passende Abschiedssätze, doch keiner davon kam infrage. Behände sprang er vom Wagen. Während sie elegant abstieg, umfasste Ihre Hand sein Handgelenk, vor dem Loslösen, hielt Otto sie einen Moment lang fest und blickte ihr in die Augen.

„Dürfte ich Sie wiedersehen?“

„Ja, das dürfen Sie.“

„Wann?“

„Ähm … morgen. Oder nein, kommen Sie am Montag in die Schule!“

„In die Schule?“

„Ja, ich habe in der Schule zu tun.“

„Sind Sie eine Lehrerin?“
„Das bin ich.“
„Eine so junge Lehrerin?“
Sie kicherte.
„Pepinko, komm doch!“, krähte die alte Lešáková, die aus dem Haus spähte und in Holzpantoffeln und dünnen Knöcheln genauso da stand wie am Morgen. Als hätte sie den ganzen Tag so verbracht und sei immer noch erbost, dass sie keinen Platz auf dem Wagen ergattert hatte. „Komm doch, das Essen steht auf dem Tisch. Es wird kalt!“ Sie stierte die beiden mit Argusaugen an, als müsste sie ihren innigen Blick überprüfen.
„Ich bin gleich da, Tante“, erwiderte Josefa alias *Pepina* und Ottos Hand verabschiedete sich, taumelnd von jener zarten Verbundenheit. „Meine Tante ist unerbittlich“, warf sie ihm mit einem so entzückenden Lächeln zu, dass Otto umzufallen drohte.

Als er sich ins Bett legte, bemerkte er, dass er immer noch den Kaugummi im Mund hatte. Er nahm ihn vorsichtig raus, drehte eine Minikugel und klebte sie für morgen an die Unterkante des Tisches.

Anton
Mai 1945

Draußen war es noch dunkel, als Anton aufwachte. Er hatte erstaunlich gut geschlafen. Seltsam aufgelegt richtete er sich auf und rieb sich die Augen. Marie schwirrte bereits in der Küche herum, legte Feuer auf. Otto schlief noch zu seinen Füßen. Vermutlich. Die gestreifte Daunendecke lag aufgepolstert auf seinem Bett und verhinderte die Sicht. Jeden Tag fand das gleiche Prozedere statt. Manchmal hatte er das Gefühl, als hätte er hundert Jahre auf dem Buckel, als säße ein Fluch der Routine auf seinen Tagen. Ob er es gutheißen mochte oder nicht, wusste er nicht. *Manchmal ist so ein Fluch ehrlich.* Wortlos schlüpfte er in die Holzpantoffeln, dabei ließ er seine Schwester nicht aus dem Blick. Sie hasste es, von ihm beobachtet zu werden, sie vertraute ihm nicht mehr. Wut hatte sich aufgestaut, weil es gestern erneut Streit gegeben hatte. Ohne Anlass hatte sie verkündet, einer Arbeit außerhalb des Hauses nachgehen zu wollen. Das hatte Anton und seinen Bruder wütend gemacht. Nicht nur, weil sie vor vollendete Tatsachen gestellt wurden, sondern auch wegen ihrer modernen Art. Die Brüder waren sich da einig. *Solch kuriose Einfälle kommen nicht infrage. Man muss ihr klar machen, wo ihr Platz ist, solange es keine anderen Frauen in der Mühle gibt. Nämlich hier. Wozu das Ganze mit der Rückkehr aus Prag, wenn sie hier einen mies bezahlten Job annehmen will?*

Marie schrie auf.

„Ich will in meinem Leben mehr tun, als ein Dienstmädchen für zwei faule Säcke zu sein! In Sachen Frauen im Haus seid ihr diejenigen, die versagen. Ihr werdet nie Frauen nach Hause bringen, ihr feigen Taugenichtse, ihr versteht keine Beziehung, keine Liebe, ihr könnt nur *praktisch* sein. Ihr wisst gar nicht, was es bedeutet, für einen Menschen da zu sein. Sie werden vor euch flüchten, die Frauen. Alle Frauen."

Anton sah zu Otto und Otto zu Anton, ihre Blicke sprachen Bände. Marie lief davon.

„Otto ist verknallt bis über beide Ohren. Ich weiß gar nicht, was du dich hier so aufbläst", rief ihr Anton nach, worauf sie hysterisch mit ihren Holzpantoffeln in die Dielen ihrer Stube hämmerte, bis der Putz von der Decke rieselte.

„Das ist doch lächerlich! Wenn sie herausfindet, was Otto für einer ist, dann wird sie davonlaufen", verstand man gut aus dem Zimmer.

Sie hat recht, dachte Anton. Trotz Ottos lodernder Liebe zu Josefa glaubte er zu wissen, dass es nur eine Frage der Zeit war, bis diese wieder erlöschen würde. Nach zehn Jahren Frauenabstinenz war es seines Erachtens schwer, die Kurve zu kriegen. Die Brüder sprachen jedoch nie über Frauen und so handelte es sich um reine Vermutungen.

Marie tobte, war unglücklich. Die Brüder blieben unnachgiebig. Anton handelte gegen seinen Willen, um seine wahren Gefühle in eine andere Richtung zu lenken. Er wollte gegen nichts und niemand kämpfen, vor allem nicht gegen *sie,* doch unternahm nichts, um ihre Wut zu beschwichtigen, ja lachte sogar, wenn sie mit Töpfen warf und sich im Teich ertränken wollte. Die Situation eskalierte und endete wie meistens mit ihrer Flucht, wenn auch nur bis zu ihrer Stube. Erst da setzte Antons stille Reue ein.

Einmal hatte sie behauptet, eine Reise zu ihren Geschwistern zu unternehmen.

„Weißt du überhaupt, wo unsere Geschwister leben? In welchen Ortschaften, an welchen Adressen? Nichts weißt du. Nirgendwohin fährst du. Du bist wie unsere Mutter. Mann, Mann,

Marie. Sie hat das Gleiche versucht, sich aber irgendwann beruhigt. Schade, dass sie nicht mehr lebt, sie hätte dir mit deinen Ideen schon das Pfeifen beigebracht."

„Mutter hätte mich verstanden. Oder warum denkt ihr, dass sie mich nach Prag geschickt hat? Vater war dagegen. Ich habe ihn sehr geliebt, aber Mutter wusste schon, was mir bevorstünde, wenn ich hierbliebe. Sie war kühl zu mir, vielleicht hat sie mich gehasst, aber sie wusste Bescheid, weil sie eben eine Frau war. Sie hat es mir hier aus Liebe ungemütlich gemacht. Ha, jetzt wird es mir klar!" Ihre Stimme schrillte über den Hof, sodass die Nachbarn sicherlich auch etwas davon hatten.

„Du kriegst da gewisse Sachen nicht zusammen, Schwesterlein. Unsere Mutter war diejenige, die dich nach Hause geholt hat."

„Ja, wegen Vaters Tod, das ist doch etwas völlig anderes."

„Alle Dinge werden sich zum Guten wenden, Marie. Schau, der Krieg ist vorbei, eine neue Zukunft steht uns bevor, wir können endlich aufatmen. Gib uns doch ein wenig Zeit", versuchte es Otto milde. „Du weißt doch, wie altmodisch ich bin."

„Warum setzt du dich nicht für mich ein?"

„Ach, beende deinen Gram. Bedenke, wir sind endlich frei."

„Ich bin nicht frei."

„Frei im Sinne des ganzen Volkes, der ganzen Welt", korrigierte er sich.

Sie guckte ihn hasserfüllt an und er erwartete schon einen kräftigen Speichelwurf ins Gesicht. Je länger ihre Brüder auf sie einredeten, umso mehr verhärteten sich die Fronten. Otto und Anton gingen die Argumente aus. Sie verstummten.

Am nächsten Morgen spielte sich das Gleiche ab. Anton stand auf, beobachtete sie eine Weile, versuchte in ihrem Gesicht zu lesen. Keinerlei Veränderung. Derselbe Knoten in der Brust verschnürte ihr die Stimme. Er versuchte die verloren gegangene Heiterkeit um ihre Mundwinkel und in ihrem Blick herauszukitzeln, wagte einen Schritt auf sie zu, streifte flüchtig ihren Handrücken und wünschte ihr einen guten Morgen. Mit einem Ruck und einem leisen *Hm* entzog sie sich seiner Nähe. Sie ging ihrer häuslichen Arbeit nach, die ihr Anton auferlegt hatte. Geschlafen hatte sie offenbar nur kurz oder gar nicht. Wut und Verworrenheit korrespondierten mit Müdigkeit.

Anton sammelte seine Knochen zusammen, richtete sich auf. Er wollte seine Notdurft im Hof erledigen und warf im Vorbeigehen einen flüchtigen Blick auf Ottos Bett, hinter den Deckenberg. Otto war nicht da. Während Anton hinaustrat, verdunstete der Tau auf der Wiese und eine Katze rieb sich an seinen Beinen. In freudiger Erwartung, etwas zu fressen zu bekommen, machte sie kleine Sprünge und Anton hätte ein schlechtes Gewissen, wenn er ihr nicht auf der Stelle Milch serviert hätte.

„Na, du? Hast du wenigstens gut geschlafen?“

Sie gurrte vertrauensvoll und Anton drückte sie an seinen Brustkorb. Sie wärmte ihn, während es draußen immer noch kühl war. Marie knallte einen Topf auf den Ofen, sodass es aus der Küche nur so schepperte, die Katze sprang ab und hinterließ zwei Kratzer an seinem Hals.

Anton steuerte zum Stall. Die Tiere gaben ihm zu verstehen, dass auch sie etwas Fürsorge vertragen konnten. *Seltsam*, dachte Anton. Heute war Otto mit dem Füttern und Ausmisten dran, nichts war jedoch erledigt. Anton hängte sich wehmütig an den schlaksigen Hals der Stute, die so ersprießlich erdig duftete. Das tat er gern, wenn er allein war. Mára war inzwischen sechs Jahre alt, jene sechs Kriegsjahre, die sich in die Geschichtsbücher meißelten. Rosine, Márás Mutter, ließ seine Liebkosung vertrauensvoll zu. Anton schippte den Mist in die Mitte des Stalls, um ihn leichter auf den Wagen türmen zu können, und brachte frisches Heu und Wasser. Der Zeitpunkt, an dem die Tiere auf die Weide hinausgelassen wurden, nahte. Bald.

Dann verrichtete Anton die gleiche Arbeit bei den Kühen, ohne zu merken, dass er immer noch in Nachthemd und Holzpantoffeln war. Er molk sie und trug die Milch im Schöpfeimer in die Küche. Die Hühner flatterten aus dem Hühnerstall hinaus, die scheuen Enten trauten sich erst aus der Dunkelheit, als er sich entfernte. Der Kaninchenstall war uralt und bedurfte dringend einer Reparatur. Ein Windstoß und das Gehäuse drohte zusammenzubrechen. Er zupfte an dem Holz, nagelte notdürftig ein Brett dran, zu morsch war das Ganze. Vorsichtig öffnete er das Gittertürchen und erblicke fünf winzige Pelzkugeln, die in der Nacht geboren worden waren. Ihre Ohren waren kurz, das Fell sanft und flauschig. Er pickte sachte eines heraus, begutachte den Gesundheitszustand und inspizierte dann der Reihe nach alle Exemplare, während sie ungestüm mit den Füßen zappelten. Als er noch ein Junge gewesen war und Zirkusdirektor werden wollte, dressierte er gern die Haustiere. Natürlich ohne Erfolg, Kaninchen zu dressieren, verlangte Kenntnis und Erfahrung. Die Kaninchen schienen alle gesund zu sein. Zu guter Letzt zählte er die achtzehn schwarzen und fünfzehn weißen Schafe ab, genauso viele wie gestern Abend. Sie mähten und blökten wie in einem Kinderkonzert. Die Ziegen und das Schwein mussten warten, bis er sich umgezogen hatte, deren Duftmarken wollte er nicht am Abend mit ins Bett nehmen.

Mittags war Otto immer noch nicht nach Hause gekommen. Anton hatte sich bereits mit einem leichten Anflug von Verzweiflung in die Schule begeben. Dort wusste man sich immer zu helfen, dort wurde man immer fündig. Er war am ganzen Körper zerkratzt, da er für eine Abkürzung durch ein Gestrüpp gesprungen war. Die deutschen Flüchtlinge waren nicht mehr da. Kaum war die Kapitulation verkündet, machten sie sich auf den Weg nach Vimperk, um nicht in die Hände der gefürchteten Russen zu gelangen. Wer nicht gehen konnte, den erwartete ein längerer Aufenthalt im Ort, berichtete der Hauswirt. Tag und Nacht klebte er am Radioapparat und war deshalb bestens informiert. Das wollte keiner von den Flüchtlingen riskieren. Man war froh, sie loszuwerden. Polívka zog ebenfalls weg, angeblich blieb er in einem Lager in Volyně stecken, wo inzwischen Hundertzwanzig deutsche und tschechische Kollaborateure saßen. Berichtete wieder der Hauswirt. Dass Anna während ihrer Zwangsarbeit in Kassel von einem seiner Söhne geschwängert wurde und einen prachtvollen Sohn zur Welt brachte, hatte Polívka nie erfahren. Besser so. So hielt ihn nichts zurück. Die Matovicer Frauen machten sich an die Aufräumarbeiten, die Kinder sollten endlich wiezder in eine Schule gehen können.

„Sieh da!“, rief Anton aus.

Irgendwo zwischen Bergen von verdrecktem Heu und aufgehäuftem Müll hatte er seinen Bruder entdeckt. Und natürlich fehlte auch Josefa nicht. Sympathisch war sie, diese Josefa, das konnte keiner bestreiten, wenn auch ein wenig zu selbstbewusst. Doch um ihre Vergangenheit machte sie ein Geheimnis und das machte sie doch ein wenig zwielichtig. Nicht einmal die Familie Lešáková, bei der sie hauste, verriet etwas. Otto packte mit an, als hätte er zu Hause nichts zu tun, und glänzte vor Schweiß am ganzen Körper. Das kam ihm zugute, so konnte er seinen kräftigen Körperbau präsentieren, was möglicherweise der eigentliche Zweck seines Eifers war. Die Schulbänke, die Tafel vom Speicher, die anachronistischen Landkarten, die zusammengerollt unter den Bierbänken lagen, einfach alles, worauf Josefa mit dem Zeigefinger deutete, brachte er von Punkt A nach B wie ein Esel. Die Schule fungierte ab sofort laut Anordnung der Kreisjugendhilfe in Volyně gleichzeitig auch als Heim für Kinder zwischen zwei und sechs Jahren. Mit Ausnahme eines eineinhalb Jahre alten Säuglings, dessen Familie vor wenigen Tagen bei einem Flugangriff in Bernartice ums Leben gekommen war. Im Augenblick waren sie im ehemaligen Lehrerzimmer versammelt, aber bald sollten sie im Klassenraum von Josefa betreut werden. Der alte Klassenlehrer Patuška war empört. *In meiner Schule ist kein Platz für kreischende Bälger.* Doch dafür erntete er nur ein verständnisloses Kopfschütteln.

„Wenn ein höheres Amt etwas verordnet, hat ein griesgrämiger alter Klassenknarz wie Patuška nichts zu melden“, konstatierte Josefa souverän, während sie schrubbte, was ihr unter die Finger kam. Sie machte den Eindruck, für eine gute Sache zu kämpfen, und das wärmte die Herzen der Einheimischen. „Die Schule ist groß genug, um elternlose Kinder zu beherbergen. In anderen Ortschaften ist das selbstverständlich, warum nicht bei uns?“ Die Wörter purzelten mit bestechender Eloquenz über ihre Lippen, wie bei Menschen, die schon Dutzende von Ecken vorab wussten, worauf sie hinauswollten. „Er kann froh sein, überhaupt noch unterrichten zu können.“

Schwungvoll wandte sie sich an Otto und flüsterte ihm etwas ins Ohr. Er wurde binnen Sekunden puterrot, wahrscheinlich nur der Nähe wegen. Welche Kraft, welche Vehemenz! Sie tunkte den Lappen in den Kübel, wrang ihn aus, als ginge es um Leben und Tod, und geriet erneut in Rage: „Aber dass Sie mir auch die Rute zu Hause lassen, Herr Patuška! Solch alte Schulmethoden werden heutzutage nicht mehr angewandt."

Ach, deswegen hat sich Otto für die Gründung des Kinderheims eingesetzt, dachte Anton. Die Arbeitsstelle für Josefa, die die Leitung des Heimes übernahm, war hiermit niet- und nagelfest. Er konnte es seinem Bruder nicht verübeln, knuffte ihn in die Rippen und schickte ihm einen verständnisvollen, aber strengen Blick.

„Du weiß schon, dass du heute mit dem Viehfuttern dran warst? Aber ich lasse es dir heute durchgehen." Mit diesen Worten verließ er die Schule.

Er ließ sich Zeit und betrachtete mit Wohlwollen die sich aufbauschenden Wolken. Die Aussicht auf einen Regenschauer ermutigte ihn, er konnte ihn schon schmecken. Seit Wochen hatte es nicht geregnet, die Erde war hart und krustig. Hinter einer Böschung aus Hagebutten inmitten der menschenleeren Ödnis vernahm er Schritte. Er erschrak und erkannte seinen Bruder, der zu ihm eilte.

„Du? So allein?", witzelte Anton. „Allmählich kommt es mir komisch vor, dich ohne Begleitung zu sehen."

Ottos Gesichtsausdruck war jedoch seltsam trüb.

„Ist etwas nicht in Ordnung? Wo ist sie? Hat sie dir einen Korb gegeben? Ich hoffe nicht."

Otto überholte ihn, als hätte Anton gar nicht gesprochen. Bei näherem Betrachten erkannte er Aufgebrachtheit in seinen Augen. Seine Hemdsärmel waren aufgekrempelt und an den Unterarmen traten dicke Adern heraus. Er erinnerte mit seinen geballten Fäusten an die jungen Halbstarken, die im Dorf herumhingen und ihre Kräfte maßen oder nach Mädchen

Ausschau hielten.

„Otto? Bist du sauer? Wieso? Hat dich Žahour geärgert? Gab es Streit mit Patuška? Hat er Josefa beleidigt?“ Anton holte ihn ein, fasste ihn an den Schultern, doch Otto entwand sich seinem Griff und lief weiter.

„Eine Trutzburg!“, schrie er.

Anton begriff nicht, was dieser Gefühlsausbruch zu bedeuten hatte, und schon gar nicht die Bedeutung der Worte. „Was?“, fragte er nach.

Otto schrie wie ein Besessener. „Eine Trutzburg werde ich bauen!“

„Eine was?“ Anton versuchte Otto anzuhalten.

„Lass mich gehen, niemand wird mich daran hindern!“

„Otto, warte doch, wovon redest du? Was meinst du damit?“

„Wir müssen uns vor ihnen schützen!“

„Vor wem?“

„Vor den Kommunisten!“

TEIL 3

Anton
Juni 1945

Kaum war der Frieden gekommen, prasselten mehr Veränderungen auf die Bevölkerung ein, als ihr lieb war. Die Protektoratbanknote verschwand und die alte Tschechoslowakische Krone kehrte heim. Daran wäre nichts auszusetzen gewesen, wenn man nicht gezwungen gewesen wäre, für läppische 200 Tschechoslowakische Kronen das vorhandene Geld abzugeben. Kein Mensch verstand den Sinneswandel des Staates. Das neu ernannte zwölfköpfige Nationalkomitee in Matovice begründete es folgendermaßen: Das gesamte Volk solle auf dem gleichen Stand eine neue Phase im Staat beginnen. Zu viel Geld sei im Umlauf und die Produkte fehlten. Bürger, die während des Krieges leichtes Geld gescheffelt hatten, sollten ja nicht glauben, in der neuen Republik im Reichtum und ohne Arbeit in Saus und Braus zu leben. So käme man im Sozialismus nicht weit, nur ehrliche Arbeit und Fleiß führe zum Wohl und Reichtum des tschechischen Staates. Die Finanzen müssten also fast auf null gesenkt werden.

Für die armen Kirchenmäuse klang das plausibel. Bürger mit Geld auf der hohen Kante sprachen hingegen von Diebstahl. Die Lebedas wurden von jenen zwölf Mitgliedern des Nationalkomitees als sogenannte Dorfreiche eingestuft. In Abwesenheit versteht sich. Aus Furcht vor einer Eskalation. *Die Dorfreichen haben Rosendorne im Arsch,* sagte man. Die Funktion des Bürgermeisters wurde abgeschafft und durch einen Gemeinderat ersetzt, der in jeder Ortschaft einen eigenen funktionierenden Nationalausschuss errichtete. An der Spitze des Matovicer Ausschusses glänzte František Mašek als Vorsitzender, irgendein unbekannter Armleuchter. Infolgedessen wurden für zahlreiche Sektionen sogenannte Referenten und

Kommissionsmitglieder gewählt, für weitere Abteilungen und Sektionen weitere Mitarbeiter und für noch kleinere Apparate ein paar Assistenten. Nur wenige blieben ohne Funktion, alle fühlten sich wichtig, alle waren plötzlich Funktionäre.

Obwohl das Leben zuvor ohne Abteilungen funktioniert hatte, musste nun eine Versorgungs-, Kultur-, Gesundheits-, Wirtschafts-, Schul-, Finanz-, Bildungs-, Landwirtschafts-, Wohnungs-, Straf- und eine Sportabteilung her. In einem Kaff, in dem sonst nichts los war, in dem während der vergangenen sechs Jahre nicht eine einzige Bombe gefallen war, in dem seit einem Jahrzehnt auf die Instandsetzung der Hauptstraße mit einer einzigen Bushaltestelle gewartet wurde, damit Angestellte in ihre Fabriken befördert werden konnten, gab es nun Dutzende wichtige Mitglieder in noch wichtigeren Funktionen, von deren Existenz Anton nicht zu träumen gewagt hatte. Und dieser Ameisenhaufen entschied nun über sein Leben und seine Zukunft. Sogar für ein Bündnis der tschechischen Landwirte meldeten sich 32 Mitglieder, als hätten sie keine Lust, ihren Rücken auf dem eigenen Acker zu bücken. Mit der Beschlagnahme des Eigentums des letzten deutschen Bürgers im Dorf, der längst über alle Berge war, wurde ein persönlich dafür entsandter Funktionär beauftragt, ein fauler Sattelmacher aus Strakonice, dessen Name gleich wieder ins Vergessen geriet. Wohin das Eigentum versickerte, wusste keiner und doch jeder, natürlich in die Taschen des Funktionärs.

Der neu gewählte Präsident Edvard Beneš gab ein Dekret über Volksgerichte aus, die befugt waren, alle deutschen und ungarischen Verräter- und Kollaborantengrundstücke zu beschlagnahmen und an tschechische Aussiedler, Partisanen und Kleinbauern zu verteilen. Von da an mied Anton auf dem Nachhauseweg die Abkürzung durch die dornigen Sträucher und wählte den regulären Weg. Irgendwie wurde auch er vorsichtiger. Er fühlte sich beobachtet.

Otto
Juni 1947

Sein Kopf war ein Wrack. Die warme Brise des angehenden Sommers bewegte die Gardine schon beim kleinsten Windstoß und er fühlte sich glücklich und niedergeschlagen zugleich. Er lag mit ihr auf dem Bett, eng umschlungen. Sie schlief noch, ahnungslos und friedlich. Er hatte die ganze Nacht über sie gewacht, gegrübelt, er konnte nicht aufhören, nach Antworten zu suchen. Häufig erschienen ihm Blitzlichter vor Augen wie eine höhere Eingebung, sodass er eine Antwort erkannte. Eine bedauernswerte Antwort. Josefa trug ein weißes Nachthemd aus Leinen, das offene Haar ruhte auf dem Kissen wie glänzende Seide im Sonnenlicht. Als er den Ellenbogen aufsetzte, zuckten ihre geschlossenen Augenlider, wie von einem Traum erfasst.

Sie atmete ruhig, den Kopf zur Seite geneigt, doch bald wandte sie ihm den Rücken zu und streckte das eine Bein aus, während das andere angewinkelt auf der Decke lag, die sie vereinnahmt hatte. Er nahm es gern in Kauf, er brauchte keine Decke. Die Wölbung ihres Körpers war unter dem Schlafhemd, das bis zu den Oberschenkeln hochgerutscht war, gut zu erkennen. Er wollte sie küssen, mit der Hand unter das Hemd fahren und sich von der Tatsache seines flüchtigen Glücks überzeugen. Ob sie immer noch so samtig und zart war, wie er es in Erinnerung hatte? Josefa war das erste Mädchen in seinem Leben, mit dem er schlief. Das bereit war, mit ihm zu schlafen. Er konnte es immer noch nicht fassen, dass sich dieses wunderschöne Wesen auf ihn eingelassen hatte. Das machte ihn umso trauriger.

Allmählich stand er auf, wollte sich waschen. Auf dem Flur der Schule tummelten sich trotz des Sonntags eine Putzkraft,

Kinder, Betreuerinnen. Otto spähte so lange, bis die Dame mit dem Besen um die Ecke bog und außer Sichtweite war. Er huschte in den Waschraum. Es gab dort zwei Waschbecken, ein kleines für die Kinder und ein großes für die Erwachsenen. Aus dem kleinen kam kein Wasser, das andere funktionierte immerhin. Er bespritzte sein Gesicht mit einem eiskalten Strahl, rieb sich den Hals, sodass Rinnsale über seinen Rücken liefen. Mit jeder Minute wurde ihm schwerer ums Herz.

Zurück im Zimmer, saß Josefa bereits auf dem Bett, nachdem Otto in Unterhosen und Hemd doch noch Bekanntschaft mit der Putzkraft gemacht hatte. Josefa war guter Laune. „Du hättest mich wecken sollen, ich habe ein Handtuch für dich. Und eine Seife auch, willst du?"

Otto schüttelte den Kopf. Er setzte sich zu ihr aufs Bett und knetete ihre Hand, als müsste er sich Mut machen.

„Was hast du denn?"

„Ich liebe dich. Und das ist das Problem."

„Wieso soll das ein Problem sein?" Ihre Fröhlichkeit klang schlagartig ab.

„Du und ich, wir können nicht zusammen sein. Ich weiß, du wirst es verstehen. Und vielleicht weißt du jetzt schon, weshalb. Vielleicht muss es nicht einmal ausgesprochen werden."

„Machst du Witze?"

„Keineswegs."

„Ist es wegen meiner Vergangenheit?", flüsterte sie mit brüchiger Stimme.

„Weil du eine Halbdeutsche bist? Nein. Eher wegen unserer Zukunft."

Es musste ausgesprochen werden. Seit Wochen quälte ihn der Gedanke, jede Beschönigung führte zum Niedergang und so wie sie ihn ansah, verstand sie tatsächlich nicht.

„Wie soll ich das sagen? Weil du dich dem System fügst und ich nicht. Das würde in Zukunft nicht gut ausgehen."

Sie tappte immer noch im Dunkeln, was ihn beinah erboste.

„Was ist daran so schwer zu verstehen? Du bist eine Kommunistin und ich bin keiner."

Endlich entsann sie sich der zahlreichen Diskussionen über die Neuentwicklung der Tschechoslowakei, die sie geführt hatten und die nun einen Sinn ergaben. Sie beide waren aus zwei unterschiedlichen Teigen geknetet, aber das hatte sie nie hinterfragt.

„Ich werde nie nachgeben und so denken wie du. Respektive *sie*. Es ist falsch, wie man uns alles diktiert, vorschreibt, wie wir zu leben haben, wie man uns verdammt noch mal an der kurzen Leine hält, und nicht nur uns. Wie man mit dem Volk umgeht und es kontrolliert, wie man uns zu schlechten Menschen macht. Zu Denunzianten und Verrätern degradiert."

„Ich halte den Sozialismus für keine Diktatur."

„Eben. Im Prinzip hast du recht, aber die Realität ist eine andere, Josefa. Sieh dich um, was sie mit uns anstellen." Er umfasste ihr Gesicht, bettete es in seine Hände. „Ich weiß, dass du daran glaubst. Ich nehme es dir auch nicht übel, dass du das tust. Aber eines Tages würde es zwischen uns zum Problem werden und wir würden einander hassen. Ich bin kein Kommunist und ich werde nie einer sein."

„Aber ich liebe dich, Otto."

„Und ich liebe dich, Josefa."

Sie weinte, bohrte das Gesicht in seinen Nacken, ihre Mundwinkel bebten, das Schluchzen war nicht zurückzuhalten. „Aber dann … ich könnte mich ändern, einer anderen Überzeugung sein."

„Das liegt an dir, das dürfte nicht meinetwegen sein." Er zog sein Hemd an, band sich das Tuch um den Hals, fuhr sich mit den Händen durchs Haar.

„Wir könnten uns heimlich treffen. Keiner wird es bemerken.“

„Aber vor wem wollen wir etwas verheimlich? Vor meinem Gewissen? Versteh mich doch, ich lasse mir die Lebensweise nicht vorschreiben. Ich lasse meine Felder, meinen Besitz nicht verstaatlichen und ich werde die Mühle nicht hergeben. Und dann würden sie dich zwingen, die Schule zu verlassen, sie würden es dir wegnehmen. Sie würden dich für meine Überzeugung bestrafen und da kann ich nicht zusehen. Ich will frei sein, verstehst du, Josefa? Ich will frei sein. Das ist das höchste Gut in meinem Leben. In jedem Leben. Wenn du wie ein Schaf mitgehst und nickst, dann geh. Du musst gehen. Aber ohne mich.“

Er küsste sie und weinte. Und auch sie schluchzte. Und dann verließ er das Zimmer.

Marie
Juni 1947

„Wir machen Heu“, hatte ihr Vater früher verkündet. Heute übernahm Otto den Auftakt. Marie und Anton verstanden sofort, was zu tun war. Sense klopfen, Sprossenwände am Wagen anbringen, Heuschuppen aufräumen. Kurz vor Maries Geburtstag und dem Festtag des Heilligen Jan war es so weit. Zur Zeit des allgemeinen mechanischen Fortschritts, bei dem die Hände und Sensen durch Mähmaschinen ersetzt wurden, durfte beliebig über den Tag verteilt gemäht werden, doch bei den Lebedas war es anders. Morgens bei Tau brachen die Geschwister auf, um ihren Wiesen und Weiden eine neue Frisur zu verpassen.

Die Arbeit war hart und zehrte an ihren Kräften. Marie war entsetzlich müde. Sie schlief schlecht. Die von der Kräuterfrau verordnete Tinktur wurde still gesiebt und gezogen und in kleinsten Schlucken getrunken, untermalt von Gebeten. Doch leider hatte sie nichts geholfen, die Schlaflosigkeit wollte nicht weichen. Alles war so kompliziert geworden. Die Kräuterfrau durfte neuerdings die Türschwelle zum Haus der Lebedas nicht mehr übertreten und Marie war es nicht erlaubt, irgendetwas von der Kräuterfrau anzunehmen, geschweige denn zu kaufen. Die Kräuterfrau hatte durchaus etwas Unheimliches an sich, doch boshaft oder gar schadenfroh war sie nie. Und eine Kommunistin war sie auch nicht, was das größte Übel an der Sache gewesen wäre. Sie sah nur etwas zu tief in die Seelen hinein, wie in eine Glaskugel, und scherte sich nicht darum, Wahres, das man über sich nicht hören wollte, beim Namen zu nennen. Für Otto, der an der menschlichen Boshaftigkeit festhielt – wovon er sich nicht einmal ausschloss –, wurde die Kräuterfrau geradezu unerträglich. *Über eurer Müh-*

le liegt ein Fluch, geht auseinander, sprach sie einmal und sah dabei so fern von allem Irdischen drein, dass Otto verordnete, ihr jegliche Gastfreundschaft zu verweigern. Der weiblichen Spitzfindigkeit konnte so ein Bruder aber keine Grenzen setzen, Marie traf die Kräuterfrau trotzdem.

Die Sorgen über den Fluch mochten das eine sein, doch Ottos Sinneswandel grenzte an Wahnsinn. Marie wurde das Gefühl nicht los, dass Otto, der sich schon immer im Weg gestanden hatte, an Verfolgungswahn litt. Und Anton machte keinerlei Anstalten, ihn von seiner Besinnungslosigkeit zu befreien, sondern schürte das Böse sogar noch. Sie verstand nicht, weshalb. So werkelte Otto seit Monaten an einer Mauer herum, an der er nachts Wache hielt, und verlangte dasselbe von Anton, der sich dem Wunsch unterordnete. Der Hof war rundum mit Ziegelsteinen zugemauert und mit kreuz und quer genagelten Brettern verbarrikadiert. Otto weigerte sich, das Baumaterial von *draußen* zu nehmen. So baute er allmählich den Schuppen ab, mit der Folge, dass dessen Eingang so groß wurde, dass ein Laster hätte durchfahren können. Der Schuppen ähnelte nun einer Pergola. Die Mauer wiederum erreichte zwar gut zwei Meter Höhe und war ohne Leiter nicht zu bewältigen, doch mangelte es an Stabilität und Stil. Wenn es stürmte, starrten alle drei das Ding argwöhnisch an, ob es schon umgekippt war. Schließlich waren die Lebedas Müller und keine Maurer. Sie trösteten sich, die Mauer solle vielmehr der Abschreckung als der Funktionalität dienen. Jedwede Kritik daran war unerwünscht.

Einen Haken hatte das Ganze: Der Hof blieb von einer Seite offen, denn zwischen ihnen und den Nachbarn rauschte ein Bach. *Ohne Bach keine Mühle und ohne Mühle kein Brot.* Fürwahr, die Nachbarn waren schon sehr neugierig, wie sie so zu den Lebedas herüberglotzten, aber sie waren schon vor dem Kommunismus neugierig gewesen, das hatte nichts mit dem System zu tun. Bereits ihre Eltern hatten die Gaffer hinter den Gardinen gehasst, die so dreist und zäh waren, dass man sich fragte, ob sie auch einer anderen Tätigkeit nachgingen als zu glotzen. Sicherlich wunderte man sich, was bei der Mühle vor sich ging, schließlich galten die Müller als sonderbar, alles andere als langweilig. Zu einem Gespräch kam es nie, man mochte einander nicht. Was an der Tatsache lag, dass Maries Mutter den eigenen Onkel geheiratet hatte und dass der Großvater Lebeda bei Rückzahlungen zu streng war, die Nachbarn besaßen im Gegensatz zu den Müllern keinen Haller. Nicht einmal Marie, die sonst nie alten Zwist nährte, vermochte an der Lage etwas zu ändern, als läge zwischen ihr und den Nachbarn eine unüberwindbare Kluft über Ehre, Geld und Moral.

Als Otto den letzten Ziegelstein legte und offiziell verkündete, diese dilettantische Nachahmung einer Mauer sei fertig, musste Marie einfach fragen, wozu sie eigentlich da sei.

„Ich will die lauernden Kommunisten abwehren", antwortete er wie aus der Pistole geschossen.

Marie prustete los. „Aber die bedrohen uns doch gar nicht."

„38 Prozent der Wählerstimmen im Parlament nennst du keine Bedrohung? 38 Prozent und die wichtigsten Posten sind mit ihnen besetzt!"

Das Traurigste war die Tatsache, dass Otto Josefa aufgab. Er hielt sie sich vom Leibe, als hätte sie eine tödliche Krankheit. Dass Josefa eine Sudetendeutsche war, schien kein Geheimnis mehr zu sein. Sie war bei einer gemischtsprachigen Familie in Bergreichenstein aufgewachsen, so wie es viele Familien in dieser Gegend gab, und sie sprach exzellent Deutsch. Das Schicksal hatte sie und ihre Familie hart getroffen, als sie am Anfang des Krieges drangsaliert und am Ende vertrieben wurden. Auch konnten sie es keinem recht machen. Josefas deutschstämmiger Vater war einer der Ersten, die trotz ihres hohen Alters als Kanonenfutter an die Front geschickt wurden. Er kehrte nie heim. Josefas Mutter wurde von den tschechischen Partisanen als *faschistische Schlampe* abgestempelt und mit einem Hakenkreuz auf der Stirn gebrandmarkt. Nach dem Kriegsende wurde der Rest der Familie hinausgejagt, irgendwohin in die Nürnberger oder Stuttgarter Provinz, Josefa verlor alle aus den Augen. Vielleicht blieb sie nur des kleinen Mädchens mit der Hasenscharte wegen in der Tschechoslowakei, doch auch sie verlor den Kontakt zu ihr.

Maries Leben fühlte sich wie in zwei Hälften geteilt an, in das vor der Mauer und in das nach der Mauer. Heute war der Tag des Heus. Sie und ihre Brüder mähten zuerst die Au entlang des Baches, dann die tiefsten Partien um das Haus herum, da sie wie jedes Jahr das *große Wasser* erwarteten. Es überflutete in der Regel die Au und die tiefsten Gegenden zuerst. Wenn man sich nicht beeilte, trug es entweder das gemähte Gras ab oder verschlammte es vor dem Mähen so, dass es unbrauchbar war. Manchmal gelang es ihnen, das verschlammte Gras trotzdem zu mähen, es ließ sich jedoch unmöglich weiterverarbeiten. Das Heu trocknete langsam, staubte, war schimmlig und als Futter ungeeignet. Man bereute es, dass man überhaupt mit der Arbeit begonnen hatte. Das saubere Gras brauchte je nach Wetterlage ein paar Tage, bis es trocken war, damit es mit Heugabeln an erhöhten Plätzen aufgetürmt werden konnte. Die Lebedas mähen in drei Reihen hintereinander, im gleichen Tempo und mit der Zuverlässigkeit einer Maschine.

Nach getaner Arbeit fiel es Marie schwer, diese stereotype Bewegung abzuschütteln, wie eine Mutter, die auch ohne Säugling immer schaukelte. Während sie im Bett lag und sich zu erholen versuchte, spannten sich ihre Muskeln immer wieder auf die gleiche Art und Weise an und sie brauchte Tage, bis sich der Organismus normalisierte. Sie verabscheute die Feldarbeit. Die Knochen, Muskeln und Sehnen litten und bildeten Schiefheiten aller Art. Ihre Eltern hatten sich hart gezeigt, aber Schmerzen wie alte Tattergreise gehabt.

Gegen sechs Uhr morgens trieb der Hunger Marie aus dem Bett. Sie streifte über die mit Blüten übersäten Wiesen, durch das kniehohe, vor Morgentau glitzernde Gras und lauschte dem Vogelgezwitscher. Das Meer der Düfte betörte sie. Die Sonne ließ die ersten Strahlen hinter den Hügeln schimmern und ihr war so wohl ums Herz, dass sie das Gefühl überwältigte, nichts als das zu brauchen. Sie hätte sich noch Stunden, Tage, Wochen dem Gefühl eines vollkommenen Daseins, eines erfüllten Lebens, des Glücks und der Freiheit hingeben können. Die Natur war mächtig, sie heilte alten Gram und der Juni war ohnehin der schönste Monat des Jahres.

Zu Hause wartete auf sie ein mit feuchtem Tuch bedecktes Brot, das sie vor Kurzem gebacken hatte, drei weitere Brotlaibe lagen in der Speisekammer. Sie schnitt ein Viertel von dem Fünf-Kilo-Brocken ab, packte ein beachtliches Stück Käse und Wurst ein, entnahm der Kammer drei Zwiebeln und eine Knoblauchknolle und legte alles samt einer Flasche Bier und drei Flaschen Wasser in einen Korb. Ihre Brüder tranken Alkohol nur in geringen Mengen, ein kleiner Vorgeschmack reichte. Bier machte müde, betäubte die Sinne, förderte den Müßiggang. Während in anderen Familien die Väter aus den Spelunken vertrieben wurden, fehlte es den Lebedas an Zeit zum Trinken. Die Pflicht erforderte Fleiß und Energie, wenn sie über die Runden kommen wollten.

„Guten Morgen, die Müllerin, hier eine Postsendung für Sie“, rief der Postbote, als ihm Marie vollbepackt aus dem Haus entgegenkam.

Sie begrüßte ihn höflich und eilte ihm entgegen, um die Postsendung einzustecken. Seine Anwesenheit brachte sie jedes Mal in Verlegenheit. Er war kein besonders schöner Kerl, doch Marie genoss seinen fordernden Blick, wogegen sie verstohlen blinzelte, um das Funkeln in seinen dunklen Augen zu erhaschen. Das vergaß sie, als sie den Poststempel vom Amt sah. Der Postbote stand eine Weile da und beobachtete ihre Reaktion, während sie den Brief unschlüssig aufriss und las. Der Inhalt des Schreibens war wie immer hässlich, drohend. Marie wusste nicht, ob der Postbote verheiratet oder liiert war, doch seine Neugier, so vermutete sie, galt weniger ihrer Person als der Reaktion auf diesen Brief. Sie rückte von ihm ab, wurde beinahe wütend. War sie auch schon so paranoid wie Otto und suchte in den Menschen nur Betrug?

„Haben Sie noch was für mich?“, fragte sie den Postboten etwas schroff, als er immer noch wie angewurzelt dastand.

Der Junge schenkte ihr ein Lächeln, zeigte seine schön gereihten Zähne und schüttelte den Kopf.

„Dann wünsche ich Ihnen einen schönen Tag!“, pfefferte sie ihm noch schroffer entgegen, was ihn sichtlich unsicher machte.

„Die Müllerin …“, erwiderte er schüchtern. *Jetzt reicht’s,* dachte Marie und wollte dem Spitzel ihre Meinung sagen. „Ich … ich brauche noch eine Unterschrift“, verkündete er leise.

Es dauerte eine Weile, bis sie sich besann und lächelte. „Natürlich, verzeihen Sie! Wie dumm von mir, ich vergaß.“

Sie unterschrieb, ganz nah bei ihm und gab ihm einen Blick der Zuneigung, erleichtert, dass die Spitzeleien nur ein Hirngespinst ihres Bruders waren. Sie schenkte dem Postboten eine Kornblume aus ihrem Haar, damit er bald wiederkommen möge. Auch ohne Post.

„Auf Wiedersehen, die Müllerin." Er schwang seinen schlanken Körper aufs Rad und fuhr los.

„Ich bin nicht die Müllerin, ich bin nur die Schwester des Müllers!"

Er hielt an und guckte. Vielleicht bedeutete die Geste mit seiner schwingenden Mütze genau das, was sie sich wünschte. Marie mochte blonde Männer.

Früher war Otto empört, wenn ein amtlicher Brief kam. Er fluchte und schlug mit der Faust auf den Tisch, er schrieb Beschwerdebriefe an hohe Ämter, die nie erwidert wurden. Heute war es anders. Resigniert ließ er die Hand sinken, las nicht einmal, was drinstand, überflog nur die ihm bekannten Phrasen: Ausschuss, Entscheidung, Großbourgeoisie, Imperialismus, Arbeiterklasse, Kommunistische Partei, Gewerkschaft, Nationale Front, Einladung, Kollektivierung. Marie bedauerte es, die Briefsendung mitgebracht zu haben. Die Laune war verflogen, die Motivation weiterzuarbeiten erstickt. Ein Kloß im Hals hinderte alle an Kommunikation und Appetit, der erzwungene Pseudosozialismus erstickte sie. Was tun? Ein paar Züge der mitgebrachten Zigaretten und die stereotype Bewegung. Das Schweigen. Die Spaltung des Volkes. Lähmung. Ohnmacht. Die einen waren für das Regime, die anderen dagegen. Die einen jubelten unter den roten Fahnen, die anderen empfanden Unbehagen und wollten weg. Doch keiner ging weg, das erwies sich als schwerer als erdacht.

Das Leben ging genauso weiter wie am Tag davor. Die Sonne ging auf, die Vögel zwitscherten, das Vieh der Lebedas schlenderte friedlich über die Weiden. Die Heuhaufen auf der Wiese wurden erneut verteilt und umgedreht. *Das Heu trocknet auf der Harke,* hatte der Vater behauptet. Wieder verbrachten die Geschwister den Tag auf der Wiese inmitten schweißtreibender Arbeit und vergaßen den Brief. Oder sie sprachen nicht darüber und taten nur so. Sie ignorierten die Aufforderung des Nationalkomitees, sich der kollektiven sozialistischen Gesellschaft anzuschließen. Die Funktionäre waren zäh. *Die haben nichts Besseres zu tun, als uns auf den Geist zu gehen und sinnlose Briefe zu schreiben,* ging es Marie durch den Kopf. Bevor der Abend eintrat und das Heu mehrmals umgewendet wurde, scharrten sie es zum zweiten Mal in noch kleineren Haufen zusammen. Es trocknete dann schneller und konnte über Nacht verdampfen.

Am Morgen des folgenden Tages verteilten sie, nachdem der Tau den ersten Sonnenstrahlen wich, die kleinen Haufen zum dritten Mal. Nicht über die ganze Wiesenbreite, sondern in kleinerem Radius. Bis Mittag fielen keine zehn Sätze, nur das Heu zählte, nur die Aussicht auf ein baldiges Ende. Das Wetter war gnädig und die Zungen lösten sich. Im Inneren nagte das System mit dem moralischen Zeigefinger und als die Gespräche über die Arbeit hinausgingen, stritten die Lebedas. Zwischen Marie und ihren Brüdern klaffte ein böser Graben, der in Wortgefechten eskalierte. Nicht nur über die Zukunft des Landes, sondern auch über die Abschottung gegenüber der Gesellschaft, die Marie für falsch hielt.

„Hast du Hunger?“

Aus bleierner Schwere hob Anton den Kopf und nickte, die

Lippen bebend, rot vor körperlicher Anstrengung. Schweißtropfen rannen, bis sie an seinem markanten Kinnbart hängen blieben.

„Du redest nicht mehr. Quält dich etwas?“, fragte sie und gab ihm seinen Proviant und Wasser. In seinen Augen erkannte sie jedoch nur Leere. Möglicherweise hatte er sie auch nicht verstanden.

Am Abend duftete die Küche nach einer Krautspeise mit Speck. Otto war nach dem Essen hinausgegangen, um die Hühner in den Stall zu sperren. In ihrer Art, den Dingen auf den Grund zu gehen, versuchte Marie Anton erneut zum Reden zu bringen.

„Es geht mir so, wie es mir gehen soll“, antwortete er.

Fast bis auf die Tischkante ließ er den Kopf hängen. Das moralische Vergehen, das er sich ihr gegenüber einst erlaubt hatte, tat Marie als befremdliche Entgleisung ab. Er war dennoch ihr geliebter Bruder, der keine passende Frau gefunden und so seine Sehnsucht zu stillen versucht hatte. Marie berührte sein Haar. Es war ungekämmt, an manchen Stellen verfilzt, nichts Ungewöhnliches. Auf dem Land scherte man sich nicht um die Frisur, die Natur richtete ihre Aufmerksamkeit auf andere Äußerlichkeiten. Sie bräunte die Haut, rötete die Wangen und bleichte die Haare mit der Sonne. Marie strich Antons Haar zurück, was er still hinnahm. Er schloss die Augen, mit den Händen das Tischtuch knetend, als suchten sie Halt. Es war spät und sie waren müde.

„Lass uns schlafen gehen, morgen ist noch viel zu erledigen“, flüsterte sie liebevoll und wollte aufstehen, da griff er plötzlich ihr Handgelenk.

Sein Kopf hob sich. „Marie, ich … mir ist alles egal.“

„Was ist dir egal? Was quält dich? Sprich dich aus, das wird dir guttun."

„Ich kann es nicht in Worte fassen."

„Was meinst du? Versuche es."

Seine Schläfen glühten. Fiebrig berührte er ihr Kinn, strich über ihre Augenbraue. Sachte näherte er sich ihrem Gesicht, als wolle er ihr etwas zuflüstern, doch seine Lippen näherten sich, wie damals in jener scheußlichen Nacht.

„Nein!", schrie sie auf, überrumpelt und bestraft von ihrer Naivität.

Anton sprang schlagartig auf, die Sitzbank knallte gegen die Wand, dass der Putz blätterte. Er stürzte aus der Küche, irgendwohin in die Tiefen der lauen Sommernacht. Es trieb ihn hinaus und er ließ sich von der Dunkelheit verschlucken.

Marie war unschlüssig. Wenn sie ihm folgte, würde er sich unter Tränen entschuldigen, er würde sich um Kopf und Kragen reden, *dass er nicht anders konnte.* Er würde alles Erdenkliche erzählen, doch er würde sich nicht ändern. Marie versuchte ihn zu verstehen, doch je länger, umso wütender wurde sie. Die Lage war aussichtslos. Würde sie ihn lieben, wenn er nicht ihr Bruder wäre? Ihre Gehirnzellen wehrten sich gegen dieses Szenario, in dem die Begierde ihr Eigenleben führte. Und das war der springende Punkt, der ihr bewusstwurde. Sie stellte sich vor, frei von gesellschaftlichen Erwartungen und Sitten, ohne Vorurteile und antrainierte Ansichten, wie sie Anton als fremdem Mann begegnen würde. Wie stünde sie vor ihm, wenn er ein einfacher Bursche von nebenan wäre, ein Soldat oder gar ein Offizier, wenn er ein im Anzug dahergekommener Lehrer oder ein im Wirtshaus Žahour angestellter Kellner wäre? Sie schämte sich vor Gott und ihren toten Eltern, denn wenn sie sich frei von diesen schrecklichen Schuldgefühlen machte, dass Anton seiner Triebe nicht Herr war und sie zwang, mit ihm zu schlafen, wenn sie Anton vor sich sah und versuchte, ihm zu verzeihen, dann verspürte sie eine unbegreifliche Anziehungskraft und Ekel zugleich.

Sie musste sich eingestehen, dass die Zeit passé war, anständige Jungs kennenzulernen. Nicht einmal der Postbote war an ihr interessiert. Was blieb im Angebot? Verkrüppelte, alte, geistlose, entstellte, verarmte, schäbige, verstoßene, verbissene und kranke Männer. Triste Aussichten für eine Sechsundzwanzigjährige. Der Krieg hatte dazu beigetragen, dass sie so endete, denn junge, gesunde Männer waren Mangelware. Ja, der Lauf der Dinge war kein üblicher und sie hätte sich, so wahr ihr Gott beistand, eine andere Zukunft gewünscht, aber dass sie dermaßen zum Verwelken verurteilt war, kam ihr grausam vor. Allein der Gedanke, einen fremden Mann in die Mühle anzuschleppen, schien ihr wegen Ottos Kommunistenabwehr schier unmöglich und erstickte jede Hoffnung im Keim. Und dann die endlosen Schuldzuweisungen und Zankereien über Verantwortungslosigkeit, die sie an die Mühle fesselten, all das führte dazu, dass sie sich nicht mehr traute, ihre Stimme zu erheben. Sie traute sich nicht einmal mehr, die Außenwelt zu betreten, zu lange war sie nur von gackernden Hühnern und furzenden Kühen umgeben. Es war zu spät.

Mit einem Knoten im Herzen stieg sie die steilen Stufen hinauf in ihr Reich, das einzige Refugium ihrer verloren gegangenen Eigenständigkeit. Seit jenem schicksalhaften Vorfall mit Anton drehte sie den Schlüssel zweimal um. Das immer gleiche Prozedere folgte: ausziehen, anziehen, Haare durchkämmen, sich ansehen, *den ganzen Körper* ansehen, die gleichen Gedanken von einst durchkauen, die Pantoffeln abstreifen, die Bettdecke aufschlagen, hinlegen. Und doch war etwas anders. Das Fenster, das ein wenig offenstand, um den Nachtgeräuschen lauschen zu können und den frischen Duft des nächtlichen Geschehens einzuatmen, klapperte im Wind. Marie klemmte einen Stein ein und legte sich wieder hin. In Gedanken kreiste die Möglichkeit des Unmöglichen umher. Anton schlief nicht, er geisterte im Flur herum, sie hörte seine Schritte. Als spürte sie die Wärme seiner bibbernden Lippen.

Tags darauf trieb es die Lebedas wieder an die Arbeit hinaus. Wie seit Generationen ging die Müllerin – wobei Marie nur die Schwester des Müllers war, auch wenn sie es manchmal selbst nicht mehr so genau wusste – gegen Mittag heim, um Proviant zu holen. Sehnsüchtig spähte sie nach dem Postboten, doch weit und breit kein Mann, schon gar kein schöner und junger. Stattdessen trottete ein verschrobener Bauer vors Tor und fauchte sie an, warum niemand im Hause sei. Ein böser Kauz mit einem Sack Korn über der Schulter, den er gegen Mehl tauschen wollte, gegen Aufpreis natürlich. Geld brauchte man immer. Keiner wusste, wie lange es noch gehen würde und ob dieses Regime mit seinen dauernden Einschränkungen den gleichen Gefallen am Versiegeln von Mühlrädern, Dreschmaschinen, Butterschleuder und anderen Einrichtungen fand wie die Deutschen. Die Bevölkerung an die Lebensmittelgeschäfte zu binden, konnte eine bewährte Methode sein, Kontrolle und Abhängigkeit zu haben. Der Bauer bedankte sich nicht einmal, hievte den Sack auf die Karre und fragte beiläufig, was die Mauer sollte.

„Das … das ist nur … ähm, eine Maßnahme meines Bruders, die kommt bald weg“, antwortete sie knapp und der Idiot grinste mit seiner frechen Fratze von Ohr zu Ohr.

„Das wäre angebracht. Man könnte meinen, dass ihr euch

abschottet. So was wird in unserem jungen Staat nicht gern gesehen."

Marie suchte nach einer diplomatischen Antwort. *Was geht Sie unsere Abschottung an, Sie Dreckskerl?*, lag ihr auf der Zunge. Doch lieber schloss sie leise das Tor. Am Ende war sie heilfroh, eine Mauer zu haben, hinter der sie sich verkriechen konnte. Sie fürchtete sich zunehmend vor den roten Fahnen. Otto erzählte sie nichts von dem Vorfall, schließlich brauchten sie Kunden, wenn auch schlechte.

Otto
Februar 1948

An diesem Tag hörte Otto zum letzten Mal bei Žahour Ministerpräsident Klement Gottwalds Stimme im Radio.

„Bürgerinnen und Bürger, Genossinnen und Genossen! Ich bin gerade von der Prager Burg zurückgekehrt. Heute Morgen legte ich dem Präsidenten einen Vorschlag bezüglich der Demission der Minister vor, die am 20. Februar zurückgetreten sind. Ich schlug ihm eine Liste der Personen vor, die die Regierung ergänzen und umbilden sollen. Ich kann Ihnen sagen, dass alle Vorschläge angenommen wurden."

„Jetzt haben wir keine Chance mehr. Die Kommunisten übernehmen den Staat. Wir sind erledigt", flüsterte Otto vor sich hin.

„Sind wir nicht", tröstete ihn ein Tischnachbar. „Sieh das nicht so, Otto. Das Volk hat es so gewollt."

Ottos Schultern waren nach vorn gerückt und vermittelten einen gebeugten Eindruck. Der Tischnachbar winkte die Kellnerin herbei, eine Neue, wahrscheinlich auch eine neue, vom Staat zugeteilte Angestellte, schließlich musste man das Verschwinden von Widerständlern vertuschen. Das korpulente Weib fragte, ob er ein neues Bier bestellen wolle.

Otto schüttelte den Kopf. „Ich zahle." Aus dem Geldbeutel kramte er ein Lichtbild von Josefa hervor und betrachtete es eine Weile.

„He, das ist ja die neue Lehrerin. Die Komische", meinte der Nachbar. Otto knüllte das Bild zusammen. „Nicht doch!"

„Die Komische?"

„Du weißt schon, wie ich es meine. Die Fremde. Schade um das schöne Foto. So was darf man nicht wegwerfen." Wackelig versuchte er das Bild unter dem Tisch zu retten.

„Das Volk ist in meinen Augen nichts anderes als eine Schafherde. Zur Unterdrückung braucht man immer zwei Seiten: die, die unterdrücken, und die, die sich unterdrücken lassen."

„Das habe ich irgendwo schon mal gehört", gab der Trinker zu. „Aber wer wird hier unterdrückt?"

Obwohl gerade mal zwei Jahre zwischen dem Foto und jetzt lagen, hatte Otto das Gefühl, es war eine Ewigkeit her. Die Wirtin donnerte Otto den Betrag zu. Otto betrachtete misstrauisch ihre dicken Finger sowie die ganze pfundige Statur und beglich mit zehn Kronen die Rechnung mit einem knappen Trinkgeld. Heute war ein guter Tag, die Kneipe war gut besucht. Was nützte es aber, wenn der Verdienst in den Schlund des Staates gesteckt wurde? Die Bedienung hatte sich nicht bemüht, höflich oder gar freundlich zu sein, sie konnte es sich leisten, die Fresse lang zu ziehen, eine Nebenwirkung der Verstaatlichung. Es war nicht ihr Laden und sie hatte keinen Chef, der sie hätte feuern können.

Otto sah sich zum letzten Mal die Leute an. Trunkenbolde mit geröteten Gesichtern, aufgedunsenen Wangen, schmuddeligen Visagen. So kannte er sie, die Leute von hier, das Volk, so sahen sie auf diesem schmutzigen Fleck Europas aus. Während der Kriegsjahre waren sie etwas dünner, jetzt umso dicker geworden, doch so waren sie schon immer gewesen. Er sah sie genau an, die Jarolíms, die Lešáks, die Hanuš' und die Bečvářs. Waren sie freiwillig zu Kommunisten geworden, diese Menschen, oder hatten sie sich bekehren lassen? Aus Überzeugung, aus Dumpfheit und Bequemlichkeit, aus Furcht oder aus dem Glauben an das siegreiche Proletariat heraus? Als wüssten sie nicht, wie die menschliche Natur funktionierte.

„Seid ihr alle verrückt geworden?", schrie er sie an. „Ihr Heuchler, ihr Verräter, ihr Trottel!" Der Saal verstummte, nur die Blasmusik aus dem Radio durchschnitt die Stille. „Lasst ihr das zu? Habt ihr es so gewollt?"

Žahour, der Wirt, dem die Kneipe nicht mehr gehörte, stürzte von irgendwoher auf ihn zu. Er mochte keine Pöbelnden in der Spelunke, schon gar nicht demagogischer Natur. „Komm, Otto, du weißt nicht, was du da sagt, du hast ein paar Bier zu viel."

„Lass mich! Ich weiß ganz genau, was ich sage. Glaubt ihr, ich lasse mich unterkriegen? Niemals. Die Russen sind an allem schuld. Die Russen werden kommen. Ihr werdet es schon seh…", schrie er nicht einmal zu Ende, als er bemerkte, dass er doch zu viel intus hatte.

„Otto, genug."

„Josefa? Wo ist Josefa?"

„Raus mit dir!", rief jemand.

Doch Otto war voller Tatendrang. „Ein Bier! Wo ist die alte Bedienung? Wieso ist diese Frau jetzt da?" Er zeigte mit dem Finger auf die neue Kellnerin.

„Na, soweit kommt's noch", plusterte sich Žahour auf und packte Otto am Kragen. „Willst du mich ruinieren? Die Leute reden schon."

Draußen war es still, nur eine flackernde Laterne rebellierte in der Einsamkeit. Otto spähte nach Josefa, die in der benachbarten Schule sein musste. Sie ließ sich jedoch nicht blicken, obwohl er ganz genau wusste, dass sie seine Anwesenheit spürte. Verschwommene Gesichter um ihn herum. Keiner der Gaffer wagte, etwas zu sagen. Oder man sagte etwas, was Otto nicht hörte. Er erkannte niemanden mehr, hörte nichts als die tosende Stille. Jemand zog ihn davon.

„Lasst mich, ich habe doch nichts getan!"

Wie aus dem Nichts, erschien Josefa an seiner Seite und

heulte. Gott sei Dank. Sie stützte ihn. „Genosse Otto, kommen Sie, ich bringe Sie nach Hause."

„Wieso siezt du mich?"

„Otto, genug, du bist betrunken." Er verspürte Begehren, eine Sehnsucht nach Nähe, nach einem Kuss, fand aber ihr Gesicht nicht. „Nein, nicht jetzt, Otto. Komm."

Holprig tat sich etwas. Schritte, Stolpersteine. Der Himmel schwang, der Weg stellte Fallen. „Gehen wir feiern?"

„Ganz sicher. Wir sind auf dem Weg nach Hause, Otto."

„Lass uns kurz setzen."

Josefa schnaufte. „Hier? Von mir aus."

„Würdest du zu mir ziehen?"

„Was?" Er streichelte sie am Kopf, am Hals, wollte es erneut mit Küssen versuchen. Sie wich aus. „Du stinkst."

„Ja. Entschuldigung. Ich mag auch keinen Alkohol."

„Natürlich, ist schon gut."

Otto sank in sich zusammen, seine Welt drehte sich im Kreis. Er schloss die Augen, öffnete sie aber gleich wieder. Er wurde traurig, plötzlich war ihm zum Weinen zumute, der Verstorbenen wegen, seiner Freiheit wegen, seiner Liebe wegen. Er gab der sentimentalen Rührung seiner Seele nach.

Josefa tröstete ihn, legte sich zu ihm auf die Erde. „Lass uns gehen, Otto."

„Gehen? Ich kann nicht."

Josefa brachte Otto heim und ging. Sie kam nie wieder.

Der Februar-Putsch des Jahres 1948 war die Zeit des gegangen Werdens. Die zwölf nichtkommunistischen Mitglieder der Regierung konnten die Absetzung der acht nichtkommunistischen Prager Bezirkspolizeichefs nicht verhindern. Staatspräsident Beneš wurde von Ministerpräsident Gottwald unter Druck gesetzt. Es gab keine Neuwahlen, stattdessen vereidigte er eine neue kommunistisch orientierte Regierung. Sie wurde dem Volk auf einem purpurroten Tablett serviert und in ihren Schlund gestopft. Die Kommunistische Partei organisierte Massendemonstrationen, verordnete Generalstreiks für kommunistisch dominierte Gewerkschaften und drohte, die Rote Armee ins Land zu holen. Die Bevölkerung war gespalten. Beneš verließ die Prager Burg und zog sich in sein Privatdomizil in Sezimovo Ústí zurück. Ob er jemals nach Prag zurückkehren würde, war ungewiss. Otto glaubte nicht daran. Unter diesem Decknamen „Aktion K" zog der Polizei- und Parteiapparat gegen die katholische Kirche ins Feld. Geistliche, Seelsorger, Mönche und Nonnen, verschwanden von der Bildfläche. *Wo sind sie nur hin?*, fragte das Volk. Keiner der Funktionäre antwortete. Gerüchte über Verhaftungen und Verurteilungen nach künstlich konstruierten Beschuldigungen kursierten. Auch Außenminister Jan Masaryk, der Otto sympathisch war, musste mit seinem Leben bezahlen. Eine Emigrationswelle von zweihunderttausend Tschechen in Richtung Westen machte das Land ärmer. Durch die Vertreibung der Sudeten schienen die Grenzgebiete leergefegt zu sein. Entlang des Eisernen Vorhangs wurden wegen des Grenzschutzes ganze Dörfer dem Erdboden gleichgemacht, und die Einwohner zwangsumgesiedelt. Aus früher bewohnten Gegenden wurden tote Zonen. Reisen und Freizügigkeit wurden zum Problem.

Auch Otto hatte mit dem Gedanken gespielt, das Dorf, die Mühle zu verlassen, hatte aber keinen Mut. Der tschechische Staat war Otto fremd geworden, er verstand die Menschen genauso wenig wie sie ihn. Das Zentralkomitee drohte mit der Enteignung seiner sechzehn Hektar Wald zum Zweck *einer kollektiven Bewirtschaftung*. Nach einem sogenannten Zweijahresplan sollte jede Lebenstradition gebrochen und nach anderen Regeln gespielt werden. Die Förster von früher ergaben sich entweder, das hieß, sie schlossen sich der neu errichteten Genossenschaft an, oder sie mussten gehen. Einer anderen Arbeit, einer anderen *Funktion* nachgehen. Die Regierung mobilisierte Streitkräfte unter dem Namen *Volksmiliz*. Die, die sich der Kommunistischen Partei widersetzten, verschwanden. Wohin? Niemand wusste es, sie waren einfach nicht mehr da. Das allgemeine Volk glaubte den Versprechungen der Partei als der einzig wahren Volkspartei, der einzig richtigen politischen Form, wie sie sich selbst gern anpriesen. Ein von den Sowjets diktiertes System, das fähig war, Gerechtigkeit und Prosperität zu wahren.

In Wahrheit wurden Mandatsträger nichtkommunistischer Parteien systematisch aus allen entscheidenden Funktionen verdrängt, eine legale Opposition hörte de facto auf zu existieren. Das Zentralkomitee der Kommunistischen Partei genehmigte Gesetze vorweg, um sie der Nationalversammlung vorzulegen, die sie wie erwartet ratifizierte. Ein abgekartetes Spiel, um die Öffentlichkeit zu narren. Als die Justiz, letzte Bastion der Unabhängigkeit und Gerechtigkeit, von den Kommunisten übernommen wurde, war die demokratische Tschechoslowakei verloren. Neue Gesetze wurden willkürlich eingeführt und alte abgeschafft. Privater Besitz landwirtschaftlicher Flächen bis zu fünfzig Hektar blieb vorerst erlaubt, doch es war eine Frage der Zeit, wann der komplette Grundbesitz liquidiert werden würde. Für die Partei brachte die Kollektivierung Vorteile. Aus kleinen, von einzelnen Bauern mithilfe von Nutztieren bewirtschafteten Feldern, entstanden großräumige Einheiten für die maschinelle Bearbeitung. Die Bauern waren bei der Genossenschaft angestellt, verloren jedoch den Bezug zur eigenen Erde. Die Arbeit wurde nicht so gewissenhaft verrichtet wie auf dem eigenen Feld. Ein Bauer liebte seine Erde, das einzige Gut, das ihn und seine Familie über die Jahre hinweg versorgt hatte. Das durch die Erfahrung der Generationen vererbte Wissen schwand wie ein Tropfen Wasser in der Sonne.

Otto gehörte zu den wenigen, die auf dem eigenen Feld ausharrten, während sich die zentrale Planwirtschaft und sowjetische Anbaumethoden vermittels der sowjetischen Berater wie ein Geschwür verbreiteten. Die öffentliche Zensur erstickte die freien Stimmen, es durfte nicht einmal behauptet werden, dass das südwestliche Böhmen durch die 3. US-Armee von General Patton befreit wurde, und nicht, wie der Rest des Landes, durch Rote Armee. Otto erinnerte sich noch sehr lebhaft, dass es an manchen Orten vor dem Kriegsende hieß: *Die Amerikaner sind schon da, können aber noch nicht mit der Befreiung beginnen, da sie noch auf die Russen warten.* Und so verharrten sie noch ein, zwei Tage auf dem Feld oder sonstwo in der Provinz, um den Russen den Vortritt zu lassen. Territoriale Absprachen zwischen den Alliierten Großmächten.

Otto beendete seine Baumaßnahmen im Hof und versah das Tor mit einem Schloss. Sein Territorium sollte unangetastet bleiben.

Anton
März 1951

Düsternis. Nur bei den Fischers und den Lebedas leuchteten noch Petroleumlampen. Die Mühle galt als Urgestein der Vergangenheit. Das letzte Fossil in der Gegend. Das Einzige, was Anton sauer aufstieß, war die Vorstellung, dass er die Mühle nur noch aus zwingenden Gründen verlassen sollte. In ihrer Kindheit war es bunt bei den Lebedas zugegangen, Kinder kamen zum Spielen, als kleiner Junge empfand er diese Leichtigkeit, die Anton nun vermisste. In der neuen Zeit pflegte er keine sozialen Kontakte mehr, die Post wurde über die Mauer in den Hof geworfen und fand ungelesen denselben Weg zurück. Die Aktivitäten draußen betrafen ihn nicht mehr, an traditionellen Feierlichkeiten nahm er nicht teil, eine seltsame Stille suchte ihn heim. Sie veränderte ihn und gleichzeitig tat er nichts dagegen. Unglücklich und dem Alleinsein geweiht, es musste so sein. Nur selten erfuhr er Einzelheiten aus dem Geschehen draußen, wenn Marie ihm entwischt war und sich verplapperte. Weil er ihr nachspionierte wie ein Detektiv, wusste er, dass sie sich heimlich mit Josefa traf, die gelegentlich nach Matovice kam. Doch es war seines Erachtens nur eine Frage der Zeit, bis Josefa durch die kommunistischen Spitzel in die Knie gezwungen werden würde und Marie den Rücken zukehrte. Wie die anderen, die vom System bedrängt wurden, bis sie aufgaben.

Die Lebensmittelmarken für Brot und Mehl waren bereits letztes Jahr abgeschafft worden, für die restlichen Produkte wie Fleisch, Milch, Butter, Eier und Fett blieben sie bestehen. Um die Leere in den Regalen zu erklären, bezichtigte man erfundene Staatsfeinde, das günstige Brot aus den Läden aufgekauft zu haben, um es ans Vieh zu verfüttern. Ein Sündenbock musste her, der die schlechte Wirtschaft vertuschen sollte, jedoch nicht konnte, weil Mehl und Brot von Anfang an fehlte. Anton lachte nur. Die Funktionäre in ihren Anzügen wussten nämlich nicht, wie man mit Korn umgeht, Planwirtschaft und LPG der Dilettanten. Für die Lebedas spielte es keine Rolle, sie besuchten weder die Lebensmittelgeschäfte, noch ließen sie ihr Mehl in Maltersäcke abfüllen. Sie waren auf sich allein gestellt.

Die von der landwirtschaftlichen Genossenschaft beschlagnahmten Felder, legte man mit den benachbarten Feldern zusammen und das Theater ging los. Die Lebedas hatten ihre Kartoffeln traditionell gesteckt, eine Woche später kamen die Dilettanten von der Einheitsgenossenschaft, um ihre Kartoffeln auf denselben Acker zu legen. Sie zogen ihre Furchen maschinell und brachten alles durcheinander. Die grünen Sprösslinge bestäubte man mit einem Pulver gegen den angeblich von den Amerikanern ausgesetzten Kartoffelkäfer. Auch das NS-Regime hatte in den Dreißigerjahren behauptet, amerikanische und britische Flugzeuge hätten den Kartoffelkäfer über den deutschen Äckern abgeworfen. Zehn Jahre später bedienten sich die Kommunisten derselben Propagandalüge. Kaum einer traute sich zu hinterfragen, wie es in dieser hermetisch abgeriegelten Diktatur gelingen sollte, Pflanzenschädlinge auszusetzen. Die Imperialisten hätten überall ihre Spione, behaupteten die Herren in den grauen Anzügen, genauso unantastbar wie jene im Dritten Reich. Das Gift Dynocit alias DDT jedoch machte Anton tatsächlich Sorgen, denn es landete auf ihren Tellern.

Unabhängig von ihrer körperlichen Verfassung machten die Lebedas weiter wie zuvor. Aufstehen, anziehen, Tiere versorgen, frühstücken, mal wortkarg, mal gesprächig, jeder erledigte seine Arbeit, den Tages- und Jahreszeiten und dem Wetter folgend. Marie kochte das Essen. Nach einem anstrengenden Tag war eine Dreschersuppe mit frischem Apfelmost oder einem süßbitteren Bier schon etwas Gutes. Die Küche war stets sauber, das Werkzeug eingeölt und gut in Schuss. Reparaturen versuchte man aus eigener Kraft zu erledigen. Im Ausnahmefall bat Marie die auswärts lebenden Geschwister, Ersatzteile zu besorgen. Obwohl sie sonst kaum Kontakt hatten, half Tereza mit Salz und Petroleum, Jakob schickte Papier, Bier und ähnlichen nützlichen Kram.

Die Kollektivierung zog ihre Kreise. In den Dorfkneipen fanden Aufklärungsabende statt, in denen die Kreisfunktionäre alle und jeden zur landwirtschaftlichen Kollektivierung überreden wollten. Die ärmsten Schlucker stimmten meist sofort zu, da sie nichts zu verlieren hatten, die Mittelschicht, erpresst durch effektive Methoden, kurze Zeit später. Ihre jungen Söhne rekrutierte man unmittelbar vor der Ernte zum Militär, sodass die Bauern ihre Arbeit nicht schafften. Auch Helfer durften nicht eingestellt werden, denn Angestellte zu haben galt als private Geschäftemacherei, gleichgesetzt mit Bourgeoisie und Imperialismus. Verbündete, Freunde und Nachbarschaft lehnten nach verdeckten Erpressungsmethoden der Kommunisten ihre Mithilfe ab. Die Folge war abzusehen: Weder die Ernte noch die geforderten Abgaben konnten die Bauern erwirtschaften. Sie verloren alles, ihr Land, ihr Vieh, ihr Werkzeug, ihren Stolz. Sie wurden zu gehorsamen Werkzeugen in einem unfähigen diktatorischen System.

Ebenso erging es den sogenannten *Reichen*, denen die Lebedas zugeordnet wurden, sowie den Familien mit blauem Blut, den Schwarzenbergs und Novoveskýs, deren Ländereien und Herrenhäuser ein Dorn im kommunistischen Auge waren.

Manche hielten den Druck noch eine Weile aus, andere verschwanden gleich von der Bildfläche. In den kalten Wintermonaten holzten die Lebedas heimlich in ihren eigenen Wäldern, sie stahlen den Dieben der Gesellschaft ihr eigen Hab und Gut. Zu Beginn hatten sie es noch tagsüber getan, jetzt nur noch nachts. Und dennoch stand am nächsten Tag ein dunkler Wagen aus der Fabrik Pragovka vor dem Tor und schwarz gekleidete Herren wollten hinein. Die Lebedas verbarrikadierten sich im Haus. Am nächsten Tag hinterließen die Herren amtliche Briefe mit Vorladungen zum Volksgericht. Die Lebedas lasen keine Zeile des teuflischen Zeugs.

Manchmal überfiel Anton ein Anflug von Feigheit. Er konnte das Gefühl der schwindenden Kraft nicht abschütteln, wollte sich ergeben, seine Ruhe haben und ein bescheidenes, angepasstes Leben führen. An diesen müden und einsamen Tagen packte ihn eine banale Angst, wenn sein Herz pochte und er verrückt zu werden drohte. Dann verabscheute er sich selbst, seine Feigheit, seine Lethargie, seine Sturheit und seine tückische Neigung, die ohnehin an allem schuld war. Die Antwort schlummerte in seinem tiefsten Inneren und er wagte nicht, sie an die Oberfläche zu lassen, damit sich das Karussell nicht in einer Endlosschleife drehte. Von Marie zu ihm und von ihm zu Marie. Von Marie zu Otto und von Otto zu Marie. Von seiner Angst zur verlorenen Tradition, von seinem Fremdsein vor sich Selbst. Vermutlich waren es die Nachbarn gewesen, die sie denunziert hatten. Bei allem, was im Hof der Lebedas geschah, konnten sie zusehen. Wie die Baumstämme abgeladen wurden, wie die Gülle aufs Feld gefahren wurde, wie sie sich versteckten, wenn die Männer in grauen Anzügen hinter dem Tor riefen. Noch im Morgengrauen musste der Denunziant in die Schule gelaufen sein und dort das öffentliche Telefon benutzt haben. Denn sie kamen immer recht früh, die Kommunisten.

Nachdem Anton frische Streu im Stall verteilt und die Rinder mit kurz geschnittenen Getreidehalmen gefüttert hatte, musste der Kuhmist raus, auf den großen Haufen neben der Scheune. Er war mit den Füßen gestampft und luftdicht geschichtet, um ihn feucht zu halten. *Bei echten Bauern stinkt der Kuhmist bis in die Küche*, sagte man. Und das stimmte. Die Lebedas waren so aufgewachsen, nur die Verwandtschaft aus der Stadt beklagte sich über den Gestank. Früher war es viel schlimmer, als direkt neben dem Hauseingang der Schweinestall lag, aber heute hatten die Lebedas keine Schweine mehr, an der Stelle dort lagerten Kartoffeln. *Mit Kuhmist muss man behutsam umgehen, ohne Kuhmist wird die Erde schlecht, zur toten Erde.* Die Lebedas luden den Mist auf die Karre. Draußen war es noch kalt, doch bald würde die Sonne am blauen Himmel ein bisschen Wärme spenden. Zusammen mit der Kartoffelsaat trugen sie den Mist in Körben auf dem Rücken, schippten ihn in regelmäßigen Abständen zu kleinen Häuflein, die sie dann mit Heugabeln verteilten. Manchmal nahmen sie Pferde zu Hilfe, wenn der Dünger etwas mehr wurde. Otto hatte dauernd etwas an Maries Präzision auszusetzen, seit Jahren benutzte er sie als Ventil für seine persönliche Unzufriedenheit. Marie juckte es wenig, sie hatte sich daran gewöhnt. Gegen elf Uhr bemerkten sie die ihnen bekannte schwarze Pragovka, die in majestätischer Pracht am Feldrand parkte. Niemand stieg aus, doch Anton kam es vor, dass sie fotografierten.

„Soll ich aufs Feld pissen, damit sie was zum Gucken haben?“, scherzte er. „Dann werde ich wenigstens auf diese Art verewigt.“

Otto lachte, Marie hingegen wurde nervös und spähte hinüber, als hätte sie einen gestohlenen Goldbarren bei sich. Anton schlug ihr vor heimzugehen, doch sie wollte partout bleiben.

Erst nach einer guten halben Stunde stiegen drei Herren aus dem Wagen. Wie üblich grauschwarz gekleidet, ihre Gesichter von feinen Hüten verdeckt. Vermutlich Kreisfunktionäre. Beim näheren Betrachten erkannte Anton Matěj Mazur, ein Schuhmacher, der bei ihnen Mehl kaufte. Sein Vater hatte zu seinen Lebzeiten gern bei einem Stamperl Sliwowitz oder einem Bier diskutiert, das Wirtshaus kannte der alte Mazur wie seine Westentasche. Manchmal war Mazur seinem Vater zu Hilfe gekommen, wenn es wie aus Kübeln regnete und das Mühlrad Tag und Nacht im Einsatz war. Auch seine Mutter verlor über Mazur kein schlechtes Wort, wenn sich andere auch das Maul zerrissen. Umso größer war die Verwunderung über den jungen Mazur heute in Hut und Mantel, die Hände in den Taschen, während er samt der Equipage auf die Lebedas zuschlich.

„Nicht reagieren!“, befahl Anton, ohne hinzusehen.

„Aber irgendwas müssen wir doch sagen“, fiepte Marie.

„Nein, nicht reagieren, weitermachen! Arbeite weiter!“

Die Herren balancierten mit ihren feinen Gummistiefeln im Matsch wie zum ersten Mal im Leben. „Päh, ist das ein Morast hier“, jammerten sie.

„Guten Tag, Genosse Lebeda. Was für ein schöner nasser Tag, nicht wahr?“, flötete einer der drei mit belegter Stimme. Mazur duckte sich heuchlerisch hinter dem Angehörigen des Staatssicherheitsdienstes StB, was seiner korpulenten Statur eine groteske Form verlieh. Eine lange Pause folgte. Als sie genug Eindruck erzeugt hatten, fügte er hinzu: „Können Sie nicht antworten, Genosse Lebeda?“ Sein Dialekt verriet, dass er nicht aus der Gegend kam.

Otto verzog keine Miene, Anton spürte dennoch seine Nervosität.

Die Herren sahen einander an, atmeten demonstrativ. „Sind Sie taub?“ Wieder eine schier endlose Pause. Der Funktionär zündete sich eine Zigarette an, ließ sich Zeit und guckte bedeutungsschwanger Mazur an, der die Initiative übernahm.

„Mensch, Otto, jetzt hab dich doch nicht so“, flüsterte er unterwürfig.

„Tag“, erwiderte Otto monoton, woraufhin Anton und Marie dasselbe sagten.

„Na, geht doch“, meinte der Funktionär herablassend. „Ihnen wurde des Öfteren angetragen, sich weder auf staatlichem Territorium zu bewegen noch es zu bewirtschaften.“

Otto schwieg, packte die Karre, schob sie ein Stückchen weiter und verteilte die stinkende Masse wie gewohnt.

„Dieses Feld wurde der wirtschaftlich-technischen Anpassung zugeordnet, Sie haben kein Recht, den Mist hier zu verteilen. Sie haben kein Recht, sich auf dem Feld der kollektiven Genossenschaft zu bereichern.“

Anton war kurz davor loszuschreien, auf seiner Stirn bildeten sich Schweißperlen, er schwieg aber.

Der Funktionär ließ sich seelenruhig einen Ordner von dem StB-Beamten reichen, offensichtlich zum Zweck der Abschreckung. „Das ist eine Straftat gegen die landwirtschaftliche Genossenschaft.“ Der Funktionär blätterte im Ordner und las. „Das Strafregister hat noch mehr zu bieten. Die landwirtschaftliche Abteilung hat Ihnen die Abgabe der Agrarrohstoffe verordnet. Ihre Restfelder befinden sich ganz woanders.“ Er zeigte mit dem Arm in Richtung ihres Waldes, an dessen Rand es weder fruchtbare Erde gab noch sanftes Moos wuchs. Ein Ort des steinigen Nichts, eine tote Gegend, gerade mal für

Brennnesseln geeignet. Dieses pseudoprächtige Stück Erde hielt Anton für einen Spott. „Ich kann Ihnen die genaue Zahl der Parzelle vorlesen, sie ist aber definitiv nicht hier, mittendrin im kollektiven Eigentum. Sie säen hier etwas, das hier nichts zu suchen hat, Genosse Lebeda."

„Mohn und Flachs wächst hier nicht, das sind keine traditionellen Kulturen. Wir brauchen Roggen und Kartoffeln", antwortete Otto mit brüchiger Stimme.

„Roggen und Kartoffeln können Sie sich kaufen."

„Otto, sei doch vernünftig", säuselte Mazur dazwischen.

Der Funktionär offenbarte nicht nur einen fremden Dialekt, sondern auch einen Sprachfehler. Er konnte kein vorn gerolltes „R" artikulieren. Kinder wurden dafür in der Schule gehänselt, wenigstens konnte er sich nun rückwirkend rächen, die Macht dazu hatte er. In selbstgefälligem Duktus setzte er seine Anklage fort. „Keine Abgaben, schwer verschuldet, Genosse Lebeda. Die Genossenschaft hat noch keinen Tropfen Milch von Ihnen bekommen. Kein Fleisch, keine Eier. Wie stellen Sie sich das vor?"

Bisher war es den Lebedas gelungen, Auseinandersetzungen dieser Art zu vermeiden, heute jedoch, mitten auf dem Acker, im kalten Matsch ohne Chance zu fliehen, das war schon etwas Besonderes. Auf eine dermaßen direkte Konfrontation waren die Lebedas nicht vorbereitet. Otto hielt sich an Antons Anweisungen, er drückte den Griff der Mistgabel fest in der zitternden Hand und wartete, was geschehen würde.

Der unverfrorene StB-Beamte, vermutlich aus Vacov, daher kamen die meisten StBler der Gegend, wagte es nicht, näher an Otto zu rücken, irgendetwas hielt ihn zurück. Es wurde getuschelt und sich in die Ohren geraunt. Dann sprach der StB-Beamte laut: „Sein unbotmäßiges Verhalten muss gezähmt werden, Genosse Kohout. Wo kämen wir denn in unserem sozialistischen Land sonst hin?“ Dieses gelackte Tschechisch klang an diesem Ort befremdlich.

Genosse Kohout dachte nach und nickte. Er zog sich gemeinsam mit dem StB-Beamten und Mazur zurück, nur ein Stückchen, sodass zu erahnen war, dass noch etwas folgen würde. Offensichtlich besprachen sie strategische Schritte, um die Lebedas in die Falle zu locken. Antons Muskeln waren angespannt, er rechnete mit dem Schlimmsten. Schlägerei, Handschellen, Revolver, Messer. Stattdessen zogen die drei ihre Zigarettenpäckchen aus den Taschen und halfen einander mit dem Anzünden. Die Herren wollten sich nicht schlagen, sie waren nicht in Form.

Da wandte sich Mazur an Marie. „Sei wenigstens du vernünftig. Gib wenigstens du auf. Rette dich, bevor es zu spät ist. Ich habe dir was mitgebracht. Kleidermarken. Sieh, zwei Kleidermarken im Wert von 120 Punkten, ist das was? Sieh!“ Aus seiner Manteltasche holte er das altbewährte Lockmittel für das *schwache Geschlecht*. In der Einbildung, für sein Land etwas Gutes zu tun, hielt er die bescheuerten Fetzen in der Hand wie benutzte Taschentücher.

Obwohl Marie lausige Lumpen trug und im Schrank nur Überbleibsel aus den blühenden Prager Zeiten hingen, verharrte sie mit baumelnden Händen und rührte sich nicht. Den Blick zu Boden gerichtet, ihre zarten Adern auf den Handrücken traten hervor. Die runden Schultern waren angespannt, wie die einer wütenden Frau, die bereit war, in den Kampf zu ziehen. Die Haarfransen unter dem Kopftuch verdeckten ihre glasigen Augen, die Wangen waren rosig, um die Taille hatte sie einen Lumpen gebunden, darin Kartoffelsetzlinge. Sie wirkte so schmal, dass man die Taille gänzlich mit den Händen umfassen konnte. Wenn sie Anton ansah, so wie jetzt, konnte er nur mit Mühe die Augen von ihr lassen. Sie blieb standhaft. Beharrlich und standhaft. Eine echte Lebeda! Sie setzte ihre Arbeit fort, so wie auch Anton und Otto ihre Arbeit fortgesetzt hatten, ein Zeichen eines unzerstörbaren Bündnisses. Aus dem Augenwinkel betrachtete Anton abwechselnd seine Schwester und die Herren.

Mazur ließ nicht locker. „Weißt du, was wir heute für ein Datum haben? Weißt du das gar nicht? Haben dir das die zwei, für die du dich hier so abrackerst, nicht gesagt? Heute ist der internationale Frauentag, weißt du das? Nein, sie haben dir nicht gratuliert, oder? Keine Blumen gebracht? Sie haben nicht daran gedacht, dir zu gratulieren, weil du ihnen egal bist, weil sie dich nur für ihre Vorteile benutzen. Sie scheren sich einen feuchten Scheißdreck darum, was mit dir ist und dass du hier deine Jugend vergeudest. Sieh dich an! Sie lassen dich in dem verfluchten Haus alt und hässlich werden …"

„Genug!", platzte es aus Anton heraus.

„Das werden sie tun, die zwei, bis du ganz krank und krumm bist, so lange werden sie dich dort gefangen halten, du naive Irre! Aber das verstehst du erst, wenn es zu spät ist!"

„Was erlaubst du dir, so mit ihr zu reden? Lass sie gefälligst in Ruhe!" Anton war in Habachtstellung, aufgerichtet stemmte er sein Bein in die Erde und ballte die Fäuste zusammen.

„Was? Ist doch wahr!"

„Nein, Anton, tu das nicht!" Marie lächelte gequält. „Gehen Sie! Niemand hält mich in der Mühle gefangen, ich entscheide selbst, wo ich lebe und wie ich lebe. Lassen Sie mein Leben meine Sorge sein."

„So, Schluss mit dem Affentheater", fuhr der StB-Beamte herrisch dazwischen. Otto richtete sich auf, es sah nach einem

Handgemenge aus. Der faulige Atem des StB-Beamten war zu spüren, während er sich unverfroren zwischen Ottos Mistgabel und die Karre stellte und ihm auch noch seinen Finger in die Brust bohrte. „Hör zu, du Kapitalistensau, entweder du gibst auf oder du gehst mit uns mit. Ist das klar?"

Ottos Lippen waren schmal aufeinandergepresst, in den Augen Gewaltbotschaften. Er versetzte dem StB-Beamten einen Klatscher auf seinen ausgestreckten Zeigefinger und zischte bestimmt, aber noch in ruhigem Ton: „Fassen Sie mich nie wieder an."

Er nahm die Mistgabel mit der Ladung in die Hand, sodass man dachte, er wolle ihm einen Schlag versetzen, doch stattdessen setzte er seine Arbeit fort. Dabei fiel ihm mehr zufällig als bewusst ein wenig Mist von der Gabel herab, der auf dem Stiefel des StB-Beamten landete. Der erstarrte mit übertriebener Dramatik, als handelte es sich um eine Gräueltat, nationales Verbrechen, physische und geistige Verstümmelung. Dieser Dreck war genau das, worauf er gewartet hatte, ein Auftakt zum Kampf. Otto verstand es gleichermaßen. Leider. Er stierte den StB-Beamten und der wiederum seinen verfluchten Gummistiefel an. Auch Kohout stierte auf Otto und mit einem Seitenblick holte er sich von seinen Genossen das Einverständnis zu einer Konfrontation nach Plan. Doch es geschah nichts. Alle wussten: die Kommunisten setzten ihre Fäuste ungern auf einem Feld der Genossenschaft ein. Kein Blutvergießen auf öffentlichem Boden, die Kommunisten bezeichneten sich als friedvolle Menschen, sie agierten lieber verdeckt in privaten Wänden, in feuchten Kellern, am besten ohne Zeugen. Sie zelebrierten eine leise, kontinuierliche Taktik.

Otto wandte seinen Blick von dem StB-Beamten zu Kohout und machte sich dann wieder an die Arbeit.

„Das wirst du büßen, Lebeda." Kohouts Ton verhieß nichts Gutes. Er hatte seine Zeugen, er hatte endlich die Straftat, er hatte gute Arbeit geleistet und konnte frohen Mutes nach Hause gehen. Es war bereits Nachmittag, der Magen knurrte schon wieder. „Los, lass uns hier verschwinden. Wir haben hier nichts mehr verloren, das übernehmen die Kollegen."

Welche *Kollegen* gemeint waren, wusste weder Anton noch Otto. Anton war im Meer der Funktionen unter den Kommunisten nicht kundig, die Kollegen Polizisten, die Staatssicherheit, die Funktionäre, die Bauern, die Nachbarn, die Verräter, alle konnten *die Kollegen* sein.

Der StB-Beamte schüttelte demonstrativ den Mist vom Stiefel, zog ein Stofftaschentuch heraus und tat so, als wäre sein Stiefel hin. Er putzte und rubbelte, schmierte und wischte an dieser horrenden Straftat, diesem Exempel des Widerstands. Das Gespräch war zu Ende. Die Pragovka entfernte sich mit durchdrehenden Rädern, ein feines Auto für den Asphalt. Es machte sich auf den Weg, höchstwahrscheinlich nach Vacov, wo berichtet werden würde, dass die Lebedas eine Person des öffentlichen Geschehens angegriffen hatten.

Die Lebedas setzten ihre Arbeit fort.

„Was werden sie jetzt tun?", murmelte Marie.

„Nichts", verkündete Anton.

„Nichts? Weißt du, was das heißt? Sie werden Otto holen! Sie werden uns alle holen!"

„Ist ja schon gut. Ja, sie werden Otto vielleicht holen, aber einsperren werden sie ihn wegen so ein bisschen Mist nicht. Vielleicht verbringt er eine Nacht in der Zelle und am nächsten Tag schicken sie ihn wieder nach Hause. Was sollen sie sonst mit ihm anstellen?"

„Die werden sich noch sonstwas ausgedacht haben, irgendeine Lüge, sonst wären sie nicht so schnell gegangen. Die hätten nicht so schnell aufgegeben“, erwiderte Marie verängstigt.

„Was steht ihr denn da? Weitermachen“, rief Otto, der bereits ein Stück weit entfernt war.

„Wozu sollen wir Kartoffeln säen, wenn wir sie vielleicht nie essen werden?“, flüsterte Marie. „Wir müssen flüchten“, schlug sie vor.

„Das könnte denen so passen. Genau das wollen sie ja.“

„Ich halte das nicht aus!“

Marie setzte neue Kartoffelsetzlinge ein, heulte dabei aber. Als sie nichts mehr in der Schürze hatte, lief sie wortlos weg, hob Steine auf und schmetterte sie wütend in den Boden. Noch am Ackerrand hörte man sie fluchen und schreien.

„Ich bin gleich wieder da.“

Anton folgte ihr, doch mittendrin hielt er an. Er sah sich um, fixierte seinen Bruder, wie er so verlassen dastand, ratlos mit all dem Mist. *Wenn er wenigstens wütend wäre,* dachte Anton, *wenn er mit der Mistgabel seinem Zorn freien Lauf ließe, dann würde es nicht so schmerzen.* Doch Otto stand nur so da und massierte den Holzgriff der Mistgabel Was für ein trauriger Anblick.

Marie
März 1951

Zum Abendessen gab es Brot und Milch. Marie war nicht in der Lage, sich um mehr zu kümmern. Zeit hätte sie gehabt, sie wollte aber nicht. Ihre Gedanken lähmten sie, hinderten sie an jedweden Handlungen. Sie packte ihr Hab und Gut zusammen, hatte sich entschieden zu gehen. *Dieses Nachspiel mag ich nicht erleben, stolzer Lebeda hin oder her.* In den kleinen Koffer passte alles, was ihr Leben ausmachte. Nur die Nähmaschine musste bleiben. Sie würde sich eine neue besorgen. Ohne zu überlegen, wohin es sie vertreiben würde, öffnete sie die Tür ihrer Stube.

In der Küche herrschte ein reges Gespräch zwischen den Brüdern, das selbstverständlich um den heutigen Vorfall kreiste. Sie berieten einander, klagten und beschuldigten Gott und die Welt und vor allem sich selbst. Sie waren verzweifelt. Um aus ihrem Zimmer nach draußen zu gelangen, musste Marie an der Küche vorbei, die Barriere ihrer aufgewühlten Brüder unbemerkt passieren, eine Herausforderung. Sollte sie es schaffen, wollte sie nicht mehr zurück, diesmal wirklich aus den Klauen der Angst entfliehen, die ihre Eingeweide schnürten. Wenige Treppenstufen weiter unten bekam ihre Entschiedenheit Risse, als sie das warme Kerzenlicht aus der Küche erblickte, das Schatten an die Wand warf. Der Boden knarzte.

„Wohin gehst du?“ Der Koffer entging ihnen nicht. Man konnte meinen, dass sie nur den Koffer angesprochen hatten, ein Symbol für unerlaubte Taten.

„Nur kurz nach draußen.“

„Mit einem Koffer?“

„Ich bringe einer Kundin ihren genähten Rock zurück.“

„Im Koffer?“ Anton zog tief an seiner Zigarette, die knisterte. Sein prüfender Blick und unbehagliches Schweigen ließen sie erschaudern.

„Warum nicht?“

„Komm, setz dich zu uns.“

„Nein, ich …“ Sie zögerte. „Ich gehe.“

„Du hast nicht vor, eine Kundin zu besuchen, stimmt’s? Es gibt keine Kundin, die dir einen Auftrag gegeben hat. Du hast seit Jahren keine Kunden mehr. Was hast du wirklich vor?“

„Ich … ich weiß es noch nicht, aber ich bleibe nicht hier.“

„Was für ein Unfug! Niemand wird dich aufnehmen und du wirst die Nacht nicht draußen verbringen wollen, Und falls du glaubst, dass du dich bei Josefa einnistest …“

„Josefa?“, platzte es aus Otto heraus.

„Außerdem machst du Josefa nur noch mehr Probleme. Otto, halt dich raus, ich erklär dir gleich alles.“ Otto glotzte ihn mit offenem Mund an. „Ist es wegen heute Mittag? Vielleicht passiert gar nichts. Wahrscheinlich bluffen sie nur und es geht genauso weiter wie bisher. Wir haben hier ein gutes, ruhiges Leben, Marie. Bleib stark.“

„Nein, ich bin überhaupt nicht stark und ich will es auch nicht sein! Ich halte es hier nicht mehr aus! Ich will nicht so leben, verstehst du? Der StB-Typ hatte recht. Ich pfeif auf Prinzipien, auf Stolz und was weiß ich noch, auf die Mühle, auf dieses marode Haus und auf eure Tradition. Seit dem Krieg lebe ich nicht mehr, leben wir alle nicht mehr. Ich will hinaus, Menschen kennenlernen, mit Menschen zu tun haben, die einen mögen. Ich muss hier raus, ich kann nicht mehr! Die Gesellschaft frisst uns auf, bis nichts mehr von uns übrigbleibt, versteht ihr? Die Politik wird nie besser. Die Gesellschaft mag keine Eigenbrötler, Abweichler wie uns, sie verabscheut unsere Art. So werden wir nie frei sein. Lieber verstelle ich mich, werde so tun, als wäre ich ihrer Meinung, und gehe mit Freundinnen Kaffee trinken. Was ist schon dabei? Ich habe einfach Angst, mein Leben zu verpassen!"

Antons Blick fiel auf die alten Schnürschuhe und das dunkelblaue Kleid, das sie anhatte. Sie gab fast das gleiche Bild ab wie damals, als sie aus Prag kam. Nur das kleine Bündel fehlte, das war mit der Zeit auseinandergefallen. Was hatten sie in der Zwischenzeit außer Angst, Wut und Einsamkeit hinzugewonnen? Das Älterwerden. Aber auch Treue und Wahrheit. Und die erdrückende Geschwisterliebe.

„Wenn du es so sehr willst, dann geh", flüsterte Anton kaum hörbar.

Maries Gesicht begann zu zittern, ihr Kinn bebte. Wie von Zauberhand geführt, machte sie ein paar Schritte in die Küche, sackte auf die Bank. Ihre bleiern schweren Füße blieben auf den Holzdielen kleben. Sie stützte sich auf die Tischkante, verdeckte ihr Gesicht mit den Händen. Widerstand war undenkbar. Waren es die Wurzeln ihrer Vorfahren, die sie mit alter Tücke lähmten? Oder jene besondere Anziehungskraft, die in diesem merkwürdigen Augenblick von ihrem Bruder ausging und ihren Gliedern die Flucht unmöglich machte? Ein Ansturm von Verzweiflung ließ neue Tränen strömen, woher kam denn nur so viel Flüssigkeit? Enttarnt und bloßgestellt weckte sie in Anton das Bedürfnis nach Trösten. Und so rückte er zu ihr und drückte seinen Körper an ihren. Er umklammerte ihre Schultern, den Kopf, die Arme. Sie kannte sie gut, diese Geste. So wie Hunde ihre Herrchen lieben, obwohl sie eine Tracht Prügel bekamen, so rückte sie nur ein symbolisches Stückchen weg, mehr war nicht zu schaffen.

„Weine nicht. Du musst keine Angst haben, gar nichts geschieht, du wirst sehen. Wie sollen sie uns bestrafen, wenn wir hier eingesperrt sind? Wenn sie gegen uns nichts in der Hand haben? Keiner kommt hier rein."

„Aber so können wir doch nicht leben!"

„Es ist doch nur vorübergehend, jeder Sturm ebbt einmal wieder ab. Außerdem ist daran nichts auszusetzen, hier zu leben. Dreh den Spieß mal um, hast du etwa zu wenig Platz? Unsere Vorfahren haben auch so gelebt, ach wo, die haben weiß Gott schlimmere Zeiten durchmachen müssen, wir leben hier wie die Maden im Speck. Freundinnen sind nur ein Trugschluss fürs Glück, das wahre Glück liegt woanders."

„Unsere Vorfahren waren frei, sie hatten Kinder, Freundschaften, sie haben ihre Nachbarn gegrüßt."

Otto schnalzte mit der Zunge, seine Stirn legte sich in Falten. „Unsere Nachbarn sind Denunzianten, Marie. Ihr Denunziantentum steckt ihnen im Blut, das lässt sich nicht einfach so austreiben. Damit hatten es unsere Vorfahren auch zu tun."

Fluten von Bildern und Wörtern des Vaters kamen ihr auf. Die Erinnerung bestätigte es.

„Du siehst doch selbst ein, dass ich mir das nicht ausgedacht habe, ich habe damit nicht angefangen. Ich bin nicht daran interessiert, uns zu isolieren. *Sie* sind es, die uns dazu zwingen."

„Otto hat recht", flüsterte ihr Anton ins Ohr.

„Außerdem habe ich nichts dagegen, wenn du einen anständigen Mann heiratest und Kinder bekommst. Vielleicht nicht ausgerechnet jetzt …"

„Man kann den Leuten da draußen nicht trauen", stutzte ihn Anton zurecht.

„So ist es nicht. Nicht alle sind solche Denunzianten wie unsere Nachbarn." Maries Blick war verschwommen, leer, konfus, sie blickte zu Otto auf. „Sieh es so: Die politische

Situation ändert sich, in welche Richtung auch immer, aber sie ändert sich. Der Krieg ist auch vorbeigegangen, obwohl es nicht danach aussah, und so werden auch die Kommunisten wieder gehen und wir werden frei sein, vielleicht schon in ein paar Monaten. Glaub mir."

„Otto hat recht."

„Dann bin ich zum Heiraten zu alt."

„Man muss nicht heiraten", verhöhnte sie Anton.

„Anton! Hol Holz aus dem Schuppen!", befahl Otto in harschem Ton.

Nach langem Wortgefecht war sie am Küchentisch eingeschlafen. Die Nacht kam. Nur eine einsame Kerze warf vage Schatten an der Küchendecke. Marie träumte, sie wurde getragen, sie lag auf den Armen eines Mannes, sie schwebte nahezu über dem Boden, über den Treppengang, nur schemenhaft erkannte sie den Türrahmen zu ihrem Zimmer. Sie sah dem, der sie trug, nicht ins Gesicht, um nicht enttäuscht zu sein und die Illusion von Glück und Liebe ganz aufzugeben. Ihr Kopf war im Ärmel seines Hemdes versteckt. Wie ein Vogel, der den Kopf einzog. Sie weigerte sich, ihn anzusehen, sie wusste, wer es war. Otto trug huckepack, Anton nicht. Er legte sie sachte ins Bett, die Daunendecke war schon aufgeschlagen. Er schwieg und sie ließ ihn im Glauben, eine Schlafende vor sich zu haben. Vielleicht aus eigenem Schutzmechanismus, um keinerlei Mittäterschaft zu signalisieren, oder in der Hoffnung, er möge schlafende Frauen in Ruhe lassen. Doch ihr Plan ging nicht auf, er setzte sich auf die Bettkante. Seine Fingerkuppen betasten ihr Gesicht und sie öffnete die Augen. Stille füllte den Raum, man hörte nur ein seltsames Trippeln auf dem Dach, das wohl den Siebenschläfern zuzuschreiben war.

„Anton …“

„Ja?“

„Wir haben über alles Politische gesprochen, wir haben uns den Mund wundgeredet, wir haben Pläne geschmiedet, was wir anstellen, wenn sie morgen vor unseren Toren stehen. Und wir haben uns geeinigt abzuwarten, bis wir wissen, was morgen geschieht. Und jetzt? Wartest du auf deine Genugtuung?“

„Wie meinst du das?“

„Jetzt ist die Zeit gekommen, um über die Wahrheit zu sprechen. Vielleicht über unsere Wahrheit.“

„Vielleicht.“

„Ich weiß, dass du ein seltsames Spiel mit mir …“

Er legte ihr die Hand auf den Mund. „Seltsam?“

„Meinst du, wir kommen in die Hölle?“, flüsterte sie.

Anton streichelte ihren Kopf, sie kannte seine Art der Annäherung, die sich verselbstständigte. Trotz ihres Widerwillens ließ sie es zu. Es war einfach schön, von einer Hand liebkost zu werden, direkt vom Herzen gesandt. Sie hatte zu wenig davon bekommen.

„Nein, wir kommen nicht in die Hölle.“ Seine Hand glitt entschlossen an ihrem Hals entlang.

Sie fasste sein Handgelenk. „Nein, bitte nicht. Du bist so lieb, Anton, aber nein, das nicht.“ Kurz glaubte sie, genügend Wirkung mit ihrer Bitte zu erzielen. „Wo ist überhaupt mein Koffer?“

„Hier im Zimmer. Ich habe ihn hochgebracht. Mach dir keine Sorgen, Marie.“ Und zum wiederholten Mal landete seine Hand auf ihrer Schulter.

„Wir müssen über uns sprechen“, flüsterte sie.

„Da gibt es nichts zu besprechen. Es ist so, wie es ist, und außerdem habe ich nicht den Mut, darüber zu sprechen.

Schließ die Augen und tu gar nichts. Was sollen Worte, was sollen all die Verbote?“ Er küsste sie. Auf die Wange. Sie hatte rechtzeitig den Kopf zur Seite gewendet.

„Ich kann das nicht.“

„Versuch’s wenigstens, meinetwegen. Niemand ist hier, niemand weiß es.“ Seine Hand bohrte sich noch fester in ihre Schulter.

„Kommen wir in die Hölle?“

„Nein. Und wenn schon, ich habe vor der Hölle keine Angst. Es gibt keinen Gott, also gibt es auch keine Hölle.“

„Du redest schon wie die Kommunisten.“

„Ich wünschte, wir wären diesmal unterschiedlicher Meinung.“

Seine Lippen berührten ihre. Noch nie hatte sie sie auf diese Weise wahrgenommen. Seine vorige körperliche Nötigung war unangenehm, schmerzhaft gewesen, doch heute entdeckte sie im Angesicht der ruhigen Lage, ihrer Müdigkeit eine Art Entschuldigung für das, was sie tat, vielleicht sogar eine Berechtigung. Sich die fehlende Liebe da zu holen, wo sie im Übermaß angeboten wurde, sollte ihr ein einziges Mal vergönnt sein. Ihr Herz pochte, der Atem ging schwer, sie rührte sich nicht. Seine Lippen ruhten leicht auf ihren. Überwältigt von diesem Urgefühl öffnete sie ein wenig den Mund, um etwas zu erreichen, was, wollte sie sich gar nicht eingestehen. Sie mochte es nicht verantworten vor lauter Angst, die heilige Ordnung der Dinge so ruchlos durcheinanderzubringen. Befreit von moralischer Erziehung lockerte sie die angespannten Fasern ihres Körpers und entschied sich für *Ja*. Statt sein Werk zu vollenden, entfernte er seine Lippen von ihren, sodass sie vor Sehnsucht aufschreien wollte.

Sie richtete sich auf, ihre aufgewühlten Sehnsüchte führten

einen schmerzhaften Stich der unerreichbaren Liebe herbei. Jetzt war *Marie* vom Liebeszauber betört, sie packte ihn am Hals und zog ihn zu sich. Ja, sie zog ihren eigenen Bruder an sich heran, wie ein Tier mit zwei Seelen und zwei Köpfen, von denen der rational denkende verkümmert war und der andere von Fleischeslust berauscht und von Sehnsucht und Hingabe getrieben. *Verräter!* Sie küsste Anton leidenschaftlich. Mit berechnender Selbstverständlichkeit missbrauchte er ihre Schwäche und erwiderte ihr Aufbegehren. Dieses überwältigende Gefühl war kaum in Worte zu fassen. Es gab kein Zurück mehr. Sie küsste ihren eigenen Bruder, sie, Marie Lebedová, die brave Müllerstochter, die Verräterin ihrer selbst. Sie ergab sich ihm freiwillig. Mit zu Fäusten geballten Händen das Bettlaken ziehend ließ sie los, öffnete allmählich die Handflächen, während er ihr Bett bestieg.

Gefühlte Stunden später verließ er ihr Zimmer und sie verweilte den Rest der Nacht mit offenen Augen. Dämonen suchten ihre Gedanken heim, verflüchtigten sich jedoch nach einer Weile durch die Müdigkeit erschlafft. Nur die Moralpredigten geisterten in Endlosschleife in ihrem Kopf herum. Gab es einen Winkel der Einsicht, aus dem man eine Geschwisterliebe rechtfertigen oder gar verstehen konnte? Angestrengt erinnerte sie sich an die Gesichter der Dorfbewohner, einen nach dem anderen ging sie durch, die Geschwister, die Cousins und Cousinen, die Mütter und Väter, die Väter und ihre Töchter und die Mütter und ihre Söhne. Sie suchte zwanghaft nach verräterischen Zeichen einer ähnlichen verworrenen Liebe, fand aber nirgendwo etwas Gleichartiges, auch nicht in den Gesichtern aus Prag. Untreue und was es so alles Unkeusches gab, gewiss, aber keine Liebe im eigenen Familienkreis. Oder war es naiv zu glauben, man könnte es einfach so erkennen? Auch ihr würde man nichts anmerken, so wahr sie hier lag. Keiner der Menschen da draußen hätte solch verrückte Phantasie, für das, was in ihren vier Wänden geschah. Nicht einmal Otto war imstande, solch eine Ungeheuerlichkeit zu ahnen, auch nicht, als er Anton beim Spähen ertappt hatte. Niemals hätte er geglaubt, dass *sie* das Band der verbotenen Liebe gebunden hatte. Ein Mann wurde *schwach*, wenn er eine schöne Frau sah, sein Trieb zu stark, aber andersherum? Gott im Himmel. Anton hatte den Mädchen mit seiner charmanten Art und seinem exzellenten Aussehen schon reihenweise den Kopf verdreht. Marie war eifersüchtig gewesen und jetzt verstand sie auch, warum. Der Mensch trug immer einen Widerspruch in sich, der tauchte nie an der Oberfläche auf, aber liebten Frauen nicht auch Frauen und Männer Männer? Warum dann nicht die Schwester den Bruder? Sie trug den Widerspruch genauso in sich wie Anton, doch sie war eine Frau, sie durfte nicht *schwach* werden. Unentwegt entsann sie sich seiner Berührung, seines Liebesgeflüsters, das in ihren Ohren nachhallte. Er roch so gut. Am liebsten hätte sie ihn in ihrem jämmerlichen Zustand aufgesucht und um Vergebung gebeten. Sie hasste sich ihrer Liebe wegen, sie verfluchte ihn und bereute, dass sie sich auf ihn eingelassen hatte.

Die Morgendämmerung setzte ein, als sie den Drang verspürte einzuschlafen. Aus dem Nichts gefror ihr das Blut in den Adern. Ein Motor brummte direkt vor dem Hoftor, nicht zu überhören. Mit hämmerndem Herzen sprang sie aus dem Bett und spähte aus dem Fenster. Zwei Lichtkegel schnitten in die Dunkelheit. Ihr stockte der Atem, doch es kam noch schlimmer, es waren nicht nur zwei Scheinwerfer, sondern vier. Sie erkannte zwei schwarze Fahrzeuge. Durch den Fensterspalt vernahm sie Stimmen, deren Sinn sie nicht verstand. Die Gestalten schlugen auf das morsche Holz, forderten die Lebedas auf, das Tor zu öffnen. Marie warf sich einen leichten Umhang über, rannte die Treppe hinunter und fand die Brüder im Nachthemd vor dem Küchenfenster.

„Was sollen wir tun?“, zischte sie.

„Pssst. Nichts“, flüsterte Otto. „Wir tun so, als wären wir nicht zu Hause.“

„Aber das ist doch absurd. Sie wissen ganz genau, dass wir da sind.“

„Wir bleiben hier, reg dich nicht auf.“

„Du meinst, sie können nicht rein?“

„Keine Chance.“

„Und durch das Wasser?“

„Das wäre eine Möglichkeit. Glaub ich aber nicht, sie wollen sich doch nicht die Füße nass machen. Die bluffen wieder nur.“ Auf Zehenspitzen öffnete Anton die Haustür, die Neugier war groß. Was hinter dem Tor geschah, konnten sie nur ahnen, die Mauern waren zu hoch.

„Hoffentlich ist die Mauer stabil genug,“ meinte Marie sorgenvoll.

Anton witzelte in Anspielung auf Ottos mangelnde Maurerfähigkeit, dass er sich da nicht so sicher sei. Das Donnern wurde stärker und als sie das knarzende Aufhebeln des Schlosses vernahmen, wurde ihnen klar, dass es ernst wurde. Diese Funktionäre würden sich nicht abwimmeln lassen.

„Großer Gott!“

„Geh hoch und zieh dich an“, befahl Anton seiner Schwester.

„Nein, ich lasse euch nicht allein.“

„Tu, was Anton sagt, zieh dir was über.“

Kopfüber sprang sie ins Zimmer, suchte nach Rock und Bluse, die auf dem Boden verstreut lagen. Unfähig, Knöpfe zu knöpfen und Bänder zu knoten, so sehr zitterten ihre Hände, platzte sie wie ein aufgescheuchtes Huhn in die Küche. Sie war gewillt, nach einer Pfanne aus dem altbewährten Waffenarsenal einer Frau zu greifen, ließ es aber bleiben. Es kam ihr lächerlich vor, und war außerdem zu spät. Mit jedem gewaltigen Hieb brach das Tor weiter auseinander und hielt an immer weniger Brettern zusammen.

„Fliehen wir?“, schlug Anton vor.

„Ja!“

„Nein!“, konterte Otto.

„Warum nicht? Sie sind gleich hier.“

„Wir sind nicht schuld. Wir haben nichts verbrochen.“

„Sie sehen das aber anders. Hauen wir ab!“

„Und was dann? Was sollen wir tun? Im Wald wie die Wilden leben? Von Walderdbeeren und Pilzen? Sie werden nicht aufhören, uns zu verfolgen. Nein, wir fliehen nicht, wir haben nichts getan.“

„Sie werden uns einsperren.“

„Nein, das werden sie nicht.“

„Wir sind in ihren Augen miese *Kulaken*, das ist Grund genug. Und der Mist, das ist wegen dem Mist.“

„Sei still. Wir bleiben.“

„Gib mir deine Hand, Marie“, wisperte Anton liebevoll. Seine Augen schimmerten, die Lippen glühten.

Ohne weitere Aufforderung berührte sie seine Hand, ihre Handflächen fanden reibungslos zusammen. Ihr für immer bestehendes Bündnis war das Einzige, was zählte. Otto guckte etwas irritiert, war aber beschäftigt damit, keinen Aufstand zu machen. Vielleicht verstand er. Dieselbe Geste folgte von der linken Seite, als auch er nach ihrer Hand griff. Marie fühlte sich geborgen. Liebe, Kraft, Mut, Aufrichtigkeit, all ihre aufkommenden Gefühle explodierten wie von selbst. So verweilten sie und warteten auf ihr Urteil von höchster Obrigkeit. Sie wussten, dass Köpfe rollen würden.

Der linke Torflügel brach aus der Aufhängung und fiel mit Karacho auf den Boden. Der rechte hing in Einzelteilen noch dran. Sechs StB-Uniformierte in Grün drangen in ihre Privatsphäre, gefolgt von zwei Typen in langem Trenchcoat mit Hut. Argwöhnisch stierten sie die Lebedas an, die sich an den Händen hielten, mit Kälte zeigten sie, das sie das Recht auf ihrer Seite hatten.

„Im Namen der Tschechoslowakischen Sozialistischen Republik liegt gegen den Müller Otto Lebeda, wohnhaft in Matovice 36, und seinen Bruder Anton Lebeda ein Haftbefehl vor, der mit sofortiger Wirkung vollstreckt werden muss. Bitte ziehen Sie sich etwas an."

„Darf ich Sie fragen, weswegen?"

„Marie!", zischte Otto.

„Angriff gegen eine Amtsperson", antwortete einer der Eindringlinge, Kohout, dessen roter Zinken hinabhing wie der Kropf eines Truthahns. Bekannte Gesichter.

Die sich haltenden Hände drohten auseinandergerissen zu werden. Marie krampfte sich an ihnen fest, doch ihre Brüder lösten sich von ihr. „Aber warum auch Anton Lebeda? Anton hat damit gar nichts zu tun, er hat niemanden angegriffen."

„Sehen Sie, jetzt geben Sie selbst zu, dass es zu Handgreiflichkeiten kam", sagte Kohout und lächelte beinahe.

„Nein, so war das nicht gemeint."

„Marie, lass!", schimpfte Otto aufs Neue.

Doch da hatte sich Kohout bereits umgedreht und an die Herren gewandt. „Alle Anwesenden können bezeugen, dass sowohl Herr Otto Lebeda als auch Herr Anton Lebeda handgreiflich wurden. Ist dem so, liebe Genossen?"

Die Mannschaft nickte.

„Das ist eine Lüge!"

„Sie haben Glück, dass ich heute gut gelaunt bin, ich könnte Sie auch wegen Beleidigung mitnehmen."

Maries flehender Blick kam nicht an, es war ohnehin zu spät. Ohne Widerstand taten ihre Brüder, was von ihnen verlangt wurde. Sie waren tatsächlich im Begriff, sich anzuziehen und mitzugehen. Maries Augen füllten sich mit Tränen, ihre Hände baumelten leblos herab. Wie selbstverständlich sich diese Willkür gab. Marie wagte nicht zu fragen, wohin die Brüder gebracht würden. Jedes Wort konnte als Widerstand gewertet werden. Aber Schwäche zeigen wollte sie auch nicht, und so verharrte sie zitternd und der Ohnmacht nah.

Aus dem Inneren waren Geräusche zu vernehmen. Nicht auszuschließen, dass ihre Brüder durch die obere Tür, die zum Teich führte, die Flucht ergriffen. Bis die uniformierten Herren den steilen und nassen Hügel zum Teich hinaufgeklettert wären, wären die Brüder längst im Dickicht des Waldes verschwunden, den sie wie ihre Westentasche kannten.

„Gott steh mir bei", entschlüpfte es Marie.

„Das wird er kaum. Das hat er noch nie", spottete einer der Schurken. Sie hatte ihre Lippen bereits zum Spucken geschürzt, als sie merkte, dass sie erneut in ein Fettnäpfchen getreten war. „Lebedová, wie religiös bist du?"

„Duzen wir uns?"

Die Kommunisten hassten jegliche Religion und alles, was damit zusammenhing. Die Pfarrer und Geistlichen verschwanden von der Bildfläche wie unliebsames Ungeziefer, die Kirchen verkümmerten, die katholischen Chroniken, die seit Generationen geführt wurden, wurden entweder verbrannt oder auf Nimmerwiedersehen in düstere Archive in feuchten Kellern verbannt, und die Menschen trauten sich nicht einmal mehr, in den eigenen vier Wänden zu beten.

Otto erschien mit einem Bündel Habseligkeiten als Erster im Türrahmen. Trotz Resignation und Trauer hielt er seine Fassade aufrecht. Welch schmerzendes Bild. Otto, der keiner Fliege etwas zuleide tun konnte, parierte. Er umarmte seine Schwester wortlos, nur in seinen Augen stand, dass das Spiel verloren war.

„Vergiss nicht, die Tiere zu füttern", murmelte er vor sich hin. Als hätte sie das jemals vergessen. Es bedeutete wohl *Leb wohl und nimm dich in Acht.*

Anton erschien ohne Gepäck. Seine stattlichen Schultern, auf denen noch vor wenigen Stunden ihr Kopf geruht hatte, hingen eingefallen herab, wie immer, wenn Anton Zwang auferlegt wurde oder er unglücklich war. Die Ungerechtigkeit drückte auf ihm. Am liebsten hätte sie sich an ihn geschmiegt, sein blasses Gesicht geküsst und ihm ihre Treue und Liebe geschworen. Sie beschränkte sich auf eine kurze Umarmung, einen Abschied der nichtssagenden Art. Tränen rannen ihr hinab und sie sank nun doch auf die Knie. *Verflucht noch mal. War's das, oder handelte es sich nur um einen harmlosen Streich der Kommunisten, wie ein Sommergewitter, das Hagel nach sich zog, aber wieder verging? Vielleicht würden sie morgen schon zurückkehren?*

Die Funktionäre verließen den Hof, es blieb eine Verwüstung in ihrer Seele. Sie hinterließen Marie allein ohne weitere Einwände in der Mühle, friss oder stirb.

„Anton! Otto!" Im aufwirbelnden Staub der abfahrenden

Autos musste sie husten, lief ihnen sinnlos wenige Meter nach. „Anton!"

Sie konnte es nicht fassen, dass tatsächlich das Schlimmste eingetreten war. Was nun? Weitermachen? Mit einem klaffenden Loch im Herzen und ohne Rettung in Sicht? Die Sonne warf fröhliche Schatten durch die Baumkronen, im Fenster der Nachbarn bewegte sich die Gardine. *Na, zufrieden?*, dachte sie. Eine männliche Silhouette war hinter dem Stoff zu erahnen, ihre Nachbarn waren ein wirklich niederträchtiges Volk. Um ihrer angestauten Wut ein Ventil zu verschaffen, spuckte sie provokativ auf den Boden und hoffte, dass er es durch die Gardine sah. Hoffentlich bot ihm das einen neuen Anlass für eine Anzeige, dann müsste sie nicht hier in der Einsamkeit verrotten. Lange war ihr der Blick auf die Straße verwehrt geblieben. Sie war seit Monaten nicht hier gewesen, nur zur Feldarbeit durch die Hintertür zum Wald und abends wieder zurück geschlüpft, der einzige Weg nach draußen, ohne von den Nachbarn bemerkt zu werden. Jetzt stand sie auf der Straße, frei und gefangen zugleich, es gab nichts zu verstecken, nichts zu verheimlichen, als stünde sie nackt den gierigen Blicken ausgeliefert.

Sie schleppte ihre Glieder zurück in die Küche, ließ alle Türen offen, blieb stehen. Was nun? Sie drehte sich um die eigene Achse, wusste mit sich immer weniger anzufangen, dann schlenderte sie erneut hinaus. *Diese Stille bringt mich eines Tages um! Dummes Leben hier, es ist ein Fluch. Überall klebt er, seit Generationen schwebt er über unseren Köpfen, wir werden ihn nie los. Und das alles nur, weil sich meine Mutter zur Heirat mit ihrem Onkel zwingen ließ. Aus diesem Bündnis konnten ja nur Missgeburten hinauskriechen, die nichts*

Besseres zu tun haben, als das gleiche Schicksal zu wiederholen. Ein plötzlicher Einfall ließ sie aufspringen, sie rannte auf den Hof. *Nein, meine Liebe, das hat nichts mit einem Fluch zu tun, sonst wäre das ganze Land verflucht. Im Dorf wurden viele verfolgt und verschleppt, auch ohne Inzest. Nur die Angepassten glauben ihre Ruhe zu haben, doch auch sie müssen sich in Acht nehmen, ihre Zungen bändigen und so tun, als stünden sie hinter dem System. Sie müssen erfüllen, was von ihnen verlangt wird. Ist das die Freiheit? Wir haben getan, was wir tun konnten, wir waren zäh. Wir waren die Letzten, die Widerstand geleistet haben.*

Sie lief zur Kräuterfrau. Deren Gesicht war mit unzähligen Furchen und Kratern übersät, tiefe Spuren hatten sich im Lauf der Jahre in ihre Wangen und auf der Stirn eingefräst. Marie war lange nicht mehr bei ihr gewesen. Als sie klein war, hatte *die Alte,* wie sie schon immer bezeichnet wurde, die Lebedas mit ihren Heilkräften beseelt, Ärzte im weißen Kittel suchten sie nie auf. Jetzt war davon nur noch wenig zu spüren, sie hatte sich geändert, als wäre sie aus ihrer wahren Identität ausgestiegen. Vom System verfolgt und gekränkt, verhört und eingesperrt, der Hexerei und des Schamanismus wegen verflucht, hatte sie sich offensichtlich dem System gebeugt und aufgehört zu heilen. Doch dann waren die eingefleischten Parteimitglieder mit einer gewissen Sonderstellung gekommen und hatten auf Genesung durch ihre Hände gehofft, wenn die moderne Medizin versagte. Das hieß, öffentlich hatte sie mit dem Heilen aufgehört, inoffiziell heilte sie jedoch weiter. Egal wie hoch dekoriert ihre Kundschaft war, sie konnte ihre Heilkräfte steuern und heilte nur jene, die sie heilen wollte.

In der Stube roch es schlecht. Marie wurde ganz übel von der Mischung aus Heilkräutern, Urin und Kuhfladen.

„Ich habe lange nicht gearbeitet. Bis mir eine Anstellung im Kuhstall der Soběšicer LPG zugeteilt wurde. Aber die Knochen spielen nicht mehr so mit wie früher."

„Sie Ärmste."

„Wenn die Seele gebrochen wird, erkrankt der Körper."

„Können Sie sich nicht selbst heilen?"

„Das, meine Liebe, ist das Einzige, was ich nicht kann."

„Und eine andere Kräuterfrau?"

„Alle weg. Entweder im Gefängnis oder in der Irrenanstalt."

„Ich würde Sie ja gern heilen, wenn ich nur wüsste, wie es geht." Seufzend legte Marie ihre Hände in den Schoß und betrachtete sie mit schiefem Blick. Ob die Kräuterfrau etwas gemerkt hatte?

„Jeder kann es. Auch du kannst es. Aber nicht jeder ist in der Lage, seine Kräfte zu entfalten. Die meisten wollen es gar nicht. Und es kostet einen hohen Preis." Sie sah jetzt Marie in die Augen, sehr lange. „Du weinst nicht wegen dem System, du weinst wegen deiner verlorenen Liebe."

Marie verdeckte schluchzend ihr Gesicht, bohrte es in die Hände der Greisin. „Das ist es ja eben!"

Die Kräuterfrau strich sanft über ihre Haare, wie eine Mutter. „Ich weiß, ich weiß ..."

„Was wissen Sie?"

„Ich sehe es."

„Irgendwie ... ich liebe ihn ..."

„Sag nichts."

„Soll ich besser schweigen?"

Die kleinen, mit runzeliger Lederhaut umrandeten Augen der Kräuterfrau forschten in Maries Antlitz. Marie fühlte sich wie aus Glas. „Du treibst es zu weit, mein Kind." Sie sagte *treiben*, ein unschönes Wort für all das Schöne, was Marie empfand. Der Begriff hatte sicherlich nichts mit der Intimität zu tun, aber sie hätte auch sagen können, *du gehst zu weit*.

„Sie verdammen mich also auch?“

„Ich verdamme niemand, das steht mir nicht zu, aber du machst einen Fehler und wirst einen hohen Preis dafür zahlen“, sagte sie mit brüchiger Stimme, als verließe sie die Kraft oder sei kurz vor dem Einnicken. Ihr Körper sackte zusammen, verschwand geradezu unter der traditionellen Kluft, die sie angezogen hatte. Doch sie war keineswegs abgedriftet, sondern schnäuzte nun gewaltig und wischte die Tränen weg, die nicht des Unglücks, sondern des Alters wegen kullerten. Oder wusste Marie das so genau? „Geh. Ich sage lieber nichts.“

Die erhoffte Segnung hatte Marie von der Kräuterfrau nicht erhalten, aber wenigstens konnte sie es ihr anvertrauen, sich entladen, wenn auch nicht direkt, nur so idiotisch halb. Marie flüchtete durch den aufbrausenden Wind. Warum hatte sie sich nur so wenig angezogen?

In der Nacht versuchte sie vergeblich zu schlafen, führte dabei Selbstgespräche, eine Quintessenz der gescheiterten Kommunikation mit der Kräuterfrau. Gefühlt hatte sie seit Jahren kein Wort mit jemandem gewechselt und das immer enger werdende Korsett drohte zu platzen. Sie sah dunkle Gestalten vor sich, diese dunklen Silhouetten, die heute Morgen aus dem Auto gestiegen waren, und erschauderte wie ein Kind vor dem bösen Mann. Sie erhob sich und sah aus dem Fenster hinaus, ein merkwürdiges Gefühl beschlich sie. Der Morgen graute bereits in seiner schönen Natur und bestätigte ihre Vorahnung. Sie waren wieder da. Sie kamen in ihren dunklen Uniformen und hämmerten an das kaputte Tor, das sperrangelweit offen stand. Sie riefen laut ihren Namen, einer argen Aufforderung gleich.

Marie öffnete zitternd die Haustür und die Männer, vermutlich vom Vimperker Amt, brachen mit der Selbstverständlichkeit einer Dampfwalze in die Mühle ein. Den Wisch, der ihr ausgehändigt wurde und den sie nicht lesen konnte, weil es noch zu dunkel war, legte sie zur Seite. Sie wurde von zwei Wichtigtuern einer Befragung unterzogen. *Ob sie einen Traktor oder sonstige landwirtschaftliche Maschinen besäßen? Ob die Mühle noch funktionsfähig sei? Wie viel Vieh vorhanden sei? Ob sie Kontakte zum Westen habe? Ob sie an Gott glaube?* Sachlich und wahrheitsgemäß antwortete Marie auf die Fragen, während die Männer ihre Nasen in ihre Privateigentümer steckten. Sie solle sich auf der Stelle anziehen und ihre Sachen packen. Sie fragte, wohin sie solle. Ihr sei ein Bett im Armenhaus Pastouška am Rande der Ortschaft Volyně zugeteilt worden, denn hier könne sie nicht mehr wohnen, die Mühle sei konfisziert und gehöre ihr nicht mehr.

Starke Worte angesichts der Ereignisse, die sich im Laufe ihres Lebens in dieser Mühle abgespielt hatten. Seit Jahren träumte sie davon, der Mühle zu entkommen, den Schritt zur Unabhängigkeit zu wagen, wie von einer undurchdringlichen Mauer umgeben. Eine Mauer der Liebe, wie sie erst jetzt verstand, die sie trennte von der Moralwelt und es gut mit ihr meinte. Und nun war sie getrennt von dieser verhassten und geliebten Mauer, getrennt von ihrer Familie, von ihren Brüdern, *von dem einen Bruder*. Alles hätte sie getan, um hierbleiben zu dürfen. Eine Hausdurchsuchung fand statt, der Haushalt auf den Kopf gestellt wie von dreißig Räubern. Sie waren wieder zu sechst, vier Uniformierte und zwei überzeugte Bolschewiken, nur mit unbekannten Gesichtern.

Keine Stunde später donnerte ein Viehtransporter heran. Bäuerliche Gestalten führten Rosine und Mára aus dem Stall. Marie zitterte am ganzen Leib, sie schrie und flehte wie eine von Hysterie geplagte Patientin.

„Ja, sollen die denn hier verrecken?“

Ein rechthaben in der neuen Logik. Die Tiere sollten ihre Bleibe in einem der Riesenställe eines landwirtschaftlichen Komplexes erhalten, ebenso wie die Schafe und Ziegen von der Weide. Die Hühner wurden ihrem Schicksal überlassen, nicht einmal Wasser gaben sie ihnen, die Kaninchenställe wurden einfach geöffnet und die Tiere suchten das Weite.

Marie weinte inmitten der Verwüstung. Die Mehlsäcke waren aufgeschlitzt, die Geräte umgeschmissen oder mitgenommen. Lebensmittel aus der Kammer gestohlen oder mitgenommen, Töpfe, Teller, Geschirr auf dem Boden, das Familienerbe von Menschen aus den eigenen Reihen zerbrochen, verstreut, zertrampelt, worden. Während der Fahrt glitt die Landschaft an ihr vorbei und ihr war fast leichter ums Herz.

Nach dem Verhör in Volyně wurde sie mittags ins Armenhaus gebracht. Vor der kommunistischen Machtübernahme hatten solche Häuser als Bleibe für Hirten und Knechte gedient, später für Milchmägde und einfaches Volk, das auf die Almosen des Dorfes angewiesen war. Nun landeten Frauen wie Marie dort, Überbleibsel der *Kulakenfamilien*. Sie erhielt Instruktionen des Hauses. Die Anzahl der ausgesiedelten Frauen übertraf die der üblichen Obdachlosen und Bettler, die ebenfalls anwesend waren, um einiges. Die Wände platzten aus allen Nähten. Unbequeme Staatsverräterinnen und Saboteurinnen, die Frauen und Töchter sogenannter Kulaken und schwarzer Barone, bestimmter Militärangehöriger, sie alle hatten nur eines gemeinsam: Sie galten als Gefahr für das System.

Das Essen in der Pastouška roch faul, dafür gab es Strom. Eine der wenigen Errungenschaften, die Marie faszinierten. Eine eigene Nachttischlampe hätte sie sicher vor Freude unentwegt ein- und ausgeknipst. Alle beklagten sich über die Latrinen. Marie beschwerte sich nicht. In der Mühle hatte es nie fließendes Wasser aus dem Wasserhahn gegeben und das Plumpsklo stand ebenso auf dem Hof, für die Nacht benutzte man den Nachttopf aus der Kindheit. So begann ihr erster Tag in der Pastouška. Die lebendige Erinnerung an Anton, die schöne letzte Nacht und die Liebe nährte sie. Die Zeit, die folgen würde, fühlte sich bereits an wie ein kalter, einsamer Albtraum.

Otto
September 1951

Ottos Leben büßte an Dynamik ein. Es war neun Uhr. Man hatte ihn aufgefordert, Hemd und Schuhe anzuziehen und sich zu kämmen.

„Wieso tragen Sie keine Schuhe mit Schnürsenkeln?", fragten die Wärter.

„Ich habe keine, ich bin kein feiner Herr", antwortete er.

„Und wieso sind Sie nicht gekämmt? Sie nehmen hier an einer Gerichtsverhandlung teil."

„Ich besitze keinen Kamm."

„Was besitzen Sie denn überhaupt? Und was tun Sie hier eigentlich, wenn Sie nichts besitzen?", lachten sie.

„Das wüsste ich selbst gerne."

Wieder Gelächter. Der Vorsitzende warf den Wärtern vernichtende Blicke zu, ihre Witze gefielen ihm nicht.

Otto betrachtete die Menschen im Saal. Die Funktionäre hatten aufgedunsene Backen, ihre Nasen waren dickporig und rund, die Lippen fahl. Zu wenig Frisches auf dem Speiseplan, zu viele einbetonierte Überzeugungen. Otto versuchte in den Minen zu lesen, so wie beim dickleibigen Richter oder im Ausdruck des Prokurators, eines gewissen Dr. Vás, dessen Name wenigstens verkündet wurde, nicht wie bei den Anderen, die weiß Gott wer waren und sich aufplusterten. Die Kommunisten hielten zusammen, kannten einander und deckten sich, unwahrscheinlich, dass sie sich von irgendeinem beliebigen Kulaken beeindrucken lassen würden. Hier fand Fließbandarbeit statt, sein Fall war längst entschieden: Die Lebedas sollten von der Bildfläche verschwinden.

Dr. Vás hielt sich kurz. Seine Stimme war dünn und fiepsig, er war kaum zu hören inmitten des vollen kleinen Gerichtssaals. Er ging völlig unter, als wolle er sich schonen oder als sei ihm die Arbeit angesichts der vielen zu bewältigenden Anträge zu eintönig geworden. Doch selbst wenn er wie ein Schauspieler mit sonorer Stimme gesprochen hätte, bliebe Otto das ganze Theater unverständlich, er war doch nur ein unbedeutender Fisch. Warum sagten sie nicht direkt *Weg mit dem, der passt uns nicht?* Er nahm Dr. Vás ins Visier, versuchte seine Bemerkung zu analysieren, die er ihm kurz vor Betreten des Gerichtssaals vor die Füße geworfen hatte.

„Na, Lebeda, sag, wie viel du haben willst? Fünfzehn Jahre oder Strick? Dafür bin ich als Richter hier. Um Paragrafen auszulegen, ha, ha."

Die Worte hallten noch dumpf in Ottos Kopf nach. Allmählich sickerte es bei ihm ein, was Vás damit meinte. Es sollte ihn einschüchtern und kleinkriegen, nachdem man so lange an seiner Sturheit gescheitert war. Drohen wollte dieser Hund also. Mit seinem Grinsen wollte er ihn auffordern zu reden, denn wer würde eine derartige Ansage gleichgültig über sich ergehen lassen? Niemand.

Der nickende Fettwanst von Richter pulte Essensreste aus den Zähnen und erzeugte Sauggeräusche. Otto hatte viel Zeit zum Beobachten, während die Leier über historische Aufgaben und Forderungen der Arbeiterklasse über ihn erging, als wäre diese die einzige Wahrheit und all ihre Taten gerechtfertigt. Das amüsierte ihn beinahe. Noch hatte er die Freiheit zu denken, zumindest, solange man ihn nicht in die Irrenanstalt steckte und mit Elektroschocks und Pillen ruhigstellte. Er versuchte die verlogenen Worte, die Dr. Vás von den Lippen perlten, zu entschlüsseln. Zu einem Dialog ließ sich Otto nicht provozieren, das hätte ihn vielleicht in eine noch größere Scheiße geritten. Er fragte sich, bei wie vielen Menschenschicksalen dieser

Vás seinen Einfluss missbrauchte. Spulte er immer denselben Text ab oder differenzierte er je nach Fall? War er ausschließlich für die *Dorfreichen* zuständig, sodass die Geistlichen, die Intellektuellen und die Adligen einem anderen Funktionär unterstellt waren?

Eine adrette Dame setzte das Protokoll auf, eine durchaus sympathische Frau. Otto hätte sie gern gefragt, warum sie einen solchen Posten gewählt hatte, aber auch in Hitlers Büros hatten junge hübsche Sekretärinnen geglänzt, die im Glauben an die Richtigkeit alles erfüllten, was das System verlangte. Drei Pseudovertreter aus den Reihen der erwähnten Arbeiterklasse saßen mit herabhängenden Köpfen daneben. In ihren Händen kneteten sie ihre Mützen, so sehr schämten sie sich für das Affentheater, das sie scheinheilig befürworten mussten. Otto empfand für die drei lumpigen Armleuchter, die ihm in den Rücken fielen, nur Verachtung. Er schloss die Augen. Ein StB-Piefke, ein grün bekleideter Spund, der keine Ahnung hatte, was vor sich ging, hielt stramm vor dem Ausgang Wache. Der Matovicer Ortsvorsitzende Jaroslav Urban fehlte. Dessen linkische, hinterlistige Fresse hatte Otto schon früher nicht leiden können, jetzt aber noch weniger, weil er sich während der zahlreichen Verhöre in der Strakonicer Haftanstalt als Freund ausgegeben hatte, als wäre Ottos Leben von seiner Gunst abhängig. Er hatte Otto öfter mal zur Seite genommen und auf ihn eingeredet, wollte ihn manipulieren. Es hieß, er könne nicht kommen, weil seine Tochter heute heiratete. Dabei war er Vater von zwei Söhnen. Weshalb diese unnötigen Lügen? Otto verzichtete gern auf seine Anwesenheit, es war sogar besser so, weniger Dreck im Raum.

Ob mit oder ohne Urban, spätestens hier hatte Otto das Schweigen gelernt. Seit vierzehn Tagen warteten er und sein

Bruder auf die heutige Verhandlung, in der Hoffnung, Ungerechtigkeit offenzulegen und den hanebüchenen Vorwurf des Angriffs auf eine Person des öffentlichen Rechts zu widerlegen. Als das Urteil verkündet wurde, schmolz die Hoffnung dahin. Als Anführer des imperialistischen Widerstands, der sich weigerte an der Kollektivierung teilzunehmen und Agrarabgaben zu leisten, erwarteten ihn und Anton 702 Tage Zwangsarbeit im PTP Komárno. Ein PTP war nichts anderes als ein Arbeitslager zur Umerziehung von Regimefeinden. Otto durfte von Glück reden, dass er wie sein Bruder *nur* in ein PTP versetzt würde, was er nach jenem kurzen Satz von Dr. Vás gern glaubte. Im PTP starb man nicht so schnell, man arbeitete bis zum Umfallen und vegetierte danach. Und damit es sich für die sozialistische Obrigkeit lohnte, wurde ihm eine Strafe von 40.000 Tschechoslowakischen Kronen auferlegt, die er nach der *Umschulung* zu bezahlen hatte. Otto gab bekannt, er werde keinen einzigen Haller abgeben, ob mit oder ohne Umschulung. Ungeachtet dessen wurde die Mühle vom Staat konfisziert, was Otto sein letztes Bares kostete, seine Ersparnisse befanden sich nämlich im Haus.

Im Laufe der Zeit hatte Otto den Bezug zum Geld ohnehin verloren. Er wollte weder etwas kaufen noch etwas verdienen, denn wenn er von niemandem etwas wollte und verlangte, war er auch niemandem etwas schuldig, diese Lebensweise überzeugte ihn. Schade nur um Marie. Seit seiner Inhaftierung hatte er nichts von ihr gehört. Es kursierten Gerüchte über zurückgebliebene Familienmitglieder, die schlimme Schicksale erlitten. *Hätte ich sie nur nach Prag geschickt.* Dass seiner Familie alle Bürgerrechte genommen wurden, stellte ein Martyrium in dieser beschissenen Diktatur dar. Der Gedanke, die Mühle, das Zentrum ihres Lebens, sein Zuhause, nicht mehr betreten zu dürfen, da ihm der Aufenthalt dort für die nächsten zehn Jahre untersagt wurde, schmerzte. Es entzog seinem Dasein den Boden unter den Füßen. *Was soll ich denn sonst im Leben tun? Warum nicht gleich Selbstmord begehen?* Er wäre nicht der Erste, der sich den Strick nahm.

Am Ende des Schauprozesses erfuhr er, dass zusätzlich Gerichts- und Verwaltungskosten von 38.118 Kronen und 80 Haller auf ihn zukommen würden. Das überraschte ihn auch nicht mehr, man beabsichtigte einfach, ihn völlig aus dem Verkehr zu ziehen. Wenn er nicht auf Schweigen aus gewesen wäre, wäre er in schallendes Gelächter ausgebrochen.

Natürlich setzte man offiziell ein PTP nicht mit Zwangsarbeit gleich, sondern mit einer seit kurzem als Wehrdienst getarnten *Umerziehung*. Das klang viel besser, dennoch wusste jeder, dass ein PTP eine Einrichtung war, in der man mit Methoden arbeitete, die für die mentale und physische Gesundheit langfristig zerstörerisch waren. Otto wurde in so einem *Technischen Hilfsbataillon für politisch unzuverlässige Personen* – die sogenannte neue Kategorie „E" – gemeinsam mit Anton eingestuft. Er konnte sich glücklich schätzen, nicht in Jáchymov interniert zu werden, das so verseucht mit Uran war, dass eine gesunde Rückkehr de facto unmöglich war. Bis 1949 hatten deutsche Gefangene darin gearbeitet, jetzt ersetzten sie Tschechen.

Die Fahrt nach Komárno erfolgte bereits eine Woche später, die Brüder wurden am Morgen um 4.30 Uhr mit einer Eskorte nach Komárno gebracht. Otto hatte nie von Komárno gehört. Eine Zugstrecke über Prag durch ganz Mähren bis zur slowakisch-ungarischen Grenze war eine lange Strecke im Vergleich zu Ottos bisher weitestem Weg von dreißig Kilometern nach Strakonice, schließlich war er Müller und kein Pilger und seine

Mühle durfte keinen Tag verlassen werden. *Ein Müller ist wie ein Arzt, immer vor Ort, immer im Dienst. Beim Müller hat das Wetter das Sagen, Mutter Natur ist seine Arbeitgeberin.* Die Beamten waren freundlich. Neben Otto und Anton gab es noch dreizehn weitere Gefangene, die nach Libavá, Horní Suché und Lehký Dečín fuhren, jedoch keiner bis nach Komárno. Die PTP-Lager wurden unterschieden in leicht und schwer, je nach Vergehen des Verurteilten, auch wenn es sich in den meisten Fällen eher um die Beseitigung von *Unrat* handelte. Es brauchte nur eine Antipathie zwischen Nachbarn, Neid, Eifersucht oder den Wunsch nach einer bestimmten Arbeitsstelle, die belegt war. Die Bevölkerung hatte das Denunzieren als bewährtes Mittel zum Zweck akzeptiert, es war als legale Form in der gesellschaftlichen Ordnung fest verankert.

Otto und sein Bruder saßen in einem Sondercoupé. Ein Privileg, wenn auch unter diesen Umständen etwas deprimierend. Otto genoss es trotzdem. In Prag hieß es etwa vier Stunden später umsteigen und ostwärts nach Brno weiterfahren. Staunend betrachtete er die schwindenden weiß-grauen Schwaden aus Nebel. Das Land erwachte aus der Dämmerung. Zum ersten Mal sah er diese Gegend seines wirklich schönen Landes. Wälder aus Fichten und Tannen wichen im Wind wogenden Birken, auf Kornfeldern arbeitende Frauen winkten mit ihren Tüchern, die sie sich vom Kopf genommen hatten, ahnungslos, mit wem sie es zu tun hatten. Sie lachten herzhaft, wie in einem Propagandafilm der Vierzigerjahre. Otto spürte bei diesem Anblick Wehmut in der Brust, er musste an Josefa denken. Er vermisste sie sehr. Einmal hatte er beinahe das Gefühl, sie entdeckt zu haben, und war kurz davor, das Fenster zu öffnen und hinauszuspringen, sollte er dafür auch auf der Stelle erschossen werden. Das glühende Gefühl der Begierde erfasste ihn. Der Mensch war schon immer ein Idiot, er beging immer wieder dieselben Fehler, verschmähte die Liebe, die Sehnsucht und das Begehren. Und wenn es zu spät war, bereute er es.

Der Aufenthalt in Brno währte nur kurz. Ein weiterer Zug wartete abfahrbereit. Otto konnte den Brünner Bahnhof nur flüchtig ins Visier nehmen, einen vom Krieg gezeichneten Ort. Am späten Nachmittag wurde er von solcher Müdigkeit erfasst, dass er einnickte und erst am Ziel wieder aufwachte. Bei ihrer Ankunft war es dunkel. Seinem Bruder ging es elend. Wenn er ihn tröstete, füllten sich dessen Augen mit Tränen. Das verunsicherte Otto. Er war sich nicht sicher, ob Anton dem Malochen in Komárno standhalten würde, und es wunderte ihn, dass Anton dermaßen weichgekocht war. Otto trug Handschellen und saß Anton gegenüber, nur die Knie berühren einander, während ihre Körper im Rhythmus des Zuges durchgerüttelt wurden. Auf Ottos Fragen reagierte Anton nicht, hockte wie ein resigniertes Häufchen Elend auf dem zerschlitzten Polster des Coupés. Die StB-Uniformierten unterhielten sich hingegen prächtig, hatten sich viel zu erzählen, spotteten unverfroren über das diktatorische System des Kommunismus, als stünden sie nicht dahinter. Lenin hätte sich zweimal im Grab umgedreht. Bei den Russen wären sie für solche Äußerungen exekutiert worden, und das wussten sie auch, und dennoch schienen sie das Ventil der freien Sprache zu genießen. Die Kommunistische Partei hatte es geschafft, so viel Enttäuschung und Heuchelei in der Bevölkerung zu erzeugen, dass es nicht einmal die StB-Mitglieder aushielten zu schweigen. Wer glaubte denn überhaupt noch daran? Welches Stück wurde hier gespielt und wer war der Regisseur? Immer noch Stalin?

In Komárno regnete es in Strömen. Als an der Pforte Ottos Einweisungsschein und sein Identitätsnachweis vorgelegt und flüchtig durchgelesen wurden, war er bereits pitschnass. Sein Name wurde mit den wichtigsten Daten auf einer Karteikarte erfasst, sein Gesundheitszustand notiert. So erfuhr er sein Gewicht von 75 Kilogramm und seine Größe von 178 Zentimetern, was ihm nützlich erschien, man konnte nie wissen, wofür man derartige Informationen noch benötigte. Er erhielt seine Arbeitskleidung: eine braune Uniform mit schwarzem Schulteransatz – daher die Bezeichnung schwarzer Baron –, gerippte weiße Unterwäsche und eine Mütze. Die Größe der Uniform war im Innenfutter auf einem deutschen Etikett eingenäht, sodass Otto davon ausging, dass es sich um die Uniform eines ehemaligen Wehrmachtssoldaten handelte. An einem grob gehobelten Holzklotz wurden seine Füße gemessen, um passendes Schuhwerk zu finden. Sie schienen von keiner schlechten Qualität zu sein, wenn auch etwas ungewohnt. Otto hatte bisher noch nie Springerstiefel getragen. Seine Haare wurden raspelkurz geschnitten, nicht rasiert. Da es bereits sehr spät war, wurden er und sein Bruder sofort unter der Aufsicht eines bewaffneten Uniformierten in einem Gemeinschaftsraum mit Stockbetten geführt.

„Ist es möglich, einen Durchlassschein zu bekommen?“, wandte er sich im Flüsterton an den jungen Uniformierten.

„Nee.“

„Auch nicht an den Feiertagen? Ich habe gehört, dass …“

„Es gibt keinen Durchlassschein. Niemals. Zu gefährlich“, unterbrach ihn der Kerl.

„Bin ich etwa gefährlich?“, fragte er diskret, Freundlichkeit vortäuschend.

„Nicht du, du Trottel! Es könnte für dich gefährlich werden.“ Otto verstand es nicht. „Nachts kommen sie unter dem Vorwand, die Grenzgebietsstreitigkeiten zu besänftigen.“

„Wer?“

„Na der westliche Klassenfeind!“

„Die Westlichen? Warum das denn?“

„Um Mitternacht demolieren sie die Lichter und den Lautsprecher und stürzen sich auf solche wie dich. Auf euch alle. Das ist ihre Taktik.“

Otto hätte beinahe losgeprustet. „Ach so, sie stürzen sich auf uns … Und warum?“

„Sie wollen uns bekämpfen.“

„Aha. Und wie oft ist das schon passiert?“

„Keine weiteren Fragen.“

„Nur noch eine, Genosse. Wenn sie hierherkommen, um uns zu bekämpfen, womit sollen wir dann kämpfen?“

„Mit Schippe und Spaten.“

„Verstehe, Genosse. Und warum …“

„Schlafen!“

Während er die stupide Erklärung des Jünglings rekapitulierte, hämmerte sein Herz unter der kratzenden Rosshaardecke, in die er sich eingehüllt hatte. Im Raum war es warm und feucht, dennoch fror er. Ans Schlafen war nicht zu denken. Wenn er seinen Kopf vom Bett heraushängen ließ, um einen Blick auf seinen Bruder zu werfen, der unter ihm lag, erkannte er nur seine glasigen Augen im Mondschein.

„Hey du, was bist du für einer?“ Otto fuhr zusammen, versteckte seinen Kopf unter der Decke, er war nicht auf Konversation aus. „Ssst! Bist du taub, du Arschloch?“

„Müller. Wir sind Müller“, flüsterte es unter ihm. Anton hatte während der Fahrt kein Wort gesprochen, umso mehr freute es Otto, seine Stimme wieder zu hören.

„Kulaken?“

„Nein. Wir hatten keine Angestellten“, korrigierte ihn Anton.

„Und was habt ihr dann verbrochen?“ Ein zynisches Gelächter folgte.

„Mein Bruder hat einer bolschewistischen Sau den Gummistiefel mit Mist beschmutzt“, antwortete Anton. Das klang ebenso unglaubwürdig wie grotesk.

„Im Ernst?“

„Wir haben uns geweigert, in die LPG einzutreten.“

„Willst ’ne Zigarette?“ Unter Otto raschelte es. Anton zündete sich eine an und löste in Otto eine ungeheuerliche Lust auf so einen Glimmstängel aus.

„Ich will auch eine.“ Anton spendete ihm ein paar Züge.

„Plumpe Bauern.“

„Halt’s Maul“, fügte eine andere Stimme hinzu. „Gegen Bauern ist nichts einzuwenden, die sind mir lieber als ihr aufgeblasenen Intellektuellen.“

Im Raum war es stockduster, nur feine Umrisse der Stockbetten warfen Schatten. Donnernde Schritte ertönten von draußen und der Uniformierte platzte herein. „Haltet eure gottverdammten Schnauzen, ihr Taugenichtse!“ Er knipste das Licht an, nahm Anton die Zigarette aus dem Mund und zertrat sie auf dem Boden. „Du wirst schon noch lernen, was dir gebührt. Putz es weg, du *Hajzl.*“ Dieses Schimpfwort war die tschechische Version von *Scheißhaus*.

Anton
Herbst 1951

Das Leben begann wie ein friedlicher Traum. Die Sonne kam, wenn man sie brauchte, und ging, wenn man ihrer überdrüssig war. Die Natur beschenkte die Landschaft im Sommer mit rauschenden Regengüssen und im Winter mit einer dicken Schneedecke. Blitzlichter des Glücks. Gras, Felder, Singvögel, Blüten, Hasen, Gelächter. Dornbüsche, Kühe, quakende Frösche, ein kühler Bach. Kinderspiele, dunkler Wald, Sturm, peitschender Regen. Hitze, Ernte, Dürre, Großmütter, Großväter, Ratschläge, weise Sätze. Marie. Marie im Kleid. Marie mit kurzem Haar, mit offenem Haar. Maries Gesang. Schöne Beine. Glatte Haut, Blumen im Haar, schmale Statur, kleine Brüste, gemeinsames Schwimmen, Fahrradfahren.

Eine Sirene ließ ihn aus dem erst in den Morgenstunden gefundenen Schlaf hochfahren. Otto stand bereits in voller Montur vor ihm, als hätte er kein bisschen geschlafen und sich aus lauter Langeweile schon angezogen. Tiefe Augenränder hatten sich in sein noch junges Gesicht gemeißelt und die Stoppelhaare standen ihm zu Berge. Ein anderer Otto. Die Glühbirnen spendeten ein grelles Licht, draußen war es noch stockduster. Anton erinnerte sich an den Albtraum, der ihn auf der Zugfahrt heimgesucht hatte. Marie inmitten von Dutzenden streitenden Katzen, die einen verdorbenen Fisch gefressen hatten. Auch ihm wurde übel, ob wegen des Hungers oder wegen des Traumes, wusste er nicht.

Trotz des starken Regens wurde Anton wie alle Leidensgenossen auf den Hauptplatz gejagt. Ein kahler, hässlicher und von allen Seiten mit Betonwänden umrandeter Hof, eingetaucht in eine einzige dreckige Pfütze. Anton wusste nicht, wie er sich in Reih und Glied stellen sollte, bis ihn ein eingebildeter

Bolschewik mit einem Hieb auf den Nacken einwies. Mit Verwunderung stellte er fest, dass das Alter der Anwesenden stark auseinanderklaffte. Die Jüngsten waren keine achtzehn, es gab jedoch auch richtige Tattergreise. Zuerst erfolgte der Morgensport. Anton und die anderen ahmten stupide nach, was vorgemacht wurde. Die Obrigkeit befahl, sich in rechteckigen Gruppen hinzustellen, dann geschah lange nichts. Der strömende Regen spülte alles weg, selbst die Wut. Auf was wartete man? Anton tappte im Dunkeln.

Plötzlich erschallte die schneidende Stimme eines höheren Instruktors durch einen Lautsprecher. „Ich stelle euch Bataillonskommandant Genosse Major Haluška vor."

Ein kleiner Mann mit tellergroßer Mütze trat hervor. Anton kannte den Dienstrang auf seiner Uniform nicht, wahrscheinlich war er wichtig. Als er seinen Mund öffnete und die ersten Brocken von sich gab, musste Anton lächeln. Haluška lispelte auffallend, was dem Ganzen eine kabarettistische Note verlieh. Doch niemand lachte, auch Anton verkniff es sich, der Hieb auf den Nacken schmerzte noch. Nach seiner Rede vor den Obrigkeiten des PTP salutierte Major Haluška, ein grauhaariger Zwerg von etwa sechzig Jahren, an der Frontmauer des heruntergekommenen Haupthauses. Vor einem hängenden roten Stern wirkte der Vertreter der Staatsmacht wie ein Witz, über den ein durchnässter Soldat einen Regenschirm hielt.

„Ihr seid nach Komárno zum 63. Technischen Hilfsbataillon zu einer außerordentlichen militärischen Übung eigeladen worden. Die Arbeiterklasse gab euch das Vertrauen, hier an diesem Ort zu sein. Eure Pflicht besteht darin, uns zu beweisen, dass ihr diesen Aufenthalt auch mit ehrlicher Arbeit … was?"

„… verdient", antworteten die Insassen simultan.

„Ein Soldat zu sein, ist eine Ehre. Aber ihr seid keine Soldaten, das Volk vertraut euch nicht, euch Feinden der Nation. Deshalb sollt ihr keine Waffen tragen, ihr gehört ins Gefängnis. Aber ihr habt das Glück, hier gelandet zu sein. Und ihr bleibt hier, solange wir es für richtig halten. Liiinks ummm!"

Der geordnete Pulk aus nassen Gestalten setzte sich in Bewegung, im Takt des Marschlieds, dessen Text Anton mittlerweile auswendig kannte, in der Untersuchungshaft war es rauf und runter genudelt worden. Der Aufseher brüllte *Bewegung*, obwohl sich die Männer bewegten. Vielleicht meinte er damit *mehr Begeisterung*. So marschierten Anton und sein Bruder mit falschem Lächeln auf den Lippen um den Platz herum, hin und her, bis der Aufseher ein neues Kommando gab. Dann marschierten sie in die entgegengesetzte Richtung, jedoch mit mehr Tempo, einige sinnlose Runden lang, bis sie keuchten. Als der Aufseher genug vom Exerzieren hatte, wurden sie zum Stehen aufgefordert.

„Warum seid ihr so langsam gelaufen?", brüllte er.

„Weil wir müde sind", antwortete einer.

„Aha. Wer ist müde, soll die Hand heben." Alle hoben die Hand, Anton inklusive. „Dann fangen wir noch mal von vorne an, Frühsport am Morgen reinigt die Seele."

Von nun an wägte Anton sehr genau ab, wann er die eigene Meinung äußerte, obgleich man nie wissen konnte, welche Äußerung wann die richtige war, am Ende war man mit allem, was man tat, der Willkür ausgesetzt.

Harte Arbeit war Anton gewohnt, jetzt aber fiel er so erschöpft von sinnlosen Schikanen ins Bett, dass er sich kaum rühren konnte. Eine bleierne Lethargie lähmte seine Gedanken und Glieder, nur dank *ihr* kam hin und wieder der Lebenswille zurück. Deprimiert presste er sein Gesicht ins Kissen, um das Brennen in den Augen zu lindern. Ein Unteroffizier erschien im Türrahmen und befahl ihnen, den Gemeinschaftsraum aufzuräumen und zu putzen. Völlig sinnlos. Der Raum war blitzeblank. Anton erfüllte, was von ihm verlangt wurde. Ihm schauderte bei dem Gedanken, dass auch *ihr* Ähnliches widerfuhr. Er betete zum Himmel, dass sie nicht nach der Enteignung der Mühle in eine Irrenanstalt gesteckt worden war. So wie man die Männer in PTP steckte, kursierten Gerüchte, dass man die Frauen in Irrenanstalten einlieferte. Sollte er je aus dem PTP-Lager freikommen, müsste er einzig sie finden und herauszuholen. Alles andere war ihm egal. Deshalb machte er sein Bett exakt nach Vorschrift, indem er die Decke zu einem perfekten Quadrat faltete. Und auch Otto, den er aus dem Augenwinkel beobachtete, tat es ihm gleich.

Die Mitgefangenen waren Anton unsympathisch. Obwohl sie ihm nichts Böses taten, obwohl sie von derselben Säuberung betroffen und vom selben System verratene Männer waren, unschuldig und zu Unrecht eingesperrt, obwohl sie Anton die Freundschaft boten, waren sie ihm zuwider. Einzig wegen der allgemeinen Resignation und Stumpfheit, die solch ein Aufenthalt nach sich zog. Das steckte an wie ein fieser Virus, zumal er sich ihnen nicht anvertrauen konnte, nicht einmal seinem Bruder konnte er von seinem Kummer erzählen. Niemand hätte ihn verstanden, im Gegenteil, sie hätten ihn für seine Tat zu Tode geprügelt, weil die seit Generationen geltende Gesellschaftsmeinung, die einzig akzeptierte war. Er hasste sie. Alle.

Vor dem Dienst gab es Frühstück. Endlich. Gierig verschlang Anton alles, was möglich war, und hätte fünfmal mehr vertilgen können. Ein Lichtblick des Tages. Ein Gesicht kam ihm bekannt vor. Der Typ sah übel aus, ein krankes, fahles Nichts von Mensch, obwohl er nur kurz vor Anton eingeliefert worden war. Erst im Laufe des Tages erkannte er ihn, Baron Novoveský, den einzigen Adligen aus Matovice. Er stierte aus dem Fenster des zur Schicht fahrenden Busses, sein Ohr an die Scheibe gelehnt wie ein müder Passagier. Man nannte ihn und seine Familienangehörigen die Barone von Novoveský, was hier wie eine Ironie des Schicksals klang, da alle PTP-Internierten zu *schwarzen Baronen* gekürt und die bolschewistischen Instrukteure als *rote Barone* verspottet wurden. Auch Anton wurde mit dem Bus zum Bau einer Kaserne mit eigenem Landeplatz transportiert und fragte sich, wie er als Müller einen solchen Job vollbringen sollte.

Monumentale Betonklötze, die als Stützen eines Munitionslagers dienen sollten, ragten aus der matschigen Erde heraus wie riesige Gebilde eines fremden Planeten. Da das Ganze in der Nähe der heißen Westgrenze der Tschechoslowakei stattfand, ging Anton davon aus, dass hier ein Militärstützpunkt errichtet wurde, zum Schutz vor einem Weltkrieg, von dem überall geredet wurde. Die Tschechoslowakei war bereits nach dem Ersten Weltkrieg von der Habsburger Monarchie unabhängig geworden, aber noch nicht alle Grenzprobleme zu Ungarn waren gelöst und der Eiserne Vorhang brachte neue Fragen von Sicherheit und Autonomie hervor. Von diesem gottverlassenen Ort, an dem Anton sich mit seinem Spaten quälte, wäre er gern zu den Österreichern oder Westdeutschen übergelaufen.

„Haltet die Schnauze, ihr Penner, ihr lebt hier wie die Maden im Speck. Ihr seid im leichten Bataillon, die Verräter in den schweren PTPs müssen sieben Tage die Woche malochen, ihr faulen Arschlöcher! Wenn die den Plan nicht erfüllen, riskieren sie Kopf und Kragen, also Schluss mit dem Faulenzen!"

So oder so ähnlich spie es unterbrochen aus den Mäulern der Uniformierten. Die kommunistischen Pläne waren Wunschvorstellungen sogenannter Experten, die im Leben noch nie einen Spaten in der Hand gehalten hatten. Vielleicht waren sie gerade deshalb so effektiv. Außer den Internierten sowie den jungen Soldaten, die als Einzige eine Waffe tragen durften, gab es keine professionellen Bauarbeiter. Die Bevölkerung wurde von den PTP-Internierten ferngehalten, aus Angst vor Ansteckung der Jasager, der Herdentiere, mit dem imperialistischen Geist der Rebellion. Gleichzeitig versuchte man durch Isolation die Rebellion aus den Köpfen der Internierten herauszuschlagen.

In der Mittagshitze entblößten die Männer ihre Oberkörper, banden die Jacken um die Hüften und offenbarten ihre herausstehenden Rippen. Bei den unzähligen gebückten Rücken zweifelte Anton kein bisschen daran, dass es die Kommunisten schaffen würden. Der Schmutz haftete an den klapprigen Körpern, Anton sah im Gegensatz zu ihnen noch wohlernährt aus.

Die Wochen vergingen. Otto schwieg. Wenn er mit der Arbeit fertig war, legte er sich rücklings auf den Boden und beobachtete den Himmel, egal bei welchem Wetter. Anton machte es ihm gleich. Der Himmel war blau und sauber. Über ihren Köpfen flogen die Zugvögel davon, der Sommer neigte sich zum Ende. Der Oktober wurde wolkig und dunkel, Herbstregen fiel, doch die Träumerei blieb. Wenn die Instrukteure brüllten, er solle gefälligst aufstehen und arbeiten, gehorchte Anton, doch kaum entfernten sie sich für ein Gläschen Rum, inspizierten die Brüder wieder den Himmel, auch wenn das Strafmaßnahmen nach sich zog.

Er arbeitete nie am selben Ort und zur selben Schicht, doch jeden Monat gab es außerordentliche *freiwillige* Arbeitsschichten, in der Regel am Sonntag. Es hieß, man würde dafür königlich bezahlt, doch der knappe Lohn wurde von den Generälen für besondere Anlässe wie Sparmaßnahmen für den Koreakrieg oder den Solidaritätsfond einbehalten. Scheinheilig. Höhepunkt der kommunistischen Verlogenheit war die Aufforderung an die PTP-Einheiten, die Erlöse für ein Flugzeug als Geburtstagsgeschenk für Staatspräsident Klement Gottwald zu spenden. Das führte zu Unmut und über Nacht schrieb jemand an die Wand des Haupthauses: *Ich arbeite zusätzliche Schichten, wenn sie mir garantieren, dass das Flugzeug abstürzt*. Der Täter musste eine ordentliche Portion Mut gehabt haben, aber natürlich wurden alle dafür verantwortlich gemacht und mussten es entfernen.

Der Staat missbrauchte die billigen Arbeitskräfte nicht nur zum Bau militärischer Stützpunkte, aber auch staatliche Bauunternehmen profitierten von ihnen durch Sand- und Schotterabbau sowie die Arbeit in Steinbrüchen. Auch der illegale Handel mit Baumaterialien florierte, staatliches Diebesgut tat nicht weh.

Im Winter sah alles anders aus. Die Bedingungen, unter denen sie schufteten, verhärteten sich. Die Arbeitsnorm im Schneematsch blieb gleich, und Anton konnte nicht mehr im Liegen den Kopf lüften. Nur in den Nächten taute er im Bett buchstäblich auf. In der Einsamkeit erschien *sie* ihm wie die heilige Madonna, Maria und Marie verschmolzen zu einem Sinnbild der Liebe. Seit über acht Monaten hatte er Marie nicht gesehen, er wusste nicht, wie es ihr ergangen war und ob sie überhaupt noch lebte. Er litt. Nicht einmal Otto wusste, wie sehr ihn seine unerfüllte Liebe quälte. Otto schlief, er brauchte seinen Schlaf, er erfüllte sein Arbeitspensum. Mit Antons Arbeitsmoral war man nicht zufrieden, er wurde des Öfteren gemahnt und getadelt, den versprochenen Arbeitslohn bekam er nie.

Im Winter erkrankten viele und fielen aus. Die Gesunden mussten mehr arbeiten, um den Fünfjahresplan einzuhalten. Man scheuchte die Männer auch nachts hinaus, um Waggons mit Zement und Baumaterial zu entladen. Man schleppte so lange, bis die Haut an Händen und Unterarmen eiterte. Anton bat, für eine kurze Weile vom Dienst befreit zu werden, doch er wurde nur belächelt. So schleppte er taumelnd vor Erschöpfung in Endlosschleife die Säcke aus den Waggons zur Lagerhalle.

Am dritten Tag der Tortur wurde ihm schwarz vor Augen. Otto brachte ihn zum Arzt. Er war zum ersten Mal in der medizinischen Abteilung. Die Stille im Gegensatz zum Schlafraum mit fünfzig Mann fühlte sich angenehm an. Das Behandlungszimmer war beheizt, verständlich, dass sich jeder krankschreiben lassen wollte, wenn man seit Monaten mit Kälte, Müdigkeit, Mangelernährung konfrontiert war. Heimaterinnerungen an die warme Küche im Winter stimmten ihn melancholisch, als von draußen Schritte kamen. Ein alter Mann mit verhärteten Gesichtszügen, einem Stalin-Schnauzer und schwärzlich schimmernden Augen hinter der Hornbrille trat ein.

„Was hast du?“, fragte er Anton.

„Ich muss wohl ohnmächtig geworden sein“, antwortete der konfus.

„Und warum bist du ohnmächtig geworden?“

Anton dachte über die richtige Antwort nach, doch er wusste nicht, warum er weggetreten war. „Keine Ahnung.“

„Er blutet. Sehen Sie?“, platzte es aus Otto heraus. Er zeigte auf Antons Unterarme.

Erst jetzt bemerkte Anton die abgeschürften Stellen, den Grund für die Ohnmacht, es eiterte übel, während er seine Ärmel vorsichtig hochkrempelte.

„Das nennst du bluten?“, meinte der Arzt flapsig und entfernte die dreckigen Lumpen auf den Wunden.

„Großer Gott, Scheiße, mein Bruder geht noch drauf“, schrie Otto.

„Ihr seid Brüder? Wie heißt Ihr?“

„Lebeda“, antworte Otto wie aus der Pistole geschossen, nichts hatte man im PTP schneller gelernt, als den eigenen Namen im Staccato zu bellen.

„Wie seid ihr dazu gekommen?“, gab sich der Arzt nun doch etwas beunruhigt. „Zeig du deine Arme“, wandte er sich an Otto. Ottos Hände und Unterarme sahen zwar auch mitgenommen aus, aber immer noch besser als das Schlachtfeld bei Anton.

„Das kommt vom Tragen der Zementsäcke.“

„Wirklich? Oder habt ihr zufällig versucht auszubrechen? Ein Loch in den Stacheldraht geschnitten und dann seid ihr hängengeblieben? Hä? Das sieht mir eher danach aus.“

Anton war noch nie auf die Idee gekommen, Fluchtpläne zu schmieden. Die Kerle, die es versuchten, verdienten seine Hochachtung, wurden aber leider immer geschnappt.

„Das würden wir nie tun“, antwortete Otto laut. „Das sähe ja danach aus, als hätten wir etwas verbrochen. Wir haben aber nichts verbrochen, wir sind unschuldig hier, Genosse.“

Der Arzt nahm einen hölzernen Spachtel und begann den Eiter abzukratzen, ohne die Wunden vorher gesäubert zu haben.

„Himmel und Hölle!“, schrie Anton vor Schmerzen.

„Hab dich nicht so! Wie willst du jemals Soldat werden?“ Der Arzt begoss die Wunden unter sadistischem Lächeln mit hochprozentigem Spiritus.

„Aaah, sind Sie verrückt geworden?“, schrie Anton, sah, wie die Leuchte an der Zimmerdecke kreiste, und fiel zum zweiten Mal in Ohnmacht.

Nach einigen Stunden kam Anton auf dem Kanapee der Ordination wieder zu sich, ausgestreckt und mit verbundenen Armen. Es wurde heller, der Tag brach an. Der Arzt erhob sich mit erstaunlicher Leichtigkeit von seinem Drehstuhl.

„Wo ist mein Bruder?“, fragte Anton.

„Aah, der Herr Lebeda kann auch sprechen. Schon weg.“

„Wohin?“

„Na, wohin wohl, in die Arbeit.“

„Mit *den* Verletzungen?“

„Verletzungen? Das sind kleine Kratzer.“

„Ich muss zu ihm.“

„Bleib liegen, du Narr. Kannst froh sein, dass du hier noch schlummern darfst.

Die Nacht in der Krankenstation fühlte sich an wie ein Urlaub am Meer. Anton war nie am Meer gewesen, aber so stellte er es sich zumindest vor.

„Du bist aus Matovice?“, fragte der Arzt.

„Matovice ist nicht am Meer, aber es ist dort mindestens genauso schön“, flüsterte er benommen.

Der Arzt sah ihn an. „Du willst ans Meer? Rede dir ruhig den Kummer von der Seele, mein Junge, ich werde nichts sagen.“

Anton schwieg misstrauisch.

„Ich habe deinen Vater gekannt“, verblüffte ihn der Arzt nun. „Den alten Müller.“

Anton erstarrte. Die Lage änderte sich schlagartig. Ein Komplize, Bekannter oder gar Freund seines Vaters? Sollte er seine eisernen Vorsätze in den Wind schlagen und das Misstrauen lösen? Der Arzt reichte ihm eine Tasse Tee, eine auffallend schöne Porzellantasse mit prunkvollem Griff.

„Ja, ich komme aus Matovice.“

„Das ist nicht weit von meinem Geburtsort. Nová Ves.“ Ein Balsam für Geist und Seele, wenn es nicht gelogen war.

„Viele aus Nová Ves sind in meine Schule gegangen“, gab Anton zu.

„Na, siehst du, es geht doch. Tut es nicht gut zu sprechen? Seine Wurzeln kann man nicht verleugnen, die können *sie* uns nicht wegnehmen. Unsere Wurzeln sind beständig, an ihnen hängen Erinnerungen, sie sind unzerstörbar.“ Der Arzt sonderte eine ordentliche Rauchwolke ab und rieb sich die Augen hinter den Brillengläsern. Er war sicherlich schon über siebzig. Als Anton einen kurzen Blick in das Antlitz des alten Mannes warf, erkannte er Tränen in seinen Augen. Weinte er etwa? Ja, seine geröteten Augen waren mit Tränen gefüllt. „Ich liebe den Böhmerwald. Ich bin in Nová Ves zur Welt gekommen und wäre gern geblieben, um dort zu sterben.“

Anton wollte etwas Freundliches entgegnen, doch ihm kam nichts Plausibles in den Sinn. Draußen fiel der erste Schnee. Anton dachte an Otto, der gerade schleppte oder im besten Fall schlief, ihm fielen die Augen zu, mit den fehlenden Nächten in den Knochen.

„Aber ich schätze mich glücklich, dass ich Arzt geworden bin. Hier geht es mir gut. Und du, Junge, wirst eines Tages aus diesem Loch hinauskriechen und dein Leben auf die Reihe bekommen. Lerne mit der Gesellschaft zu gehen, anstatt dich aufzulehnen, das führt zu nichts."

„Niemals!"

Marie
Dezember 1951

Sie war der Meinung, in ihrem Leben noch nichts Elementares erreicht zu haben, keine nennenswerte Wohl- oder gar Heldentat, ein unbedeutendes Licht, ein Nichts.

Eine Geburt hatte sie sich anders vorgestellt, irgendwie romantischer. Unter Freudentränen ein Lebewesen in der Welt zu empfangen wie etwas Heiliges. Es unbehelligt in die Gesellschaft einzubetten, als wäre sie eine ganz normale Mutter und das Kind ein ganz normales Kind, kein Auswurf ihres frevelhaften Charakters. Sie war immer noch nicht zur Vernunft gekommen, sie liebte den Erzeuger ihres Kindes mehr denn je. Es war *sein* Kind! Zuversichtlich hoffte sie, die Geburt zu meistern, schließlich hatte ihre Mutter einige Kinder ohne Hebamme und Arzt zur Welt gebracht. Warum also sollte sie versagen? Aber keiner hatte ihr erzählt, dass die Schmerzen nicht auszuhalten sind.

„Verfluchte Scheiße, Gott steh mir bei!“, stöhnte sie. „Das ist jetzt schon so grauenhaft, wie soll ich das nur aushalten?“

„Ruhe da hinten!“, schimpfte ihre Bettnachbarin.

Nach der ersten Wehe folgte eine zweite, wesentlich stärkere, noch tückischere. „Zum Teufel, tut das weh!“

„Ruhe, hab ich gesagt! Wir wollen schlafen.“

„Ja, ja, ist ja gut! Man wird doch wohl noch gebären dürfen“, keifte Marie zurück und flüsterte dann ein Gebet in ihr Kissen. „Verschone mich, wenn es in deiner Macht steht, lass mich das Kleine ausspucken.“ Verzweifelt blickte sie empor. Nichts. Gott ließ sich nicht blicken. Seit ihrer Kindheit suchte sie ihn, den dummen Gott, ohne Erfolg. Nicht einmal in dieser besonderen Situation zeigte er sich. Das Hochbett knarzte unter ihrem Elefantengewicht. Sie ließ ihren Bauch von einem

Bettrand zum anderen rollen, um die eingedrückte Beckenhohlvene zu entlasten. Die Rückenlage tat ihr nicht gut, aber das war wohl normal. Ungestüm streichelte und massierte sie ihren Bauch, der wie ein Fremdkörper an ihr haftete. Nichts half. Sie richtete sich auf und weckte die Bettgenossin zu ihrer Linken.

„Du, es ist so weit!“ Doch die reagierte nicht. Kein Wunder bei dem Alkoholkonsum, den sie sich allabendlich gönnte. Marie versuchte es harscher. „Hey, du!“

„Was?“

„Es geht los!“

„Hä?“

„Die Geburt!“

„Ach was! Das dauert noch ewig, bis es so weit ist. Geh schlafen“, nuschelte sie.

Bevor Marie etwas erwidern konnte, drehte sich die Nachbarin um und schnarchte monoton weiter. Nach der nächsten Wehe ging es so nicht mehr weiter, Maries Bauch war steinhart und vibrierte.

„Viola!“ Hechelnd versuchte sie auf die Beine zu kommen, doch gleich erwischte sie die nächste Wehe, sodass sie sich zusammenkauern musste. Ein lautes Stöhnen entwich ihrer Kehle. Die Frauen erhoben sich und ließen Flüche vom Stapel, sobald sie realisierten, dass es sich nur um eine gebärende Mitinsassin handelte. „Viola!“

„Was ist denn? Ist die Fruchtblase geplatzt?“

„Nein, aber es tut so verdammt weh!“

Viola war bereit, ihre kostbare Nachtruhe zu opfern. Marie hatte bei ihr etwas gut. Als vor drei Monaten Violas Gebärmutter entfernt worden war, stand sie ihr zur Seite und kochte Tee. Außerdem hatte Viola das Herz am richtigen Fleck und trank nicht. Sie war sehr hübsch mit ihren hüftlangen braunen Haaren und der hellen Haut, was man von den meisten anderen Bettgenossinnen nicht behaupten konnte.

„Wo sind deine Sachen?"

„Unter dem Bett", gab Marie zurück.

Viola fingerte in Maries Unterleib herum, um den Muttermund zu weiten. Sie war geübt, behauptete sie. „Wir müssen uns nicht aufregen, das geht noch ewig", konstatierte sie.

„Du hättest Metzgerin werden sollen, so wie du dich an meiner Qual ergötzt."

Viola lachte und verschwand aus Maries Blickfeld.

Sechs lange Stunden musste Marie in diesem erbärmlichen Zustand ausharren, dann hieß es plötzlich: „Wir brauchen eine Hebamme!"

„Was? Jetzt doch?" Wieso plötzlich eine Hebamme hermusste, realisierte Marie in ihrem Delirium nicht, nur hin und wieder erreichten Satzfetzen ihre Ohren.

„Fährst du mit oder soll ich sie herholen? Wir müssen uns beeilen, sonst kann ich für nichts garantieren." Viola zerrte Marie hinaus auf die Straße und steuerte auf ein Vehikel zu, das hoffentlich nicht als Transportmittel gedacht war.

Marie starrte sie an. „Niemals."

„Los, setz dich drauf, du wirst mir noch danken, dass ich das organisiert habe. Also mach keine Anstalten."

„Bist du verrückt?"

„Steig auf!"

„Wie soll das gehen?"

„Hast du noch nie auf einem Fahrrad gesessen?"

„Nein."

„Höchste Zeit, damit anzufangen." Sie hievte Marie auf das Ding.

„Hast du nicht gesagt, dass die Hebamme auch kommen kann? Warum muss ich dann auf das Ding?“, kreischte Marie.

„Weil ich dich so bis zur Hebamme rollen kann. Bis die kommt, ist das Kind längst hier und du im Himmel.“

„Gibt es Komplikationen? Du hast gesagt, das hat Zeit, das hat Zeit“, kreischte Marie.

„Halt dich fest!“

„Wo ist die Hebamme?“

„Sie kommt nicht, ihr Moped ist kaputt.“

„Was ist das für eine idiotische Ausrede?“, fragte Marie. „Das Kind wartet nicht, bis ein Moped repariert wird. Kann sie sich kein Auto oder ein Moped leihen? Ich krepiere!“

Viola hob ostentativ die Hände, drehte ihr den Rücken zu und zündete sich einen alten Stummel an, als hätte sie alle Zeit der Welt.

„Viola!“

Žůža gesellte sich dazu, sie war schon älter und dumm wie Brot. „Wo ist die Hebamme?“, fragte sie. „Ihr wollt doch nicht auf dem Ding da zu ihr fahren“, lachte sie hämisch.

„Es gibt kein Moped und kein Auto, Punkt. Es liegt an dir.“

Marie sah ein, Violas Vorschlag ernst zu nehmen. „Was soll ich tun?“

„Steig auf.“

So ein Fahrrad war kein passendes Transportmittel für werdende Mütter, es hatte jedoch Räder und das war das Einzige, was zählte. Marie setzte sich gequält auf den Sattel, Viola schob.

„Wenn ich bei der Geburt draufgehe, soll es so sein. Bei meinen Vorfahren gab es auch Mütter, die draufgegangen sind. Ausgeblutet.“

„Früher ist man auch bei einer Blinddarmentzündung draufgegangen.“

„Ich fühle mich wie kurz vor dem Abkratzen, so habe ich mir das nicht vorgestellt. So eine dumme Erfindung!“

„Ja, aber es geht bald vorbei und du wirst es nicht bereuen.“

Sie hatten sicher schon zwei Kilometer hinter sich gelassen, als es in Maries malträtierten Organen riss und ihr eine böse Vorahnung dünkte. „Wasser!“

„Bitte nicht …“, murmelte Viola.

„Mein Gott, das ist mein Ende. Meine Fruchtblase platzt!“ Aus Marie plätscherte Flüssigkeit heraus wie aus einem umgekippten Bottich. Versteinert rutschte sie vom Sattel. Die Decke, mit der die Damen den Sitz ausgepolstert hatten, war durchnässt. Erbost warf sie sie ins Gebüsch.

„Bist du wahnsinnig? Das ist meine Decke!“, schimpfte Viola.

„Mir egal, ich kann nicht mehr! Mir ist die Fruchtblase geplatzt, kapierst du? Ihr Sadistinnen!“

Die Wehen waren so stark, dass sie schreien musste, eine jagte die nächste. Marie ließ sich im Heu einer verlassenen Scheune nieder. Viola drückte von allen Seiten auf ihren Bauch, schob, presste, legte sich mit vollem Gewicht auf Marie, Žůža wiederum verkroch sich unter ihrem Rock und tat etwas, was Marie nicht einordnen konnte, ihr Bauch verdeckte alles. Dann tauschten sie den Platz, vielleicht war Žůža mit ihrem Latein am Ende, Viola verschwand in Maries Unterleib. Als eine weitere Wehe im Anflug war, tauchte Viola hinter dem Bauch auf wie eine Metzgerfrau bei der Schlachtung. Ihre Hände waren blutig.

„Beruhig dich, beruhig dich, psch … du verschwendest deine Kraft“, mahnte Viola, während Žůža Maries Kopf festhielt und ihr den Schweiß von der Stirn strich. „Versuch die Kraft umzuwandeln. Du schaffst das, press! Press!"

Wie aus dem Nichts erschien die Hebamme, eine alte Dame mit priesterlichem Bäffchen um den Hals, wahrscheinlich eine bigotte Feinheit aus der kaiserlichen Monarchiezeit. Sie fokussierte das Objekt ihres Interesses und kniff dabei die Augen zusammen, als könne sie einen Kinderkopf nicht von einem Kohlrabi unterscheiden, weil ihre Sehkraft nachließ. Statt Marie zu helfen, fasste sie sich an die Stirn und blickte zum Himmel.

„Meine Güte, was ist denn hier los? Finger weg!"

Rigoros übernahm sie das Geschehen und drehte das Kind in die richtige Lage. Das konnten angeblich nur wenige Hebammen, aber sie schien eine davon gewesen zu sein. Marie entging das, sie war nicht bei sich selbst. Wie lange lag sie schon im Gras? Eine Ewigkeit. *Eine Stunde,* logen die Frauen, als sie aufwachte. Das Kind war immer noch nicht da, sie war nur kurz weggedöst. Die Monsterwehen setzen ein, Marie schrie wie am Spieß, vom Umwandeln der Kräfte konnte keine Rede sein.

„Still, konzentrier dich, gleich ist es vorbei!

„Holt das Ding endlich raus, ich sterbe!"

„Halt den Mund, deine Worte schaden dir und dem Kind. Die Suppe hast du dir selbst eingebrockt."

Natürlich hatte die Alte recht. Das war die Strafe für ihr schlechtes Gewissen, für die moralische Schuld. Aber sie würde es wieder tun, wenn *er* überhaupt noch am Leben war. Die Wehen kamen ohne Pause, Marie brüllte wieder.

„Ruhe! Press! Der Kopf ist schon zu sehen. „Schnell, Wasser", flüsterte die Hebamme eindringlich.

Die beiden Gehilfinnen reichten ihr Wasser aus dem Bach.

Es war zwar nicht steril, aber immerhin erfrischend kalt. Die letzte Wehe war die heftigste, Marie drohte in Ohnmacht zu fallen, als etwas hinausflutschte. Eine dicke schleimige Made, ein warmer, weicher Körper. Marie fokussierte dieses *Ding*.

„So klein … und so viel Leid“, entging ihr ganz leise.

In seinen Äuglein klebte eine braunrote Schmiere, an den faltigen Beinchen haftete ein weißlich-roter Belag. Mit zunehmendem Staunen betrachtete sie dieses Wesen. Nun war es da und Marie wusste kaum, ob sie es überhaupt annehmen mochte. *Das soll mein Kind sein?* Sie brauchte Zeit, um sich daran zu gewöhnen, dass das Leben von nun an ein anderes sein würde. Das Kind war ihr fremd. Es öffnete das Mäulchen und eine schwache heisere Stimme kam heraus.

„Er hatte die Nabelschnur um den Hals.“

Also doch. Irgendwie hatte sie gewusst, dass da etwas war, was es daran hinderte herauszukommen. Die Hebamme wischte das Gröbste mit kaltem Wasser weg und der Junge legte mit dem Schreien so richtig los.

„Er hat wohl deine Stimmbänder geerbt“, witzelte die Hebamme süffisant und legte Marie den Säugling auf die Brust.

Das Kind beruhigte sich sofort. Mit einem Mal wurde Marie selig, ließ die verkrampften Glieder sacken und spürte verzückt das Gewicht des Kindes. „Ein Prachtjunge.“ Fürwahr. Er war unglaublich schwer, ein dicker Brocken von Kind, ein warmer, fleischiger Bub. Sein Kopf war gegen ihre Brust gepresst und seine Lippen machten sich an die Arbeit. Mit leichten Unbehagen blickte Marie zur Hebamme, die sich die Hände und das Gesicht wusch, als hätte sie gerade ein Schwein geschlachtet und zerteilt. Sie zweifelte an etwas.

„Was ist?“

„Ach, nichts.“

„Machen Sie sich Sorgen wegen der Nabelschnur?"

„Das war nicht gut, dass er sie so lange um den Hals hatte. Aber er lebt ja."

„Und wie", antwortete Marie enthusiastisch. Die Schmerzen waren abgeklungen, als hätte sie sich den Horrortrip nur eingebildet, die Blutpfütze um ihren Körper interessierte sie nicht und selbst den Dammriss, den die Hebamme ohne Betäubung wie eine Schneiderin zusammenflickte, merkte sie nicht. „Ein Junge …", flüsterte Marie. „Mein schöner kleiner Junge."

Sie sah ihn und er sie, sein Blick noch milchig leer und doch irgendwie weise. Er gab sein Gewicht vertrauensvoll in ihre Obhut und im selben Augenblick wurde Marie bewusst, dass sich ihre Leben zusammenfügten.

Die Hebamme tuschelte mit den Gehilfinnen und fuchtelte dabei mit den Armen. „Ich habe ein Wägelchen da, dort könnt ihr es euch gemütlich machen. Kommt, Mädels, packt das Zeug zusammen."

Marie gab ihm den Namen Ferdinand und liebte ihn, wie nur eine Mutter ihr Kind lieben kann. Er war ein schöner blonder Engel, wie sein Vater und strahlte mit seinem rosigen Antlitz, seine zarten Gesichtszüge verzauberten sie bei jedem Anblick.

Doch der Junge starb. Er hatte es geschafft, in die Welt zu kommen, und schon war er wieder weg. Es war unmöglich, damit fertig zu werden. Marie quälten Dutzende Fragen. Warum? War es das feuchtkalte Wetter, hatte er sich bei den schmutzigen Weibern angesteckt? Die Pastouška war ein Strudel aggressiver Keime und Viren, neulich war eine Ratte durch den Flur geflitzt, vielleicht selbst von weiß Gott was infiziert. Oder hatte sie den Kleinen im Schlaf zu sehr an ihre Brust gedrückt? Oder war letztendlich die Nabelschnur schuld? Marie hatte die Hebamme nie mehr getroffen, sie konnte nicht nach der möglichen Todesursache fragen. Aber wozu auch, was hätte es gebracht? Das hätte ihn auch nicht mehr zum Leben erweckt. Sie hätte sich nur noch mehr Vorwürfe gemacht, wenn sie erfahren hätte, was sie alles falsch gemacht hatte.

Was blieb? Düsternis. Leere. Trauer. Rechtfertigungen. Lügengeschichten in der Pastouška, wer sein Vater war und wo er sich herumtrieb. Geschichten, die sich Marie zusammengeschustert hatte, um sie den Ämtern und den Weibern aufzutischen. Sie fand keinen Schuldigen, allein die Mutter Gottes oder gar der verfluchte Gott selbst waren für ihr Schicksal verantwortlich. Sie wünschte sich den Tod in der Hölle, um nicht in ihrem Kummer zu versinken. Später machte sie die Weiber in der Pastouška dafür verantwortlich, sie bewarf sie mit Vorwürfen, beschimpfte sie als dreckige Huren und von der Gesellschaft ausgespuckte Hexen. Die Frauen keiften zurück, versetzten Marie Ohrfeigen und wurden fuchsteufelswild. Oder sie schwiegen. Die Weisen schwiegen. Sie verstanden Marie.

Marie hatte nur kurz davon kosten dürfen, was es hieß, Mutter zu sein. Nur ein kleiner Bissen der wunderbaren Delikatesse auf der Zunge. Der Milcheinschuss kam und verursachte ungeheuerliche Schmerzen.

Nach ein paar Wochen verstummte der Tumult. Die Weiber erzählten allerlei. Sie trösteten Marie, doch keine ihrer Weisheiten war plausibel oder konnte Maries Schmerz nur annähernd lindern. Sie trug auf immer und ewig eine irreparable seelische Wunde in jeder Zelle ihres verfluchten Ichs. Immer wieder kam ihr dasselbe Bild hoch. Sein Köpfchen, leblos zur Seite gekippt. Kein Lebenshauch darin. Das Licht des frühen Morgens kitzelte auf der seidigen Haut des Kindes und Marie verspürte den Tod, wie er am Rande des Bettes stand, ihr direkt in die Augen sah, sich ihren Sohn nahm und grinste.

Ferdinands Leichnam wurde auf dem örtlichen Friedhof beigesetzt. Es war ihr nicht gestattet, ihn in Matovice zu beerdigen, obwohl es ihr sehnlichster Wunsch war.

„Der Gott gibt und nimmt, wie er es für richtig hält, und wir können nichts dagegen tun.“

Otto
März 1953

Ironie des Schicksals. Präsident Gottwald kehrte von der Reise zu Stalins Beerdigung heim und gab wenige Tage später selbst den Löffel ab. Mit gerade mal 56 in seiner kurzen Regierungszeit und nach unzähligen Todesurteilen an Unschuldigen. Wenige Monate später folgte ihm seine ebenso wenig lobenswerte Ehefrau. Das neue Losungswort hieß: Antonín Zápotocký. Der Mann des Volkes mit seinem langen Gesicht wurde gewählt und erließ eine Amnestie. Man erzählte, man könne ihn auf der Straße treffen, er sei *einer wie du und ich*. Das Volk war erleichtert und glaubte an ihn. Otto nicht.

In den letzten Monaten seines PTP-Aufenthalts war Otto zum stummen Jasager geworden. Nicht dass er sich an die Umstände in Komárno gewöhnt hätte, nein, er hatte weder seinen Freiheitsentzug akzeptiert noch sich unterworfen. Er rebellierte häufig, wenn er bei der Gruppeneinteilung von Anton getrennt wurde, das Einzige, worum er beharrlich kämpfte. Ohne seinen Bruder rührte er keinen Finger, was die Befehlshaber im Laufe der Zeit ermüdete, sodass sie nachgiebig wurden. Nein, gewöhnt hatte sich Otto an Komárno nie, doch man konnte sagen, er und sein Bruder hatten sich angepasst. Die Anderen interessierten ihn nicht, so wie auch er bei denen kein Interesse weckte. Interesse hieß Schwäche zu zeigen.

„Das deutsche Proletariat ist uns lieber als ihr."

Mit diesem Satz schickte man die Lebedas heim, als die 63. Einheit in Komárno schloss. Die Befehlshaber lächelten, um sich keine Blöße zu geben. In Wirklichkeit bibberten sie um ihre Zukunft, schließlich kam es zu politischen Änderungen, als der Druck *von außen* zu groß wurde. Dieser bewirkte die allmähliche Auflösung der PTP-Lager in der gesamten Tschechoslowakei. Die zunehmende Kritik aus der ganzen Welt erzeugte gespielte Reue, weniger Einsicht, das wäre von den Hütern der *Schwarzen Barone* wohl zu viel verlangt. Doch den freien Tschechen gab es auch danach nicht, mindestens die Hälfte der Zwangsarbeiter, *das unbequeme Volk*, wurde nach der Schließung der PTPs in andere Arbeitseinheiten verlegt. Wer gehen durfte und wer bleiben musste, war Zufall, Sympathie oder reine Willkür, niemand wusste, nach welchen Kriterien entschieden wurde. Selbst der Bataillon-Genosse Haluška wusste nicht, wohin es ihn verschlagen würde, die Kommunisten stellten auch ihre eigenen Mitglieder vor vollendete Tatsachen.

Die Freilassung der Lebedas kam überraschend, Otto konnte sein Glück gar nicht fassen. Wie ein Vogel im Käfig, der beim Öffnen der Tür erst einmal zögert. Er musste erst wieder fliegen lernen. Doch auf persönliche Umstände wurde keine Rücksicht genommen, ob man ein Zuhause hatte oder nicht, ob man körperlich und finanziell in der Lage war zu reisen oder nicht. *Raus hier,* hieß es, *friss oder stirb.*

Otto nahm sein Bündel unter den Arm, er besaß so gut wie nichts. Er ließ sich den Lohn der kompletten Haftzeit auszahlen, der gerade einmal für die Rückfahrkarte reichte. Den Entlassungsschein warf er weg. Genauso erging es seinem Bruder. Wohin sollten die beiden aber reisen, wo war ihr Zuhause? Eine Rückkehr in ihr Heimatdorf war ihnen lebenslang untersagt. Otto füllte zwei Flaschen mit frischem Wasser aus der Pumpe, wickelte ein paar Brocken Brot in sein Bündel und ging. Anton stand unschlüssig am Tor, drehte sich mehrmals um. Otto rief nach ihm, er verharrte jedoch. Er brauchte Zeit. Der Weg nach draußen fühlte sich an wie eine weitere Prüfung.

Sie hatten kein Dach überm Kopf, kaum Geld in der Tasche, keine Übung in der Welt, doch Otto war zuversichtlich und tröstete seinen Bruder, bald würde es ihnen bestimmt besser gehen und sie würden die Freiheit zu schätzen wissen.

Otto hatte vergessen, wie es sich anfühlte, auf dem Bürgersteig zu laufen. Die Luft war gesättigt mit intensiven Gerüchen. Sie stiegen ihm in die Nase, als hätte er die ganze Zeit über keinen Sauerstoff eingeatmet. Der Duft nach Kohle aus den Privathaushalten schmeckte süßlich verlockend, Passantinnen in blumigen Wolken bulgarischen Rosenwassers riefen vergessene Erinnerungen wach. Er grüßte heimkehrende Schüler und staunte über die homogene Ordnung des Gesamtgeschehens. Misstrauisch musterten sie ihn, erwiderten ein höfliches *Guten Tag* und drehten ihre Hälse nach ihm und seinem Bruder. Otto blieb vor einem Delikatessenladen stehen. Die Ware im Schaufenster – von feinem Fleischsalat und geräucherten Makrelen über goldene Pralinenschachteln bis hin zu kostbarem Cognac – strahlte ihn mit nie da gewesener Anziehungskraft an. In der nahen Metzgerei kaufte er sich eine Wurst. Die Verkäuferin spähte ihm hinter der Schaufenstergardine nach und musterte ihn argwöhnisch. In der Gegend tummelten sich viele Freigelassene, die nicht wussten, wohin sie gehen und was sie tun sollten.

Otto musterte seinen Bruder. Anton wandte sich ab, wischte sich mit dem Ärmel Tränen aus dem Gesicht und schlenderte zum Bahnhof. Obwohl es ihnen verboten war, zur Mühle zurückzukehren, wurde der Wunsch nach ihrem alten Zuhause so stark, dass sie nicht widerstehen konnten, zumal es keine andere Bleibe gab, wo sie hinkonnten. Die Mühle war das Einzige, was sie je besessen hatten. Und je länger sie unterwegs daran dachten, desto klarer erkannten sie, dass man sie eines Tages nur von dort mit den Füssen voran hinaustragen müsste.

Als sie das Dorf erreichten, überkam Otto ein flaues Gefühl im Magen, er musste pausieren und am Wegesrand Kraft schöpfen, bevor er sich in die Mühle hineinwagte. Zu Hause fand er ein Schlachtfeld vor. Seine Mauer war zersprengt, als hätte man ein Dutzend Handgranaten verwendet, der Hof war verwahrlost und verlassen. Er rief nach Marie, doch sie war nicht da. Aus dem Haus flitzten ein paar streunende Katzen. Die Eingangstür war aufgebrochen und baumelte schief in den Angeln, die Fensterscheiben waren eingeschlagen, als wäre hier seit Jahrzehnten keine Menschenseele mehr gewesen.

„Oje, sie waren hier“, knurrte Otto unter seinem Bart, den er sich inzwischen wachsen ließ.

„Diese Schweinehunde“, hauchte Anton.

„Ich krieg die Namen raus und werde jeden Einzelnen zur Rechenschaft ziehen, das schwör ich bei Gott!“

„Es waren irgendwelche Kommunisten, was spielt das schon für eine Rolle? Oder unsere Nachbarn. Oder das ganze Dorf.“

„Das Dorf?“

„Kommt doch auf dasselbe hinaus. Diese Menschen sind schlimmer als Barbaren. Und glaub bloß nicht, dass das Dorf auf unserer Seite steht, die sind alle kommunistische Arschkriecher!“

Durch die Küche blies ein eisiger Windzug. Bis auf den Ofen, der ohne große Schäden davongekommen war, sowie das Bild der Eltern, das offensichtlich kein Interesse geweckt hatte, war alles verschwunden, umgestoßen, kaputt, zerbrochen. Doch der Anblick der noch halbwegs stehenden Betten mit den zerschlissenen Heumatratzen erneuerte den erloschenen Enthusiasmus, das Zuhause neu aufzubauen. Die Nacht war gesichert.

„Wir bleiben hier und basta!“, entschied Otto.

In Maries Zimmer fehlten sämtliche Möbel, auch die Nähmaschine war weg, die Matratze war aus dem Fenster geworfen worden und lag zerschlitzt im Hof. Hatte Marie die Möbel mitgenommen? Otto hoffte es. Das Dach zum Schutz des Mühlrads war heruntergerissen, demzufolge hatte die Witterung am Mühlrad Spuren hinterlassen. Die Täter hatten offenbar zu gut gewusst, worauf es bei einer Mühle ankam. War die Mühleinrichtung kaputt, war die Mühle keinen Haller mehr wert. Sie hatten mit Bedacht und Strategie geplündert.

Auf dem Dachstuhl nisteten Tauben, jede Ecke war mit beißend riechendem Kot verunreinigt, an den Haken hing nicht eine Axt. Otto steuerte auf die Ställe zu, in trüber Vorahnung, was er vorfinde würde: nichts oder verdorrte Tierkadaver. Zum Glück hatten sie die Tiere mitgenommen. Verwaiste Räume mit vertrockneten Pferdeäpfeln und zertrampeltem Joch, daneben Zaumzeug. Ein altes Geschirr hing noch an der Wand, die Kommunisten hatten derartig altes Zeug für unbrauchbar gehalten und es hängen gelassen. Wie unwissend sie doch waren! Hinter der Scheune lagen sogar noch eine Egge, ein Hackklotz und einige Wagenaufsetzbretter. Otto ging davon aus, dass das Vieh in einen Kollektivstall abtransportiert und längst geschlachtet worden war. Es brachte nichts, um sie zu weinen. Zwei Krüge standen in der Mitte des Stalls, genau dort, wo man melkte, als hätte jemand die Arbeit stehen und liegen gelassen.

Obwohl Otto die ganze Zeit über versucht hatte, sich keine Sorgen um Marie zu machen, schließlich hatte sie nichts verbrochen, hatte ihn ständig die Angst um sie geplagt. Kein einziger Tag war vergangen, an dem er nicht an sie gedacht hätte. Ihren Namen hatte er im PTP jedoch nie erwähnt und auch Anton hatte geschwiegen. Otto stampfte nervös in der Kälte und betrachtete die Alltagsgegenstände, dabei galten seine Gedanken ihrem Schicksal. Es sah zweifellos danach aus, als hätte sie auf der Stelle gehen müssen. Als wäre sie überrascht worden. Obwohl er sich seiner Unschuld sicher war, plagte ihn das schlechte Gewissen. Wieso sollte Marie nicht das gleiche Schicksal getroffen haben wie Anton und ihn? Vielleicht lebte sie sogar nicht mehr. Ihm lief es eisig den Rücken hinunter.

Eine leichte Schneedecke überzog den Garten, sodass das modrige Gestrüpp darunter nicht zu sehen war. Überhaupt wirkte der Garten ordentlich und sauber und Otto kostete diesen seltsam ruhigen Anblick aus. Doch als er zum Teich hochkletterte, erstarrte er. Aus der Oberfläche ragten Unrat und undefinierbare Holzteile. Bei längerem Betrachten erkannte er die fehlenden Einzelteile aus der Mühleneinrichtung. Sein Zuhause schwamm im Teich. Sämtliche Werkzeuge waren verschwunden oder entzweit. Erfinderisch hatten sich die Herren gerächt, das musste man ihnen lassen. Und weshalb das Ganze? Wegen ein bisschen Kuhmist auf einem Gummistiefel. Otto fluchte.

Gemeinsam mit Anton saß er eine Weile im Schuppen. Sie wussten nicht, was zuerst tun. Es verschlug ihnen die Sprache. Zu ihren Füßen lag das Blechschild mit Ottos Namen und seiner Berufung darauf. Die Registriernummer aus den Zeiten des Protektorats fehlte auch nicht, sie war nur zerkratzt. Otto konnte sie jetzt noch einwandfrei aufsagen. Das Schild stammte aus Zeiten, als die Mühle mit sechzehn Hektar Land und Wald zu den wohlhabendsten Objekten des Dorfes gehört hatte, als die Lebedas noch angesehene Bürger waren und Kundschaft aus Vimperk angereist kam.

„Wenn wir hierbleiben, dann haben wir viel zu tun“, murmelte Otto vor sich hin. Anton stand mit geballten Fäusten vor ihm. „Was ist? Was hast du vor?“

„Rate mal.“

„Ich hab nicht die geringste Ahnung.“

„Ich … Kümmer du dich um die Mühle und ich …“

„Holst du Holz?“

„Nein. Ich … ich fahre weg.“

„Du fährst weg? Hör auf, in Rätseln zu sprechen! Wohin?“

„Zur Kräuterfrau.“

„Was willst du da?“ Einige Sekunden vergingen. Otto versuchte in Antons Gesicht nach Antworten zu suchen. „Ach so. Ich verstehe. Sag’s doch gleich! Und wenn sie nicht da ist?“

„Dann gehe ich zu Tereza.“

„Bis nach Vimperk? Willst du nicht wenigsten die Nacht abwarten?“ Anton schüttelte den Kopf. „Was hast du denn, Anton? Du bist ja ganz außer dir.“

„Ich kann’s dir nicht sagen.“

„Dann hol sie.“ Anton rannte los, ohne sich zu verabschieden. „Anton! Wenn sie nicht will, dann zwing sie nicht!“

Anton hörte schon nicht mehr.

Anton
März 1953

Die Not schaffte es, dass man unbedeutende alltägliche Augenblicke als beglückend empfand. Einen Graupelschauer. Die Dämmerung. Pickende Raben auf dem weiten Feld. Die eigenen Spuren im Schnee. Die winzigen Hasenspuren daneben. Erhabene Stille, die nach der lang ersehnten Freiheit schmeckte. Zum ersten Mal nach zwei Jahren. Sie war da, die Freiheit, direkt bei ihm, lieblich und gleichzeitig grausam. In Komárno wäre um diese Stunde eine Gulaschkanone aufgefahren. Der Hunger meldete sich.

Anton war angekommen und trat ein. Die Kräuterfrau war überrascht, ihn zu sehen, wahrscheinlich war sie taub geworden. Jedenfalls war sie alt und schrumpelig geworden.

„Ich suche jemand, den Sie kennen. Meine Schwester, Marie Lebedová. Haben Sie etwas von ihr gehört, wissen Sie, wo sie sein könnte?"

„Nichts gehört. Ich höre schlecht", bestätigte die Alte.

Anton trat näher an sie heran. „Sie haben nichts von Marie Lebedová gehört? Dann … werde ich wohl wieder gehen müssen."

„Welche Marie?"

„Sie wissen ganz genau, wen ich meine", sagte er schnell.

„Ich kenne keine Marie. Ich kenne eine Hana, Alena, Božena, Růžena, Soňa … aber keine Marie."

Anton platzte der Kragen. Er schrie die Greisin an. „Jetzt tun Sie nicht so, als wüssten Sie nicht, wer Marie Lebedová ist! Acht Kinder haben Sie von den Lebedas auf die Welt gebracht, acht Stück! Und unsere Eltern haben Sie auch beerdigt." Sie stierte mit schiefem Blick an Anton vorbei, als würden seine Wörter in ihrer Erinnerung Revue passieren. „Wissen Sie … sie ist nicht in der Mühle und wir haben keine Ahnung, was mit ihr passiert ist und wo wir sie suchen sollen."

Die Alte schwieg, nur ihre kleinen stechenden Augen durchdrangen Anton. Plötzlich wandte sie sich von ihm ab. „Schließ die Tür, mir ist kalt. Ich will die Luft da draußen nicht auch noch heizen."

Ihr Atem war flach und schnell, als gäbe sie gleich den letzten Lebenshauch von sich. „Ich habe Sie früher immer in Schutz genommen, als man Sie wegen Hexerei lynchen wollte. Und meine Familie war immer dankbar, wenn Sie bei uns waren. Erinnern Sie sich noch, wie Sie mir beigebracht haben, das Wetter vorherzusagen? Und wissen Sie noch, als unser kleiner Bruder mit Keuchhusten im Bett lag? Unsere ganze Familie lag Ihnen zu Füßen."

„Der ist doch im Teich ertrunken."

„Stimmt, aber davor hat er gelebt und wir waren Ihnen immer ergeben und dankbar."

„Der liebe Gott hat ihn zu sich genommen, weil es so sein musste."

„So kann man das auch nennen."

Stille. Es gab nichts mehr zu sagen. Anton wandte sich nun zum zweiten Mal um und war dabei zu gehen, während er vor sich hinmurmelte. „Wir haben Sie immer geachtet und geschätzt."

Sie setzte sich auf eine Holzbank, mit dem Rücken an den warmen Ofen gelehnt. Sachte schob sie ein unappetitlich aussehendes Gebäck zu Anton und bediente sich selbst. Offenbar hatte sie das Gespräch im Nu vergessen. Ein anheimelndes Lächeln deutete auf Senilität hin, als wollte sie fragen, wer er sei und was er wolle. Anton konnte es ihr kaum übelnehmen. „Da, iss, Jungchen!"

„Haben Sie besten Dank."

„Wofür, schöner junger Mann? Schade, dass ich schon so alt bin."

„Ich bin Anton Lebeda, der Müllersohn."

„So? Aah..." Sie versank in ihren Gedanken, die Augen glasig, leer, erschöpft. „Und hat sie niemanden getroffen?"

Anton schüttelte nur den Kopf, die Alte war tatsächlich altersschwachsinnig. Anton stand auf. „Auf Wiedersehen."

„Es ging ihr den Umständen entsprechend, als sie da war."

Verblüfft drehte sich Anton zu der Kräuterfrau. „Also doch? Sie war da? Was heißt, den Umständen entsprechend? Wie meinen Sie das, was hatte sie?"

„Das darf ich nur dem Richtigen verraten, nicht dir."

„Na schön. Wann haben Sie sie gesehen?"

„Vor zwei Jahren."

„Vor zwei Jahren?" Anton erschrak. „Sind Sie sicher?"

„Wie ich Kurková heiße."

„Und wo könnte sie jetzt sein?"

„Hm. Hat sie nicht gesagt."

„Das glaube ich Ihnen nicht. Sie wissen es ganz genau!"

„Du Hund! Was hast du nur getan?! Solche wie sie bringt man in eine Pastouška. Nach Volyně", lachte die Alte.

Anton war wütend, scheppernd knallte er die Tür hinter sich zu. Aber immerhin hatte ihm das Gespräch einen Anhaltspunkt geliefert.

Zu dieser späten Stunde fuhr nach Volyně kein Bus mehr. Es war auch kein Automobil unterwegs, um Anton zumindest ein Stück weit zum Ziel zu bringen. Er traute sich nicht, jemand nach einem Pferd zu fragen. Bis auf seine eigenen Beine besaß er nichts, die Straße war menschenleer, die Schneedecke glitzerte im weißen Mondschein. Anton rekapitulierte, was die Alte gequasselt hatte, wirr und aufgeweicht im Kopf, doch dann wieder scharf im Geist und in ihrer Aussage.

In der Mühle angekommen, versuchte er auf einer zerschlissenen Matratze zu schlafen. Diese Nacht schien die kälteste zu sein, er fror wie ein Schneider. Die Bettdecke fehlte und die alte schimmlige Rosshaardecke vom Speicher, von Maden durchlöchert und mit Mäusekot übersät, gab zwar ihr Bestes, konnte aber der Kälte nicht trotzen. Das Holz, das sein Bruder und er am Abend heimlich im Wald gesammelt hatten, verkohlte, noch bevor er einschlief.

Am nächsten Morgen fand er sich in aller Herrgottsfrühe zusätzlich in einen Mehlsack eingehüllt, ohne zu wissen, wann er diese Aktion vorgenommen hatte. Die Vorstellung, Marie zu sehen, trieb ihn aus dem Haus. Otto blieb zu Hause und reparierte, was ihm unter die Finger kam. Nachmittags wollte er eine Ziege auftreiben, eine, die umsonst zu haben war oder auf Raten, wenn er sich nicht dumm anstellte.

Der Hunger grub Anton Löcher in den Bauch, fiese Krämpfe machten sich seit gestern Nachmittag bemerkbar. Im Gasthaus Žahour bettelte er um zwei Rohliks von gestern, natürlich heimlich, weil niemand erfahren durfte, dass er da war. Der Kellner, der Anton noch kannte, war gnädig und gab ihm eines. Anton vertilgte es mit solchem Appetit, als wäre es das beste Gebäck, das er je in seinem Leben gegessen hatte. Der Kommunismus erzog die Menschen einerseits zum Denunziantentum, andererseits spürte man eine Nächstenliebe wie nie zuvor.

Nachdem es kein Privateigentum gab, gab es nichts zu verlieren, die Masse besaß gleich viel oder gleich wenig, da spielte so ein Rohlík mehr oder weniger keine Rolle. Die Partei lieferte Rohlíks wie falsche Versprechungen.

Die Klientel in der Kneipe unterschied sich von damals. Die Trunkenbolde waren zwar dieselben, doch ihr Verhalten kam Anton bedrückter vor. Die großen Runden der mutigen Redner und Revoluzzer von damals waren von der Bildfläche verschwunden, nur ein Nachhall der Erinnerungen blieb, auch die intellektuellen Weltveränderer fehlten. Stattdessen kauerte an den Holztischen ein kleinkariertes feiges Häufchen rotnasiger Individuen mit kleinen versteckten Notizblöcken. Als sie Anton registrierten, schrieben sie alles auf, was gesagt wurde, es wäre ja schade um die wertvollen Informationen.

„Ich werde mich für die Rohlíks revanchieren, versprochen. Danke."

Der Wirt machte eine abwehrende Bewegung und für den Bruchteil einer Sekunde konnte man meinen, in den guten alten Zeiten zu sein, doch dann machte jemand eine sonderbare Bemerkung. „Hat man euch die Arroganz aus den Köpfen getrieben?"

Anton atmete tief ein und aus, er hatte große Lust, etwas zu erwidern, vielleicht sogar handgreiflich zu werden, doch dann erinnerte er sich an den Kuhmist. Und an Ottos Mahnungen, mit niemandem zu sprechen, schon gar nicht mit fremden Bolschewiken. Man wusste nie, wie das gegen einen missbraucht wurde, denn sie drehten jedes Wort beliebig im Mund herum und dann wäre man wieder die nächsten zwei Jahre im PTP. Das hieß zwar jetzt anders, war aber das Gleiche, vielleicht schlimmer, ein Uranwerk oder irgendein anderes Drecksloch. Anton verließ den die Kneipe daher wortlos, erleichtert, sich beherrscht zu haben, aber der Idiot schwankte hinter ihm her.

„Ich hab dich was gefragt! Hey, bist du nicht der Müllersohn? Der schräge Vogel ohne Elektrik? Was machst du überhaupt hier? Seit wann darfst du wieder nach Matovice? Solche wie du dürfen nicht hierher!“

Anton flüchtete, rannte, stolperte, rutschte im staubigen Schnee, er drehte sich nicht um, er sah ihm nicht nach, jagte vorwärts, weg von dem Trottel, weg von dem besoffenen Arsch, er hasste ihn. Schnell vergessen. Dass er dem Matovicer Volk ein Dorn im Auge war, war nichts Neues. Genau diese Leute ließen ihn ins offene Messer laufen, egal woher der politische Wind wehte. Und doch konnte er seinen Zorn nicht stillen.

Den ganzen Tag über schien die Sonne und taute seine gefrorenen Glieder auf. Ein Pferdefuhrwerk, dessen Besitzer Anton flüchtig kannte, kutschierte ihn über die noch nicht ausgebaute Straße an der alten Dreschhalle vorbei nach Volyně. Er war fast am Ziel, nur noch wenige Kilometer zu Fuß. Aus den Kleingärten links und rechts grüßten ihn Schneemänner mit durchlöcherten Emailletöpfen auf dem Kopf.

„Wissen Sie, wo die Pastouška ist?“ fragte Anton einen älteren Mann, der gerade mit einer Handpumpe ein Jauchefass füllte.

Der Fremde zeigte wortlos mit dem Arm in eine Richtung.

Anton setzte seine Reise fort. Nach einiger Zeit wollte er erneut nach dem Weg fragen, doch Unbehagen kroch in seine Knochen, er kannte den Ruf der Pastouška. Die Menschen hatten Armenhäuser schon immer verabscheut. Dass Marie in so ein Haus gegangen war, wunderte ihn, sie hätte doch zu den Geschwistern gehen können. Schließlich fand er die Pastouška. Zwei Landhütten aus Holz und Kotziegeln sowie zwei weitere Bauten, die früher als Krankenstation und als Gemeindearrest gedient hatten, standen direkt an der Straße. Sie hatten ausgedient, in Volyně gab es nun ein schönes Krankenhaus mit sechzig Betten und moderner Technik. Anton kannte es nur vom Hörensagen, er war noch nie in einem Krankenhaus. In der Pastouška klafften Löcher im Dach, klar, dass es hineinregnete und im Innern feucht war. Aus dem dicken Kamin in der Mitte des Daches stieg beißender gelblicher Rauch auf.

Vorsichtig betrat Anton den Hof. Eine dürftig gekleidete Frau kam ihm entgegen, hinter ihr zwei Rotznasen. Trotz der betäubenden Kälte trugen sie Holzpantoffeln ohne Socken. Er grüßte sie und fragte nach Marie Lebedová. Da stutzte die Frau, lächelte schelmisch, wobei sie ihre hässlichen Zahnstümpfe entblößte, und fragte, ob er der Mann sei.

„Was für ein Mann?“, fragte Anton verblüfft.

„Na, ihr Mann“, antwortete sie. „Na, der …“ Leider beendete sie den Satz nicht, so wurde Anton nicht schlauer, aber zumindest kannte sie Marie.

„Nein, der bin ich nicht.“ Etwas tat sich in ihm auf. Wut, Zorn und ähnliche Gefühle. Er wollte fragen, weswegen sie nach *ihrem* Mann fragte, ob es einen Mann in ihrem Leben gab und warum jeder Lump, der auftauchte und sich nach ihr erkundigte, gleich *ihr* Mann sein musste. Was veranlasste dieses bodenlos unverschämte Weib, so dreist zu fragen? Doch seine Kehle war zugeschnürt, er konnte kein Wort von sich geben.

„Und wer bist du dann, wenn ich fragen darf?“, warf sie ihm entgegen.

Seine Lippen wurden schmal. Er war auf Duzen nicht eingestellt und auf ihr Gezeter schon gar nicht. Nein, die zwei würden keine Freunde werden. „Ist sie da?“, fragte Anton.

Sie fluchte vor sich hin, tadelte die Kinder, ohne dass sie etwas verbrochen hatten, und begab sich schlurfend in eines der Nebenhäuser, aus dem es ekelerregend roch.

„Ich bin ihr Bruder!“, rief er ihr nach, bevor sie gänzlich verschwand, schließlich war er unter Umständen auf ihre Kooperation angewiesen. Nur Gott wusste, was für ein Gesindel sich im Inneren dieser Pastouška tummelte.

„Nee. Sie ist in der Arbeit“, folgte aus dem Bretterloch.

Anton wartete eine Weile, ließ diese neue Information auf sich wirken, wagte jedoch keinen weiteren Schritt ins Haus. Weshalb eigentlich? Aus Angst, er könnte Zeuge einer unschönen Realität werden? Oder aus Anstand angesichts der Privatsphäre von Wildfremden? Nein, aus Ekel und Abscheu. Erst als ihm nach einiger Zeit die Kälte zu schaffen machte, trat er ein.

„Guten Tag allerseits.“

Anton war Gerüche gewohnt. Zu Hause hatte direkt neben dem Haupteingang zur Mühle die Sau gehaust und wenn der Wind aus Richtung Nordost kam, hatte der Misthaufen eine strenge Note hinzugesetzt. Im PTP hatte es im Wechsel nach Desinfektionsmittel, Urin und süßlich riechendem Bettwanzenkot gestunken. Hier jedoch wurden seine Sinne einem Dunst aus verdorbenem Brei, säuerlich riechendem Kot und Erbrochenem ausgesetzt. An der Wäscheleine, die sich mehrfach durch den gesamten Raum zog, hingen zahlreiche Stoffwindeln und weiße Säuglingshemdchen, sodass er den Kot- und Kotzegestank allmählich einordnen konnte. Billiges Frauenparfum fehlte auch nicht. Es gab keinen Flur, sondern man stand direkt im Schlafraum. Frauen mit zerzausten Kurzhaarfrisuren starrten ihn an. Dumpf musterten sie Anton, der ausgehungert und ungepflegt war, doch unter dessen Dreckschicht sich ein schöner Kerl verbarg. Gierige Blicke.

Anton versuchte sein Hüsteln zu vertuschen, es würgte ihm. Das Weib von vorhin nahm ihn in ihre Klauen, zog ihn an sich und fragte nach seiner Herkunft. Anton wurde ständig nervöser, denn gleich konnte *sie* eintreten, einfach so mir nichts, dir nichts erscheinen, ihn unvorbereitet in diesem Ausnahmezustand ertappen. Und dann wäre er nicht Herr der Lage, er müsste ihr gleich um den Hals fallen, mein Gott, wie oft hatte er sich diese Szenerie ausgemalt? Es könnten all seine Sicherungen durchbrennen, sodass er ihr ganzes Gesicht mit heißen Küssen übersäen müsste. Die Weiber würden sich auf ihn stürzen und ihm die Augen auskratzen, denn nichts stand über dem Gesetz der gesellschaftlichen Etikette.

Die Tür wurde mit einem knarzenden Geräusch geöffnet. Ein neues Exemplar mit Rock trat ein, zum Glück nicht *sie*. Ein dickes Ding mit Sommersprossen und roten Haaren, offensichtlich von hier, denn kein Mensch nahm ihr Eintreten wahr. Sie grinste, erforschte Anton mit ihrer Fleischeslust und zeigte mit dem Finger auf ihn.

„Was ist das? Haben wir einen Gast?"

„Er wartet auf die Müllerin."

„Ihr Mann?", fragte sie, als wäre Anton nicht vorhanden oder taub, als wäre er nur eine Erscheinung, die nicht eigenständig antworten konnte.

„Nur der Bruder."

„Ach so."

„Ja … nur der Bruder", stotterte Anton hinterher.

Sie wandte sich nun direkt an ihn. „Holst du sie etwa ab?"

„Das tue ich."

„Erst jetzt? Du hast dir aber Zeit gelassen, mein lieber Schwan."

„Ging nicht eher."

„Und wo ist der Mann?"

„Was für ein Mann, zum Teufel? Von welchem Mann redet ihr?"

„Das wissen wir eben nicht, sie sagt ja nix."

„Sie macht den ganzen Tag ihr Maul nicht auf", krächzte von irgendwoher eine andere.

Anton war erleichtert, das zu erfahren, sie war eine Lebeda.

„Und du? Bist du schon vergeben?", erkundigte sich das Weib mit den Sommersprossen, eine abstoßende und reizlose Person. Sie rückte ihm ihre ausgeprägte Oberweite beinahe ins Gesicht und grinste Anton an, sodass er ihren säuerlich riechenden Atem wahrnahm.

„Ich bin vergeben", antwortete er knapp und die Weiber lachten über ihre zotige Unanständigkeit.

„O wie schade, ein so ein fescher Kerl mit so schönen blauen Augen und roten Lippen. Und wer ist die Glückliche?"

Anton schüttelte mit dem Kopf, war er schon immer so wenig souverän gewesen? Zu lange schon befand er sich außerhalb der weiblichen Gesellschaft. Er zündete sich eine Zigarette an, eine der letzten aus dem PTP, um die peinliche Situation zu überbrücken.

„Wann kommt sie denn?"

„Sie müsste bald da sein. Wahrscheinlich ist sie nach der Arbeit noch einkaufen gegangen."

„Und was arbeitet sie?"

„In der Schuhfabrik."

„In der Schuhfabrik? Was macht sie da?", fragte er verblüfft. Marie an der Nähmaschine, am Ofen, unterm Euter oder auf dem Feld, ja, aber in einer Schuhfabrik?

„Was man in der Schuhfabrik so macht: Schuhe."

Die Weiber lachten und Anton schnitt eine Grimasse, doch sein Lächeln fror plötzlich ein. Die Tür knarzte und der Lichtkegel der untergehenden Sonne leuchtete hinein. Eine zarte Person mit demselben Kurzhaarschnitt wie der Rest erschien.

Die Heilige Madonna aus Fleisch und Blut war inmitten des göttlichen Lichts eingetreten. Ihre Lippen leuchteten blutrot und waren leicht geöffnet. Sie musste herbeigeeilt oder gar gerannt sein, als hätte sie gewusst, dass *er* da war und auf sie wartete. Sie hatte eine schwarze Linie auf die Augenlider aufgetragen, das war wohl in Mode, und das Haar war kurz, aber nicht so hässlich und plump wie bei den Zimmergenossinnen, sondern schön kurz, eher den Frauen auf dem Titelblatt der Modezeitschriften ähnlich. An ihren Füßen steckten statt Holzpantoffeln spitze Stöckelschuhe, unter den Nylontrümpfen erkannte er ihre zarten Fesseln im Widerschein des herrlichen Lichts auf Anhieb. Man konnte glauben, sie schwebte. Den knielangen braunen Mantel mit breitem Gürtel sah Anton ebenfalls zum ersten Mal, im Gegensatz zu dem Tuch, das ihren Hals verdeckte. Das Muster und die lachsfarbene Note kamen ihm bekannt vor, sie hatte es früher auf dem Kopf getragen. Erst jetzt wurde ihm bewusst, dass das Blutrot ihrer Lippen nicht von der Natur, sondern von einem Erzeugnis eines Drogerieartikels kam, übertrieben dick beschmiert. Ein gänzlich neues Bild seiner Schwester, ein gereiftes Abbild damenhafter Anmut sprang in sein immer noch verzerrtes Gesicht. Hätte sie einen langen Rock getragen, hätte sie ihn sicher mit gespielter Eleganz gerafft und frivol die Füße entblößt. Diese Zeichen der modernen Frauenwelt kamen ihm äußerst befremdlich vor.

Sie verharrte im Türrahmen. In beiden Händen trug sie Henkeltaschen mit Inhalt.

„Anton!“

Marie
März 1953

Instinktiv erschall sein Name aus ihrer Kehle und die Einkäufe fielen zu Boden, doch sie konnte sich in solchem Augenblick nicht um so etwas kümmern. Anton hatte sich verändert. Eine Zigarette im Mundwinkel, ein neuer Bart, veränderte Gesichtszüge, die verkniffenen Augen. Auch erste Fältchen, aber vielleicht blendete auch nur das Licht. Wie lange stand sie so da? Eine halbe Minute? Drei Minuten? Sie war wie gelähmt.

Anton schritt zaghaft auf sie zu, nahm die Zigarette aus dem Mund und stammelte kaum verständlich: „Sieh mich nicht so an, ich bin's wirklich."

„Wie … wie kommst du hierher? Wie hast du mich gefunden?", stotterte sie. Er kam ihr vor wie ein Fremder, auf keinen Fall wie ihr Bruder, mit dem sie aufgewachsen war und den sie geliebt hatte wie … wie wen?

Ihm fiel die Zigarette aus der Hand und folgte dem Gesetz der Schwerkraft. Gleichzeitig versuchten sie, den Einkauf und die Zigarette vom Boden aufzuheben und stießen mit den Köpfen aneinander. Sie prusteten von Herzen vor Lachen und Anton bückte sich erneut direkt vor ihren Füßen, sodass sie Lust verspürte, sein Haar zu streicheln, sie hatte schon immer eine Schwäche für sein schönes Haar gehabt.

„Ich habe niemandem erzählt, dass ich hier bin", flüsterte sie.

„Fast niemandem. Ich habe es von der Kräuterfrau erfahren", erwiderte er.

„Du warst … und wieso darfst du …?"

„Amnestie. Man hat uns …"

Sie unterbrach ihn, legte ihm den Finger auf den Mund. Den Weibern waren die Ohren in die Länge gewachsen und sie wollte ihnen den Spaß verderben. „Die Überraschung ist dir gelungen. Seit wann …“

„Seit gestern.“

„Und wo ist Otto?“

„Zu Hause.“

„Wie, zu Hause?“ Ihre Augen füllten sich mit Tränen. „Du meinst … zu Hause in Matovice?“

Er nickte und zwirbelte den Zigarettenstummel unschlüssig zwischen Zeigefinger und Daumen. „Pack deine Sachen und lass uns gehen“, sagte er schließlich und wagte eine Berührung. Seine Hand war groß und rau, größer als in ihrer Erinnerung, der Handrücken warm und mit Adern durchwachsen, eine schöne starke Hand.

Zögernd entzog sie sich ihr, dieser Berührung, sie ahnte, dass er sie halten, festhalten wollte. „Wie, lass uns gehen?“

„Wir gehen nach Hause.“

„Aber das dürfen wir doch gar nicht. Ich darf es jedenfalls nicht.“

„Wer sagt das?“

„Die! Das weißt du doch.“

„Das darfst du sehr wohl. Hab keine Angst, wer kann dich daran hindern? Wer sind schon *die*?“ Anton packte sie entschieden am Oberarm. „Du sollst keine Sekunde länger in diesem Loch bleiben.“

„Lass uns nach draußen gehen“, flüsterte sie ihm zu.

Die Sonne war weg und die Kälte kroch sofort in ihre Glieder. Sie lehnten an den knorrigen Reben der Hinterwand, hier war es einige Grade kälter als im Hof. Aber es war der einzige Ort, an dem sie ungestört sein konnten. Anton öffnete den Mantel, umfasste ihre Schulter und schloss sie ein, um sie vor der Kälte zu schützen. Ein wohliges Gefühl breitete sich in ihr aus.

„Es könnte uns jemand sehen." Sie entzog sich seiner Umarmung und ihre Zähne klapperten vor Frost.

„Ich tue dir nichts, nur, dass du nicht erfrierst."

„Man könnte es falsch deuten."

„Weil du falsch von uns denkst, falsch und schlecht. Warum denkst du so schlecht von uns?"

„Weil ... weil es schlecht ist. Es darf nicht sein. Ich kann das nicht mehr, Anton, und ich möchte es nicht mehr."

„Wenn wir auf den Mond fliegen könnten, wenn uns niemand sehen könnte, der über uns urteilt oder spottet, dann wäre ich ..."

„Anton, lass mich in Frieden." Ihr Herz hämmerte vor Aufregung.

„Warum weigerst du dich zu sagen, was du fühlst, was du denkst? Stell dir vor, wir wären auf dem Mond."

„Weil wir nicht auf dem Mond sind, wir stehen an einer verfallenen Hinterwand der Pastouška, wo uns jeder sehen und hören kann. Und weil ich mich entsetzlich schäme."

„Vor wem? Vor mir?"

„Nein."

„Das sollst du nicht. Ich bin derselbe, Marie. Sag, vor wem schämst du dich?"

„Ich schäme mich vor dir und vor mir, vor der ganzen Welt, vor Gott! Ich schäme mich, verdammt noch mal, ich schäme mich, wenn du mich so ansiehst, und ich schäme mich, wenn du solche Sachen sagst."

„Für die Liebe muss man sich nicht schämen, Marie", flüsterte er eindringlich. „Die Liebe ist entweder da oder nicht, das wird dir in die Wiege gelegt wie deine braunen Haare und deine braunen Augen. Mit der Liebe hast du nichts zu schaffen, die wird dir gegeben, ob du willst oder nicht. Die Liebe hat einen höheren Charakter, es ist sinnlos, gegen sie anzukämpfen, selbst wenn du es dein Leben lang versuchst. Du bildest dir vielleicht ein, sie besiegt zu haben, aber kaum findet das Schicksal den Zugang, ist sie wieder da. So wie jetzt. Sie ist wieder da, so wie sie immer da war, und deshalb darf es auch angesprochen werden. Es ist wahr!"

„Du verstehst gar nichts."

„Was verstehe ich nicht?"

„Für solch eine Liebe zahlt man einen hohen Preis. Dass die Leute reden und uns lynchen wollen, ist schlimm genug, aber sie ist zerstörerisch und macht krank. Sie bringt Leid und Kummer und Einsamkeit und Hass."

Anton nahm sie nicht ernst, begegnete dem Ausdruck ihrer Angst mit Abstand und Zuversicht. „Sie bringt Kummer? Ich bin mit dir der glücklichste Mensch auf Erden."

„Anton, so eine Liebe hat Konsequenzen, verstehst du? Ich meine, körperliche Konsequenzen."

Er stutzte und machte einen Schritt zurück. Mit seinen vom Frost geröteten Fingern holte er eine neue Zigarette und versuchte ein Streichholz zu entzünden. Sein Blick durchbohrte ihr Schweigen. Sie kämpfte mit sich.

Was ist so schwer daran, es ihm einfach ins Gesicht zu sagen? Ihm den letzten Lebenshauch seines Sohnes zu beschreiben, den Tod des kleinen Jungen, der sein Abbild war. Der den Preis für diese Liebe höheren Charakters, *wie er es nannte, mit seinem Leben bezahlte?*

„Nein, ich verstehe es nicht." Er klang hart. „Ich weiß nicht, worauf du hinauswillst. Du bist ein wandelndes Rätsel."

Männer sind so schwer von Begriff. Sie sehen einfach

nichts, schon gar nicht die Dinge, auf die es ankommt. Wenn es um Macht geht, können sie vorausahnen, überlegen handeln, aber in der Liebe? Im Leben?

„Ich weiß."

„Und wie lange sollen wir hier noch so stehen?", fragte er.

Sie seufzte und fuhr mit leiser Stimme fort. „Entweder verlasse ich diesen Flecken Erde und bin verloren oder ich gehe in diese Drecksbude zurück, leiste bis an mein Lebensende diesen ausgestoßenen Frauen Gesellschaft und sprühe am Fließband Lackfarbe auf hässliche Kunststoffschuhe. Ich bin so unschlüssig."

Er spielte mit ihren Fingern, während sie zögerte. Schließlich spuckte sie gegen die Reben an der Wand.

„Verdammt noch mal, erzähl mir lieber, wie es dazu kam, dass ihr entlassen wurdet."

Anton stieß eine kräftige Rauchwolke aus.

„Zápotocký hat eine Amnestie erlassen. Aber glaub nicht, dass es mit den PTPs vorbei ist. Sie werden uns immer auf dem Kieker haben und uns einsperren, wann sie wollen. Vielleicht holen sie uns auch wieder ab, nur weil wir nach Matovice zurückgekehrt sind. Aber das lasse ich diesmal nicht zu. Nur über meine Leiche."

„Na toll! Und das sagst du mir einfach so? Und willst, dass ich mitkomme? Wo gehe ich hin, wenn ihr wieder in den Knast geht? Oder sogar tot seid?"

Sein Blick wirkte auf einmal nachdenklich und traurig, ehe er ihn zu Boden richtete. „Es gibt keinen anderen Ort, wo wir leben wollen."

„Ach was, es gibt viele schöne Orte zum Leben, Anton."

„Einen wie den hier etwa? Nein danke, nichts für mich."

„Ich meine, andere Orte."

„Prag? Brno? Bratislava?“
„Warum nicht?“
„Wenn, dann den Böhmerwald.“
„Du warst nie dort.“
„Im Böhmerwald?“
„Nein, in Prag und so.“
„Das stimmt, aber ich war im Böhmerwald, den mag ich sehr. Und ich liebe unsere Mühle!“
Stille trat ein. In Gedanken stellte sich Marie oft vor, mit *ihm* in einer großen Stadt unterzutauchen, gleichzeitig ahnte sie, wie albern ihre Träumerei war. Anton war ein Naturkind, er hätte niemals einen Cognac in einem Kaffeehaus trinken wollen.
„War es sehr schlimm?“
„Was?“
„Im PTP.“
„Es war … sagen wir mal … fremd. Aber wir haben es überlebt. Otto hat sich zwei Rippenbrüche geholt und mir fehlt links der mittlere Zeh, ich hab viel Platz im Schuh.“
Marie linste auf den Schuh, aus dem eine grüne Wollsocke ragte. Wohl ein Überbleibsel aus dem Lager, in der Mühle haben sie nie grüne Socken getragen.
„T…tut das weh?“
„Ach, was, fast vergessen.“ Anton schilderte seinen Arbeitsunfall auf dem Bau, als ihm ein Stahlträger auf den Fuß fiel und den mittleren Zeh zermatschte. Er lachte sogar über den vergeblichen Versuch des Arztes, den Zeh zu retten.
Ihre Stimmung lockerte sich, obwohl Marie vor Kälte kaum stehen konnte. Gern hätte sie sich in Antons Mantel gehüllt, aber ihr fehlte der Mut.
„Das sind Wunden, die heilen, aber das hier …“, dabei fasste

er sich ans Herz und klopfte darauf, „... das tut richtig weh, hier will es nicht heilen."

„Haben sie euch erniedrigt?"

„Sie haben uns ordentlich durch den Kakao gezogen und uns die Scheiße fressen lassen. Sie haben versucht, jeden einzelnen Gedanken aus unseren Hirnen heraus zu prügeln."

„Und, haben sie es geschafft?"

„Natürlich nicht."

Marie freute sich, Anton so wiederzufinden, wie sie ihn am liebsten mochte. Sein offener Gesichtsausdruck war verführerisch und charmant, zu schön, um wahr zu sein. Anton merkte sehr wohl, wie ihr Widerstand allmählich schwand, und so sah er ihr etwas länger und tiefer in die Augen.

„Na dann, du musst zurück nach Hause", flüsterte sie.

„Genau." Seine Stimme ölte ihre Sinne.

„Und jetzt?"

„Pack deine Sachen."

Die Bratendünste trieben zu ihnen herüber, ab und zu durchdrang eine Kinderstimme oder mütterliche Schelte die Stille des Wintertages. Marie war aufgeregt. Sie hatte seit dem Morgen keinen Bissen gegessen, doch sie vergaß alles um sich herum.

„Und wenn ich lieber hierbleiben will?"

„Dann werde ich dich nicht zwingen. Du sollst nicht mitkommen, wenn du nicht willst, Marie. Aber ich wünsche es mir sehr. Abgesehen davon wünscht sich auch Otto, dass du zurückkehrst. Betrachte es als Tradition. Treue."

Marie fühlte sich erleichtert.

„Wirklich?"

„So wahr ich hier stehe. *Dass du mir die Marie nach Hause holst,* hat er gesagt."

„Das hat er gesagt? Das klingt schön."

Gemächlich knöpfte Anton seinen Wildledermantel auf, ein Geschenk der Kräuterfrau, und neigte die Waagschale noch weiter. „Haderst du noch? Du bist eine Lebeda und gehörst zu uns. Komm nach Hause."

Sie tastete sich in seinen Mantel, während seine Hände ihr Gesicht einrahmten und an seine Lippen führten. Wie fühlte sich so ein langersehnter Kuss an? Wie ein Geschenk? Ein Garten? Eine warme Lichtquelle? Es war das, was man *richtig* nannte. Marie hegte keinen Zweifel mehr, sie liebte ihn und ließ es geschehen. Sie lehnte sich an ihn, spürte sein pulsierendes Herz. Anton hatte recht, es gab keinen Anstifter zu Freveltaten, die Liebe selbst handelte und gewann. Aus Maries Adern schwand die Kälte, die Wirkung des Liebeselixiers setzte ein und entfachte neue Erwartungen und Hoffnungen. Und als sich ihre Lippen fanden, kam ihm Marie widerstandslos entgegen.

Der Koffer, mit dem sie vor zwei Jahren gekommen war, war schnell gepackt. Alte Lumpen ließ sie da, nur ein Hemdchen des Sohnes versteckte sie zwischen den wenigen Sachen, die sie mitnahm, den Rest seiner Kleidung hatte sie längst verschenkt. Anton verhielt sich vor den Frauen wie Maries Bruder. Dafür war sie ihm dankbar. Dass er der Vater des Kindes war, wusste er nicht. Noch nicht. Ein zu großes Leid, um es hier und jetzt auseinanderzupflücken.

Die Frauen waren garstig und stellten unverschämte Fragen. Sie ließen sogar das Essen stehen und forderten Marie auf, ihren Entschluss zu erklären. Was sie sich erlaube, so mir nichts, dir nichts zu gehen; ob auch alles mit rechten Dingen zugehe, schließlich habe man sich abzumelden; ob sie sich der

Konsequenzen bewusst sei; solchen und ähnlichen Kram fragten sie. Zum Glück stutzte Anton mit seiner forschen Stimme die kreischenden Weiber zurecht, dass sie verdammt noch mal ihren Goschen halten sollten, anstatt sich in die Angelegenheiten Fremder einzumischen. Erst dann gab es Ruhe in der Bude. Aber auch nur kurz.

„Und was sagen wir dem Kindsvater, wenn er auftaucht? Wollte er nicht eines Tages kommen? Du hast gesagt, er kommt und holt dich, ha, ha!"

Marie tat, als hätte sie die Frage überhört, obwohl es ihr in Wirklichkeit den Boden unter den Füßen wegzog. Dass dieses Überhören nur ein müder Versuch war, die Zusammenhänge zu vertuschen, war klar. Anton hatte sehr gut verstanden. Aus der aufbrausenden Stimmung, die eben noch im Raum geherrscht hatte, entstand eine Grabesstille ohnegleichen. Anton verschlug es die Sprache, das konnte man ihm ansehen. Marie sackte auf einen Hocker und täuschte einen Schwächeanfall nach acht Stunden Fließbandarbeit vor. Sie blickte zu Boden, wagte niemanden anzusehen, am wenigsten ihren Bruder. Auch die Weiber ignorierte sie, wünschte, unsichtbar zu werden, mit einer derartig dummen Enttarnung hatte sie nicht gerechnet. Die Stille verriet nichts Gutes, als wüssten die Drecksweiber Bescheid und wollten ihr eine gezielte Ohrfeige verpassen.

„Kümmert euch um euren eigenen Scheiß! Es wird niemand kommen, der fragt", zischte Marie, als sie sich gesammelt hatte, und legte das Tuch um den Hals. „Fertig. Können wir?", richtete sie sich an Anton, visierte jedoch die Ecke hinter ihm an, um ja nicht seine Augen zu erreichen. „Die Einkaufstaschen nehme ich selbstverständlich mit, das Essen gehört uns. Ich habe auch Milch gekauft", plapperte sie.

Anton nahm ihr die Taschen wie ferngesteuert ab. Ein paar Kinder liefen Marie entgegen und umfassten sie inbrünstig zum Abschied. „Kommst du wieder, Tante Marie?"

Marie entzog sich ihnen langsam, sie waren ihr ans Herz gewachsen. Wie gern sie Kinder mochte. Mit Tränen in den Augen nickte sie.

Draußen war es still, nur ihr Atem war zu hören. Aus weiter Ferne erklang die Rathausglocke wie in gespannter Erwartung. Marie plagte ein ungutes Gefühl, da sie seine Reaktion nicht abschätzen konnte. Die zwei Jahre Kontaktsperre hatten sie einander entfremdet. Was ging in ihm vor?

Bei dieser Dunkelheit sah man die Hand vor Augen nicht, erst ein paar Schritte weiter, warf seine Gestalt im Licht einer Laterne einen schwachen Schatten. Die Straße war menschenleer. Eine unbekannte Welt öffnete sich, altes Leben ging zu Ende. Antons Zigarette glomm wie ein Hoffnungsschimmer in der Unwissenheit. Er gab wortlos die Richtung vor und sie schleppten ihre frierenden Körper zum Rathaus von Volyně. Täglich war Marie durch den Ort zur Arbeit gegangen, hatte aber nie den Hauptplatz überquert, auf dem unter majestätischen Linden die Statue einer Heiligen stand. Ihre Absätze klapperten auf dem nassen Straßenbelag einen regelmäßigen Takt. Weshalb schwieg Anton, weshalb ging er nicht auf das Thema ein? Sie blieben stehen, er stierte sie an.

„Wir müssen irgendwo übernachten, bis Matovice ist es in der Nacht zu weit."

Ihre Zähne klapperten, obwohl sie sich bemühte, es zu verstecken. Aber im Ortskern fand sich kein Hotel, keine Pension, nicht einmal eine billige Absteige. Marie bekam höllische Angst, bei diesen Minustemperaturen im Freien zu schlafen.

„Lass uns in diese Richtung gehen“, schlug sie vor.

Ihr Unterleib krümmte sich vor Schmerzen, seit diesem Winter litt sie unter chronischen Beschwerden. Wie von einer fremden Kraft geführt, schritten sie die Hauptstraße bergab. Wortlos, bis irgendwo der Schriftzug „Hotel Šmák“ vor ihnen auftauchte.

„Gerettet!“

„Hoffentlich hat es auf.“

„Sonst schlafen wir im Kuhstall.“

„Kuhstall? Nein!“

„Ist für die Stadtdame ein Kuhstall plötzlich nicht gut genug?“, stichelte er.

„Bei dem Wetter? Ja!“

„Auf dem Hinweg habe ich einen sehr gepflegten Kuhstall gesehen.“

„Anton! Lass uns reingehen, bitte!“

„Hast du ein bisschen Geld?“, fragte er.

Marie nickte, sie hatte ihr Erspartes dabei, doch sie wunderte sich. „Hast du im PTP nichts verdient? Es kursieren Informationen, dass man dort gutes Geld verdient, sogar von einer Goldgrube war die Rede.“

„Goldgrube?“ Er lachte bitter. „Für uns wirklich nicht. Wir konnten uns gerade eine Rückfahrkarte leisten.“

„Und wer hat dann so viel verdient, wie die Leute sagen?“

„Die hoch Dekorierten vielleicht, aber wir jedenfalls nicht.“

Sie klingelten, aber so spät erwartete man keine Gäste. Wahrscheinlich war das Hotel ein imperialistisches Überbleibsel aus Vorkriegszeiten, bei dem die Kommunisten versäumt hatten, die Aufschrift abzureißen. Anton klingelte Sturm, doch nichts passierte, nur in den Nachbarfenstern gingen Lichter an. Hinter den Gardinen zeichneten sich die schwarzen Silhouetten der Spitzel der Gesellschaft ab.

„Verdammt, Anton, ich erfriere."

Allmählich machte sich Marie mit dem Gedanken vertraut, im Kuhstall zu schlafen, als ein buckliger Kauz mit stechenden Augen und Hitlerbärtchen die Tür öffnete und seine dünnen Haarsträhnen ordnete, als wäre er frisch aus dem Bett gekrochen. Anton fragte nach einem Zimmer, worauf der Typ wortlos kehrt machte.

Marie und Anton standen einen Moment unschlüssig in der Tür, bis er raunte: „Was steht ihr hier ein Loch in den Boden? Schließt die Tür, es ist eiskalt."

Das Schloss rastete ein und die beiden schlichen dem baumelnden Schlüsselbund hinterher. Trotz Kommunismus strahlte im Innern der alte Charme, nur das Haus schien baufällig zu sein und der Hausherr nagte wohl am Hungertuch. Aus dem hinteren Bereich des Foyers hallten Männerstimmen. Offenbar versteckte sich dort irgendwo eine Spelunke, aus der ein dicker, warmer Zigarettendunst hereinzog. Wohl von dort war der Hausherr gekommen.

„Ein Bett oder zwei separate?", murmelte er.

Seine Lunge pfiff verschleimt, ein verräterisches Indiz für Zigarettenkonsum oder Zwangsarbeit in den PTP-Kohlefabriken.

„Ei… ein Bett", orderte Anton unschlüssig.

Maries Herz hämmerte. Allein der Gedanke, mit Anton unbehelligt so zu tun, als wären sie ein Ehepaar, und dass niemand sie für ihre Ruchlosigkeit verurteilen könnte, versetzte sie in einen Ausnahmezustand. Sollte sie sich freuen oder fürchten? Beides.

„Name?"

Der Alte kramte aus der Schublade einen vergilbten Block, setzte eine Brille auf und krakelte ohne weitere Frage die von Anton ausgedachten Namen in das Formular.

„Eine Nacht?"

Anton blickte Marie an. Der erste Augenkontakt, seitdem sie die Pastouška verlassen hatten.

„So ist es."

„36 Kronen pro Person."

Der Alte deponierte das Geld von Marie sofort in seiner speckigen Weste, verdutzt, denn es gehörte sich nicht, dass die Frau zahlte. Aber man steckte in der sozialistischen Gesellschaft auch kein Geld in die eigene Tasche. Der Alte quälte sich in Richtung Treppenhaus, nachdem er von der Rezeption einen der zahlreichen Schlüssel genommen hatte. Wie vermutet waren Marie und Anton die einzigen Gäste.

Marie zitterte. Wie gut diese Tarnung durch einfache Wortspielerei funktionierte, obwohl sie nicht behauptet hatten, ein Ehepaar zu sein. Der Alte gewährte ihnen ahnungslos den Zugang zu der großen verbotenen Liebe, er lächelte sogar schalkhaft und wünschte ihnen eine erholsame Nacht, ehe er schlurfend wieder verschwand.

Keine Suite, keine große Herrlichkeit, nur ein muffiges Zimmer für möglicherweise die einzige Nacht, die ihnen gehörte. Nur das Nötigste: Bett, Schrank, Nachttisch. Ein Bild des vorigen Präsidenten, Gardinen, ein kleiner Tisch, eine Nachttischlampe mit zerschlitztem Schirm und ein Ständer mit einem Kleiderbügel. Die Toilette am Ende des Flurs. Marie hatte noch nie eine Nacht in einem Hotel verbracht, und dieser unverhoffte Augenblick in Freiheit fühlte sich an, wie ein Erwachen aus langem Schlaf.

„Es riecht hier wie in meinem Kämmerlein in Prag, wenn

der Ofen ausging“, erinnerte sie sich. „Manchmal gab es kein Holz, man sparte.“

Anton drehte die Gasheizung auf Anschlag, mit einem Geräusch, als wolle die Heizung explodieren. Sie knipste die Nachttischlampe an und gleich wirkte alles gemütlicher und wärmer. Sie zog den Mantel aus, alles Rationale machte dem Irrationalen Platz, als Anton Mantel und Schal ebenfalls ablegte.

„Ich begreife es nicht. Ich muss das alles auf mich einwirken lassen“, flüsterte Anton.

„Was?“

„Das. Du weißt es ganz genau. Erst jetzt wird mir bewusst, was du mit den *körperlichen Konsequenzen* gemeint hast.“ Er atmete tief. „Wie konnte ich so naiv sein? Wieso ist mir so etwas nie in den Sinn gekommen?“

„Weil du in einer anderen Welt gelebt hast“, antwortete sie.

„Ich war mit einigen Mädchen zusammen, aber sie waren mir alle egal. Ich habe oft daran gedacht, was tun, wenn eine von ihnen … na, ja … Aber meine Antwort war immer: mich aus dem Staub machen.“ Er wischte sich mit dem Ärmel über die Augen. „So tun, als hätte sie es mir anhängen wollen. Schön leugnen, was geht mich das an? Viele hätten das sicher gern getan, ein Müllersohn war keine schlechte Partie.“

Das Knattern der Heizung ließ nach und Anton hatte nichts mehr zu sagen. Der Raum füllte sich mit gespannter Stille, die Marie durchbrach.

„Aber eines würde mich schon interessieren: Bist du der Vater von Jarmilas Kind?“ Sein flüchtiges Lächeln machte sie eifersüchtig. „Entschuldige, das … das geht mich nichts an.“

„Nein, das bin ich nicht.“

„Na, wenigstens hat sie den Ochsen Býček gefunden, der sie

dann geheiratet hat. War eh die bessere Wahl, er wurde zum Leiter des kommunalen Betriebs, nachdem man seine Wirtschaft konfisziert hatte."

„Aber mit dir ..."

„Sag nichts."

„... ist es anders." Er sah auf den Boden. „Fürchterlich anders."

„Sag nichts, um Gottes Willen!"

„Wenn ich mit dir zusammen bin, dann fühle ich mich, als wäre ich zu Hause, so vollkommen."

„Geschwister geben einander ein heimisches Gefühl, so ist das nun mal."

„Nein, ich meine es anders. Komm her."

„Nein."

„Aber gerade weil es bei uns so anders ist, habe ich nicht so weit gedacht. An so Sachen wie Schwangerschaft."

„*Sachen.* Ich habe auch Eingeweide."

„Komm her."

„Nein, Ich bin doch kein Hund."

„Du bist schön, wenn du verärgert bist." Er setzte sich zu ihr, nahm ihre Hand und zog sie an sich. „Ist es sicher von mir gewesen?"

„Was? Dass dir dein Maul nicht wehtut!"

„Jetzt bist *du* laut."

„Ich hätte gar keine Möglichkeit gehabt, auch wenn ich es gewollt hätte!" Wütend riss sie ihre Hand zurück, stampfte durch das Zimmer. „Dass ich dumme Kuh nicht mit irgendeinem durchgebrannt bin."

Er lächelte. „Nachdem wir abgeholt wurden, warst du allein."

„Ich war am nächsten Tag auch weg!"

„Komm zu mir."

„Niemals! Ich habe keine Lust, mit dir in diesem Zimmer zu sein. Ich will zurück."

Sie meinte es nur halb ernst. Das tat gut. Es regte an. Als er sie zum zweiten Mal an der Hand schnappte, landete sie auf seinen Knien. Seine rechte Hand unter dem Pullover strich entlang ihrer Wölbungen. Für abwehrende Anstalten war es zu spät. Ihre Lippen berührten sich, sie schmeckte seinen Zigarettenatem, schmachtete nach Berührung, wollte, dass sie nie aufhörten. Liebesbetäubt, benebelt vor Lust.

„Ich hasse dich", hauchte sie.

Wie fehlende Teilchen eines Puzzles fügte sich jede Umarmung zu einem Bild und vervollständigte es. Zu lange, ohne einem Mann nahe gewesen zu sein, handelte ihr Körper unabhängig von ihr. Willig gab sie sich ihm hin, vergaß, wie sie in diese Lage gekommen war. Er hatte sie um den Finger gewickelt, eine leichte Aufgabe. Worte der persönlichen Rechtfertigung erübrigten sich. Nichts war so beredt wie die Stille. Leidenschaftliche Küsse, seine Hände umschlangen ihren Körper ganz und er legte sie aufs Bett.

„Ich glaube dir alles, meine Liebste", flüsterte er. Sachte legte er den Kopf auf ihre Brust, sodass sie Zeit gewann, das Geschehene zu durchleben. Ihre Hände krallten sich in seine Haare, sie bekam kaum Luft, Tränen rannen. Das tote Kind quälte sie in ihrer Erinnerung, sie war nicht frei. „Wo ist das Kind jetzt?", fragte Anton. Nachdem keine Antwort folgte, hob er seinen Kopf und sah Marie genau an. „Wir werden es holen, Marie. Im Heim?" Sie weinte nun noch mehr. „Selbst wenn es eine andere Familie bekommen hat, wir holen es. Was ist es überhaupt?"

„Ein Junge."

„Ein Junge? Wie wunderbar! Auch wenn dir schwer ums Herz ist, wir machen es wieder gut. Wir holen ihn, egal wo auch immer er ist. Es gibt immer einen Ausweg." Marie fühlte sich nur noch niedergeschlagen. „Was ist mit dir? Wie heißt er?"

„Ferdinand."

„Ein wunderschöner Name. Gefällt mir."

Sie lächelte bitter.

„Der liebe Gott hat ihn zu sich geholt, den Armen. Er hätte es schwer gehabt. Vielleicht wäre er nicht gesund geworden."

Anton fuhr hoch, sein Gesicht eingefroren. „Was?"

„Er ist gestorben."

Anton setzte sich auf den Bettrand. Fassungslos starrte er Marie an. Aus seiner Manteltasche nahm er die letzte Zigarette aus dem zerknitterten Päckchen und zündete sie an. Seine Finger zitterten, die Stimme klang heiser und schwach. „War er krank?"

„Nein."

„Warum ist er dann gestorben?"

„Ich weiß es nicht. Er ist an meiner Seite gestorben, während ich schlief. Im Bett. Er hat einfach aufgehört zu atmen. Die Schwestern haben mich beschuldigt, ich hätte ihn erdrückt, aber das ist nicht wahr. Niemals hätte ich mein eigenes Kind getötet."

„Gütiger Gott."

Stille.

„An Gott glaube ich nicht, er hat ihn genommen und ich hasse ihn. Ich sage dir, es gab nicht den geringsten Grund, dass er starb! Keiner gab mir eine Antwort, warum er starb. Aber ich kenne sie. Nur ich allein. Aus gleichem Blut entstehen ..."

„Und an die Pseudoweisheiten der Leute glaube *ich* nicht",

fiel er ihr ins Wort, aus Angst, einen Begriff wie debil, behindert oder geistig gestört zu hören.

In Maries Brust manifestierte sich ein stechender Schmerz, er raubte ihr den Atem und erleichterte zugleich. Zum ersten Mal sprach sie die Wahrheit aus, teilte ihren Schmerz mit *ihm*, linderte den eigenen. „Das sind keine Pseudoweisheiten, das stimmt wirklich, Baron Novoveský ist auch ein blauer Zeh gewachsen."

Anton schüttelte den Kopf. „Was hat das damit zu tun?"

„Viel. Haben die Adligen nicht auch anrüchige Beziehungen? Laute Orgien voll Ungehörigkeit und Flegelei? Wer will sich schon Schlösser und Ländereien mit fremdem Blut teilen?"

„Wer hat dir das denn eingetrichtert? Sein blauer Zeh kam von der Fleischfresserei."

„Wieso bist du dir da so sicher?"

„Weil er mir das erzählt hat. Er saß mit uns in Komárno im PTP. Der Zeh wurde übrigens amputiert. Dort war es aus mit den feinen Speisen, das hat ihm gesundheitlich einen guten Dienst erwiesen."

„Anton, ich will so leben, wie wir früher gelebt haben." Sie küsste ihn.

„In unserer Mühle?", erwiderte er erstaunt.

Sie nickte.

„Du willst also nach Hause gehen?"

„Das will ich."

„Nichts kann uns mehr trennen, nichts! Lieber gehe ich drauf, als dass ich dich noch mal verliere!"

Er übersäte sie mit leidenschaftlichen Liebkosungen, zog ihren Pullover über den Kopf, knöpfte ihr Hemd auf und nahm die tieferen Partien ihres glühenden Körpers.

Otto
April 1953

Otto konnte sich an keinen derartigen Winter erinnern. Im Sommer war kein Tropfen Regen vom Himmel gefallen und im Winter setzte sich die Dürre fort wie zur Strafe für die Sünden der ganzen Welt. Die Ränder des Teichs waren ausgetrocknet, er war zu einer braunen Pfütze mit wenigen Karpfen geschrumpft. Die Temperatur war ins Minus gesunken. Ottos Zorn glühte, er verteufelte Gott und die Welt und Marie büßte dafür, einfach weil sie da und eine Frau war. Bei ihr traute er sich das Maul aufzureißen, Anton hätte sich das nicht gefallen lassen.

Marie betrat die Küche und brachte ein paar Holzscheite. Dass sie zurückgekehrt war, wunderte Otto. Doch ihre Anwesenheit kam ihm zugute, es war praktisch, eine Frau zum Putzen und Melken im Haus zu haben, und sie stellte eine angenehme Balance zwischen ihm und seinem Bruder dar, sie vermittelte etwas Heimisches, beinahe Familiäres. Marie war ständig gereizt, doch letztlich hatte sie eine gute Wahl getroffen.

Wie es Anton geschafft hatte, Marie zur Heimkehr zu überzeugen, obwohl sie in Volyně einer Arbeit nachgegangen war und täglich mit Menschen verkehrte, war ihm schleierhaft. Ihre Arbeit war zwar unsinnig, aber dass sie den verhassten Weg einer Müllerin ohne Perspektive, Geld und Kinder gewählt hatte, brachte ihn zum Grübeln.

Marie blickte kauend zu ihm herüber, als wüsste sie, was er dachte. Vielleicht war sie des Fiebers wegen nach Hause zurückgekehrt, vielleicht der Furcht wegen, ein öffentliches Leben als alte Jungfer führen zu müssen, hier hatte sie keine Öffentlichkeit zu fürchten. Fluch oder Segen? Wohl beides.

Otto blickte zu seinem Bruder, der eingehüllt in eine Decke auf der Holzbank lag.

„Anton, ich hätte dich von Anfang an bei den Verhandlungen mit den Funktionären einsetzen sollen. Noch bevor wir nach Komárno geschickt wurden."

„Was? Wovon redest du?"

„Vielleicht wäre uns dann Komárno erspart geblieben. Du kannst die Leute um den Finger wickeln."

„Wie kommst du denn da drauf?"

„Du hast Marie sonst was eingeredet, dass sie freiwillig mitgegangen ist. Mit zwei Idioten wie uns in einer Mühle zu dümpeln, ist nicht sonderlich verlockend. Was haben wir schon zu bieten? Es mag ehrenhaft sein, sich gegen die kommunistischen Schurken aufzulehnen, aber dafür leben wir in Armut und Isolation. Manchmal zweifle ich daran, ob es der richtige Weg war."

„Hast du eine Ahnung."

„Im Ernst, was haben wir davon, dass wir uns dem System widersetzen?"

„Selbstbestimmung."

„Und Eiseskälte in einer dreckigen Küche.", murmelte Otto.

Es war Abend. Ottos Zähne klapperten, der Winter wollte einfach nicht aufhören. Die drei legten sich in die Küche zum Schlafen, es war der wärmste Raum. Anton und Otto lagen auf den Küchenbänken, Marie auf einem Provisorium am Ofen, das viel zu kurz war, ihre Beine ragten hinaus. Sie klagte über Schmerzen im Unterleib, doch Otto tappte im Dunkeln. Hatten Frauen nicht immer Schmerzen im Unterleib? Er blieb gelassen.

Solange es nicht die Lunge war, war alles in Ordnung. Nur

mit der Lunge war nicht zu spaßen, wenn die nicht funktionierte, war es aus.

Es war eiskalt, weil es an Brennholz mangelte. Um sie herum gab es Unmengen an Holz, zig Hektar von Nadelwäldern, *ihren* Wäldern, breiteten sich um die Mühle aus, nur durften sie das Holz nicht anfassen. Also stahlen sie es, was die Lage erschwerte. Die Nachbarn verfügten über seismografische Fähigkeiten, und sahen Dinge, die sie im stockfinsteren gar nicht sehen konnten, und doch wurden sie jedes Mal fündig. Die schriftlichen Mahnungen der Ämter bezeugten es. So heizten die Lebedas ausschließlich zum Kochen, ansonsten auf klitzekleiner Sparflamme oder gar nicht. Wenigstens besaßen sie mittlerweile drei Decken, die ihre Verwandtschaft geschickt hatte, und etwas Proviant, der in der Speisekammer hing. Tagein, tagaus froren sie, fühlten nichts als Taubheit in den Knochen. Otto verspürte sogar Anzeichen einer seltsamen Verrücktheit, er dachte sogar über eine Rückkehr nach Komárno nach, wo es Aufgaben, Ordnung und die Hoffnung auf bessere Zeiten gab.

„Ich frage mich, was uns der Widerstand bringt. Du sagst Selbstbestimmung, aber die Selbstbestimmung hier ist keine Freiheit“, murmelte Otto.

„Wir sind niemandem Rechenschaft schuldig. Wir müssen uns vor niemand bücken, das ist das höchste Gut“, redete sich Anton in Rage.

Otto seufzte. „Ich wünschte, dass der ganze Scheiß verschwindet. Warum knechtet einen die Gesellschaft so gerne?“

„Knechten macht Spaß. Das gibt ein Gefühl der Macht und Macht ist ansteckend.“

„Ich glaube, es geht ums Geld.“

„Bei den kleinen Fischen schon, bei den großen nicht. Die haben genug Geld, die suchen die Macht."

„Ich kann nicht mehr, ich bin müde", gab Otto leise zurück.

„Was ist mit deinem Durchhaltevermögen? Du bist dir so lange treu geblieben, hast so viel auf dich genommen, und jetzt ziehst du den Schwanz ein wegen so einem bisschen Winter? Das wird schon wieder, Bruder, der Winter kann jeden Tag vorbei sein, hab Geduld!"

„Es lohnt sich nicht", flüsterte Otto resigniert und schürte den letzten Holzspalt durch die kleine Öffnung des ausgehenden Ofens ein.

„Warum hast du dich dann nicht gleich den Kommunisten angeschlossen?"

„Weil ich früher anders gedacht habe. Aber warum greifst du mich an? Ich spreche nur meine Gedanken aus. Und ich fühle mich schwach."

„Dann leg dich hin und schlaf. Erst hetzt du uns auf und jetzt lässt du uns fallen wie eine heiße Kartoffel."

Otto legte sich auf die harte Bank und fiel beinahe in Tiefschlaf, als ihn ein Geräusch aufschreckte. Er blickte sich um, Anton lag nicht in seiner Decke, er lehnte am Ofen, vielleicht weil er noch lauwarm war. Wärmte er sich an den letzten Glutresten? Doch als er seinen Fokus schärfte, erkannte er, dass Anton nicht am Ofen lehnte, er sah Marie an. Und nicht nur das, er fasste *sie* auch an, ihr Gesicht, ihren Nacken, ihre Haare, er fingerte einfach an ihr herum, während sie schlief.

„Was tust du da?"

Anton fuhr zusammen, peinlich berührt richtete er seinen Blick zu Otto und dann zu Boden, zupfte an seiner Kleidung.

„Was machst du da, hab ich gefragt!"

„Nichts“, zischte Anton, schlüpfte unter seine Decke und schlief bald darauf ein. Oder tat zumindest so, das merkte Otto ganz genau.

Die Lage verschlechterte sich, ihre Existenz hing am seidenen Faden. Es fehlte an Wasser, Holz, Lebensmitteln, Streichhölzern, Petroleum und Papier, um Feuer anzumachen. Sie besaßen schlichtweg nichts. Nachdem Otto für Unabhängigkeit plädiert hatte, nichts von *draußen* annehmen wollte, stellte der nicht enden wollende Winter eine solch enorme Herausforderung dar, dass er zu glauben begann, das despotische Regime hätte selbst den Zeitpunkt der PTP-Entlassungen genauestens kalkuliert, schließlich waren die Funktionäre in Sachen Erschwerung der Lebensbedingungen raffiniert.

Sie waren vom Regen in die Traufe gekommen. Mit der Regierung Antonin Zápotocký waren die Tschechen nicht besser bedient als mit jenen zuvor, sie steckten alle unter einer Decke. Und als neuer Staatspräsident begab sich Zápotocký, der angebliche *Mann des Volkes*, nie unter das Volk.

Wochen vergingen, allmählich wurde es wärmer. Im Dorf fanden Veränderungen statt. Aus der Kneipe wurde ein Kommunalgeschäft. Der Wirt Býček hatte seinen Laden nicht freiwillig abgegeben, seit Generationen wurde es von seiner Familie geführt. Der Name der Kneipe war jetzt mit einem riesigen Banner bedeckt mit der Aufschrift *Wer unsere Republik mag, wählt sie*. Das Wirtshaus Žahour am anderen Ende des Dorfes traf es noch härter. Es wurde zwangsgeräumt und zu einer *Trafika*, einer Verkaufsstelle für Tabakwaren und Zeitungen umgebaut, die Schaufenster mit Zeitungspapier beklebt, die Tür vernagelt, die Klingel taub.

Jeden Tag inspizierte Otto heimlich *seine* Ländereien, die ihm nicht mehr gehörten. Man erkannte nicht, was auf den Feldern angebaut wurde. Ein paar Landarbeiter mit einem Spaten in der Hand standen herum, berieten sich und als alles ausreichend zerredet war, gingen sie an die Arbeit. Tage später grub man auf demselben Feld ein neues Loch, nur fünf Meter daneben. Ein Bagger schaufelte herum und die Komödie ging von Neuem los. Neue Genossen standen um die Grube herum und besprachen sich. Otto vermutete, sie suchten eine Wasserquelle für eine neue LPG oder eine Fabrik oder Kaserne. Otto wusste, dass dort eine starke Wasserader verlief, schon sein Großvater hatte es gewusst, nur konnten die Genossen nicht so gut mit der Wünschelrute umgehen. Sie saßen immer noch auf dem Trockenen. Den Dilettanten war nicht zu helfen, keiner der Genossen hatte Ahnung vom Bauernwesen.

Nach ein paar Wochen war immer noch nichts mit den Löchern passiert und es war abzusehen, dass sie irgendwann hineinstürzen würden, wenn das Gras erst einmal hüfthoch gewachsen wäre. Otto betete zu Gott, dass dies geschehe.

Auf dem Nachhauseweg huschte ihm im Hof Marie mit einem Bündel und einem Überwurf um die Schultern über den Weg. Otto war erbost, dass sie so leicht angezogen herumlief, schließlich hatte sie es mit der Lunge. Er sprach sie an, doch sie antwortete ihm nicht.

„Bist du taub geworden?“

„Liegst du mir auch schon auf der Lauer?“

Otto verstand den Sinn ihrer Bemerkung nicht und blieb verdutzt stehen. „Was? Zieh dir was an. Ich hole den Doktor nicht noch mal.“

Der Dorfarzt war bereits mehrmals gekommen und hatte sie mit weißen Wunderpillen und Substanzen, die er in ihre Adern spritzte, kuriert. Marie war schnell wieder auf den Beinen gewesen, doch wenig später war der Husten mit doppelter Vehemenz zurückgekommen.

Otto suchte die Kräuterfrau auf, Anton hatte sich aus unerklärlichen Gründen geweigert. Die Alte war nicht mehr da. Die einen sagten, sie sei zu Hause gestorben, die anderen sagten, sie sei wegen Hexerei und illegaler Heilmethoden ins Gefängnis gebracht worden. Otto war auf den Dorfarzt angewiesen, denn eine zweite Kräuterfrau gab es in der Gegend nicht. Otto sah den Arzt nicht gern in der Mühle, er war ein eingefleischter Kommunist.

In der Küche duftete es nach Kümmel, Marie hatte Wasser für die Kartoffeln aufgesetzt. Die Fensterscheiben waren beschlagen wie in einer Wäscherei. Ein beißender Hunger jagte Otto zum Topf. Marie ließ die Kartoffeln in den Topf plumpsen.

„Hol mir eine Fuhre Holz und kontrollier mich nicht", zischte sie.

„Woher sind die Kartoffeln?", fragte Otto.

„Genau das meine ich. Geh!" Plötzlich hellte sich ihr Gesicht auf, auf den Lippen zeichnete sich ein Lächeln ab. „Weißt du schon, dass in Richtung Drážov eine neue Wasserquelle gefunden wurde?"

Otto fragte sich, woher ihr Sinneswandel kam. „Hat der Dorfarzt die Kartoffeln gebracht?"

„Hol das Holz. Hast du gehört, was ich gesagt habe?"

„Und ob. In Dražov gibt es eine neue Wasserquelle. Und weiter? Woher weiß du das?"

„Interessiert dich denn gar nichts mehr da draußen? Ein neuer Kuhstall für hundert Kühe soll dort gebaut werden. Weißt du, was das heißt?"

„Keine Ahnung."

„Den alten Kuhstall lassen sie verrotten. Den, den sie gerade fertig gebaut haben."

Otto schüttelte ungläubig den Kopf. „Idioten."

„Die Dürre setzt ihnen zu", lachte sie. „Kein Wasser."

„Und in Dražov ist Wasser genug?"

„Anscheinend ja." Marie ordnete die Tischdecke und stellte den Kerzenständer ohne Kerze in die Mitte.

„Dann wird da drüben auf dem Feld also gar nicht nach einer Wasserquelle gesucht? Woher weißt du das alles, verflixt noch mal?" Sie holte aus der Speisekammer ein Fässchen mit Butter. Otto lief die Spucke im Mund zusammen. „Butter? Woher hast du die Butter?"

„Du hast recht. Der Dorfarzt ist zur Kontrolle gekommen", flüsterte sie mit einer leichten Spur schlechten Gewissens.

„Er war hier in der Mühle?"

„Ja, mein Gott! Soll ich ihm nach Strakonice nachfahren? Mit welchem Pferd? Und hast du nicht gesagt, ich soll das Haus nicht verlassen?"

„Das verwechselst du mit Anton. Von mir aus geh wohin du willst, ich halte dich hier nicht fest, aber ich will hier keinen Kommunisten haben."

Anton tauchte auf, wie immer aufgewühlt und mit wirrem Haar.

„Und wie hast du bezahlt?", fuhr Otto fort.

„Gar nicht."

„Was ist hier los?", mischte sich Anton sogleich ein.

„Nichts", erwiderte Marie blitzschnell.

„Wir brauchen von ihm keine Gefälligkeiten", meinte Otto.

„Arztbehandlungen kosten heutzutage nichts."

„Du hast den Arzt getroffen?", erkundigte sich Anton.

„Hört zu … alle beide. Lasst den Arzt Arzt sein. Es gibt

wichtigere Angelegenheiten zu berichten: Der alte Kuhstall soll mit einem Stacheldraht umzäunt werden und als Mülldeponie dienen."

Otto lachte. „Ein schöner Anblick für die Schüler."

Anton hängte seine durchnässten Socken über dem Ofen auf und rieb sich die geröteten Füße. „Du hast also den Dorfarzt getroffen. Ich fass es nicht."

„Kommt essen. Die Kartoffeln sind gleich gar." Maries Gesichtszüge verhärteten sich.

Am nächsten Tag, als sich Otto erneut auf den Weg zum Acker machte, da seine Neugier kaum zu bändigen war, sah er Tränen über Maries Gesicht kullern. Alle Lebenslust war über Nacht aus ihrem Leib gewichen. Sie wandte ihm den Rücken zu und schwieg. Als er sie an der Schulter berühren wollte, zuckte sie zusammen. Er verstand zu wenig von Weibergeschichten und so überließ er sie ihrem Schicksal und machte sich auf den Weg. Die Stelle zog die Herren Genossen wohl magisch an, erneut standen sie da und fixierten das Loch, als läge darin ein goldenes Kalb. Kurze Zeit später kamen sogar Uniformierte hinzu. Sie gruben erneut, diesmal etwas Größeres, offenbar ein monumentales Werk.

Am Nachmittag taute es endlich. Otto sammelte mit Anton ein paar Äste und Schieferkohle. Die Kommunisten hatten keine Zeit, ihnen nachzuspionieren und sie des Diebstahls zu beschuldigen, da sie bei Bier und Zigaretten immer noch über wichtige Themen konsultierten. Der Lärm ihrer Lastwagen und Bagger hallte bis ins Tal, sodass man genau wusste, wie lange ihr Genossenschaftstreff dauerte. Otto und Anton nutzten inzwischen die Zeit zum Bau einer einfachen Vorrichtung, um größere Stämme aus dem Wald ziehen zu können.

„Du wirst sehen, eines Tages geben sie uns die Ländereien zurück. Eines Tages fällt der Kommunismus“, murmelte Otto vor sich hin.

„Glaubst du? Wenn der Kommunismus fällt, kommt was Neues. Das wird auch nicht besser.“

„Mag sein, aber der Kommunismus fällt, ich spür’s schon in den Knochen. Ein oder zwei Jahre geht das noch gut und dann gehen die Leute auf die Barrikaden, das lassen sie sich irgendwann nicht mehr gefallen. Sie werden uns alles zurückgeben und sich entschuldigen, du wirst sehen.“

Der Schnee war matschig und sie rutschten auf dem abschüssigen Pfad bei jedem Schritt. „Ein Pferd. Das wär’s“, meinte Anton.

„Wir könnten Marie zum Wagner schicken. Der leiht uns eins.“

„Nein.“

„Warum denn nicht? Der Wagner ist in Ordnung.“

„Nicht Marie.“

„Gut, ich weiß, dass du jeden um den Finger wickeln kannst, aber Weiber stellen sich beim Wagner nun mal besser an als du. Marie wird er nichts abschlagen und dich schickt er zum Teufel.“

„Nein, Marie geht nirgendwohin.“

„Du tust ja, als wär sie deine Leibeigene. Und überhaupt, was hast du mit dem armen Mädel zu schaffen?“

Anton ignorierte ihn, beschleunigte das Tempo und verschwand aus Ottos Blickfeld im Dickicht der Nadelbäume. Als Otto ihn einholte, blickte Anton regungslos zum Horizont, als sehne er sich nach einem anderen Ort, einem fernen Land. Die tiefen Wolken rissen auf und ließen ein klares Licht durch einen schmalen Spalt.

„Sie muss raus“, entschlüpfte es Otto.

„Wer muss wo raus?“, erwiderte Anton.

„Sie muss heiraten.“

„Marie? Bist du übergeschnappt? Niemals! Wozu? Und wo sind deine ganzen Vorsätze plötzlich geblieben? Das hier ist doch alles auf deinem Mist gewachsen und jetzt willst du sie zum Heiraten aus dem Haus jagen?“

„Bei ihr gelten meine Vorsätze nicht.“

„Man könnte meinen, dass sie dich stört“, klagte Anton, als hätte Otto in ein Wespennest gestochen. „Misch dich einfach nicht in fremde Angelegenheiten, dann ist alles gut.“

„Sie ist nicht dein Eigentum“, sprach Otto nun deutlicher. „Neulich … ich habe gesehen, wie du sie anstarrst, wie du sie sogar berührst. Das ist unnormal, Anton. Das ist Unzucht.“

„Na und? Ich mag sie.“

„Aber sie ist deine Schwester, vergiss das n…“

„Ich weiß!“

„Ein Grund mehr, sie gehen zu lassen, wenn du sie so sehr magst.“

„Du nervst!“

„Und du bist krank!“

„Du bist eifersüchtig.“

„Ich? Ich steh nicht auf sie! Sieh lieber dich an!“

„Halt's Maul!“

„Ich hab deine gierigen Blicke satt!“

Der Schlag war hart. Anton erwischte Otto so überraschend, dass der es für einen schlechten Scherz hielt. In Ottos Ohr pfiff es. Hatte ihn gerade sein eigener Bruder geschlagen? Er stierte Anton boshaft an und wunderte sich, wie wenig er seinen Bruder kannte. Endlose Stille, in der Otto bewusstwurde, dass es Anton ernst meinte. Er war bereit, ihm einen weiteren Schlag zu versetzen, falls Otto ein falsches Wort äußerte, dessen war er sich sicher.

„Sag so was nicht! Sprich einfach nicht darüber. Halt deine gottverdammte Schnauze!“, schrie ihn Anton an.

Otto massierte fassungslos seinen Unterkiefer und ließ dabei seinen Bruder nicht aus den Augen. Man konnte nie wissen, was als Nächstes folgte. „Das nächste Mal schlag ich zurück, Anton. Aber richtig. Er drehte sich um und ging los.

Auf dem Rückweg fiel kein Wort. Die Hälfte des Holzes ließen sie in der Absicht zurück, später noch eine Fuhre zu holen. Auf ihren Rücken hingen Körbe mit Föhrenzapfen zum Einheizen. Keine dreißig Meter von der Mühle entfernt geschah etwas, was man einen Schicksalsschlag nennen konnte. Der Haken der straff um die Stämme gespannten Schnur löste sich und flog wie ein Peitschenhieb direkt ins Gesicht seines Bruders.

Otto starrte auf das Szenario und obwohl er Anton vorhin noch den Hals umdrehen wollte, packte ihn der nackte Schrecken. Zu Antons Füßen bildete sich eine blutige Landkarte im Schnee. Anton ging in die Knie, die Hände auf dem Gesicht, während das Blut zwischen seinen verdreckten Fingern rann.

Otto eilte herbei. „Sieh mich an!“ Antons eisblaue Augen stachen heil aus der blutigen Verwüstung hervor. Otto war erleichtert. „Wo hat es dich getroffen?“

„Keine Ahnung. Ist nicht schlimm.“

Otto versuchte die Platzwunde genauer zu orten. „Gott sei Dank, du hattest Glück. Fass es nicht an mit den schmutzigen Fingern, lass das Blut fließen, die Wunde säubert sich von allein.“

Marie
April 1953

Die Wunde erreichte ein solch opulentes Ausmaß, dass vom Nähen die Rede war.

„Weiber sind für so was besser geeignet. Mir wird schwarz vor Augen, wenn ich auch nur zusehe", sprach Otto gramvoll.

„O Gott, was ist passiert? Das sieht ja fürchterlich aus", schrie Marie, machte sich aber sofort ans Verarzten.

„Bin gegen einen Ast gelaufen."

„Sollen wir den Dorfarzt rufen?"

„Nein."

„Aber das … o Gott, Finger weg, nicht anfassen! Hol Wasser, los!"

Otto erhob sich, seine Schritte donnerten über den Korridor nach draußen, sodass die Dielen erzitterten.

Marie sah ihm verwundert nach. „Was hat er?"

Anton konnte auf ihren fragenden Blick nicht reagieren, der Riss auf seiner Stirn klaffte weit auseinander und schmerzte. Otto kam mit dem Wasser zurück.

„Das war aber ein großer Ast, Donnerwetter! Da wird eine Narbe bleiben, die du mit in den Sarg nimmst." Sie versuchte die Hautfetzen zusammenzufügen. „Die Klammer!" Dieses Ding hatte schon ihrer Mutter bei ihrer ersten Geburt das Leben gerettet, als Ottos Kopf außergewöhnliche Ausmaße erreichte und die Klammer ihren Dammriss zusammenhielt.

„Was hast du vor?", fragte Anton ergeben.

„Die Klammer!"

Marie rannte hinaus. Unter normalen Umständen hätte dieses gottverdammte Ding im Verbandskästchen im Stall gelegen, es wurde auch bei Kuhgeburten eingesetzt. Doch normale Umstände gab es nicht, kein Gegenstand befand sich an der

Stelle, wo er hingehörte. Sie fand weder das Kästchen noch die Klammer, dafür einen Korb mit Nähzeug. Beglückt kam sie zurück, warf die verrostete Nadel ins kochende Wasser und ließ es eine Weile blubbern.

„Ich habe noch nie Haut genäht, aber genug Stoff."

„Bist du wahnsinnig?" Anton sah verwirrt zum Himmel und machte ein Kreuz.

Sie setzte sich neben ihn und lächelte gequält. Inzwischen war es dunkel geworden. „Du hast sicher Schmerzen."

„Ja, hab ich."

Otto verschwand auf den Hof und Anton begann Maries Dekolleté zu liebkosen. Das vertraute Gefühl von Zuneigung und Liebe breitete sich in ihren Gliedern aus, als er die Wölbung ihrer Brust erreichte. Marie konzentrierte sich aufs Nähen und gewährte Anton Zugang unter ihr Hemd, unter dem sie nichts trug, da sie einfach keine Unterwäsche besaß. Die gegenseitige erotische Anziehungskraft verselbstständigte sich Schritt für Schritt, Marie akzeptierte es, ohne es zu begreifen. Anton und sie, diese zwei zutiefst verkommenen Menschen, gaben dem Teufel das Jawort, sie verschrieben sich dem Satanspakt, aus dem es kein Entrinnen gab. So war es nun mal, sie musste mit der Sünde weiterleben. Sie blickte über die Schulter zum Fenster, und als sie sich versichert hatte, dass Otto noch auf dem Hof war, küsste sie Anton auf die Lippen. „Otto tut mir leid", flüsterte sie.

„Warum das?"

„Wir haben wenigstens eine verbotene Liebe, aber er hat gar keine."

„Es gibt mehr im Leben als die Liebe", erklärte Anton.

„Was denn? Die Arbeit? Nein, die hilft nur vorübergehend."

„Die Liebe zu anderen Dingen im Leben."

„Komm mir nicht wieder mit Freiheit und Selbstbestimmung.“

Anton zog die Hand zurück, als wollte er aufstehen. Ihr Begehren verging wie ein leichtes Sommergewitter.

„Bleib sitzen!“, befahl sie. Mit sanftem Tupfen entfernte sie das getrocknete Blut und nahm die Nadel zur Hand. „Mit so einer Wunde kannst du jetzt nicht im Hof arbeiten. Es piekst jetzt gleich ein wenig.“

Das war eine ziemliche Untertreibung, Anton schrie auf. Beim dritten Stich gewöhnte er sich daran und zuckte nur noch leicht, mehr aus Reflex als aus Schmerz. Marie küsste ihn erneut auf die Lippen und legte dann sanft ein frisches Gazetuch über seine blutverschmierten Lider. Anton genoss den sinnlichen Vorgang.

Sie hatten keine Kartoffeln, kein Korn, kein Vieh, aber manchmal fand Marie unter den Treppenstufen einen Koffer mit Mehl, Butter und Streichhölzern oder einen Kanister Petroleum. Die Güter stammten vermutlich vom Dorfarzt, der kein armer Mann war und dem seine Patienten gern kleine Aufmerksamkeiten in Form von Naturalien schenkten, um sich seine Präferenz zu sichern.

Vielleicht kamen sie aber auch von netten Bauern aus der Nachbarschaft, die ihr zugetan waren. Es hatte sich offensichtlich herumgesprochen, dass sie zurück und in Not waren. Natürlich geschah alles heimlich, denn auch nur Naturalien an die imperialistischen Kulaken zu spenden, wurde als Staatsverrat eingestuft und bestraft. Marie war es so lieber, als vor lauter Stolz in den vier Wänden der Mühle zu krepieren. Damit ihre Brüder das kindische Gefühl der Überlegenheit wahren konnten, servierte sie ihnen das Ammenmärchen, die

Verwandtschaft ließe ihnen diese Güter zukommen. Das funktionierte eine Zeit lang, doch bald war den Brüdern auch diese Version nicht mehr recht, denn selbst die Verwandten waren Verräter und machten bei dem System mit, sonst hätten sie sich mit ihnen in der Mühle in Unabhängigkeit eingesperrt. Mit diesem hart erkämpften Sonderstatus hatten sie gar nicht so unrecht, denn soweit es Marie zu Ohren gekommen war, gehörten die Lebedas zu den letzten Fossilien aus vergangenen Zeiten, die sich dem System widersetzten. Zwischen Faschismus und Kommunismus hatten sich die Lebedas ihre besondere Lebensform erschaffen.

Anton ging es schon viel besser. Die Wunde schloss sich, heilte ab und Marie entfernte die letzten Nähte. Anton lachte sogar wieder und auch Otto zeigte sich entspannter. Dafür war nicht nur der nahende Frühling verantwortlich, sondern auch eine schöne junge Ziege, die ihnen buchstäblich vom Himmel fiel. Dass sie in Wirklichkeit vom Dorfarzt kam, offenbarte Marie den beiden lieber nicht, damit sie nicht auf die dumme Idee kamen, das kostbare Tier wieder auszusetzen. Sie erzählte, sie hätte die herrenlose Ziege beim Bach gefunden, und das mochte etwas heißen, denn zum Bach trauten sich nur Füchse und Landstreicher. Also nannten sie diese Ziege als neues Familienmitglied ihr Eigen. Ihr weiches weißes Fell duftete nach Leben und Freude, wenn auch penetrant. Sie kraulten sie hinter den Ohren, was sie sehr mochte, und gaben ihr den Namen Elizabeta. So ein Tier im Haushalt löste das Gefühl von Lebensfreude aus, sie hatten die schwere Hürde ihres Daseins überwunden, die Hölle lag hinter allen Bergen. Wenn Marie ein paar Holzscheite in den Ofen schob und das Feuer zu knistern begann, lächelten alle einander an und die Welt war schön. Für die einen mochte ein Diamant von großem Wert sein, für die anderen eine Ziege.

Anfang Mai taute endlich der letzte Schnee. Überall tropfte und triefte es, knöcheltiefe Wassertümpel füllten die Erddellen im Hof. Die Erde sog ihre Speicher voll, so durstig war sie. Der Bach rauschte lebensfroh, es war eine Sünde, nicht zu mahlen. Aber es gab nichts zu mahlen, die Kornsäcke waren leer und neues Korn noch nicht gewachsen. Ihre Seelen jauchzten trotzdem. All das, wonach sie lechzten, war mit den ersten Sonnenstrahlen zum Greifen nah. Marie träumte von den traditionellen Feierlichkeiten im Dorf, an denen sie so gern teilgenommen hätte, wenn sie gedurft hätte. Sie hätte ihr festliches Jäckchen angezogen, sich bunte Bänder ins Haar gesteckt, der Duft der Krapfen stieg ihr vor lauter Träumerei in die Nase. Gott, wäre sie bei den Flirts, der fröhlichen Musik und der Gemeinschaft gern dabei gewesen. Ferne Erinnerungen trieben ihr wehmütige Tränen in die Augen, doch sie machte sich nichts vor. Es gab kein Radio, keine Musik, keine Menschen, kein Kaffeekränzchen, keine Erlebnisse, dafür Ottos Schimpftiraden und die erdrückende Liebesbeziehung zu Anton.

Der Frühling machte einiges wett und rückte den Alltag in ein neues Licht. Und etwas war anders: Marie wurde wieder schwanger. Otto wusste von den beiden immer noch nichts, sie konnte sich also noch einen Plan ausdenken, wer als Scheinvater des ungeborenen Kindes infrage kam. Sie ging alle männlichen Alternativen durch, die ihr je über den Weg gelaufen waren, um den passenden Kandidaten zu finden. Den Dorfarzt zum Vater zu küren, schien ihr optimal, jedoch undenkbar, da sie mit der Geburt auf ihn angewiesen war, sie hatte nämlich keine Lust, dass ihr die Brüder das Kind aus dem Leib zögen wie bei einem Vieh.

Insgeheim wünschte sie, dass Otto mit einer Frau durchbrannte, nach Bratislava oder nach Kiew, einfach irgendwohin, um ihrer pikanten Familienkonstellation eine Chance zu geben. Dann bliebe ihm erspart mitzuerleben, wie das Kind Haarfarbe, Nasenform, Mundpartie und Charakterzüge seines Bruders trüge. Aber wie sollte ein Mensch mit so vielen Defiziten einer Frau begegnen? Nicht einmal für einen Sack Mehl würde er sich eine Bäuerin aus der Gegend angeln, er stand mit der Welt auf Kriegsfuß. Außerdem litt sie unter der Vorstellung, das Kind würde dem Geschwätz der Einheimischen ausgeliefert sein. Sie selbst konnte die Ohren zuklappen, den schiefen Blicken ausweichen, die Menschen ignorieren, aber das Kind müsste eines Tages auf die Schulbank. Mochte sein, dass sie den Teufel an die Wand malte, vielleicht bemerkten die Matovicer nichts, dumpf und blind, wie sie waren, was bewiesen schon blonde Haare, die Nasenform, die Augenfarbe? Außerdem versteckte sich Anton wie eine Ratte im Loch und kein Mensch erinnerte sich mehr daran, wie er ausgesehen hatte. Dann hätte das Kind ein völlig normales, glückliches Leben, es könnte Bücher lesen, Sprachen lernen, sogar studieren, auf Reisen gehen, alles, was sie nicht geschafft hatte. Es könnte ein eigenständiges besseres Leben führen, weit entfernt von der Mühle und der dunklen Vergangenheit seiner missratenen Eltern.

Maries Bauch wölbte sich langsam, die Wahrheit würde bald ans Licht kommen. Antons Freude war überwältigend, obgleich er Ottos Reaktion fürchtete.

„Was wird er tun? Akzeptieren wird er es wohl kaum.“

„Wird er uns hinausjagen?“

„Er selbst wird die Mühle nicht verlassen, das steht fest. Er müsste tot sein, um zu gehen.“

„Wie kannst du nur so schreckliche Dinge denken?“

„Der Tod ist der Erlöser aller Konflikte. Er lauert uns immer im Nacken und dann, im richtigen Augenblick, schwingt er seine Sense. Zack. Aber beruhig dich, es wird schon alles gut gehen.“

„Ich möchte auch so stark sein wie du, Anton.“ Sie verfiel ins Grübeln. „Wir könnten einfach weggehen und uns eine Existenz auf der Krim aufbauen.“

Anton lachte auf. „Gibt es in der Sowjetunion tschechische Emigranten? Und was soll ich auf der Krim?“

„Harken, mahlen, mähen? Das Gleiche, was du hier tust.“

„Auf der Krim?“

„Ja, dann gehen wir als erste ČSSR-Emigranten in die Geschichte der sozialistischen Diktatur ein und stehen auf den Titelseiten der Zeitungen.“ Marie lachte und knuffte Anton in den Arm.

„Die Sache hat einen Haken: Ich möchte nicht auf die Krim. Ich mag kein Russisch. Ich könnte es nicht lernen, ich hasse Russisch.“

„Ist doch ’ne schöne Sprache. Und sie ist verwandt mit unserer.“

„Für mich klingt sie, als hätte man eine heiße Kartoffel im Rachen. Nikagda! Niet. Ja nechatschu govorit pa russki!“

Er packte ein Kissen und warf es Marie an den Kopf, sodass sie quiekte. Sie waren in ihren gemeinsamen Nächten sehr vorsichtig, Otto schlief eine Etage tiefer. Dennoch konnten sie sich hin und wieder nicht zurückhalten oder sie vergaßen sich und lachten drauflos, so wie eben. Anton stieg in Socken die

Treppe hinab und horchte. Der langgezogene Atem seines Bruders beruhigte ihn.

„Er schläft wie ein Säugling." Seine Lider fielen in tiefe Entspannung, als er sich zu ihr ins Bett legte.

„Nein, nicht einschlafen."

Doch da war Anton bereits im Schlaraffenland. Auch Marie übermannte die Schläfrigkeit. Plötzlich fuhren beide hoch, als sie Schritte in der Küche wahrnahmen. Anton war auf derartige Zwischenfälle vorbereitet, sprang vom Bett und hüpfte in den Bauernschrank, der so geschickt eingeräumt war, dass er sich darin verstecken konnte. Marie stellte sich schlafend, als hätte sie nichts zu verbergen. Und tatsächlich ging die Tür einen Spalt auf, kaum dass sie zurück ins Bett geschlüpft war. Eine schwarze Silhouette spähte herein. Otto.

„Wer ist da?", murmelte sie, als hätte man sie gerade aufgeweckt.

„Ich bin's nur. Hast du Anton gesehen? Er ist nicht in seinem Bett."

„Nein."

Antons Hemd lag auf dem Boden. Zum Glück war es so dunkel im Zimmer, dass es nicht zu erkennen war.

„Er muss barfuß hinausgegangen sein, seine Schuhe stehen neben dem Bett. Komisch."

Das Sirren eines Streichholzes kündigte den Schein einer Petroleumlampe an und gleich danach erhellte sich die Stube lichterloh. Marie gefror das Blut in den Adern.

„Was soll das? Mach das Licht sofort wieder aus! Ich schlafe!"

„Du weiß also nicht, wo er ist?"

„Nein! Hab ich doch schon gesagt! Was geht mich das an? Und jetzt geh! Gute Nacht. Du bist nicht seine Mutter. Und ich auch nicht. Er ist erwachsen."

„Stimmt“, murmelte Otto kleinlaut und schloss die Tür.

Marie verharrte in Anspannung, horchte den Schritten nach, um sich zu vergewissern, dass er auch tatsächlich gegangen war. Erst dann entkrampften sich ihre Glieder. „Himmel und Herrgott.“

Die Tür des Bauernschranks knarzte, als sie sie öffnete. Anton schlummerte. „Anton, das ist ja ungeheuerlich. Dein Bruder spioniert dir nach und du schnarchst hier zwischen meinen Kleidern, als wäre es das Normalste der Welt. Du musst runter, er sucht dich.“

Anton öffnete die Augen, gähnte und rappelte sich aus dem Schrank hoch. „Eigentlich ganz gemütlich hier.“ Sie kicherte.

Sie küssten sich zärtlich und er strich zart über ihren Bauch, ehe er verschwand.

Allein im Bett hatte sie endlich Zeit, über die fortwährenden Versteckspiele, die heimlichen Stelldicheins und die verworrenen Lügengeschichten nachzudenken. Anton und sie waren schon zähe Gestalten. Irgendwann fielen ihr die Augen zu und sie murmelte noch *Krim,* bevor sie endgültig einschlief.

Sie hatte das nur so dahingesagt. Auch sie hegte keine Sympathie für die Russen, das Volk, das sie ihrer Freiheit beraubte. Aber selbst nach Japan oder Alaska wäre Anton niemals weggegangen, da glichen die Brüder einander fabelhaft, auch Anton hätte keinen Schritt aus der Mühle hinausgetan. So blieb Marie pragmatisch und konzentrierte sich auf konstruktive Lösungen, wie den Scheinvater für ihr Kind zu finden. Einen musste es offiziell geben, irgendein Idiot musste her, vielleicht ein Funktionär, der nicht erkannt werden wollte! Sie brütete und rätselte und … *Der Postbote!*

Sie würde Otto auf die falsche Spur bringen und den Postboten als Vater ihres Kindes präsentieren, auch wenn Anton mit den Zähnen knirschen würde. Als Mutter Erde die Eifersucht verteilte, hatte sich Anton eine dicke Portion genommen. Dass er von der Wahrheit gar nicht so weit entfernt war, kam ihr erst jetzt in den Sinn. Sie hatte damals ein Auge auf den Postboten geworfen, wäre bereit gewesen, mit dem Jungen durchzubrennen, der seinen Körper so athletisch über das Fahrrad schwang. Warum hatte sie es damals nicht getan? War ihr verkommenes Wesen schon so weit gewesen, dass sie sich unbewusst für Anton freigehalten hatte?

Wie würde es weitergehen, wenn sie den Postboten zum Vater ihres Kindes deklarierte? Ihre Brüder würden fordern – Otto echt, Anton gespielt –, der Postbote müsse zur Rechenschaft gezogen werden. So weit durfte es nicht kommen. Sie würde den Postboten in Schutz nehmen, schuldbewusst heiße Tränen kullern lassen. Sie musste den Zorn auf sich ziehen.

„Der Postbote ist unschuldig, ich habe ihn verführt. Ihr sagt doch selbst, die weiblichen Hormone versteht kein normaler Mensch. Also kein Mann. Und es stimmt, ihr wisst ja gar nicht, wie schlimm es für eine Frau ist, keine Kinder in die Welt zu setzen.“

Perfekt. Otto würde sie mit aufgerissenen Augen anstarren, als ginge die Tschechoslowakei unter, und vor Empörung mit der Hand auf die Tischkante hauen. Anton hingegen würde Marie mit fragendem Blick taxieren, weil er sich plötzlich nicht mehr sicher wäre, ob es nicht doch einen geheimen Verehrer gab, vielleicht sogar den Postboten. Aber umso besser, dann würde sie erkennen, dass es ihrer Geschichte nicht an Glaubwürdigkeit mangelte. Dann würde Otto klarmachen, dass es nicht infrage käme, dass der Postbote zu ihnen zöge. Und sie würde vorschlagen, man müsse es ihm ja nicht erzählen, sie wolle weiß Gott nicht mit einem Fremden zusammenleben, sie sei eine Lebeda. Das wäre Balsam für Antons Seele und Beschwichtigung für Ottos Unabhängigkeitsstreben, seine Aversion gegen alles von *draußen*.

Stille erfüllte den Raum. Sie hörte nur die Wassertropfen, die sachte vom Dach in die Rinne flüchteten. Wie sehr sie sich auf ihren Triumph freute. Wie glücklich sie war, endlich eine Lösung gefunden zu haben. Endlich ohne Geheimnisse, ohne schlechtes Gefühl leben.

Anton
Mai 1953

Anton fühlte sich beglückt. Die Dinge des Lebens nahmen ihren Lauf, wie er es sich kaum auszumalen gewagt hatte. Er beschäftigte sich mit den alltäglichen Ritualen, den üblichen Pflichten, das Gefühl eines Lebenssinnes sickerte durch, das Licht am Ende des Tunnels. Der unmögliche Plan schien aufzugehen, vor Kurzem noch undenkbar.

Sein Bruder erhielt vom Stadtrat einen Teil der Grundstücke zurück, die ihnen früher ohnehin gehört hatten. Zwar nur die, die keinen Pfifferling wert waren, ein schlechter Acker für private Wirtschaftszwecke machte den sozialistischen Staat nicht arm, es freute ihn sogar zuzusehen, wie sich die Lebedas für eine miese Ernte abrackerten. Doch das war der Preis für ihren Eigensinn. Man wollte ihnen das Rückgrat brechen, doch die Lebedas waren zu stur und zu stark für den Kommunismus.

Sie durften den Acker *in begrenztem Rahmen* bearbeiten, so wurde ihnen schriftlich mitgeteilt. Weiterhin wurde ihnen befohlen, ab wo und bis wohin sie sich zu bewegen hatten. Auch nichts Neues. Um solche Definitionen scherten sie sich einen feuchten Kehricht, sie hielten sich einfach nicht daran. Ihre ursprünglichen Wiesen wurden einstweilen als genossenschaftliches Jagdgebiet eingestuft. Das gemähte Gras trugen die LPG-Maschinen ab, noch bevor es getrocknet war. Die Lebedas gingen leer aus. Natürlich weinten sie und natürlich schworen sie sich, wieder zu mähen, sobald das Gras ein wenig gewachsen war. Anton wollte die Saukerle in den Mähmaschinen zur Rede stellen, doch Otto war der Meinung, das sei ein *Regelverstoß*. Wenn sie einmal anfingen, mit ihnen zu diskutieren, hätten sie ihnen sofort etwas vorzuwerfen und würden sie ins Gefängnis schicken.

Im Mai wurde es schlagartig warm. Die Mittagssonne ließ den Acker saftig flimmern, der florierende Garten füllte ihre Teller endlich mit Gemüse und Früchten, der Speicher ergab wieder einen Sinn. Nur Elizabeta zierte sich mit ihrer Milch. Eines Sonntags betrat Anton den Stall und erblickte das erschöpfte Tier, das ihn mit aufgerissenen Augen anstarrte. Ein Zicklein war aus ihrem Leib geflutscht, ohne dass es Anton bemerkt hatte. Unter Elizabetas dünnen Beinen kauerte ein totes Häufchen Nichts, nicht größer als ein Dackel.

Sie verabschiedeten sich schweren Herzens von dem Zicklein. Vor allem Marie, die in ihrem Zustand ohnehin nah am Wasser gebaut war, heulte Sturzbäche. Anton begrub es ebenfalls unter Tränen im Garten. Sie mussten bis Oktober warten, bis Elizabeta wieder brünstig sein würde, um sie neu zu decken. Elizabeta wuchs Gott sei Dank trotzdem zur stattlichen Ziege heran.

Anton erfüllte gegen Ottos Willen Maries Wunsch, einen Ziegenbock zu besorgen. Sie benötige die Ziegenmilch für ihre Knochen, sagte sie. Otto wusste immer noch nichts von ihrem Zustand, noch konnte sie ihren Bauch gut verstecken, obwohl sie langsam auseinanderquoll wie ein Hefeteig. Wer die Abmachung mit dem Dorfbewohner Čejka eingefädelt hatte, der angeblich einen alten Ziegenbock verschenkte, war Anton nicht bekannt, er fragte lieber gar nicht nach. Marie unternahm öfter Sachen, ohne vorher jemanden zu fragen, mit ihrer Schwangerschaft hatte sie immer eine gute Ausrede parat.

Für Anton war es unvorstellbar, ins Dorf zu gehen, schließlich hatte er seit der Ankunft in der Mühle keinen Schritt über das Grundstück hinaus riskiert, trotzdem brachen sie in der Morgendämmerung zu dritt auf. Es fühlte sich beklemmend und beflügelnd zugleich an, den staubigen Weg hinauf zum Dorf zu beschreiten. Die ausgehende Nacht war kühl und still, außer dem Knirschen des Schotters unter ihren Sohlen und dem Plätschern des Wassers war nichts zu hören, als sie am Bach entlangliefen. Nur der eine oder andere Kläffer machte sich bemerkbar, doch das erweckte keinen Argwohn und sie trafen keine Menschenseele.

Anton kannte Čejka aus Vorkriegszeiten, wenn er aus der Kneipe balancierte und seinem Vater zulächelte. Auf dem Kopf trug er immer einen Strohhut mit einer imposanten Fasanenfeder, die er jährlich erneuerte. Čejka war nämlich unter anderem ein leidenschaftlicher Jäger ohne Flinte. Man sagte ihm nach, dass er es nicht übers Herz brachte, einem Tier in die Augen zu sehen und den Abzug zu betätigen. Ein Weichei von Mann, doch das machte ihn umso liebenswürdiger. Ins Glas blickte er dafür umso tiefer. Das Saufen legte sich, als er im reifen Alter einen Schlaganfall erlitt und beinahe draufging. Seitdem rührte er weder Alkohol noch Zigaretten an.

Wenn er in Plauderlaune war, erkundigte er sich nach den Geschäften. Antons Vater war nie gesprächig gewesen, doch mit Čejka blieb er stehen und gab ihm über sein Lieblingsthema Auskunft. Čejka selbst betitelte sich hauptberuflich als Schuhmacher. Anton sah ihn zwar nie mit einem Schuh in der Hand, dafür steckte an seinem Saumkragen eine metallene Brosche in Form einer Stiefelette.

Die Tür ging nur schwer auf, sie musste mit Nachdruck geöffnet und wieder geschlossen werden, damit die spärliche Wärme nicht aus dem Vorzimmer wich. Das weckte die Hühner aus dem Schlaf, die mit flatternden Flügeln durcheinandergackerten. Čejka teilte sich sein Haus offensichtlich mit dem

Federvieh. Es hatte gerade sechs Uhr geschlagen, als sie über den gekachelten Korridor in Čejkas verrauchte Stube eintraten. es war der typisch beißende Gestank eines schlecht gereinigten Rauchabzugs.

Čejka war über neunzig und nur noch ein Schatten seiner selbst. Dass die Lebedas erschienen, überraschte ihn offenbar nicht, er stand abrufbereit da. Doch er erkannte die Gesichter der Neuankömmlinge anscheinend nicht, er sah sie mit seinen vom grauen Star trüben Augen nur schweigend an. Eine verschmutzte Glühbirne erhellte den Raum nur spärlich, im Putz klafften Risse, aus denen altes Stroh ragte, die löchrigen Spitzenvorhänge waren verschleiert wie seine Augen. Die Brüder zogen ihre Köpfe ein, der Türrahmen war noch niedriger als in der Mühle. Überhaupt hatte man das Gefühl, in einer vergessenen Puppenstube gelandet zu sein.

Unerwartet legte der Greis los. „Und, wie laufen die Geschäfte?"

Anton lächelte. „Bestens."

„Das Haus hat mein Vater für uns gebaut, als ich drei Jahre alt war. Er hat es allein gebaut, ganz allein. Und ganz gescheit. Ich habe ihm versprochen, wenn er von uns geht, dass ich mich um meine Schwester und ihre drei Kinder kümmere. Ich habe ihm versprochen, dass ich sie nie verlasse. Und das habe ich auch getan. Ein gefallener Baumstamm hat ihn das Leben gekostet."

„Ein schönes Haus. Wir sind die Geschwister Lebeda aus der Mühle."

Čejkas Antlitz hellte sich ein wenig auf. Er fokussierte sie erneut, diesmal genauer, länger. Eine kleine Geste des Willkommens, die die Vergangenheit Revue passieren ließ. „Müller Lebeda?"

Sein Geist war noch da. Der Staat stufte ihn als *geistig verwirrt* ein, so wie er auch die Kräuterfrau und letztlich auch die Lebedas für geistig verwirrt hielt. Doch im Gegensatz zu den Lebedas plätscherte Čejkas Greisenalter zugunsten des Staates dahin, es lohnte sich nicht mehr, gegen ihn gerichtlich vorzugehen, ihm Acker und Güter wegzunehmen, falls er überhaupt welche besaß. Man wartete auf den gütigen Tod, der Kommunist hatte Zeit. Doch Čejka hatte vom gegenwärtigen stalinistischen System vermutlich ohnehin keinen Schimmer, er steckte wohl noch im Krieg, jedenfalls sah Anton neben dem Ofen stapelweise Zeitungen aus den 1940er-Jahren zum Einheizen.

Čejka sackte auf den Hocker zur Schuhreparatur, zu seiner Rechten ruhte ein Hirtenhund, der in Hundejahren mindestens ebenso alt war wie sein Herrchen. Das Tier schien schlecht zu hören, da es die Ankunft der Lebedas nicht mitbekommen hatte. Čejka kraulte den Hund am Ohr und er hob den wuscheligen Kopf, sodass Anton seine weißlich verschleierten Augen sah, er war offenbar nicht nur taub, sondern auch blind. Antons emotionaler Seismograf schlug Alarm, schon der Weg zum Dorf hatte ihn in eine befremdliche Stimmung gebracht und es war schon lange her, dass ihn ein Schicksal berührt hatte, doch bei Čejka und seinem Hund war es so.

„Wir sind die Lebedas, erinnern Sie sich?"

Der Alte hatte nun Tränen in den Augen. Er fingerte sein zerknittertes Taschentuch aus der Kordhose und wischte sie weg, ehe neue kamen. Anton näherte sich, ohne zu verstehen, wo das alles herrührte, als Čejka den alten Hund von sich schob.

„Geh." Begriffsstutzig sahen die Geschwister einander an. „Hier ist er. Bitte tut, was ihr tun müsst. Nehmt ihn mit. Ich habe mich schon verabschiedet." Er schob das Tier noch weiter von sich und brach in verzweifeltes Schluchzen aus. Zittrig riss er den Hund noch einmal an sich, wie als allerletzte Geste vor dem Tod, und drückte ihn, liebkoste ihn, vergrub das verweinte Gesicht in seinem Fell. „Du Guter, du warst mir ein treuer Gefährte. Du bist mir das Liebste, was ich noch im Leben habe. Leb wohl."

Anton riss sich aus seiner Traurigkeit, schließlich wollten sie einen Ziegenbock holen, mehr nicht. „Sie wissen, warum wir kommen?"

„Gewiss", antwortete der Greis.

„Und … wo ist er?"

„Wo? Na hier, direkt vor euch." Als könnte der alte Hund seine Gedanken lesen, erhob er sich schwerfällig von seinem Platz und schlurfte zum Ausgang.

„Aber Herr Čejka, ich glaube, Sie haben da etwas verwechselt", meinte Anton, als er allmählich zu verstehen begann.

„Verwechselt?" Die brüchige Stimme versagte und Čejka räusperte sich.

„Wir wollten nicht Ihren Hund holen, sondern den alten Ziegenbock."

Čejkas Stirn legte sich in Falten. „Ziegenbock?" Die Mundwinkel des Alten hoben sich und legten zwei einsame braune Zahnstümpfe frei. „Ihr wollt meinen Ziegenbock? Ihr seid nicht wegen dem Hund gekommen?"

„Nein, bestimmt nicht."

„Und ich denke die ganze Zeit, ihr wollt meinen Baryk holen und erschießen."

„Was? Wie kommen Sie auf die Idee? Solche Grausamkeiten sind nicht unsere Sache, wir wollten Ihren Ziegenbock holen und wir werden ihn verhätscheln."

Čejka sprang geradezu jugendlich hoch, obwohl alle Knochen in seinem Körper krachten und knacksten.

„Dann seid ihr gar nicht die Offiziere?"

„Welche Offiziere? Die deutschen?"

„Nein, die russischen."

Richtig gedacht. Čejka war am 8. Mai 1945 stehen geblieben, als die Russen aus Überdruss Hunde und Katzen erschossen, wenn kein Wodka da war.

„Die kommen nicht mehr, Herr Čejka. Die sind weg."

„Wohin denn?"

„Die sind abgezogen. Nach Hause. Der Hund bleibt hier bei Ihnen. Kriegen wir nun den Ziegenbock?"

„Ja, bitte schön!"

Nun marschierten sie mit dem Ziegenbock heim wie nach einer griechischen Tragödie und waren doch froh, dass alles eine gute Wendung genommen hatte.

Als sie die Mühle erreichten, setzten sie sich müde in die Küche und Elizabeta schielte über die Holzvorrichtung, die sie vorsichtshalber gebaut hatten, während Anton den Ziegenbock in den Stall führte. Marie öffnete den Apfelmost, den sie von Čejka zum Abschied geschenkt bekommen hatten, und als das Ploppen des Korkens erklang, hatte man ein feierliches Gefühl. Der Most war alt und dick, wohl noch aus Kriegszeiten.

In derselben Nacht schlich Anton wieder zu Marie, doch ihr war heute nicht nach Liebkosungen. Bleierne Müdigkeit lähmte sie und auch die unerträgliche Last der Schuld versetzte sie in eine Starre. Daher stand Anton nur am Fenster und grübelte. Schließlich verkündete auch er seine Erschöpfung, obwohl es vielmehr nach Verwirrung und Angst aussah. Wahrscheinlich bedrückte sie beide das Gleiche.

„Wir müssen Otto einweihen", schlug er vor, „sonst kann es ein böses Ende nehmen."

„Ich weiß."

Das beruhigte ihn kaum. Er kannte ihre *Ich-weiß*-Antworten, sie vertröstete ihn gern mit *Ich weiß*. „Und wie willst du es anstellen?"

„Weiß ich noch nicht."

Nichts anderes hatte er erwartet. Er strich über ihren leicht gewölbten Bauch, spürte aber noch keine Regung. „Ab wann bewegt sich was?"

„Bald."

Er nickte und erhob sich. „Na, dann geh ich auch schlafen. Ich bin müde von dem ganzen Tag." Sachte küsste er sie auf die Stirn.

„Ich sag's ihm aber nur unter einer Bedingung."

„Und die wäre?"

„Dass du dich da raushältst."

„Ich hatte auch nicht vor, mich einzumischen."

„Das hoffe ich doch sehr."

„Wieso?"

„Ich sag ihm natürlich nicht, dass *du* der Vater bist."

„Nicht?"

„Niemals. Was meinst du, wie er dann reagieren würde?"

„Aber wer soll dann der Vater sein?"

„Ein anderer."

„Ein anderer?"

„Irgendeiner. Das spielt keine Rolle, wer. Du musst dich da raushalten, verstehst du? Und jetzt geh. Morgen ist auch noch ein Tag."

In aller Herrgottsfrühe trommelte ein Mann gegen das Tor. Er rief laut und bat eindringlich darum aufzumachen. Anton wunderte sich über seine penetrante Art und Ausdauer, ließ ihn aber nicht rein. Keines der Geschwister machte auf. Der Mann war widerborstig, ging aber schließlich.

Am nächsten Morgen kam er wieder. „Wenn ihr nicht aufmacht, bleibt mir nichts anderes übrig, als immer wieder zu kommen."

Die Lebedas machten nicht auf. Er ließ ein wenig Petroleum da. Die Lebedas rühren es nicht an. Am nächsten Tag war er wieder da und drohte das Petroleum wieder mitzunehmen, wenn sie ihn nicht reinließen. Sie würden es bereuen, wenn sie nicht nachgaben. Die Lebedas wurden weich, aber nur wegen des Petroleums. Sie nahmen es entgegen, einen Besuch konnte ihnen der Eindringling dennoch nicht abstatten.

In der kommenden Woche kam der Mann dreimal hintereinander und stellte sich als Beauftragter in ihren Angelegenheiten vor. Zu ihrem Schutz. Er hatte die Strategie geändert.

Anton rief über die Mauer: „Wir haben keinen Beschützer beauftragt, wir brauchen niemand. Wie ist Ihr Name?"

Er berief sich auf das Nationalkomitee, das ihn schickte. Er hieß Tomáš Hájek.

Anton grübelte und erinnerte sich an einen Tomáš Hájek aus Matovice, einen Busfahrer. „Warum kommen Sie im Namen des Nationalkomitees? Warum fahren Sie nicht Bus?"

„Weil ich der einzige Beauftragte bin, der sich bereit erklärt hat, euch zu betreuen. Ich fahre übrigens Bus. "

„Dann ist Ihre Arbeitsmoral nicht gerade vorbildlich, wenn Sie Ihre Zeit hier verplempern."

„Ich *muss* das hier machen, versteht mich doch. Man hat es mir nahegelegt." Als ihn Anton nach dem Grund des ganzen

Affentheaters fragte, sagte er: „Ihr seid gerichtlich für *unmündig* erklärt worden. Ihr alle drei."

Anton war verärgert über dieses groteske Urteil irgendwelcher willkürlichen Funktionäre. Er war schon für nicht geleistete Agrarabgaben bestraft worden, für illegales Wirtschaften auf staatlichem Gebiet, für die allgemeine Verweigerung und schlechten Einfluss gegenüber dem sozialistischen Staat, aber noch nie für seine angebliche Unzurechnungsfähigkeit. Und er war verärgert, weil ihn Hájek ungefragt duzte.

Otto beschwichtigte Anton. „Wenn man's so nimmt, haben sie das doch schon immer getan, sie haben uns doch noch nie ernst genommen."

Anton versuchte aus Hájek die Namen der Personen herauszukitzeln, die ihn beauftragt hatten. Hájek stotterte herum und spuckte irgendwelche Namen aus, die niemand kannte.

In der Woche darauf spitzte sich die Lage zu. Ein Automobil parkte vor dem Tor. Die dünne Stimme seiner Schwester Tereza riet zur Vernunft. Zuerst verstand er sie nicht und glaubte sie brächte eine Ladung Streichhölzer, Salz oder Petroleum, doch dann kam der wahre Grund zum Vorschein. Sie war in Begleitung fremder Herrschaften, wahrscheinlich wurde sie dazu genötigt. Ihre Stimme wechselte ins Weinerliche, doch Anton war sie ohnehin egal und fremd geworden. Er konzentrierte sich auf die Männer und ihre Absichten, war gewillt, bis zur letzten Konsequenz zu kämpfen, wenn es um die Autonomie seiner Familie ging. Er fürchtete nichts, war mutig.

„Es ist besser, wenn ihr aufmacht, man wird euch die Kooperation hoch anrechnen. Versteht doch, seid nicht dumm", heulte Tereza.

Anton weigerte sich aber. Böse Gedanken suchten ihn heim.

Hätte er in diesem Augenblick eine Flinte besessen, hätte er wohl um sich geschossen. Seine Entschiedenheit schreckte die Funktionäre offenbar ab, denn sie verzogen sich wieder.

Am Abend fand in der Küche der Familienrat statt. Die Geschwister waren aufgewühlt. Sie wollten ihre Strategie für die Stunde klären, zu der ihre Gegner wiederkämen. Und was, wenn es zu viele wären und sie sich nicht mehr abwimmeln ließen?

„Ich versteh's nicht. Wir sind es doch gar nicht wert. Warum so viel Aufwand?", fragte Marie, doch darauf gab es keine Antwort.

Nachts, als Anton Marie in ihrer Stube besuchte, herrschte gedrückte Stimmung. Sie strich ihm wie immer sein Haar hinters Ohr, aber irgendwie lieblos. Überhaupt hatte Anton das Gefühl, seit ihrer Schwangerschaft leide sie unter moralischen Zweifeln, als müsse sie sich für die Sünde bestrafen, indem sie sich ihm entzog.

Sie wandte ihm den Rücken zu. „Verflixt, dass sie ausgerechnet jetzt kommen, wo ich mit Otto ein ernstes Wort reden wollte."

„Ach, es gibt immer eine Ausrede. Habe ich recht?"

„Bist du übergeschnappt? Soll ich ihm jetzt an den Kopf werfen, dass ich ein Verhältnis mit seinem Bruder habe? Jetzt, wo uns die Kommunisten wieder die Hölle heiß machen?"

Am nächsten Tag tauchten die Herrschaften wieder auf. Tereza hatte man ebenfalls wieder mitgezerrt, ihr offenbar mit Repressalien gedroht. Marie versteckte sich wieder auf dem Speicher, konnte die Szenerie jedoch von dort aus beobachten.

Tereza wurde geschubst, mit einer Rute erniedrigt, indem man sie zur Mahnung auf den Kopf peitschte wie ein Pferd.

„Halt!“, rief Marie vom Speicher. „Schluss jetzt!“

Doch egal wie laut sie schrie, keiner reagierte auf sie, im Gegenteil, umso mehr zerrte man an ihrer Schwester herum. Marie versagte die Stimme. Die Gesichter der Männer kannte sie nicht, sie kamen wohl von weit her. Die Lage war ernst.

„Bei der Gestapo wussten wir wenigstens, woran wir sind. Aber jetzt kommen Leute aus den eigenen Reihen und benehmen sich noch viel schlimmer. Ihr seid scheinheilige Heuchler, Lügner und Kriminelle. Verräter!“, rief Anton über die Mauer.

„Nein, Herr Lebeda, die Gestapo hätte sie deportiert und vergast. Wir wollen uns nur mit Ihnen unterhalten, Ihnen ein Angebot machen. Der Vergleich ist wirklich geschmacklos“, erschallte es hinter der Mauer.

„Haut ab!“, brüllte Anton.

„Anton, hör auf! Das kostet uns noch Kopf und Kragen, damit machst du alles nur noch schlimmer. Wir müssen uns ergeben und schweigen. Wir geben ihnen die Illusion, auf ihrer Seite zu stehen, bitte!“, flehte Otto Anton an.

Anton öffnete das Tor.

Zwei Tage später saßen die beiden Brüder beim Verhör im kargen Büro eines hochdekorierten Funktionärs in Písek. Getrennt. Hájek, der Schutzbeauftragte, war jeweils anwesend. Sein mitleidiger Blick ließ vermuten, dass ihm die Angelegenheit unangenehm war. Als Zeugen dieses sinnlosen Zeitvertreibs und der Volksverblödung hatte man sich wie üblich eines Unschuldigen bedient.

Der Funktionär setzte an: „Du kannst dich glücklich schätzen, wie glimpflich du davongekommen bist, ist dir das bewusst? Du hast unsere sozialistische Gesellschaft in Gefahr gebracht, weißt du das? Alle Verwandten solcher Verräter werden bestraft. So etwas wird in der Arbeiterklasse nicht geduldet, ist dir das klar? Die Gesellschaft muss sich vor solchen wie dir in Acht nehmen, ihre Unantastbarkeit wahren. Hat dir denn die Zeit in Komárno nicht gereicht? Willst du da wieder hin?"

„Komárno wurde abgeschafft", murmelte Anton.

„Komárno wurde keineswegs abgeschafft, es heißt jetzt nur anders. Irgendwo müssen wir mit dem Abschaum ja hin." Er blätterte in seinen Unterlagen und setzte die Anklage fort. „Keine Abgaben und sich den Bauch trotzdem auf Kosten aufrichtiger Arbeiter vollschlagen? Das kann kein Staat auf sich nehmen, der es gut mit den Menschen meint. Sogar den Einstieg in die landwirtschaftliche Produktionsgenossenschaft hast du verweigert, lese ich hier. Das ist schlecht. Du glaubst, mit zwei linken Händen durchzukommen? Was hast du denn gegen die landwirtschaftliche Produktionsgenossenschaft? Du warst nie drin. Dort ist alles automatisiert und ideal abgestimmt. Du musst nur kommen und arbeiten. Und nach getaner Arbeit kannst du dich aufs Bett flacken und faulenzen. Du kannst dich für den Rest des Tages dem Müßiggang hingeben. Oder ist dir nicht nach Arbeit? Ja, wo sind wir denn da? In unserem Staat wird gearbeitet, sonst funktioniert er nicht. Jeder muss arbeiten. Das ist Pflicht!" Anton verkniff sich jegliche Bemerkung. „Und dann auch noch der Vergleich mit der Gestapo. Wir sind schlimmer als die Gestapo?", zitierte er. „Steckst du vielleicht mit den Deutschen unter einer Decke?"

„Nein."

„Ist dir klar, dass ich dir dafür eine saftige Rechnung stellen könnte? Da könntest du dein ganzes Leben lang zahlen, weißt du das?“

„Ja.“

„Und dann hier, die Wahlen verweigert. Ein Delikt nach dem anderen.“

Der Prokurator las hin und wieder in seinen Unterlagen nach, notierte etwas, blätterte darin herum. Schließlich händigte er Anton einen Wisch aus. „Hier, gib alles zu und unterschreib.“

Anton riss sich aus seiner Schweigsamkeit. „Gesetze erkenne ich nur an, wenn sie wahrhaftig sind. Ich habe niemandem etwas angetan, ich will nur meine Ruhe haben.“

An den darauffolgenden Tagen unterzog man Anton und Otto einer geistigen Überprüfung. Sie bestand darin, dass sie nicht schlafen durften und gleichzeitig mit immer denselben Fragen konfrontiert wurden.

„Mit sabotieren kommst du nicht weiter“, sagten sie.

„Ich sabotiere nicht, dafür bin ich zu sehr am Ende meiner Kräfte“, antwortete Anton.

„Fühlst du dich gesund?“

„Ich fühle mich schlecht, bin aber gesund. Und ich weiß immer noch nicht, warum ich dem Zuhause entrissen werde. Ich habe lediglich auf dem Eigentum gewirtschaftet, das ich von meinen Eltern geerbt habe. Ich bin müde. Lassen Sie mich in Ruhe.“

Es dauerte noch weitere drei Tage. Anton starrte nur noch auf den Boden, pulte den Schmutz aus den Fingernägeln. Wenn er etwas gefragt wurde, drehte er sein Gesicht weg. Er mied jede Konfrontation, er mied ihre Nähe, soweit es ging.

„Bitte fragen Sie mich nichts mehr", wimmerte er. Tränen kamen, brachen seinen Stolz, doch sein Gesicht blieb starr, sein Mund stumm.

Er war allein. Die Zelle hatte kein Fenster, auf dem Tisch lag das Formular zur Unterschrift. Sie ließen das elektrische Licht brennen und wenn er einschlief, hämmerten sie an die Tür. Wenn er seine Augen schloss, bildeten sich kuriose Formen in seinem Kopf, er bekam es mit der Angst zu tun. Panikattacken. Wurde er allmählich verrückt?

Am Tag X, er zählte die Tage längst nicht mehr, ließen sie ihn plötzlich gehen und erklärten, er sei körperlich gesund. Der Grund seines Schweigens wurde als Zweckreaktion deklariert, um einer unangenehmen Konfrontation aus dem Weg zu gehen. Genau so war es auch.

Das Gericht entschied, Anton wegen einer geistigen Störung und seiner Unmündigkeit zu entlasten. Als Begründung wurde vom Vorsitzenden im Urteilsspruch folgendes angegeben:

„Eine fehlende positive Eistellung der Gesellschaft gegenüber, trotz des angehenden Eigentums- und Freiheitsverlustes und trotz anderer Leiden. Aus Gründen solch auffälligen Verhaltens und eingeschränkter Wahrnehmung ist Anton Lebeda, wohnhaft in Matovice 36, nicht in der Lage, eigene Angelegenheiten und Aufgaben eigenhändig zu bewältigen."

Es handelte sich um denselben Urteilsspruch wie bei Otto und Marie. Doch weder Otto noch Marie waren anwesend, Anton hatte die gesamte Zeit über nicht gewusst, wo sie waren. Hájek legte den Urteilsspruch behutsam in einen ziemlich vollen Ordner. Der Fall war für Hájek anscheinend abgeschlossen, endlich durfte er sich anderen Themen widmen oder vielleicht sogar Bus fahren. Anton erbat Einsicht in die Akten.

„Das darf ich nicht“, erwiderte Hájek.

„Warum haben uns unsere Verwandten nicht geschützt?“

„Sie haben es abgelehnt,“ flüsterte Hájek, er hatte Angst, gehört zu werden. Dein Bruder Václav wollte davon nichts wissen. Er meinte, ihr handelt aus persönlicher Missgunst und Neid.“

„Das hat Václav gesagt?“ Sie hatten sich sechs, sieben Jahre nicht gesehen, Anton wusste nicht einmal, wo er lebte und was er tat.

Hájek guckte sich um, um sich zu vergewissern, dass auch keiner der Anwesenden Uniformierten zugehört hatte. „Aber das bleibt unter uns, Lebeda. Das darf keiner wissen, sonst kann es mich den Kragen kosten. Ich bin auf deiner Seite.“

Er hatte recht. Alles, was man tat, konnte einen den Kragen kosten, alles konnte so und so gedeutet werden. Sie lebten in einem diktatorischen Käfig, in dem man alles zu fürchten hatte, in dem man für Nichtigkeiten büßte, in dem man für die Freiheit starb, es sei denn, man tauchte in der Masse der Unsichtbaren unter und hielt die Schnauze, dann war alles gut. Verblüfft stellte Anton fest, dass Hájek ein armer Teufel war, der sich aus besagten Gründen freiwillig zur Partei gesellt hatte und die Drecksarbeit übernahm, um in Ruhe gelassen zu werden. Ein netter Kerl, so wie neunzig Prozent der Bürger ihres Landes. Aber war das Schweigen, die Feigheit, die Ignoranz verzeihlich?

Otto
August 1953

Der Beauftragte Hájek war milde, wie Otto im Laufe der Zeit in der Anstalt in Písek erfahren durfte. Er erfüllte ihm den Wunsch, zu Fuß nach Hause zu gehen, wenn auch widerwillig. Es sei nicht erlaubt und er hätte für ihn und seinen Bruder eine günstige Busverbindung.

„Was ist daran unanständig, zu Fuß zu gehen?"

„Kein Mensch geht freiwillig fünfzig Kilometer zu Fuß. *Das* ist unanständig", regte er sich auf.

„Nein, was wir jetzt brauchen, ist frische Luft, Sonne und Bewegung."

Hájek war mit seinen Nerven am Ende. Obwohl der Personentransport einer Reihe von Vorschriften unterworfen war, ließ er die beiden Brüder kopfschüttelnd gehen.

Der Weg nach Hause kostete viel Kraft, dafür war er schön und befreiend. Ottos Glieder kannten seit zweieinhalb Monaten nur eine Fläche von acht Quadratmetern. Mit löchrigen Schuhen, aber einem Lächeln auf den Lippen reckte er seinen Kopf der Sonne entgegen und entschied sich für eine Richtung.

„Wir sollten den direkten Weg nehmen und keine Umwege machen", mahnte Anton.

„Das tun wir", versicherte Otto. „Warum denn so eilig? Ich sehe mir gerne die Umgebung an. Schau, wie wunderschön unser Land ist. Wir kommen ja sonst nicht viel rum."

„Wer weiß, wie es Marie geht? Und wo sie überhaupt ist."

„Der geht es sicher gut, um Marie brauchst du dich nicht zu sorgen", beschwichtigte ihn Otto.

„Schon klar. Aber trotzdem", druckste Anton herum.

Otto sah ihn fragend an, doch Anton schwieg.

Die fünfzig Kilometer von Písek nach Matovice waren wie ein Nachholen der versäumten körperlichen Tätigkeit, aber auch ein geistiges Loslassen von allem Geschehenen. Wie zwei Pilger wanderten sie heim. Unterwegs rasteten sie am Straßenrand. Bauern beschenken sie mit alten Buchteln, die sie dankbar vertilgten. Anton fragte, wieso Otto manches Essen annahm und anderes wiederum ablehnte.

Otto klärte ihn auf. „Eine von Herzen gereichte Gabe ist eine gute Gabe, eine Gabe aus den Händen eines Heuchlers dagegen Mist.“ Dabei spuckte er auf den Boden, wie es seine Mutter immer getan hatte, wenn sie über jemanden sprach, den sie nicht mochte.

Kaum hatten sie den letzten Bissen verschluckt, hetzte Anton seinen Bruder aufs Neue.

„Was bist du so umtriebig? Das Wetter macht mit, wir dürfen nach Hause, das Leben geht weiter, was willst du mehr? Gib Ruhe, Anton.“

„Ich weiß, aber wir sollten uns beeilen, Marie ist allein zu Hause. Ich habe ein schlechtes Gefühl.“

Ottos Knochen fühlten sich um zwanzig Jahre gealtert an. Zwischen Katovice und Štěchovice rasteten sie nochmals auf einer Wiese und legten die Füße hoch. Das Plätzchen befand sich am Waldrand in unmittelbarer Nähe eines schmalen Bachs, aus dem sie reichlich tranken. Der wolkenlose Himmel fesselte Ottos Aufmerksamkeit, er schlief binnen weniger Minuten ein, ebenso sein Bruder. Zwischendurch fuhr Otto aus einem Traum hoch und vergewisserte sich kurz, dass Anton auch da war. Dann weidete er den Blick wieder an der sternübersäten Unendlichkeit.

Die Morgendämmerung machte sich bemerkbar.

„Otto, wach auf, es ist hell, wir müssen weitergehen. Komm, lass uns heimgehen“, riss Anton Otto aus dem Schlaf, der in die Umrisse der Nadelbäume blinzelte.

„Ist ja gut, Bruder, warum bist du so außer dir? Es ist doch noch früh.“

Gegen Mittag kamen sie in Matovice an. Otto bestaunte den staubigen Dorfplatz, wo er als Bub nach dem Unterricht Murmeln gespielt hatte. Als Jugendlicher hatte er hier das erste Bier getrunken. Und als Erwachsener hatte er hier zum ersten Mal die schöne Josefa gesehen. Hier hatten die Zusammenkünfte der Dorfbewohner stattgefunden, weil in der Gaststätte der einzige Radioapparat stand. Jetzt war der Platz leer. Die Kneipe geschlossen. Sie existierte nicht mehr. Ein rotes Banner mit der Aufschrift *Die Zukunft gehört uns!* zierte über dem ehemaligen Eingang die Hauswand. Es hing schief und war stark verblichen. Irgendwie hatte Otto das Gefühl, dass hier alles schief und verblichen war.

Mit schmerzenden Wunden an den Füßen schleppte sich Otto den schmalen Weg heim, sein Bruder gute zehn Meter voraus. Je weiter er sich der Mühle näherte, desto mehr beschlich ihn ein Gefühl des Unbehagens. Merkwürdiges Schweigen. Anton hatte mit ihm während der Odyssee nur das Nötigste gesprochen, doch jetzt hätte er ein freundliches Wort gut vertragen können.

„Anton?“

„Ja?“

„Was denkst du?“

„Nichts. Wieso?“

„Nur so. Du benimmst dich seltsam.“

Otto hatte das Gefühl, sein Bruder war verschlossen, als

trüge er eine Last. Er sei einfach nur müde, sagte Anton, und wolle in Ruhe gelassen werden. Und so hoffte Otto, dass sich seine Zunge zu Hause löste und seinen Kummer ausschüttete.

Das Tor war verschlossen, sie horchten.

„Ich höre was. Das ist sie."

„Marie."

„Es meckert."

„Elizabeta."

Ottos Augen füllten sich vor Rührseligkeit mit Tränen und suchte in Antons Gesicht dieselbe Freude, doch dieser blickte, als ob er davonlaufen wollte.

„Freust du dich denn gar nicht, Bruder?"

Geistesabwesend murmelte Anton: „Doch, ich habe nur Angst."

„Wovor?"

„Klopf doch endlich!"

Otto klopfte erst zaghaft, dann mit voller Wucht gegen die Tür.

Eine bekannte Stimme erklang. „Wer da?"

„Ich, Otto! Und Anton!"

Das Tor ging einen Spaltbreit auf und Marie erschien. Sie trug einen großen breitkrempigen Hut und blickte erstaunt.

„Erkennst du uns nicht mehr? Die Bärte kommen noch weg!"

Otto öffnete seine Arme, um seine Schwester zu drücken, wie er es zum Gruß immer getan hatte, doch sie zögerte. Da packte er sie von ganzem Herzen und hob sie enthusiastisch vom Boden, doch sie löste sich sofort von ihm.

„Nein, lass. Ist nicht so gut, wenn du mich schüttelst", erwiderte sie.

Otto verstand nicht, seine Schwester war immer temperamentvoll und nun sträubte sie sich. Sie lockerte das Tuch, das auf den Schultern lag, und offenbarte ihre ganze Statur. Otto hatte keine Vorstellung, wie er darauf reagieren sollte. Sein erster Impuls war Freude, doch allmählich kamen die Zweifel und sogar Zorn.

„Ihr kommt unerwartet", flüsterte sie leise.

Otto starrte sie an. Als Laie auf diesem Gebiet musste er sich erst vergewissern, dass ihr Bauch so zugenommen hatte, und es dafür nur einen Grund haben konnte.

„Bist du etwa schwanger?"

„Ja", sagte sie und lächelte dabei bittersüß.

„Wi... wieso bist du schwanger? Wer ist der Vater?"

„Du kennst ihn nicht", stotterte sie.

„Ich kenne ihn nicht?" Er drehte sich zu Anton, der mit verkniffenen Augen in die Ecke starrte. „Anton, wusstest du das?"

„Nein ... natürlich nicht", murmelte er undeutlich. „Wieso fragst du mich, Herrgott noch mal?", platzte es dann aus ihm heraus, wobei er Otto einen bösen Blick schenkte.

Otto hielt seine Handflächen auf, die Stimme klang lauter als sonst. „Jetzt krieg dich wieder ein!"

„Kommt rein und steht nicht da wie zwei abgestellte Vasen!"

Otto und sein Bruder trotteten hinter Marie her, während sie vor ihnen watschelte.

„Wer ist der Vater? Und wann ... ich meine ..."

„Freust du dich denn gar nicht?"

„Doch, natürlich! Aber... es ist so überraschend. Eigentlich haben wir was anderes vereinbart, oder etwa nicht?"

„Hast du nicht selbst gesagt, dass ein *Weib* ohne Kinder kein richtiges Weib ist? Irre ich mich oder irre ich mich nicht? Außerdem entscheidest das nicht du. Es ist mein Körper."

„Das sind mir ja ganz neue Töne. Hab ich das gesagt?“, richtete er sich wieder an Anton, der sich die Fingernägel abkaute und kein Wort herausbrachte. „Und wann … ich meine, wann ist das …“

„… passiert? Vor ein paar Monaten. Ein bisschen hab ich noch bis zur Geburt.“

Inzwischen gelangten sie zum Hauseingang. Das Mühlrad war in schlechtem Zustand, das Schutzdach benötigte eine sofortige Reparatur und auch am Geländer der Veranda fehlten einige Planken.

„Ich kann es nicht fassen. Aber wie soll das … wir waren doch allein … unter uns.“

„Nein, waren wir nicht.“

„Das ist mir entgangen.“

„Natürlich waren wir unter uns, aber nicht nur, hin und wieder kam jemand vorbei.“

„Heidnische …“, zischte Anton dazwischen, bremste sich aber gleich.

„Lass“, mahnte ihn Marie.

„Ich wusste, dass der Arzt ein Ganove ist!“, platzte es aus Anton heraus.

„Lass, Anton, hab ich gesagt!“, wiederholte sie strenger.

„Ich reiß ihn in Stücke, wenn er auch nur *einen* Schritt hierherwagt!“

„Anton! Wovon redest du? Warum sagst du so was? Wieso der Arzt? Bist du übergeschnappt?“

„Jetzt komm ich gar nicht mehr mit“, murmelte Otto dazwischen.

„Der soll mir bloß nicht unter die Augen kommen!“

„Anton! Weißt du, was du da sagst? Der Arzt ist nicht der Vater!“

Anton war emotional völlig am Ende. „Ich sage dir, keinen Schritt macht er hierher!“

„Und ob! Die Hebamme von hier hat den Löffel abgegeben und eine andere gibt es nicht. Natürlich wird der Arzt kommen! Ich gebäre sicher nicht allein“, kam es über Maries Lippen.

Otto machte sich an die Arbeit. Er entfernte einen Holzkeil aus dem Mühlradgehäuse, ein abgebrochenes Teil aus der Dreschmaschine, und reinigte es anschließend. Dabei führte er Selbstgespräche. „Was ist hier eigentlich los? Ich begreife nicht, was hier los ist.“

Ob Marie ihre Angelegenheit klug eingefädelt hatte, war noch ungewiss. In der Küche verharrte sie in Anspannung vor dem, was folgen würde. Schlechtes Gewissen plagte sie. Otto Zorn, egal wer der Vater sein mochte, missfiel ihr.

In den folgenden Tagen herrschte eine beklemmende Schweigsamkeit. Marie schwelgte nicht wie werdende Mütter in erwartungsvoller Freude. Otto bedauerte es, hielt aber den Mund, da er sich immer noch hintergangen fühlte. Während seiner Reparaturen auf ihren wachsenden Bauch zu starren, konnte er sich nicht verkneifen. Die Mahlsteine mussten nachgeschärft und die Felder gemäht werden. Dafür brauchte es vier starke Hände und Erfahrung. Die Brüder mähten ihre einstigen Felder wie früher, die Funktionäre ließen sie in Ruhe. Warum eigentlich?

Der ihnen zugeteilte Vormund Hájek berichtete, dass etwas geschehen war, was er in seiner kommunistischen Karriere noch nie erlebt hatte: Der Gemeinderat des Amtes Matovice hatte sich einverstanden erklärt, den Lebedas ihr einsames Dasein zu belassen, solange sich die Umgebung nicht bedroht fühlte. Und das, obwohl sie zur sozialistischen Gesellschaft nichts beisteuerten.

„Wie ist das möglich?“, fragte Otto und Hájek schüttelte nur ratlos den Kopf.

„Man sagt, der Prokurator hätte sich nach langem Zögern von seiner Frau weichklopfen lassen, als wäre in ihm der alte Geist der bäuerlichen Zusammengehörigkeit wiedererwacht. Trottel. Oder eure Beharrlichkeit hat ihm imponiert. Er hat selbst gesagt, so was hätte er noch nie erlebt.“

„Weichklopfen? Von seiner Frau?“

„Ja, irgendeine Genossin. Josefa oder so.“

Otto fiel aus allen Wolken. „Josefa? Lešáková etwa?“

Das wusste Hájek nicht, weil Josefa bereits unter neuem Namen verheiratet war.

Ein steiniges Grundstück, an dem die Kolchose kein Interesse hatte, wurde ihnen offiziell überlassen. Erst einmal nichts Neues, bereits zu Anfang der Kollektivierung hatte man sie mit diesem Grundstück abgespeist, aber dass sie sogar ein bisschen Geld als Entschädigung für das beschlagnahmte Vieh erhielten, überstieg Ottos Vorstellungskraft. Er nahm das Geld nicht an.

„Wir wollen unser Vieh zurück.“

„Das ist doch schon längst geschlachtet“, sagten sie.

Otto vermisste vor allem die Pferde, wenn er nachts im Bett lag, dachte er an sie und sprach selbst ausgedachte Gebete. Immerhin hatte Marie während seiner Abwesenheit einiges angeschafft. Hühner, zwei Kühe, Ziegen und sogar ein paar Enten. Hin und wieder erwischte er sich dabei, wie er sich auf Maries ungeborenes Kind freute, als würde es einen Ausgleich für alles Verlorene darstellen. Der Gedanke, in der Mühle ein Kind zu haben, beflügelte sie alle, obwohl sie es nach außen nicht zeigten.

Sie waren fleißig. Das mit dem Dreschflegel geschlagene Korn mahlten sie und buken wieder Brot für den Eigenbedarf. Manchmal kamen auch Buchteln auf den Tisch, schön mit Butter gefettet und mit Marmelade gefüllt. Manchmal schlachteten sie ein Huhn, aber nur, wenn der Hühnerbestand nicht schrumpfte. Für jedes geschlachtete Tier musste ein neues her, sonst ging die Rechnung nicht auf. Im Alltag jedoch nagten sie ständig an Äpfeln aus dem Garten. Das hielt die Zähne und die Verdauung gesund. Am Abend reichte eine Scheibe Brot, in Malzkaffee getunkt, und der Sternenhimmel. Schließlich gingen sie mit der Dunkelheit ins Bett und obwohl sie gelegentlich ein kleines Fläschchen Petroleum unter der Treppe vorfanden, benutzten sie es nur zu besonderen Anlässen.

Doch Ottos einstige Verweigerung, das Petroleum anzurühren, schwand mit seinem Groll. Alles ging mit der wirtschaftlichen Erholung einher, zumal sie Naturalien wie Eier oder Obst sowie Werkzeug zum Tausch vor das Tor legten. Tausch ja, Geschenk manchmal, Almosen nein. Mit dem gedroschenen Heu reparierten sie das Strohdach und wenn sie aufs Feld mussten, liehen sie sich ein von Hájek organisiertes Ochsengespann. Brach ein Leiterwagen, bauten sie sich einen neuen. Die seltenen Amtsvorladungen ignorierten sie. Seitdem sie entmündigt waren, lag man mit den Lebedas nicht mehr wegen ungelesener Postsendungen über Kreuz. Sie besaßen keine Ausweise und zahlten keine Steuern, sie besaßen kein Geld und kauften nichts. Sie befanden sich in absolut isolierter Unabhängigkeit. Damit ließ es sich leben, es reduzierte das Dasein auf das Notwendigste, verlagerte die Werte ins Innere des Menschen.

Nur das kommende Kind verursachte ihnen schlaflose Nächte. Was Kindererziehung betraf, waren die Brüder absolute Anfänger. Sie verabscheuten Zwänge, strebten die Selbstbestimmung an, aber war das mit einem Kind zu vereinbaren? Würde es die Schule besuchen können? Würde es ohne Geschwister und Freunde aufwachsen? Wäre es dann ebenso wenig gesellschaftsfähig wie sie selbst? Und wer zum Kuckuck war überhaupt der Vater?

Es war später Nachmittag. Die Küche fühlte sich gemütlich und warm an. Durch die Fenster fielen goldene Lichtbündel und es roch gut. Auf dem Kachelofen köchelte ein Eintopf. Marie pfiff wie üblich nach Anton und kugelte in die Küche zurück, um die Teller anzurichten. Sie hasste es, wenn die Brüder nicht sofort kamen und das Essen kalt wurde. Keine Minute später donnerte Anton in den Flur, entledigte sich seines Schuhwerks und kam barfuß in die Küche.

„Setzt euch und esst. Willst du Brot?“, fragte sie an Otto gewandt.

Der nickte brav, während er begann, die siedend heiße Suppe zu schlürfen. „Bald sitzen wir hier zu viert. Das kann ja lustig werden“, meinte Otto, nachdem er sich die Zunge verbrannt hatte. Er sparte auch nicht am Brot, bis sich ein Sättigungsgefühl einstellte. „Lecker, die Suppe, wirklich vorzüglich“, kommentierte er.

Obwohl er längst satt war, aß er noch einen halben Teller, weil es heute besonders schmeckte und er sich entschieden hatte, heute das Eis zu brechen. Er begann mit einem heiteren Ton: „Und wie fühlst du dich? Ich meine, in deinem Zustand?“

„Gut. Danke der Nachfrage.“

„Das freut mich.“ Er goss sich etwas Wasser ein, während

Marie die Teller abräumen wollte. „Nein, lass, du solltest dich schonen."

„Schwanger sein ist keine Krankheit."

„Trotzdem. Die Frau hat bei uns immer in der Küche ihren Dienst getan, war für den Mann da, war sich zum Putzen nicht zu schade, zum Kinder erziehen sowieso. Ich frage mich, wer sich diese Aufteilung ausgedacht hat."

„Die Frau sicher nicht", antwortete Marie.

„Aber die Zeiten ändern sich. Die Frau geht genauso wie der Mann aufs Feld, fährt Auto und arbeitet in der Fabrik. Warum sollte der Mann nicht die Teller abräumen?"

„Weil sich der Mann nach getaner Arbeit das Recht auf ein bisschen Ruhe verdient hat. Die Füße hochzulegen. In die Kneipe zu gehen." Das klang durchaus ironisch. „Aber trotzdem nett, deine Gedanken."

„Vielleicht sollte ich mich von meinen bisherigen Vorstellungen lösen und das Leben aus einem anderen Blickwinkel betrachten. Vielleicht sollte …", er zögerte „… Marie tun und lassen, was sie will und was sie glücklich macht? Es tut mir leid, dass ich so überreagiert habe."

Sie schwieg irritiert.

„Mir wird ganz schwindelig von deinen neuen Ideen", raunte Anton.

„Es ist doch egal, wer der Vater ist. Ich werde das Kind akzeptieren und sollte unser Nachbar der Vater sein."

Otto
November 1953

Die Wochen vergingen, die Geburt rückte näher.

„Wann ... ähm ... ist es denn soweit?", fragte Otto beim Abendessen.

„Eigentlich erst in ein paar Wochen. Aber ich spüre, dass es früher kommt. Schon bald", sagte sie.

Otto blieb das Wasser im Halse stecken und er musste husten. „Was?"

„Ja, ich glaube, es kommt bald."

„Sollen wir vielleicht schon mal den Arzt holen?", fragte er besorgt.

„Verdammt noch mal, ich habe doch ausdrücklich gesagt, dass man dem Arzt nicht trauen kann. Wir holen doch nicht den potenziellen Vater des Kindes hierher, damit er sich hier noch einnistet. Den werden wir sonst nicht mehr los!", wandte Anton ärgerlich ein.

„Was geht dich die Sache eigentlich an?"

„Schluss damit!", fuhr Marie Otto barsch an.

„Gut, ich sage nichts mehr. Nur noch eins: Ich verstehe deine Aggression gegen den Arzt nicht. Auch wenn du ihn unsympathisch findest, können wir froh sein, wenn er Marie in dieser heiklen Lage zur Seite steht."

Die Auseinandersetzung endete mit bösen Blicken.

In der Nacht ertönte aus Maries Zimmer ein Schrei. Als Otto und Anton ins Zimmer stürzten, fanden sie Marie im Bett zusammengekrümmt. Sie umklammerte ihren Bauch mit beiden Händen. So wie es aussah, setzte eine Wehe ein. Otto war darauf nicht vorbereitet, zu früh kam das Prozedere, das Wiegenbett war noch nicht fertig gebaut. Doch nach kurzer

Zeit verging die Wehe, als wäre sie nie da gewesen. Maries zusammengekniffene Augen öffneten sich.

„Ist es so weit oder ist es nicht so weit?“

„Ich glaube, schon.“

„Kommt also wieder eine Wehe?“

„Wahrscheinlich.“ Und schon schrie sie wieder auf.

Otto rannte hinaus, um einen Kübel Wasser zu holen. Er kehrte aber sofort zurück, ratlos, ob das mit dem Wasser stimmte. „Ähm ... braucht sie überhaupt Wasser? Und wenn ja, heiß oder kalt?“

Anton hielt Marie an den Schultern, doch nicht, um ihr zu helfen, sondern um sie zu schütteln.

„Anton! Lass sie in Ruhe, bist du übergeschnappt?“

„Misch dich nicht ein!“, zischte Anton.

„Was ist los mit dir? Was hast du vor?“

Doch Anton hörte nicht zu, wie in Trance schüttelte er seine arme Schwester und redete auf sie ein. „Die Kartoffeln waren nicht von unseren Verwandten, sondern vom Arzt. Salz, Streichhölzer, den ganzen Scheiß hat er persönlich vorbeigebracht, gib’s zu! Und du hast ihn um den Finger gewickelt.“

„Mit dir rede ich kein Wort mehr, du bist verrückt!“ Sie schlug ihm auf die Arme.

„Anton, was hat der Arzt mit ihrer Geburt zu tun?“, rief Otto verdutzt. „Ich begreife gar nichts mehr.“

„Sie hat uns hintergangen!“

„Sei still, du Idiot!“, rief sie wütend.

„Und wenn schon, das ist jetzt egal. Sie bekommt ein Kind!“ Otto versuchte zwischen die beiden Hyänen zu gelangen, sie zu beschwichtigen, doch da war Marie längst in Fahrt gekommen.

„Ich hab’s so satt! Ich geb dir noch was drauf, wenn du mit

deiner krankhaften Eifersucht alles kaputt machen willst. Bitte schön! Ja, ich habe mich mit dem Arzt eingelassen und mit dem Postboten auch. Und wenn du es genau wissen willst, ich hab sie alle gehabt, weil ich gierig auf sie war! Da guckst du, was? Du willst mich verletzen? Das kann ich auch! Wenigstens hatten wir was zu fressen und ich hatte meinen Spaß!“

Das letzte Wort bekam Otto nicht mehr mit, sein Bewusstsein sagte ade. Ob ihn Anton absichtlich angegriffen oder es ihn nur dumm erwischt hatte, weil er sich in diesem ungünstigen Moment dazwischendrängte, wusste er nicht, er verspürte nur einen Anflug von Stolz, dass er den Schlag in Maries Gesicht verhinderte, indem er ihn selbst erntete. Er saß wie eine Eins, der Schlag. Zuerst verspürte er einen stechenden Schmerz, dann wurde ihm schwarz vor Augen, sodass er zu Boden stürzte. Im Nachhinein erfuhr er, dass ihn der Hieb am Kinn erwischt hatte, auch wenn das ganze Gesicht schmerzte.

Er hatte keine Ahnung, wie lange die Ohnmacht gedauert hatte, als er überraschenderweise in Maries Bett aufwachte. Auf seiner Stirn klebte etwas Nasses, das die Sicht verdeckte. Mit einer Hand ertastete er sein Kinn, das sich doppelt so groß anfühlte, mit der anderen fuhr er übers Gesicht, fand jedoch kein Blut. Er flüsterte ein paar Wörter in die Stille – nichts. Er war allein, kein gutes Zeichen. Otto entfernte das Tuch von seiner Stirn und sammelte seine lahm gewordenen Knochen. Es schwindelte ihn und der Nacken war steif und schmerzte. Draußen vernahm er Stimmen, ein gedämpftes Zischen im Hof. Seine Geschwister stritten immer noch. Er öffnete das Fenster, doch sie bekamen es mit und dämpften ihre Stimmen. Was für ein merkwürdiges Spiel spielten die beiden?

Er wollte Klarheit und schlich in den Hof. Die beiden verstummten und gingen auseinander, keine Spur mehr von Wehen und Geburt.

„Anton, hab ich gerade einen Faustschlag von dir bekommen? Willst du dich vielleicht entschuldigen?“

„’tschuldigung“, erschallte es aus der Scheune, nachdem Anton einfach gegangen war.

Drei Tage nach diesem Gewaltausbruch infolge der Vorwehe tat Marie so, als sei alles wie früher, doch es war nicht alles wie früher. In der Mühle herrschte geradezu unheimliche Atmosphäre. Wenn Otto nachts aufstand, stand sein Bruder im Mondschein im Hof und starrte vor sich hin. Er war nicht bereit zu reden, murmelte nur etwas von einem *Fluch* und verschwand.

In der vierten Nacht erschallte aus Maries Stube ein tiefes, langgezogenes Brummen. Ein unmelodischer, hässlicher Laut. Otto fuhr aus dem Schlaf hoch und horchte, ob er nur geträumt hatte, doch das Poltern und Krächzen erwies sich als real. Er wusste, dass es *so weit* war. Gestern hatte sie noch putzmunter auf dem Feld gearbeitet und nun das. Keine Hebamme, kein Arzt, keine Nachbarin anwesend, dafür zwei Tölpel, die zwar Gerste von Weizen unterscheiden konnten, aber nicht wussten, wie man ein Kind aus dem Leib einer Frau herauszog.

Seit ihrer Schwangerschaft hatte sie niemand besucht, die Frau hatte Nerven. Nur zwei saubere Laken hatte sie vorbereitet sowie mit einem weiteren Bettlaken eine abgeschirmte Ecke kreiert, um die ersten sechs Wochen nach der Geburt in Abgeschiedenheit verbringen zu können, wie sie behauptete. Und auch, um *negative Kräfte von sich fernzuhalten.*

„Marie?“

Anton
November 1953

Anton erwachte mitten in der Nacht aus einem Albtraum, wie häufig in letzter Zeit. Über seinem Kopf hörte er einen Schrei und Getrampel. „Marie, ich bin gleich bei dir", murmelte er konfus und stieg die schmalen Stufen zu ihrer Kammer empor.

„Marie?"

„Du bist es", sagte sie. Otto war anwesend. Hoffentlich hatte er keine Dummheit begangen, er traute ihm alles zu.

„Marie, ist alles in Ordnung?"

„Anton, mein Anton."

Im fahlen Licht offenbarte sich Befremdliches. Otto hockte am Kopfende und hielt ihr Gesicht umschlungen auf seinem Schoß. Er erkannte einen großen Fleck auf dem Bettlaken und an ihrem Schlafhemd, das bis zum Bauchnabel hochgerafft war. Man roch es. Das Blut. Anton rieb sich das Gesicht wach und auch wenn er unter normalen Umständen kein Blut sehen konnte, blieb sein Blick an diesem schauderhaften Szenario haften. Marie hielt die dünnen weißen Beine gespreizt und angewinkelt, ihre Gesichtszüge waren blass, die Augen quollen beinahe heraus, auf den Wangen glänzten Tränen und die Haare hingen strähnig herab. Otto saß mit gebücktem Rücken regungslos am Bettrand, strich wie in Trance über die Stirn seiner Schwester.

„Ich hol doch den Arzt", platzte es aus Anton heraus. Er wollte losrennen, als Ottos Stimme sein Blut in den Adern gefrieren ließ.

„Nein, brauchst du nicht."

„Warum nicht, worauf willst du warten? Bis sie krepiert? Nein, ich warte keine Sekunde länger."

„Bleib hier. Es ist nicht nötig."

„Wie, *es ist nicht nötig*?" Anton wartete mit donnerndem Herzen, doch eine Erklärung kam nicht. „Wie meinst du das?"

„Das Kind ist schon da."

„Was???"

„Sie hat es schon hinter sich."

„Was? Und wo ist das Kind?"

„Unter der Decke."

„Aber sie hat doch gerade noch geschrien."

„Ja, aber jetzt ist das Kind da."

„Was redest du da? Die Wehen kommen in Intervallen, sicher geht es gleich wieder los." Anton fixierte Marie, deren verkrampfte Glieder sich lösten. Ihre Arme ließen vom Bettrand ab, ihr Körper krümmte sich. Anton zog das Bettzeug zur Seite und sah etwas Blutiges, das an eine fleischige Schnur gebunden war. „Gott. Ist das das Kind?"

Ottos Stimme versagte. Erst beim dritten Versuch war sie zu vernehmen. „Ja."

Plötzlich riss es Marie herum, ihr Gesicht glomm auf. Offensichtlich war sie nach der Tortur kurz eingeschlafen, doch nun kreischte sie wie eine Furie. Mit verzerrter Stimme brüllte sie unverständliche Worte, bei denen es vermutlich um das Kind ging, das da auf dem Laken lag und sich nicht rührte.

„Was ist mit dem Kind?", fragte Anton, sinnlos, weil er die Antwort bereits fühlte.

„Es ist tot. Gott im Himmel, du verfluchter Bastard!" Zuerst dachte Anton, ihr Groll richte sich an ihn, doch sie starrte zum Himmel.

„Warum das Kind und nicht ich? Es ist so ungerecht! Fällt dir nichts Besseres ein?" Sie legte das Gesicht in ihre Hände und schluchzte, als wolle sie nie wieder aufhören. „Ich kann nicht mehr. Ich bin doch nur eine kleine Sünderin mit kleinen Wünschen. Es war doch nicht so viel verlangt."

„Schsch... es wird alles gut. Meine Liebe, es wird alles gut", beschwichtigte Otto sie. Ihr Gesicht war jetzt an seine Brust gedrückt.

„Nimm doch mich, aber nicht das Kind! Du Feigling!"

„Psch... alles wird gut, beruhige dich", flüsterte Otto.

„Wir sind bestraft genug, Marie. Er weiß ganz genau, was er tut. *Wir* leiden, nicht das Kind. Nur wir. Wir alle", fiel nun Anton ein. Marie schluchzte noch viel heftiger, er hatte sie noch nie so erlebt. „Wir müssen das aushalten. Wir müssen unsere Schuld ein Leben lang ertragen."

„Niemand ist daran schuld, Fehlgeburten passieren. Es gab schon genug Frauen, die nach einer Fehlgeburt noch viele Kinder bekamen. So ist das Leben. Niemand ist daran schuld", murmelte Otto.

Anton nahm den winzigen erkalteten Leib auf den Arm und küsste ihn. Die Ärmchen baumelten herab, der Kopf hing im Nacken, es war ein Mädchen. „Mein kleines Fräulein."

„Sie wollte nicht bei uns bleiben, Anton."

„Was redet ihr für wirres Zeug? Sie wollte leben, aber sie hatte die Nabelschnur um den Hals", verzweifelte Otto allmählich.

Marie wandte sich erneut wie in Trance zum Himmel. „Sei nicht zornig, Gott, barmherziger! Ich verspreche dir, ich tue es nie wieder. Ich werde fromm wie eine Nonne im Kloster leben."

Anton gab ihr das Mädchen. Marie drückte es an die Brust, Klagen über Klagen prasselten auf ihre Brüder ein. Nach einer Weile versagte ihr die Stimme und Stille trat ein, sie tat wohl.

„Sie hatte die Nabelschnur um den Hals?“, fragte Anton aus dem Nichts.

„Ja, er hat sie ihr drumgewickelt“, erwiderte Marie.

„Wer?“

„Er“, erläuterte sie mit einem erneuten Blick gen Himmel. Vielleicht war sie nach alldem verrückt geworden, sodass sie jegliches Geschehen in Gottes Hand legte.

Antons Knie versagten, kraftlos sank er vor dem Bett zu Boden. „Aber sie hatte nichts um den Hals, als ich kam“, stellte er fest.

„Ich habe sie abgenommen“, erklärte Otto.

„Und … ansonsten hätte sie überlebt?“

„Sie war schon tot, als sie kam. Sie war nicht zu retten.“

„Wieso warst du vor mir da?“

„Du hast geschlafen.“

„Warum hast du mich nicht geweckt? Ich hätte den Arzt geholt.“

„Du hast doch gesagt, dass der Arzt unerwünscht ist.“

„Das war kein Grund, mich nicht zu wecken!“

„Aber du warst noch unten und ich schon oben!“

„Jede Nacht wache ich über sie und ausgerechnet heute …“

„Wo wachst du jede Nacht? Hier? Wieso?“

„Weil es jederzeit hätte losgehen können.“

Zwei Stunden später verließ Otto den Raum, draußen begann der Tag. „Komm, Anton.“

„Gleich.“ Anton lag ausgestreckt auf Maries Bett, das tote Kind auf seiner Brust. Wahrscheinlich war er längst eingenickt.

„Komm schlafen. Wir sollten sie in Ruhe lassen. Marie, sag doch was, schick ihn in die Küche, sag, dass er gehen soll.“

„Ich gehe, wann ich will,“, verkündete Anton wütend.

„Ich kann dich nicht mehr um sie herumscharwenzeln sehen. Verschwinde endlich!“

„Ich schicke ihn dann schon weg“, versicherte Marie, sodass Otto nichts erwidern konnte. Zwei gegen einen.

„Wie ihr wollt.“ Otto ging.

„Eine öffentliche Beerdigung würde es nicht geben. Zu viel Schmach, ein uneheliches Kind der Müllerin Lebedová. Es gab schon genug Scherereien mit dem Komitee. Wir suchen eine hübsche Stelle im Garten, wir sollten nur nicht zu lange warten.“

„Anton, bitte öffne die Fenster“, flüsterte Marie. „Die Seele des Kindes muss raus, ansonsten bleibt sie im Zimmer gefangen und spukt.“

Anton gehorchte und glitt zurück auf Maries Bett, doch auf einmal empfand er keine Lust, sie zu berühren. „Ich leg mich unten in der Küche hin, damit sich Otto beruhigt.“

Seine Augenlider waren bleiern und geschwollen, als er ins Bett fiel und endlich zur Ruhe kam. Er drehte sich zur Seite und schlief sofort ein.

Als er am Morgen erwachte, setze er sich schwerfällig hin, rieb sich die Augen und versuchte sich zu orientieren. Welcher Wochentag war heute, welcher Monat, welches Jahr? Solche Fragen stellten sich ihm nicht, alle Tage hatten den gleichen Namen, die Monate hießen Frühjahr, Sommer, Herbst und Winter. Das Wetter kam nach Lust und Laune und jagte ihn aufs Feld hinaus oder fesselte ihn ans Mühlrad, danach richtete er seinen Tagesablauf und vergaß die von der Gesellschaft erdachten Strukturen.

Er spähte in den Hof, besann sich, was zu tun war, und taumelte zum Hühnerstall. Das Türchen ging knarzend auf und alles, was Federn hatte, gackerte. Er hatte vor, eins der Federviecher zu schlachten, damit Marie nach der Geburt mit einer Hühnerbrühe zu Kräften käme, doch das hatte sich erübrigt. „Glück gehabt, Mädels", flüsterte er.

Auf der Weide standen zwei Kühe, die ihnen gehörten. Auf der anderen Wiese weidete eine Herde gleicher Sorte, die der LPG gehörte. Anton achtete darauf, dass sie nicht durcheinanderkamen, und kontrollierte den Verlauf des Zauns. Einige Stellen sollten bald geflickt werden. *Aber nicht heute,* sagte er sich, er war zu erschöpft. So vertagte er die Reparatur auf morgen oder zumindest bis nach dem Begräbnis, wenn *das Ding* weg war. Bald würde er ein neues Leben beginnen, das spürte er ganz genau. Das hatte das Schicksal gut gefügt, er hatte sich gut aus der Affäre gezogen. Gott, was für ein Schlamassel wäre das gewesen mit einem Kind in der Mühle! Ein Familienleben, wie es anderswo üblich war, wäre ohnehin nicht möglich gewesen.

Er erklomm die Anhöhe zum Teich, der in atemberaubender Schönheit unter seinem Lieblingsbaum, der Trauerweide, glitzerte. Eine Idylle war dieses Fleckchen Erde, vielleicht die schönste überhaupt? Die Erinnerung an die gestrige Nacht trieb eine Unrast in sein Herz und er begab sich wieder ins Haus.

Otto schlief immer noch und auch oben war es still, kein Wunder nach dieser Tortur. *Bald wird alles besser,* redete sich Anton ein, *nach jedem Gewitter kommt der Sonnenschein und die Tränen trocknen.* Er holte frisches Wasser, machte Feuer im Ofen und setzte den Wasserkessel auf. Als der Malzkaffee gemacht war, gönnte sich Anton einen Pott, dazu eine

Scheibe Roggenbrot mit Butter. Auf der Küchenbank rührte sich was.

„Guten Morgen“, murmelte Anton, doch Otto drehte sich nur auf die andere Seite und schlief weiter.

Eher aus Routine als besorgt wollte Anton nach Marie sehen, ihr mit einem Bad helfen, das würde ihr guttun. Doch Anton konnte nicht hinein, die Klinke ließ sich keinen Millimeter herunterdrücken. Marie besaß keinen Schlüssel, offensichtlich hatte sie auf den alten Trick mit der Stuhllehne zugegriffen. Sie war mit den Nerven am Ende und wollte sicher ungestört bleiben, ihre Privatsphäre wahren.

Anton tapste die Treppen wieder hinunter. Otto saß auf der Bank und schlürfte Antons Malzkaffee.

„Das war mein Kaffee. Morgen.“

„Warst du oben?“

„Ja, gerade eben.“

„Und wie geht es ihr?“

„Sie ruht sich noch aus, die Tür ist abgesperrt.“

„Wie?“

„Die Tür geht nicht auf, wahrscheinlich hat sie die Stuhllehne darunter gestellt.“

„Aber ihr Hocker hat keine Lehne.“

Das stimmte. Im selben Augenblick fiel es beiden Brüdern wie Schuppen von den Augen. Anton sprang abrupt auf, polterte die Stufen hoch und hämmerte an die Tür.

„Marie? Marie, mach auf!“ Er rüttelte an der Klinke, die offenbar raffiniert fixiert worden war.

Otto war ihm gefolgt und versuchte ihn daran zu hindern, wusste jedoch, dass Antons Tatendrang berechtigt war. Anton ging einen Schritt zurück und rammte mit voller Wucht gegen die Tür. Erst nach einem weiteren Anlauf, gemeinsam mit

Otto, gab die Tür nach. Anton zwängte sich durch den Spalt und noch ehe Otto hinterherkam, hörte er den Schrei aus der Kehle seines Bruders.

Otto
November 1953

Otto quetschte seinen Körper durch den Türspalt und erstarrte. Als Erstes sah er ihre baumelnden Füße. Auf dem Boden lag der weggestoßene Hocker, die Handtücher ringsum verstreut. Erst dann sah er ihr Gesicht, das ihn fortan verfolgen würde. Es war aufgedunsen, als hätte die gestaute Luft keinen Ausgang gefunden. Ihre Augen sahen schrecklich aus, starrten ganz matt, mit einem weißlichen Häutchen überzogen, ins Leere. Alles dauerte nur ein, zwei Sekunden, denn Anton fummelte längst an dem Knoten und bat Otto um Hilfe. Das Seil hing an einem Balken und der Knoten war durch ihre Last so fest, dass Otto Maries Körper anheben musste, und Anton den Knoten lösen konnte. Ihr Körper glitt widerstandslos in die Arme, leicht und schon kühl, wie totes Fleisch.

„Leg sie auf den Boden oder aufs Bett, verdammt noch mal! Mach schon!“, zischte Anton.

Otto gehorchte und legte Marie neben ihrem toten Säugling ab, der bereits in eine Decke gehüllt war. Anton rüttelte an Marie, schlug ihr auf die Wange, er flehte sie an, packte sie, schleifte sie vom Bett, um verzweifelt eine Wiederbelebung auf dem harten Boden zu probieren. Doch bis auf seinen Atem, den er in ihre Luftröhre pumpte, war nichts zu hören. Totenstille. Die Tragweite dieses Szenarios war Otto nicht bewusst, er fühlte eine Ohnmacht. Der Atem seines Bruders wurde schwächer und verebbte schließlich. Sie war tot. Anton fiel keuchend auf ihren Körper, klammerte sich daran, bäumte sich verzweifelt auf.

„Allmächtiger, nein, tu mir das nicht an“, flüsterte er. „Marie, wach auf, was hast du getan? Du darfst mich hier nicht alleinlassen. Ich kann ohne dich nicht leben. Marie, wach auf, bitte, ich fleh dich an! Ich bin dein Anton, erkennst du mich nicht mehr? Warum hast du das getan, was hast du dir dabei gedacht? Mach mich nicht wütend. Komm zu dir, ich weiß, dass du noch aufwachen kannst, du schaffst das, wenn du nur willst! Verlass mich nicht, was soll ich hier ohne dich? Verflucht noch mal, tu mir das nicht an!“

Er rüttelte sie noch einmal, doch diesmal schon weniger intensiv, nur ein müder Versuch einer längst sinnlosen Rettung. Otto schwieg. Ihm war alles zu viel, er verstand all das nicht. Anton lag ausgestreckt auf dem Boden und verdeckte mit den Handflächen sein Gesicht. Er weinte. Die Tränen flossen ihm an den Schläfen zum Haaransatz. Otto sank nun ebenfalls auf den Boden und konnte seine Tränen auch nicht mehr zurückhalten.

„Sie ist ihrem Kind gefolgt“, stellte Otto schließlich fest.

Anton schluchzte, es schüttelte ihn förmlich durch, er bohrte den Kopf in ihren Bauch und flennte. „Warum hast du mir das angetan? Warum hast du nicht auf mich gewartet? Ich wäre mit dir gegangen.“

„Es war ihre Entscheidung. Sie war ein erwachsener Mensch.“

„Du kapierst aber auch gar nichts, du Idiot! Du hast immer nur dagestanden wie ein Blinder.“ Otto sah ihn verständnislos an. „Ich war ihr viel näher, hast du das nicht bemerkt? Natürlich nicht. Du hast nur in deiner verloren gegangenen Welt gelebt. Du hast wie ein Trottel diese Mauer gebaut, um in der Isolation zu bleiben. Glaubst du, mich hat deine Isolation, deine Überzeugung jemals interessiert? Glaubst du, dass ich wegen des Kommunismus in Isolation leben wollte?“

„Ich versteh kein Wort von dem, was du sagst.“

„Natürlich nicht! Aber deine Überzeugung war mir scheißegal, ich habe die Isolation nur wegen der Liebe ausgehalten. Ach, was rede ich da, du Narr verstehst nichts davon."

„Ich versteh dich wirklich nicht. Wovon redest du, Anton?"

„Von deiner Idiotie. Vor deiner Sturheit."

„Warum beleidigst du mich unentwegt? Was hab ich dir denn getan?"

„Verstehst du nicht? Ich habe sie geliebt!"

„Wen?"

„Sie!" Anton legte seine Hand auf Maries tote Augen. „Ich habe Marie geliebt, wie ein Mann eine Frau liebt."

„Ich verstehe ni..."

„Ich habe sie geliebt, verflucht noch mal! Ich habe mit ihr geschlafen!"

Otto hielt inne. „Das ... das glaub ich nicht."

„Schon als Kind habe ich sie geliebt, mein Leben lang ist sie mir nicht aus dem Kopf gegangen."

„Du lügst!"

„Warum sollte ich? Ich hatte ein Verhältnis mit ihr."

„Weißt du, was du da sagst?"

„Oh ja."

Ottos Gesicht lief rot an, in seinen Augen war Hass zu erkennen. „Du lügst, du Dreckskerl! Das ist das Schlimmste vom Schlimmsten! Das ist ..."

„... Inzest", ergänzte Anton. Er hatte das Wort zuvor noch nie über seine Lippen gebracht. „Ich bin der Vater des Kindes."

„Du widerlicher Schurke!"

„Schlag mich doch!"

„Das bist du nicht wert. Ich hasse dich."

„Komm, schlag mich, sei wenigstens jetzt ein Mann. Hast du überhaupt schon mal eine Frau gehabt? Du hast doch noch nie eine gevögelt, stimmt's? Nicht mal die eine, wie hieß sie gleich? Josefa. Nicht mal die hast du gebumst. Du hast keine Eier."

„Ich verabscheue dich!"

„Ach, wie furchtbar."

„Halt die Schnauze, hast du keine Ehrfurcht vor der Toten?"

„Ich rede endlich Tacheles. Komm, hau mir so eine rein, dass ein paar Zähne draufgehen. Mann, du hinterlässt nichts auf dieser Welt. Nichts als eine Mauer, du Hanswurst!"

Otto weinte, sein Gesicht war puterrot, die Wangen glühten. „Hör auf!"

„Ja, ich hab Marie gerumst und sie hat mich gerumst. Kein Arzt und kein Postbote, ich allein! Und sie hat mich auch geliebt. Komm, schlag mich, ich verdiene es, ich habe unsere Schwester in den Tod getrieben."

Otto war wie betäubt, seine Stimme war von dannen. Die Bilder verschwammen vor seinen Augen, schwarze Kreise machten sich darin breit und hinter den Schläfen kribbelte es schmerzhaft.

„Deine Fresse ist ganz verzogen, du bist wütend, warum kommt dann nichts? Pass auf, du Feigling, ich setze noch einen drauf. Sie hatte davor schon ein Kind von mir. Sie hat es in der Pastouška geboren, aber es ist ein paar Tage nach der Geburt gestorben, genau wie *das* hier!" Jetzt brach Anton in Tränen aus, zerrte an Ottos Hosenbein. „O Gott, vergib mir. Ich habe sie doch nur geliebt." Er fasste sein Hemd, öffnete ein paar Knöpfe, atmete durch.

Otto dachte gar nicht daran, seinen Bruder zu schlagen, er umarmte ihn, seinen ärmsten Bruder, umarmte ihn aus Liebe, die aus ihm herausschäumte, aus Verzweiflung, aus dem Leid heraus. „Ich werde dich nicht schlagen, du bist mein Bruder. Du hast alles mit mir durchgemacht und wenn du sagst, du hast Marie geliebt, trotz aller moralischen Bedenken, dann muss ich das nicht gutheißen, aber akzeptieren."

Weinend entriss sich Anton der Umarmung. Marie hatte das Seil um die Klinke gewickelt und dann am Balken festgebunden. Anton machte die Klinke frei, öffnete die zerbrochene Tür und polterte die Treppe hinunter. Weg, weg, weg!

Durch die Küche steuerte er nach Luft japsend hinaus auf den Hof, den Hügel hinauf zum Teich, dorthin, wo die Trauerweide ihre Äste ins Wasser hängen ließ. In der Hoffnung auf eine Eingebung setzte er vergeblich sich ins Gras. Sie kam nicht.

Noch vor dem Abend schaufelten die Brüder am Waldrand eine Grube. Groß genug für zwei. Wortlos legten sie Mutter und Kind in Tücher gewickelt hinein. An Antons Wangen lief es unaufhörlich, irgendetwas schien in ihm zerbrochen zu sein. Er legte persönliche Sachen von Marie in die Grube. Die hölzerne Schatulle mit Goldgravur, die den Eltern gehört hatte, und ein paar Kinderkleider. Marie hatte sie heimlich genäht, Anton sah sie zum ersten Mal. Bevor er die Schatulle hineinlegte, bat Otto darum, den Inhalt sehen zu dürfen. Zwei Fotos der Eltern befanden sich darin. Otto meinte, es seien die einzigen Fotos ihrer Eltern und er wolle sie behalten. Anton willigte ein. Des Weiteren befand sich das Porträt der Frau Madelong und die silberne Brosche darin, die sie in der Schatulle ließen. Zuletzt entdeckten sie darunter einen getrockneten Zweig und ein letztes Bild.

„Was ist das?"

„Eine getrocknete Springwurz", meinte Anton mit brüchiger Stimme. „Sie hilft, wenn man besonders traurig ist." Er wiegte das uralte Gestrüpp behutsam in seinen zittrigen Händen, zerbrach es in zwei Teile und legte einen davon auf den Leichnam. Den anderen Teil behielt er selbst.

„Ich meine das Foto darunter“, verkündete Otto.

„Das weißt du doch ganz genau.“

„Darf ich es behalten?“

„Ist eh deins.“

Sie standen eine Weile am frisch geschaufelten Grabhügel, dessen selbst gezimmertes Kreuz so klein und unauffällig war, als läge darunter ein Eichhörnchen. Leise Gebete schnitten in die Stille der Dämmerung.

Sie reinigten das Zimmer und verbrannten die schmutzige Bettwäsche, alles ohne auch nur einen Wortwechsel. Am Abend saßen sie lange im Hof, ehe sie zu Bett gingen.

Im Morgengrauen gingen sie sofort hinaus, als könnten sie das Innere der Mühle nicht ertragen. Antons gerötete Augen glänzten, doch Tränen sah man keine mehr. Plötzlich erhob er seinen müden Körper und ging doch wieder hinein. Otto hatte keine Ahnung, was Anton vorhatte, und er verfügte nicht über die Kraft, danach zu fragen.

Keine halbe Stunde verstrich, da stand sein Bruder vor ihm, ein Bündel über der Schulter. Otto sah ihn an, staunte und schwieg. Anton klappte den Hebel an dem einen Flügel des Tores auf. In gemäßigtem Tempo schritt er vorwärts, hinaus in die Welt. Plötzlich hielt er noch einmal an und blickte zu Otto zurück.

„Bruder, du bist von uns allen der Stärkste, weiß du das? Ich bin stolz auf dich. Du hast es den Bolschewiken gezeigt!“

Danach setzte er seinen Weg fort. Otto wollte ihn aufhalten, aber eine undefinierbare Kraft hielt ihn zurück, er schaffte es nicht einmal, Lebewohl zu sagen. Anton drehte sich nicht mehr um. Er ging einfach den staubigen Weg zum Dorf, und wahrscheinlich weiter bis zum Kaspischen Meer. Sein Kopf war bald nicht mehr größer als ein Stecknadelkopf und dann, als er um die Kurve bog, verschwand er ganz. Nur eine schnurrende Katze suchte noch Ottos Nähe.

Otto wusste, dass Anton nicht mehr zurückkommen würde. Und er hatte recht, Anton verließ die Mühle für immer. Otto schlenderte zurück, ohne das Tor zu schließen, und betrachtete das verschollene Foto, das er längst vergessen und nun wiedergefunden hatte. Es war ein Weihnachtsfoto, das er als Zwölfjähriger von seiner Oma geschossen hatte, als er gegen den Willen seines Vaters Fotograf werden wollte.

EPILOG

Die Geschwister Lebeda fühlten sich nur in der Zeit vor dem Zweiten Weltkrieg frei.

Als Otto im Januar 2004 eine Lungenentzündung bekam, bat er die Nachbarin, seinen Gockel zu tränken. Die Nachbarin willigte ein und versprach zu kommen. Sie kam zu spät. Der Gockel war erfroren und Otto lag auf der Bank, mit den Beinen auf dem Boden, im Anzug und mit Hut. In den Händen hielt er das Foto seiner Oma. Er wurde 96 Jahre alt. Seinen Bruder hatte er nach Maries Tod nie mehr gesehen.

Impressum

Lektorat: Klaus Gröner, erzähl:perspektive
Cover-Artwork: Markus Jungen, www.jungen-thoenes.de
Satz/ Layout: Jolanta Johnsson
Druck: BookPress, Olsztyn

ISBN 978-3-948156-57-2